Première édition novembre 2019
Dépôt légal mars 2021
© Pauline Perrier
Ce roman est une réédition en autoédition après récuperation de mes droits auprès de Cherry Publishing
ISBN 9781801169998

Là-Haut Dansent les Étoiles

Pauline Perrier

Suivez mon actualité sur Instagram :

https://www.instagram.com/paulineperrier_

Vous pouvez également écouter cette histoire sur Audible, avec les voix de Kelly Marot et Théo Frilet :

https://www.audible.fr/pd/La-haut-dansent-les-etoiles-Livre-Audio/B093HGGPGP

« Ce qui fait la nuit en nous peut laisser en nous les étoiles »

Victor Hugo

Prologue

— C'est bizarre de se retrouver ici, pas vrai ?

Accoudé à la balustrade de notre terrasse, le regard perdu dans l'immensité de Moscou qui s'étale à nos pieds, mon frère pose cette question d'une voix absente. Il semble fouiller le lit de la Moskova, qui ondule quelques pâtés de maisons plus à l'est, comme si de lointains souvenirs s'y cachaient. Peut-être est-ce le cas. Nous ne parlons que rarement des vies que nous avons laissées ici, et renouer avec s'avère plus brutal que nous ne l'aurions imaginé.

Je m'avance à ses côtés et m'absorbe à mon tour dans la contemplation des lumières de la capitale.

— Un peu... J'ai l'impression que nous sommes partis depuis des années.

Pourtant, ça ne fait qu'un an. Un an que nous avons tout quitté : notre famille, nos amis, et même nos premières histoires d'amour. Un an que les petits concerts dans les bars, une fois le week-end venu, se sont transformés en foules agitées et en bus de tournée.

— Tu es prête pour ce soir ?

Alexz se détache du panorama pour poser les yeux sur moi. Je frémis. Le concert qui nous attend m'angoisse bien plus que tous ceux que nous avons pu donner.

— Bien sûr, mens-je. Jouer à domicile, c'est toujours une fierté, non ?

Il opine du chef, grognant un semblant d'approbation. Un nœud se forme dans mon estomac.

— C'est ton anniversaire, la foule risque d'être agitée. Ça va être intense sur le moment, mais ça nous fera de bons souvenirs à rapporter en Angleterre.

Cette fois, sa voix se veut plus confiante. Plus rassurante. Il m'offre même un sourire. Je m'efforce de donner le change. La vérité, c'est que je suis terrifiée. J'ai peur de croiser des regards connus dans la salle. Les techniciens m'ont assuré qu'avec la lumière prévue, je ne risquais pas de voir grand-chose. Je me raccroche à cette idée de toutes mes forces.

Jouer dans cette ville qui fut la nôtre, c'est une revanche sur le passé. Un pied de nez à tous ceux qui n'ont pas cru en nous, aux pimbêches de la *chkola* qui m'ont mené la vie dure quand j'étais encore étudiante. Mais c'est aussi le risque de décevoir ceux qui nous ont soutenus dès le début.

Et s'ils détestaient ce que nous sommes devenus ?

— On devrait rentrer se mettre au chaud. Nate doit t'attendre, je ne suis pas sûr que ce soit une bonne idée de le laisser seul avec Sergueï aussi longtemps.

À cette idée, mon frère rit franchement. En effet, je doute qu'abandonner la popstar aux mains de notre père adoptif soit synonyme de bon moment. Notre proximité n'a pas échappé à la presse people, et Sergueï peut s'avérer… *protecteur*.

— Tu as raison, descends les rejoindre. J'arrive dans une minute.

Nate Vance se trouve dans mon salon… Si on m'avait dit ça il y a un an, je n'y aurais jamais cru !

Alexz s'éloigne de la balustrade et vient planter un baiser sur le sommet de mon crâne. Ses lèvres s'attardent à mon oreille.

— Arrête de t'inquiéter, OK ? Ça va aller, on enchaîne les concerts depuis des mois. On est prêts. Et dans une semaine, notre nouveau single deviendra disque de platine. Respire, et profite. Notre rêve est en train de se réaliser. Tu n'as plus à t'inquiéter de quoi que ce soit.

J'acquiesce sans dire un mot. Depuis notre plus jeune âge, nous avons tout donné pour la musique. Alexz s'est usé les doigts sur ses guitares, j'ai enchaîné le conservatoire de piano, de violon, les cours de chant et de danse. Nous n'avons jamais vécu que pour ce moment. Et pourtant, cette drôle d'angoisse qui me colle au ventre refuse de s'en aller…

Mon frère disparaît par la trappe qui mène à l'appartement familial. Les jambes cotonneuses, je m'imprègne une dernière fois de l'effervescence moscovite. Je songe qu'il doit avoir raison. Maintenant que les projecteurs sont braqués sur nous, nous ne pouvons que gravir les échelons vers le sommet. Ce n'est pas comme si la chute était possible, pas vrai ?

Tout va bien se passer.

À condition que mon corps suive le rythme et qu'Alexz continue à avaler mes mensonges.

Mai 2018

Sept mois avant le concert à Moscou

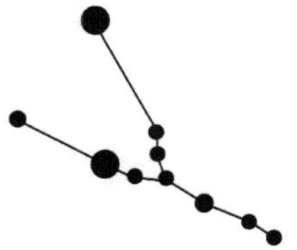

Chapitre 1

Alana

— Très bien, les enfants, ça suffit pour aujourd'hui.

Le coach Morrison tape dans ses mains pour clôturer son cours et, les paumes posées sur les cuisses, je relâche la pression en poussant un soupir de soulagement. Autour de moi, les danseurs se félicitent pour leurs efforts. Je me joins à l'enthousiasme général en échangeant quelques *high five*.

— Bon travail, Alana. On devrait être au point pour le premier concert, me rassure le coach.

Un large sourire s'inscrit sur mon visage. La perspective des shows à venir m'excite, je suis impatiente de fouler les plus grandes scènes d'Angleterre dès que la tournée de Nate Vance débutera, le mois prochain. C'est la popstar en vogue, le chanteur dont toutes les filles de mon lycée parlaient dans les couloirs – et ce sans qu'il n'ait jamais donné le moindre concert en Russie. Je n'arrive toujours pas à croire qu'il nous ait choisis pour assurer sa première partie, mon frère et moi.

Je me laisse tomber sur le parquet du studio londonien pour réaliser une série d'étirements tandis que la salle se vide. Certains danseurs m'imitent çà et là. Mon regard accroche mon reflet dans le grand miroir qui longe le mur principal et mon cœur se serre de joie. Pour la première fois depuis longtemps, je sens que je suis exactement là où je suis censée être.

Je danse depuis toute petite mais, suite à une blessure l'an passé, j'ai dû lever le pied. Madame Olya, mon enseignante à Moscou, m'avait fait comprendre que je ne pouvais prétendre à un solo pour le gala de fin d'année, et me savoir vaincue d'avance m'avait fait perdre toute motivation. Retrouver ce parquet qui m'a vue grandir, ces courbatures qui me font me sentir vivante, et savoir que chaque chorégraphie accompagnera l'une de mes propres chansons, c'est une récompense inestimable.

Les jambes écartées sur les côtés, les bras tendus vers l'avant et la poitrine frôlant le sol, je savoure le tiraillement dans mes muscles. Je pense à cette tournée qui nous attend, au spectacle millimétré que le coach a concocté. Alexz et moi, nous ne jouerons que cinq chansons, mais Roy Daniels, notre producteur, a décidé de miser gros sur notre duo. « D'abord, vous allez vous faire un nom aux côtés de Nate. Ensuite, tout le travail que vous aurez fourni pour sa tournée sera investi dans votre propre show. Les gens vous ont adorés sur Internet, maintenant il faut leur prouver que vous en avez dans le ventre » nous a-t-il expliqué lorsque nous avons signé notre contrat chez Heaven's Gates. Un petit rire m'échappe en me souvenant de la scène. Une interprète russe nous avait traduit son discours, mais tout ce que j'entendais, c'était son accent *so british* qui me donnait l'impression de parler avec une patate chaude dans la bouche.

— Je peux commencer à répéter ? Excuse-moi, je suis un peu en avance.

Je sursaute et découvre Nate planté à côté de moi, son sac de sport sur l'épaule. Je m'empresse de ramener mes jambes vers ma poitrine et m'efforce de ne pas rougir comme une groupie.

— Bien sûr, installe-toi. C'est ma faute, j'aurais dû filer il y a dix minutes.

Alors que j'esquisse un mouvement pour me redresser, il m'arrête d'un signe de main.

— Reste, ça me ferait plaisir que tu me dises ce que tu penses des chorés.

Interdite, je le regarde s'avancer vers le miroir pour abandonner son sac et en tirer une bouteille d'eau.

— La prod' veut absolument que j'interagisse avec les danseurs mais les pirouettes, c'est clairement pas mon truc.

Il s'installe en tailleur face à moi, arrange une mèche de ses cheveux châtains qui lui tombe sur le front. À l'expression qui marque son visage, je perçois combien l'exercice le met sincèrement mal à l'aise. C'est drôle de le voir ainsi. En présence du public, il arbore pourtant cette éternelle insouciance espiègle.

— Comment ça, tu n'as pas le sens du rythme ? C'est embêtant pour un chanteur !

Un éclair de surprise traverse ses yeux verts, une fossette se dessine au coin de ses lèvres. OK. Je suis en train de taquiner Nate Vance comme si c'était tout à fait normal.

— Moque-toi ! Tout le monde n'a pas grandi avec des chaussons et un tutu pour seconde peau.

Les derniers danseurs s'éclipsent au vestiaire et le coach Morrison vient se poster à côté de la sono.

— Toujours là, miss Latchkova ?

Je désigne Nate du menton, joueuse.

— Notre star m'a mise en retard.

Le chorégraphe affiche une moue réprobatrice.

— Il me semble que tu as des obligations contractuelles à remplir, jeune fille.

Ah. J'oubliais…

— Superstar, j'ai donné une heure de pause aux danseurs, j'aimerais qu'on revoie quelques pas ensemble avant de reprendre avec eux, poursuit Morrison.

— Je pensais qu'Alana pourrait rester, j'aimerais bien avoir son avis…

Le chanteur fait les yeux doux, mais notre coach ne se laisse pas berner. Rappelée à la réalité, je me redresse en signifiant à grand bruit mon manque de volonté.

— Tu veux qu'on se rejoigne après ma répét' ? On pourrait prendre un café. J'aime bien connaître les gens qui vont partager mon bus de tournée.

Je n'ai pas besoin de me tourner vers le coach pour savoir qu'il me fusille du regard. On ne plaisante pas avec les obligations contractuelles.

— J'aimerais bien, mais pour partir en tournée avec toi, je dois valider mon Examen d'État unifié[1]. C'est le deal entre Heaven's Gates et mes parents. Pas de cours par correspondance, pas de concerts.

Les joies de n'avoir encore que dix-sept ans… J'ai beau travailler avec un sérieux à toute épreuve depuis deux mois, mon entourage ne cesse de me réduire à mon âge. Je pensais que la rupture avec ma vie moscovite serait nette, une fois ici, mais mon quotidien de lycéenne garde le dessus. En outre, après mes trois heures de cours, je suis censée appeler Luka, mon petit ami resté à Moscou. Mais ça, je ne le dis pas au chanteur. Rien qu'à la façon dont il hausse les sourcils en m'entendant parler de cours et d'examens, je comprends que cela fait longtemps qu'il est déconnecté de ce genre de réalités. Je veux qu'il me prenne pour son égale, pas pour une gamine qui aurait atterri ici par hasard.

— Une autre fois, alors.

J'acquiesce, sur la réserve. Je doute qu'il veuille toujours se lier d'amitié avec moi après cette piqûre de rappel.

— Ouais, avec plaisir.

---

[1] Aussi appelé EGE, il s'agit de l'équivalent russe du Bac.

Je salue le coach d'un signe de main, récupère mes affaires et file dans la rue pour interpeller un taxi. J'ai beau savoir qu'il ne me reste que quelques semaines avant de passer mon EGE et d'être enfin débarrassée de mes obligations, j'ai la désagréable impression de perdre un temps de travail précieux.

*

Le taxi me dépose au pied d'un grand immeuble vitré, sur Ashley Place. Le quartier est agréable, arboré et calme. Depuis l'appartement, nous avons vue sur la cathédrale Westminster. Ses briques rouges me rappellent un peu la cathédrale Saint Basile ; ça rend le mal du pays moins douloureux.

Dans l'ascenseur, je dénoue mon chignon de danseuse et vérifie les notifications en attente sur mon téléphone. Pas de message de Luka. Je grimace, frustrée. Depuis mon départ, je sens que nous nous éloignons malgré mes efforts pour tout mener de front. Il continue une vie normale alors que je me prépare à affronter des foules de milliers de personnes. Je ne crois pas que l'idée de me rejoindre l'an prochain l'enchante autant qu'il a pu me le laisser croire les semaines suivant mon départ…

Mon Instagram, en revanche, est saturé de messages et de notifications. Je déverrouille la porte de l'appartement en faisant défiler les *likes* et les commentaires. J'étais déjà suivie en Russie mais, depuis que Nate a annoncé que j'assurerai sa première partie, c'est devenu la folie.

— Et l'enfant prodige est de retouuuur !

Plantée dans l'encadrement de la porte, je lève les yeux de mon écran pour découvrir Nikita adossé à une fenêtre, une bière à la main. Lev l'accompagne, affalé dans le canapé. Les deux meilleurs amis de mon frère ont décidé de nous rendre visite avant que nous ne devenions trop connus pour penser à eux – ce sont leurs termes, pas les miens. Je dois avouer que leur présence a beau être envahissante, elle n'est pas pour me déplaire. Ils transforment cet appartement prêté par le label en un lieu qu'on pourrait qualifier de « maison ». Et puis, c'est reposant d'avoir des personnes avec qui parler russe, après une journée à me surchauffer les méninges pour suivre les conversations de mon équipe. J'ai beau avoir un bon niveau, le décalage persiste. Tout me rappelle que je ne suis pas chez moi ici.

— Alexz n'est pas là ?

Je tire le verrou derrière moi et abandonne mon sac de sport dans l'entrée. C'est à cet instant que mon frère sort de la cuisine, une bouteille en verre dans la main et un écouteur vissé dans une oreille. Je réprime un sourire. Il a encore dû écrire de nouvelles compositions et il ne peut s'empêcher de les passer en boucle pour chercher comment les améliorer.

— Ah, enfin ! Je commençais à m'inquiéter. Ça s'est bien passé, les répét' ?

Je pousse les jambes de Lev pour me laisser tomber dans le canapé. Il se laisse faire, grognant pour la forme.

— Je n'ai que dix minutes de retard ! Et oui, on a bien avancé, mais je suis morte. Tu as été au studio, toi ?

Du menton, il désigne la chambre où séjournent les garçons. C'est là que sont stockés ses guitares et notre matériel d'enregistrement.

— On a collé les matelas contre les étagères du dressing, ça insonorise plutôt bien. J'ai pu enregistrer de nouveaux morceaux.

Nikita affiche un sourire triomphant, comme s'il était désormais un membre indispensable de notre processus créatif. Lev, lui, semble indifférent à la situation. Je le soupçonne pourtant d'être à l'origine de l'idée.

— Certains sont tristes à pleurer. Je crois que Kira lui manque, me souffle ce dernier d'un ton moqueur.

Mon frère le fusille du regard.

— T'as pas des devoirs à faire ? grince-t-il en redirigeant sa colère vers moi.

Je soupire en repoussant le coussin qui occupait mes mains.

— T'as pas des devoirs à faire ? répété-je en le singeant.

Je récupère mes affaires en poursuivant mes grimaces, puis je reprends mon sérieux en gagnant l'étroit couloir qui dessert les chambres et la salle de bains.

— Tu me feras écouter les nouvelles compo' demain, j'ai peut-être des textes à te montrer. Je veux peaufiner ça ce soir.

— Ça marche. Ne t'inquiète pas si tu ne nous vois pas quand tu auras fini tes cours, il faut qu'on passe récupérer nos costumes chez le tailleur pour la soirée de vendredi.

Je l'en aurais presque oubliée, celle-là... Un pic de nervosité me gagne alors que je m'enferme dans ma chambre. Vendredi, le label organise la soirée de lancement de notre premier single. L'album est presque prêt, il ne nous manque qu'une poignée de morceaux pour le boucler. Alexz et moi avons du mal à nous mettre d'accord, c'est pourquoi nous continuons à tester de nouveaux matériaux. Mais nous avons tout intérêt à nous dépêcher : la tournée débute dans un mois, et il nous faut cinq *hits* pour marquer les esprits avant la sortie du disque.

J'essaie cependant de rester souple concernant le choix des derniers titres et de laisser le pouvoir de décision à Alexz. Vu le deal qu'il a dû signer avec Heaven's Gates pour que nous puissions réaliser notre rêve, c'est le moins que je puisse faire...

Chapitre 2

Alexz

La clochette installée au-dessus de la porte du tailleur retentit à notre passage. Les housses contenant nos costumes jetées sur nos épaules, nous nous élançons sur Bedford Street avec un air de gentlemen anglais presque crédible.

— Les gars, je ne sais pas si vous vous en rendez compte, mais dans cinq jours on sera invités au lancement d'un *vrai* single, produit par une *vraie* maison de disque ! s'extasie Nikita, des étoiles plein les yeux.

— Ouais, j'suis sûr qu'Alexzander est ravi d'être invité à sa propre soirée de lancement, se moque Lev.

— Merci de me rappeler que je joue ma vie, vendredi.

La bouche entrouverte comme s'il venait d'apercevoir la plus jolie femme de sa vie, Nikita ne semble toujours pas assimiler la nouvelle.

— Pour vous, c'est facile de prendre ça à la légère. Mais si je ne vous avais pas rencontrés, je n'aurais jamais pu vivre de tels évènements.

Je double Lev pour me rapprocher de mon meilleur ami d'enfance et lui asséner un coup d'épaule connivent. Il a grandi dans la banlieue de Mitino, un quartier bien moins privilégié que celui où j'ai atterri quand Sergueï et Svetlana nous ont adoptés, ma sœur et moi. Quand je l'ai rencontré, je n'étais qu'un collégien gringalet qui filait en douce la nuit pour assister à des concerts dans les bars. Je me nourrissais de la musique de ceux qui peinent à obtenir une quelconque reconnaissance, se traînant avec leur instrument de bistrot en métro et de métro en trottoir. Un soir, Nikita était là, attablé dans une brasserie, des cahiers étalés devant lui. Sa mère était serveuse et célibataire. Pour passer quelques heures auprès de son fils encore éveillé, elle l'emmenait au travail à chaque service. Nous devions avoir quatorze ans, elle aurait pu le laisser seul à la maison, mais je crois que c'était sa façon de veiller à ce qu'il reste concentré sur ses devoirs et n'aille pas traîner dans la rue. Tout ça, je ne l'ai deviné que bien plus tard, à force de revenir chaque semaine m'asseoir à sa table, au Blue's Café. J'ignore ce qui m'a poussé à entretenir cette routine. Je n'avais pas de véritables amis en Russie sept ans après mon arrivée et je m'en accommodais plutôt bien. Mais Nikita avait cette façon de rire de tout, ce regard innocent et cette simplicité qui me rassurait. Très vite, nous nous sommes liés comme des frères.

Assis dans ce restaurant, je l'aidais à faire ses devoirs et il me permettait de renouer avec un environnement que j'avais perdu en intégrant les hautes sphères. Il incarnait ce repère qui m'avait manqué à mon arrivée à Moscou. Petit à petit, notre amitié nous a conduits à fusionner nos mondes. Le mercredi, je le rejoignais à Mitino après la chkola[2] et nous apprenions la boxe dans une petite salle délabrée. Le week-end, je l'emmenais aux soirées huppées. Lui qui était mauvais à l'école s'est pris de passion pour la mécanique. Je lui ai acheté ses premières carcasses de bécanes pour qu'il se fasse la main en attendant d'ouvrir son propre garage un jour. Moi qui ne vivais que pour la musique, il m'a offert la première scène où jouer, vantant mon duo avec Alana au patron du Blue's Café.

---

[2] La chkola, c'est l'école en russe, elle comprend la primaire, le collège et le lycée (qui s'effectuent dans le même établissement, avec les mêmes élèves et les mêmes professeurs pendant 11 ans)

— On ne peut pas vivre l'aventure sans toi, mon vieux. Je n'oublie pas qui nous a permis de jouer devant un public pour la première fois.

Son visage s'éclaire d'un air fier.

— On a le temps pour une bière ? s'enquiert Lev.

— Toujours, réponds-je en poussant un soupir de contentement.

Quelques mois en arrière, je n'aurais jamais imaginé vivre au cœur de Londres, un contrat avec Heaven's Gates dans les mains et une tournée en préparation. Non pas que ce ne fut pas au programme, mais je n'envisageais pas cela possible avant des années. La musique a toujours été notre mode d'expression, à Alana et moi. C'est un lien puissant qui nous unit. Fouler les scènes européennes est notre rêve depuis notre plus jeune âge : en Russie, les succès franchissent rarement les frontières du pays et nous ne voulions pas vivre dans l'ombre de nos parents adoptifs. C'est peut-être un complexe de gamins adoptés, peut-être celui d'un fils et d'une fille *de*, mais nous voulions à tout prix nous faire un nom par nous-mêmes. Il faut dire que Sergueï est un homme d'affaires réputé et que Svetlana a mené une carrière de mannequin internationale dans ses jeunes années. Percer dans la musique en étant des Latchkov, c'était prendre le risque d'être taxés de népotisme pour le restant de nos jours. Le besoin de nous réinventer était trop fort pour rester à Moscou. La musique était le seul moyen d'y parvenir. Mais Alana étant mineure, nous nous devions d'attendre sa majorité pour tout quitter. Chacun de ses anniversaires sonnait comme un compte à rebours. Nous avons bien failli toucher notre rêve du bout des doigts, l'année de ses quinze ans, mais nos parents ont eu peur qu'elle ne résiste pas à la pression. Alors, quand l'occasion s'est présentée à nouveau, deux mois après ses dix-sept ans... j'ai eu du mal à croire qu'elle se concrétisait jusqu'à ce qu'on nous remette les clefs du studio.

Nous nous installons dans un pub près de Leicester Square, optant pour une banquette à l'écart des autres clients pour préserver nos costumes de tout incident. Nikita insiste pour payer sa tournée, je le soupçonne d'être impatient de reluquer les Anglaises au comptoir. Pour mon plus grand amusement, il ne tarde pas à leur servir son numéro de tombeur.

— Tu comptes recontacter Kira, la semaine prochaine ?

Mon attention se reporte aussitôt sur Lev et mon sourire s'efface.

— Dis donc, tu ne fais pas dans la dentelle toi, quand tu t'y mets.

Mon ami m'observe d'un air impassible. Je sais qu'il n'apprécie pas ma façon d'esquiver le sujet. Mais que dire ? La seule fille que j'aie jamais voulue sur Terre refuse d'entendre parler de moi. Je ne peux pas la forcer à écouter mes excuses. Même si, dans une semaine, nous serons à nouveau dans le même pays.

— Sérieusement, c'est la seule fois où vous allez rentrer à Moscou avant…

Il fronce le nez, semblant tenir un décompte mental.

— Avant des mois, conclut-il.

— Ouais, et alors ? Ça ne change rien au fait qu'elle me déteste.

Ce constat est si douloureux qu'une part de moi en vient à regretter les vacances qui nous attendent. À près de deux mille kilomètres de distance, c'est facile de tromper son chagrin dans les excuses rationnelles. À quelques pâtés de maisons, la raison semble fragile.

— C'est toi qui décides. Mais tu sais ce que j'en pense… Tu risques de regretter longtemps de l'avoir laissée filer.

J'esquisse un semblant de hochement de tête en me renfonçant contre le dossier de la banquette. Lev comprend que le sujet est clos.

Heureusement, Nikita débarque avec nos trois pintes de Guinness dans la foulée. Son sourire radieux ramène une ambiance légère à notre table.

— Devinez qui vient de décrocher un numéro ?

Il pose les verres avec soin et s'affale sur la banquette, son regard cherchant celui de la demoiselle qu'il vient de séduire.

— Eh bien, l'Angleterre te réussit plus que la maison, me moqué-je en m'emparant d'une pinte glacée.

La remarque lui arrache un rire plutôt que de le vexer. Il saisit une bière à son tour et nous nous apprêtons à trinquer.

— Aux Rocket Siblings ! lance-t-il joyeusement.

Lev lui adresse un regard noir. D'un geste involontaire, je ramène la chope vers moi, pris de court. Il me faut une bonne seconde pour reprendre contenance et digérer la maladresse.

— T'es vraiment à la ramasse, toi ! le réprimande notre ami.

Je porte le liquide brun à mes lèvres tandis que Nikita comprend sa bourde.

— Ce n'est rien, Lev. J'ai signé en toute connaissance de cause.

Mes amis échangent un regard gêné, comme si je menaçais d'imploser. Je suis pourtant sincère. Le sujet n'est pas tabou, personne ne m'a forcé à m'engager sous ces conditions. Les Rocket Siblings n'existent plus, mais notre musique n'est pas morte pour autant. Alana, la première, a voulu tout envoyer valser. Mais ce contrat, nous ne pouvions le laisser nous échapper. Peu importe le prix, peu importe les sacrifices. Il est tout ce pour quoi nous avons toujours travaillé. Et si ma petite sœur croit que je n'ai rien remarqué, il est surtout mon dernier espoir de la sauver.

Février 2017

Un an avant d'emménager à Londres

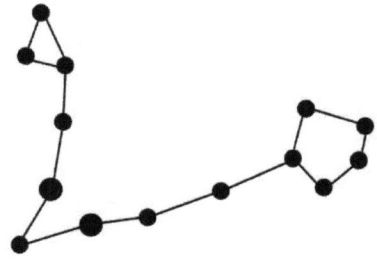

Chapitre 3

Alexz

Alana se balade dans le couloir en culotte. À la vue d'une cicatrice sur sa fesse gauche, mon cœur se serre. Je ne peux m'empêcher de détourner le regard, m'efforçant de refouler les souvenirs que cette marque ravive.

— Ne te balade pas comme ça, va mettre quelque chose, marmonné-je.

Elle me décoche une œillade agacée et tire sur son t-shirt en soupirant pour se couvrir.

— T'es complètement coincé, j'te jure !

Je ne réplique pas. Je voudrais lui dire que je ne cherche pas à l'embêter, que je ne supporte tout simplement pas certains rappels du passé. Nous avons été adoptés lorsqu'elle avait trois ans. J'en avais sept. Si ses souvenirs ont fané, les miens sont encore bien ancrés dans mon esprit. Alana ne comprendra jamais les blessures que je porte. Il est hors de question que je lui raconte le manque d'amour dans lequel nous avons baigné, les négligences qui nous ont abîmés. Aucun enfant ne mérite de grandir avec ce poids. Svetlana et Sergueï n'ont jamais pu lui cacher notre adoption, mais pour ma petite sœur, c'est comme s'ils étaient ses véritables parents. Alors ce qui me hante la dépasse complètement.

Pire, ça la contrarie.

Je peux le comprendre. Elle ressemble à Svetlana et, plus elle grandit, plus on pourrait oublier les degrés qui nous séparent. Après tout, son sang coule dans nos veines, même si Alana l'ignore. « Nous lui raconterons tout plus tard, quand elle sera assez grande pour comprendre. C'est encore un bébé. Tout ce qui t'a heurté, on peut le lui épargner. Tu comprends ? Tu veux bien faire comme si, toi aussi, tu avais tout oublié ? » Cette promesse, c'était une nécessité. Je ne l'ai pas compris tout de suite mais, rapidement, les albums photos se sont remplis, les portraits ont envahi le manteau de cheminée, et l'évidence s'est imposée. Alana pouvait jouir d'une genèse différente de la mienne. Quand elle regarderait en arrière, seuls les souvenirs d'une enfance joyeuse et choyée se rappelleraient à elle.

Alors voilà où nous en sommes. Une famille bâtie sur un mensonge, s'efforçant d'oublier les racines pourries qui ont attaqué l'arbre. Des comptes en banque fournis, un rôle élevé dans la société, un joli cliché de cartes de vœux de fin d'année. On pourrait se prendre pour la parfaite petite famille. On pourrait. Mais je suis le seul à ne pas y arriver. Les blessures sont trop profondes, et parfois elles se remettent à saigner. Surtout le soir lorsque, sans inspiration pour laisser ma guitare étouffer mes pensées, je me mets à gratter les plaies, tournant et retournant dans ma tête les quelques bribes de souvenirs qu'il me reste. Je suis constamment aux aguets, prêt à sortir les crocs pour me défendre de menaces fantômes. Et quand celles-ci planent autour d'Alana, je ne réponds plus de rien. Ma petite sœur m'accuse d'être étouffant, mais elle ne se rend pas compte que je ne sais pas me comporter autrement. Elle croit que je suis surprotecteur, mais elle ne se rend pas compte que sans elle pour me donner un but, je ne suis qu'un petit garçon perdu et effrayé.

Je descends dans la cuisine, où je trouve Svetlana en train de trier le courrier. Ses longs cheveux blond cendré sont relevés en une queue de cheval et elle a chaussé ses lunettes de vue pour parcourir les lettres. Nous sommes les seuls à avoir le droit de la voir ainsi. Les effets de l'âge sont une torture à ses yeux…

Je la gratifie d'un vague « bonjour » et je tire un paquet de chips d'un placard. Le regard qu'elle me lance m'indique qu'elle désapprouve fortement mon choix, mais cela fait longtemps qu'elle a abandonné ce genre de combat. Mon butin dans les mains, je m'éclipse au salon où je me laisse tomber dans le canapé d'angle. J'ai à peine le temps d'allumer la télévision que l'ancien mannequin me rejoint.

— Sergueï rentre à la maison ce soir, m'informe-t-elle, la main qui tient toujours son courrier sur la hanche. Je compte sur toi pour assister à notre dîner en famille.

La télécommande pointée vers l'écran, je change de chaîne sans me détourner des numéros qui se succèdent.

— Pourquoi tu te sens obligée de me faire ce rappel ? Sergueï part vendre des complexes hôteliers pendant des semaines, et quand il rentre on sort tous fêter ça. C'est non-négociable tant que je vis sous ce toit. Fin de l'histoire.

Elle soupire, remonte ses lunettes sur le sommet de son crâne.

— Fais un effort, il n'est pas rentré plus de trois jours depuis Noël[3]. Notre famille est si terrible pour que tu détestes à ce point passer du temps avec nous ?

Je me mords la lèvre. Mes doigts se contractent sur la télécommande.

Les échanges n'ont pas toujours été aussi tendus, entre elle et moi. Quand je suis arrivé ici, je me suis même beaucoup attaché à elle. Elle ressemblait tant à cette maman qui me regardait à peine... Cette maman que j'avais perdue. C'était comme une seconde chance. Mais les années ont passé et son admiration pour Alana m'a éloigné. Au début, j'ai eu peur qu'elle brise le lien si fort qui me liait à ma sœur, qu'elle m'écarte de ce que j'avais de plus cher au monde. Je la voyais si déterminée à l'orienter vers le mannequinat, à la modeler à son image, que j'étais persuadé qu'elle finirait par la

---

[3] En Russie, on fête le Noël orthodoxe dans la nuit du 6 au 7 janvier, selon le calendrier Julien.

détourner de la musique. J'avais l'impression d'assister à l'évolution d'une famille modèle dans laquelle je n'avais pas ma place. Je ne vais pas prétendre que ce sentiment s'est effacé, mais la peur a laissé place à une forme de lassitude.

Je crois que je suis juste fatigué d'attendre le jour où je pourrai me détacher du passé. Où je ne serai plus le gamin adopté, le fils Latchkov, mais seulement un bon musicien.

— Tu exagères, c'est juste que…

Alana entre dans le salon. Elle a enfilé un pantalon de danse et marque un temps d'arrêt en sentant l'électricité dans la pièce. Je ravale mes paroles, me renfonce dans les coussins du canapé.

— Désolé. On pourrait aller chez Turandot, ça fait longtemps, grogné-je.

Ma sœur fronce les sourcils, analysant ce qui se joue entre Svetlana et moi. J'évite son regard.

Fut un temps où ma colère grondait trop fort pour que je parvienne à la museler. Je brûlais de l'intérieur. Je me sentais perdu, incapable de m'enraciner dans cette nouvelle vie. Les mots s'échappaient, incontrôlables missiles prêts à s'abattre sur n'importe quel habitant de la maison. Notre mère adoptive en était la première victime. Ces tensions permanentes affectaient beaucoup Alana. Et puis elle a eu quinze ans et Sergueï a réservé le café Pouchkine pour fêter ça. Les amis les plus proches des Latchkov étaient présents, j'avais demandé qu'un piano soit installé pour que nous puissions offrir une représentation à nos invités. À la fin de la soirée, un ami de Svetlana nous avait approchés. « Ma chérie, il faut absolument que nous prenions rendez-vous la semaine prochaine, je veux tes enfants dans mon label ! » avait-il dit. Alana avait bien failli s'évanouir et je lui avais broyé les os de la main, incrédule. Jusqu'à ce que notre mère adoptive se dresse en louve protectrice. « C'est gentil, Andreï, mais ils sont encore jeunes, je vais devoir décliner ton offre. »

Nous avions protesté, essayé de fédérer ledit Andreï à notre cause, mais Svetlana avait parlé. Et nul n'ose se frotter à Svetlana Latchkova. Les jours suivants, Alana et moi avions tout tenté pour la faire changer d'avis. C'était notre chance, nous ne pouvions la laisser filer. Mais l'ancien mannequin restait intraitable. Et Sergueï refusait de discuter une décision déjà scellée par sa femme.

Si Alana s'est vite pliée face à l'inéluctable, je n'ai jamais réussi à pardonner à nos parents. J'ai appris à ne plus être invivable, mais je ne peux jouer au fils modèle après cette trahison.

— Qu'est-ce qui se passe ? s'enquiert ma sœur. Je peux prendre mon petit déj' tranquillement ou vous vous cherchez la bagarre ?

Svetlana laisse glisser son bras le long de ses hanches et adopte un sourire de composition.

— Tout va bien, ma chérie. J'annonçais à ton frère que Sergueï nous fait la surprise de rentrer ce soir.

Le visage de ma sœur s'éclaire.

— Déjà ? Cool, ça veut dire robe de soirée et restau !

— Exactement. Chez Turandot, comme Alexz en a eu la brillante idée. Tu es partante ?

Son regard pétille. Forcément, c'est son restaurant préféré.

— Je veux, ouais ! Avec les cours qui reprennent lundi, je mérite bien une dernière soirée de vacances exceptionnelle.

L'idée de retourner à la *chkola* place une ombre sur son visage. Les résultats d'Alana ont baissé, ces derniers mois. Je crois que la petite peste qui lui mène la vie dure n'y est pas pour rien. Ma sœur est une guimauve et les guimauves sont une cible de choix pour les terreurs armées de sac à main Prada. En un coup de pression, elles s'écrasent à la perfection.

Svetlana hoche la tête d'un air entendu, dépose un baiser sur la crinière châtain de ma sœur puis retourne vaquer à ses occupations. Jouant nerveusement avec le cordon de son pantalon, Alana vient s'installer à mes côtés.

— J'ai regardé nos statistiques, ce matin. Les lancements des deux derniers morceaux sont excellents.

Tout en enfournant une poignée de chips dans ma bouche, je lui lance une œillade intriguée.

— J'ai vu ça, mais pourquoi ça a l'air de te rendre si inquiète ?

Elle grogne.

— J'ai peur que les vidéos commencent à circuler au lycée.

— Alana, on en a déjà parlé… Soit tu passes ta vie à te cacher à cause du regard de ceux qui ne font rien, soit tu te bats pour mériter ta place au sommet.

Elle soupire, tirant un peu plus fort sur la ficelle grise.

— Je sais, tu as raison…

D'une petite secousse sur l'épaule, j'essaie de lui arracher un sourire.

— Dans moins de deux ans, tout ça sera fini. Deux ans, petite tête. Ce n'est rien du tout.

Ma sœur balaie le sujet d'un revers de main et s'efforce de passer à autre chose, reportant son attention sur le programme culinaire qui est diffusé à la télé. Mon téléphone vibre au même moment et je découvre un message de Nikita.

« Lev fête son anniversaire ce soir. On t'attend au Mendeleev à vingt heures. »

Je fronce le nez. Sergueï rentre en fin d'après-midi, mais je ne peux résolument pas manquer la soirée d'anniversaire de mon deuxième meilleur ami…

Mon pouce presse le bouton « répondre » et je sais aussitôt que je vais devoir m'armer de mes meilleurs talents de négociateur, si je veux éviter un nouvel esclandre familial.

*

J'arrive au bar avec une heure trente de retard. Je déteste être en avance, sauf aux concerts. Saluer chaque nouvel arrivant, s'ennuyer ferme en attendant que la soirée démarre et écouter les conversations creuses des autres, ça me tape sur les nerfs. Je préfère débarquer quand la musique couvre les futilités et que les basses bourdonnent à mes oreilles.

Je me faufile entre les tables désertes d'un petit restaurant chinois qui dissimule l'entrée du bar derrière un rideau noir. Alors que la soirée est censée battre son plein juste sous mes pieds, dans une cave voûtée où mes amis et moi avons nos habitudes, je ne perçois aucune note de musique, ni aucune vibration. Je lève les yeux au ciel en espérant que le gérant ne tardera pas à monter le volume, puis je m'élance dans l'escalier menant au sous-sol.

Dès qu'il m'aperçoit au milieu de la foule, Nikita me saute dans les bras. Le bar a beau être privatisé, ça grouille de monde. Mais comme d'habitude, il y a peu de nouvelles têtes. Vautré sur le comptoir, Lev se fait verser de la Vodka dans le gosier par une Asiatique plantureuse. Un groupe de filles assiste à la scène derrière la lentille de leur téléphone portable.

— Un cocktail à l'absinthe, commande Nikita.

Je comprends aussitôt que c'est pour moi. Survolté, il me donne une tape dans le dos en contemplant notre ami noyé sous l'alcool. Lorsque ses yeux se posent sur ma mine impassible, il s'esclaffe et se tourne à nouveau vers le barman.

— Deux, en fait. Et un White Russian pour moi.

Les haut-parleurs diffusent de l'électro d'un artiste russe que j'apprécie particulièrement. Je ferme les yeux, me concentre sur les notes et mon esprit s'évade loin des gloussements et des cris joyeux. La soirée va pouvoir commencer pour moi. Si le set est bon, il m'enivrera bien plus que des litres de cocktail.

J'ai à peine le temps de laisser les vibrations des basses prendre possession de ma cage thoracique pour résonner jusque dans mes tripes que Nikita me fourre un verre dans chaque main.

— Suis-moi, on récupère le roi de la fête et on rejoint le groupe de nanas, là-bas. J'ai une touche avec la fille de l'ambassadeur allemand. Ou autrichien, j'sais plus.

Je quitte ma bulle sensorielle pour regagner le brouhaha ambiant. Nikita empoigne Lev par le bras puis se dirige droit vers sa cible, s'assurant que nous le suivons bien.

— Il a encore une touche ? demande Lev.

— Comme à chaque soirée. C'est un rendez-vous avec l'échec.

Nous ricanons, je lui remets l'un des verres et nous échangeons une poignée de main chaleureuse. Nikita a une tête chercheuse dans le caleçon. Il a beau cumuler les rejets, rien ne l'arrête ; au contraire, sa frustration semble le motiver encore plus.

— Mesdemoiselles, vos chevaliers servants sont arrivés ! s'exclame Nikita en écartant les bras tel le Messie.

Je prends place dans un fauteuil, Lev m'imite et nous trinquons avec nos cocktails d'absinthe, prêts à assister au naufrage du beau parleur de service.

— Je te parie cinq cents roubles que la rousse lui jette son verre à la figure, s'amuse Lev en désignant une jolie fille aux yeux noirs.

Je dévisage le petit groupe perché sur des sofas. Toutes issues du même monde que moi, elles considèrent à peine mon ami avec son jean usé et sa veste en cuir mal coupée. Ses vêtements n'ont pas de griffe, ses anecdotes de drague ne les font pas rêver. Il n'a pas de voyages au bout du monde à leur vendre, il ne maîtrise pas l'art de la diplomatie pour les attirer dans son lit et les en bannir dès ses petites affaires terminées. C'est un lourdaud, un mec des quartiers. Moi, je sais qu'il prendra la peine de rappeler celle qui lui donnera une chance de la séduire. Mais elles, elles veulent le grand jeu, les perspectives de maison secondaire et de cadeaux de luxe à ne plus savoir qu'en faire.

— Mmmh, je mise mille sur un repli stratégique. Si elles sont bien élevées, l'une d'entre elles prétextera devoir aller aux toilettes et ses copines la suivront. S'il épuise leur patience trop rapidement, elles opteront pour une fuite rapide, sans même s'embêter à chercher une excuse.

Nikita commence à leur sortir son baratin habituel. Quand il sent qu'il commence à perdre leur attention, il se tourne vers nous et s'exclame :

— Liova, Alexz, venez leur raconter le soir où j'ai piqué la limousine de cette fille de votre école. Sérieusement, ils racontent cette histoire mieux que moi, c'est à se tordre de rire.

J'échange un regard mi-complice, mi-désespéré avec Lev. Nous étions camarades de classe à la *chkola* mais nous n'avons sympathisé qu'au cours de la huitième classe[4]. Étant arrivé au début de la deuxième année, au milieu d'élèves qui se connaissaient déjà, et parlant encore très mal le russe, la curiosité des autres enfants avait rapidement laissé place à l'indifférence. Je ne m'en portais pas plus mal, préférant rester dans mon coin qu'avoir à mentir sur mon histoire. Et puis un jour, Lev et moi nous sommes retrouvés partenaires en cours de sport. La complicité a été immédiate. J'ai fini par l'emmener à la boxe avec moi et je lui ai présenté Nikita. C'est ainsi que notre trio s'est formé.

---

[4] Équivalent de la classe de 4ᵉ en France.

Lev me donne un coup de coude et se lève en soufflant :

— Je crois bien que je suis sur le point de te filer mille roubles.

Et il rejoint le petit groupe pour aider Nikita à briller. Le séducteur intrépide n'est pas dupe, il sait que ces filles ne s'intéressent pas à ce qu'il peut avoir à leur raconter. C'est pourquoi il nous appelle en renfort dès que ses ressources s'épuisent. Son sourire en coin et ses cheveux blonds désordonnés ne suffisent pas à conquérir ces dames.

Nikita n'insiste pas pour que je les rejoigne. Il me connaît mieux que personne, il sait que ces mises en scène ne sont pas ma tasse de thé. D'ailleurs, il ne m'appelle par aucun diminutif non plus. Les Russes ont cette culture du surnom, à tel point que les prénoms officiels ne servent quasiment plus que pour les passeports et autres formalités. Mais moi, je ne suis pas russe de naissance. Avant mes sept ans, je ne m'appelais pas Alexzander. Me réinventer avec cette nouvelle identité a déjà été suffisamment difficile, il m'a fallu des mois avant de me retourner quand on s'adressait à moi. Je n'ai pas envie d'en rajouter une couche avec des surnoms. Heureusement, Svetlana a suivi la mode de ces célébrités qui imaginent l'orthographe la plus originale, le nom le plus inattendu par le public pour leurs gamins. Les gens cherchent donc moins à me surnommer « Sacha » que si j'avais été baptisé Aleksandr directement.

Entre deux gorgées de cocktail, je ferme les yeux et me laisse emporter par la musique. Le gérant a monté le volume, les basses résonnent sous mes pieds. Rien n'est plus excitant que sentir les notes prendre vie dans mon corps, s'écouler dans mes veines et s'imprégner dans ma chair. Mes mains s'agitent en rythme, discrètement, tandis que ma tête ondule. Ce que c'est bon de se sentir vivant de la sorte ! Rien au monde n'est aussi puissant qu'une série de notes bien assemblées.

Alors que je suis perché dans un autre univers, le cerveau surchargé d'endorphines, la voix de Nikita me ramène sous terre, dans la cave voûtée bondée de monde.

— Fais chier, c'est toujours la même histoire !

J'ouvre les yeux et repère le groupe de filles qui s'éloigne.

— Elles ne lui ont même pas adressé un dernier regard, dit Lev. Tiens, voilà pour toi. Tu avais raison, mon vieux.

Il tire un portefeuille de sa poche, mais je ne prête aucune attention aux billets qu'il me tend. Sur un canapé, à quelques mètres de nous, je remarque une jolie brune à la silhouette élancée en pleine discussion avec une autre fille, qui était jusqu'alors cachée par les cibles de Nikita. Un exemplaire de *L'Attrape-cœurs*, mon roman préféré, dépasse du sac à main posé à ses pieds. Un élan de curiosité me traverse. J'ignore comment elle a atterri ici, mais elle ne fait pas partie du cercle habituel de Lev. Ça, c'est certain. Et cette indifférence dans le regard, cette grâce dans sa façon de bouger me captive comme jamais une demoiselle ne m'avait captivé.

Il faut dire que, d'habitude, je n'ai pas le loisir de laisser travailler mon imagination… Les filles n'ont jamais été source de grand mystère, pour moi.

Mais je n'ai pas le temps d'esquisser un geste en sa direction qu'un grand blond baraqué lui apporte un verre avant de s'installer à ses côtés. La frustration m'envahit.

Je dois savoir qui est cette fille et ce qu'elle fiche avec ce naze.

Chapitre 4

Alana

Il est seize heures quand Yuri, le chauffeur de la famille, me dépose à la maison après mon cours de danse. J'ai repris le lycée aujourd'hui et je compte déjà les semaines qui me séparent des prochaines vacances. Après quelques jours de répit, l'anxiété qui m'habite constamment en période scolaire a reformé son nœud coulant tout au fond de moi, là, à la jonction entre l'estomac et l'œsophage. Je ne retrouve une respiration correcte qu'une fois la porte de l'immeuble refermée derrière moi.

Tandis que l'ascenseur s'élève parmi les étages, j'entends des notes de guitare résonner de plus en plus fort. Alexz doit profiter d'un moment d'absence de Sergueï et Svetlana. Je me demande comment leurs retrouvailles se sont passées. Mal, sûrement... Connaissant les deux coqs, ma journée au lycée devait s'apparenter à un camp de vacances à côté de l'ambiance à la maison.

Les portes de l'ascenseur s'ouvrent sur notre vaste séjour. Je ne m'accorde pas de pause douche, je fonce tout droit vers notre ancienne salle de jeu qui est devenue notre studio de répétition. Alexz est en train de jouer une de ses compos les yeux fermés. Complètement absorbé par la musique, il tourne en rond dans la pièce, remuant la tête en rythme. Je pose mes affaires de sport sur un vieux fauteuil à oreilles, dénoue mes cheveux qui étaient retenus en queue de cheval et branche mon micro sur son ampli. Alexz joue le riff final avant de lever les yeux sur moi.

Je reconnais aussitôt la lueur qui habite son regard.

— Journée de merde ?

Il soupire.

— Comme toi, j'imagine.

Sa voix est rauque, atone. Il ôte la sangle de sa Duesenberg Starplayer et pose l'instrument sur un support. J'abandonne le micro sur l'ampli et me laisse tomber sur le parquet, me massant la nuque pour dénouer mes muscles.

— Il te reste assez d'énergie pour chanter ?

Il s'assied à mes côtés, étend ses longues jambes en avant. Ses doigts ornés de bagues en argent pianotent nerveusement sur le sol.

— Arrête de t'inquiéter pour la danse. Tu sais que ça m'aide à me vider la tête pour écrire de meilleures chansons.

Il acquiesce, l'air absent. Je savoure cet instant de silence en parcourant la pièce du regard. La collection de guitares accrochées aux murs, les partitions éparpillées çà et là, le piano droit sur lequel j'ai appris mes premiers morceaux. Ces objets m'apaisent. Ici, je me sens libre, détachée du rôle docile dans lequel je suis enfermée le reste du temps. Ce rôle dont j'ai trop peur de m'extraire, à cause des attentes et des exigences de ma famille.

— Tu veux en parler ?

Les jambes ramenées en tailleur, j'incline la tête en attendant une réponse.

— Nous devrions nous mettre au travail, se contente de répondre mon frère. Les vidéos dont nous avons parlé ne vont pas se réaliser toutes seules. On a besoin de morceaux à présenter.

Il se redresse sans cérémonie. Je soupire avant de l'imiter. J'appréhende le retour de nos parents, à moins qu'Alexz ne s'échappe bientôt pour éviter de croiser Serguéï. Entre une dispute et une famille incomplète, je me demande ce qui sera le moins éprouvant à endurer.

Nous nous mettons d'accord sur le morceau que nous voulons répéter puis Alexz joue les premières notes sur sa guitare. Je m'installe au clavier pour l'accompagner. À mesure que l'introduction se déroule, l'excitation se répand dans mon ventre, remonte jusque dans mes poumons. Lorsque mes lèvres s'entrouvrent pour libérer les premières notes, j'ai le sentiment de me métamorphoser. Mes mains s'activent seules sur le piano, mon cœur bat plus vite, mes jambes deviennent légères. La transe débute.

Même s'il n'y a que mon frère et moi dans la pièce, nous jouons avec la même conviction que si une foule de douze mille personnes s'étalait à nos pieds. La musique est notre exutoire. L'énergie qui émane de nos corps à chaque fois que nous jouons me donne le sentiment d'irradier telle une charge radioactive. Nos prestations pourraient illuminer des villes.

— Stop ! Où es-tu, là ?

L'interruption de mon frère me ramène brutalement sur Terre. Je fronce les sourcils, confuse.

— Qu'est-ce que tu veux dire ?

— Tu rêvasses encore pendant que tu chantes. Tu as été en retard au deuxième couplet, puis au troisième vers du refrain, et tu ne t'en es même pas rendu compte.

— N'importe quoi, c'était très bien.

— *Très bien*, ce n'est pas assez, Alana. Très bien, c'est à la portée de n'importe quel idiot un peu acharné. Tu m'as dit que tu étais prête à ce que nous tentions notre chance dans la cour des grands. Des gens talentueux qui savent chanter, jouer de la guitare et montrer un peu de prestance sur une scène, il y en a plein. Il nous faut plus que ça.

Je baisse les yeux, mes poings se crispent. Alexz est un perfectionniste, et son tempérament est encore plus orageux lorsque Serguëi est dans les parages. Il prend nos répétitions très au sérieux, la musique est toute sa vie. Pour moi aussi, je crois, mais elle est surtout un moyen de m'échapper de la vie.

Ses mots me blessent. J'étais persuadée que nous jouions *très bien*. Je me sentais voler si haut, si loin... Mais peut-être que mon frère a raison. Peut-être que ce n'était pas assez.

— Désolée.

Je réajuste ma position sur mon tabouret, il fronce le nez et me signifie que mes excuses sont entendues d'un hochement de tête.

— On recommence, ordonne-t-il.

Ses doigts s'activent à nouveau sur les cordes de sa guitare et je m'efforce de ravaler ma fierté pour donner le meilleur de moi-même. Malgré tout, cela ne semble pas le satisfaire. Nous passons les trois heures suivantes à répéter le même morceau, encore et encore. Si bien que lorsque Svetlana fait irruption dans la pièce pour nous signaler que nous sortons dîner en famille, mon cerveau semble prêt à exploser. Et mon ventre se noue à l'idée de nous retrouver tous ensemble pour la soirée.

Nous aurions déjà dû sortir hier soir, mais Alexz a réussi à négocier le report du dîner de retrouvailles. Svetlana a râlé, mais je crois que ça arrangeait bien Sergueï d'avoir le temps de se remettre du décalage horaire. Le Mexique, ce n'est pas la porte à côté.

— La dernière répétition était mieux, non ? demandé-je à mon frère alors que nous quittons la pièce.

— Un peu mieux, oui. Mais on n'est pas encore prêts pour le filmer, ce morceau. On retentera demain.

Je pince les lèvres. *Un peu mieux*, seulement ? Je suis pourtant certaine d'avoir été parfaitement en rythme. La rigueur d'Alexz me démoralise. Et la soirée qui se profile est loin de me remonter le moral. Toute la famille réunie au restaurant ? Hun, hun. Mauvaise idée. Si le ton monte entre Alexz et Sergueï, on peut être sûrs que ça fera les gros titres de la presse à scandale dès demain matin.

Je file dans ma salle de bains pour enfin prendre ma douche et me préparer avant la soirée. Tandis que l'eau de la douche coule dans le vide le temps de se réchauffer, j'ôte mon pull à grosses mailles et fais glisser mon pantalon à mes chevilles.

Nue face au miroir, je m'adonne à mon rituel quotidien. J'inspecte mon corps, traque la moindre apparition d'acné dans mon dos. J'effleure du bout des doigts la cicatrice qui marque ma fesse gauche et dont personne ne daigne me raconter l'histoire, comme si elle avait été livrée avec le reste à ma naissance. Je rentre le ventre, roule ma peau entre mes doigts, pivote de profil, palpe ma poitrine, reviens sur la peau de mon visage et la tire à la recherche de points noirs. Une fois ce rituel achevé, je me réfugie sous le jet d'eau chaude, assise en tailleur dans le bac de douche. Je pourrais rester prostrée ainsi durant des heures.

Je sens mes épaules se délasser et la tension dans mes muscles disparaître. Le visage levé vers le pommeau, je laisse l'eau couler sur ma peau, puis je me mets à chanter. Les notes résonnent et ma contrariété s'apaise. Je sens les nœuds se délier à mesure que mon souffle s'élève. Doucement, mon buste se redresse, ma cage thoracique s'ouvre. Je reprends confiance. Je redeviens forte. Je ne suis plus cette fille impuissante qui tente de colmater les failles de sa famille, je suis une boule d'énergie capable de captiver les âmes. Je suis libre.

Une fois mon concert intimiste terminé, je me sens fin prête à affronter le dîner qui m'attend.

Je me sèche rapidement, prends le temps de me maquiller, puis j'enfile une robe longue vert émeraude. Alors que je m'apprête à rejoindre Svetlana au rez-de-chaussée, je songe qu'un petit remontant ne me fera pas de mal. Je m'empare de mon téléphone, posé sur le coin du lavabo, déverrouille l'appareil photo et m'assure que les manches de ma robe dénudent bien mes épaules. Utilisant le grand miroir qui recouvre tout un pan de mur, je capture un selfie que je poste aussitôt sur Instagram.

Les compliments de mes abonnés ne seront pas de trop pour adoucir la soirée qui s'annonce.

Chapitre 5

Alexz

Ce dîner n'en finit pas. Sergueï a tenu à nous sortir le grand jeu, avec un menu gastronomique de huit plats et champagne à volonté. « Les retrouvailles de notre famille doivent se fêter en bonne et due forme ! » s'est-il exclamé en donnant sa commande au serveur vêtu d'un costume trois-pièces et d'un tablier. Mais sérieusement, quelle arnaque ! On en est déjà au sixième plat et mon ventre crie toujours famine. Les chandeliers en or massif et les gerbes de fleurs grandes comme des paquebots n'atténuent en rien mon impatience.

Depuis notre arrivée, Svetlana s'efforce de meubler la discussion. Ses efforts pour nous donner l'air d'une famille conventionnelle me feraient presque mal au cœur. L'air grave, Sergueï approuve tous ses propos sans rebondir sur aucune de ses tentatives pour savoir comment s'est passé son voyage au Mexique. Qu'on lui parle de tarte à la crème ou d'un contrat à soixante millions de roubles, il arbore la même indifférence.

De son côté, Alana s'efforce de nous égayer de sa joie de vivre. Mais le manque d'intérêt envers les sujets abordés finit par la plonger dans le silence. Quand nos parents adoptifs s'enferment dans un dialogue monotone dont eux seuls ont le secret, elle glisse discrètement son téléphone sur ses genoux et s'absorbe dans le contenu de l'écran. Elle s'accroche à ce fichu mobile depuis que nous sommes montés dans la voiture. J'ignore ce qu'elle peut bien y faire de si intéressant, mais j'espère qu'elle ne répond pas aux messages d'un garçon. Jusqu'à présent, je n'ai pas eu de souci à me faire à ce sujet. Mais elle grandit et se transforme en une magnifique jeune femme. Les prétendants doivent abonder.

Je frémis. Ma petite sœur est bien trop douce et innocente pour les sales pattes d'un gosse de riche écervelé.

— Et toi, Sacha ? Que comptes-tu faire de ta vie, puisque l'université semble définitivement rayée de tes options ?

Cette voix froide et autoritaire me tire de mes pensées. Sergueï est le seul à ne pas respecter mon refus des diminutifs, et son obsession pour les diplômes me tape sur le système. Mes doigts se crispent sur les couverts en argent.

— Ta question laisse entendre que je passe mes journées à user votre canapé, mais je suis heureux de t'annoncer que j'ai validé tous mes cours par correspondance. Le reste de mon temps, je le consacre à la musique.

Svetlana détourne le visage, agacée par mon insolence. J'enfourne une bouchée de raviole aux truffes avec détachement. Son mari n'a jamais pris au sérieux notre ambition pour la musique. Je crois qu'il rêvait d'un fils pour marcher dans ses pas. Il l'aurait embauché dans son groupe de promotion immobilière, lui aurait enseigné les ficelles du métier et aurait pu prendre sa retraite l'esprit tranquille, avec le sentiment gratifiant d'un héritage soigneusement transmis. Je me désole de la situation en contemplant mon assiette vide après un simple coup de fourchette. Décidément, cette soirée est un véritable désastre…

Lorsque je reporte mon attention sur Sergueï, il affiche un air déterminé.

— Je pense que nous t'avons trop couvé, Sveta[5] et moi. Il est temps que tu te confrontes au monde.

---

[5] Diminutif de Svetlana.

Il s'interrompt un instant, semblant chercher ses mots tandis que la tension monte en moi. Je cherche un signe de ce qui suit du côté de Svetlana, mais elle est soudainement très concentrée sur son plat.

— Je te donne un mois pour commencer à gagner de l'argent par toi-même. *Légalement*, j'entends.

Je laisse tomber ma fourchette sur la table et me recule dans mon siège. Étrangement, je ne suis même pas surprise par son ultimatum. Je doute que Sergueï ait jamais suivi notre activité sur les réseaux sociaux, qu'il ait pu constater l'engouement naissant pour notre travail, ni même qu'il ait considéré un jour la musique autrement qu'en qualité de loisir. Il sait que nous sommes doués, pourtant. Mais le talent, ce n'est pas un statut. Cela demande du temps avant que le monde s'y intéresse et, si l'on a de la chance, le reconnaisse.

Je réprime un rictus mauvais. La façon dont il a insisté sur le terme « légalement » est sans doute ce qui me choque le plus dans ses paroles. Qu'est-ce qu'il croit ? Que je vais me mettre à dealer de la drogue ou devenir tueur à gages ? J'essaie de me canaliser, d'encaisser la nouvelle, mais mon instinct reprend le dessus.

— Sinon quoi ?

Assise à ma droite, Alana range discrètement son téléphone dans son sac à main tout en nous couvant d'un regard inquiet. Elle ne supporte pas ces duels constants entre nos parents adoptifs et moi. Elle ne comprend pas combien l'autorité masculine m'est difficile à supporter.

— Sinon tu devras quitter la maison, puisque tu ne daignes pas te plier aux valeurs des Latchkov.

Alana m'adresse un regard paniqué. Quelque chose vrille dans mon cerveau, un bouton enfoui tout au fond de mes méninges s'enclenche. Mon sang se glace et mon cœur loupe un battement.

*

— *Reviens ici, morveux !*

J'ai cinq ans. Je cours dans tout l'appartement pour me débarrasser du Monstre. Il me poursuit en titubant, beugle des injures à tout va. Mes mains tremblent. Mon souffle se fait court. C'est à cause de l'asthme, a dit le docteur. Moi, je crois surtout que c'est la peur qui me grignote les poumons.

— *Tu vas t'arrêter de courir, sale gosse ? Tu n'en as pas assez de gâcher ma vie ?*

Je me cache derrière le canapé, il fait le tour de la pièce en grognant et en renversant tout ce qui se trouve sur son passage. Ses pas s'éloignent, je reprends ma respiration, enfin libéré de son courroux. Alors que je passe la tête d'un côté du canapé pour inspecter les alentours, une main me saisit par le col. Le Monstre me soulève, ses yeux brillent de rage.

— *Démon ! On aurait mieux fait de t'avorter, t'as rien à foutre dans cette maison !*

Son poing s'abat sur ma joue, une brûlure terrible se répand dans ma mâchoire et je valse contre le sol. Au-dessus de moi, la tête horrifiée d'une Alana aux traits de poupon apparaît. La douleur me dévore le visage, mais c'est son expression de terreur qui me brise le plus.

*

La rage m'envahit. Je ne décamperai pas de cette maison. Pas sans ma sœur. Le jour où nous ne vivrons pas sous le même toit, ce sera parce qu'elle l'aura décidé. Je ne peux pas l'abandonner. Pas après tout ce que nous avons traversé.

J'encaisse l'ultimatum sans ciller, mes poings se contractent discrètement. Intérieurement, je suis au bord de l'ébullition. Mais je ne peux pas m'effondrer. Pas devant ma petite sœur. Pas sous l'œil inquisiteur de notre père adoptif.

— Entendu, je trouverai un moyen de gagner ma vie. *Légal*, bien sûr, réponds-je avec sarcasme.

J'échange un regard complice avec ma sœur et je ravale ma fierté. Alana sait que la seule raison pour laquelle je ne quitte pas ce restaurant de dînette et que je n'abandonne pas ma place au sein de notre appartement, c'est elle. Sinon, il y a longtemps que j'aurais troqué cette vie d'apparat contre un quotidien plus simple. Nikita m'hébergerait volontiers à Mitino.

— Bien, et si nous échangions quelques bonnes nouvelles, maintenant ? intervient Svetlana en se tamponnant les commissures des lèvres avec sa serviette. Alana, ma chérie, j'ai réussi à te décrocher le rôle principal d'une pub. Mon ami Felipe cherchait une danseuse et il a adoré les vidéos que je lui ai montrées. L'équipe t'attend dès demain.

Le mannequin applaudit exagérément en souriant de ses dents blanches et Alana semble ignorer comment recevoir la nouvelle. De mon côté, je frôle l'apoplexie.

Une pub ? Svetlana lui a décroché une pub alors que le jour où l'occasion s'est présentée de nous aider à percer dans la musique, elle a refusé ? Putain, je vais exploser. J'ai envie de retourner la table et de mettre le feu aux hideux rideaux de velours qui ornent les fenêtres de la salle. De contempler les fresques peintes sur le plafond en dôme disparaître dans des langues de fumée. Depuis que nous avons débarqué dans cette fichue maison, Svetlana ne cesse de répéter à Alana qu'elle devrait s'intéresser au mannequinat, que si elle la suivait dans ses déplacements professionnels, elle pourrait faire des rencontres *utiles*. À savoir un mari plein aux as ou un directeur d'agence de mannequins. Je sais qu'elle a peur de nous voir quitter la Russie, qu'elle ferait tout pour nous donner des raisons de rester. Mais pourquoi nous éloigner à ce point de notre rêve ?

Ce n'est pas comme si notre passé pouvait encore représenter le moindre danger...

Je ne peux m'empêcher de protester, le poing fermé sur la table.

— C'est n'importe quoi, Alana a bien mieux à...

Mais mon téléphone vibre sur la table et les premières lignes du message qui s'affiche sur l'écran me coupent brusquement dans mon élan :

« J'ai trouvé qui est la fille qui t'a retourné la tête à la soirée. Elle bosse au Varvara Café... »

Soudain, les mots se perdent au bout de ma langue, mon attention s'échappe l'espace d'une seconde. Et d'une voix lointaine, j'entends ma petite sœur s'engouffrer dans la brèche et m'ôter toute chance de protester.

— C'est bon, je le ferai.

Je détache alors mes yeux de l'écran pour poser sur elle un regard interloqué. Elle l'évite, les mains crispées sur le jupon de sa robe et le menton tremblant.

Le message est clair. Au moins, je sais où sont ses priorités. J'attrape mon mobile, bien décidé à revoir les miennes.

Chapitre 6

Alana

— N'est-ce pas merveilleux ?

Svetlana pose ses mains sur mes épaules en contemplant béatement le Wonderland Studio, l'imposant bâtiment blanc où je vais danser pour la publicité qu'elle m'a décrochée. J'acquiesce en bafouillant et lui emboîte le pas en direction du hall d'entrée. Mes mains sont moites et j'ai l'estomac barbouillé. Malgré la faim qui me tenaille, je n'ai rien réussi à avaler au petit déjeuner. Mais j'imagine que ce n'est pas grave, Svetlana saute tout le temps des repas avant un shooting.

Alors que nous arrivons à l'accueil, un homme en pull oversize sorti de nulle part fonce droit sur ma mère et mime une bise exagérément bruyante.

— Sveta, quel plaisir ! J'imagine que c'est ta fille, la vedette en herbe dont tu nous as parlé ?

Sans cérémonie, il m'attrape par la main et me fait tourner sur moi-même pour m'observer sous toutes les coutures. Mal à l'aise, je récupère mes doigts et les glisse dans la poche de mon manteau. Je n'ose rien dire, souffle à peine un bonjour du bout des lèvres.

— En chair et en os, répond une Svetlana aux anges. Tu vas voir, ses pas de danse sont aussi aériens qu'une crème fouettée !

— Venez, la chorégraphe est déjà en place.

L'homme, qui s'avère être le Felipe dont Svetlana a parlé hier soir, nous conduit dans une vaste salle au décor délabré. Derrière les parapluies réflecteurs de lumière et les énormes spots, le parquet est élimé, le papier peint tombe en lambeaux et les quelques meubles de style baroque sont souillés et poussiéreux.

— Tu peux poser tes affaires dans le fond, près des consoles de maquillage, m'informe Felipe.

Je tourne la tête dans la direction indiquée et découvre trois filles installées entre les mains de coiffeurs et de maquilleurs. Chouette, je n'aurai pas à affronter le stress de cette journée toute seule.

— Salut, moi c'est Alana !

J'accompagne mes salutations d'un large sourire et elles se contorsionnent derrière les pinceaux qui balaient leurs visages pour me découvrir et se présenter à leur tour. Tania, Mariam et Ksenia.

On m'assied sur une chaise et on s'affaire à dompter ma crinière châtain. Pendant ce temps, les trois autres filles discutent du casting qu'elles ont passé pour être ici et du délai interminable avant d'être sélectionnées. Je ne dis rien. Je ne sais même pas ce que je fiche dans ce studio et ces filles semblent s'être démenées pour y poser le pied. Ce n'est pas juste. J'ai accepté de me prêter au jeu uniquement pour ne pas décevoir Svetlana, pour couper court à l'esclandre qui couvait sous la langue d'Alexz, mais je sais que mon niveau de danse n'est pas suffisant pour tourner dans une pub. Je vais me ridiculiser et cette idée me file des crampes d'estomac. Mais je n'ai pas le loisir de laisser libre cours à mon anxiété, Felipe vient se planter devant moi, un carnet dans les mains et un air sérieux sur le visage.

— Ta tenue se trouve dans la housse blanche derrière les spots, tu devras porter les baskets roses qui sont sur le portant juste en dessous. Ta mère t'a expliqué le concept, n'est-ce pas ?

Je hoche la tête et Felipe enchaîne ses explications. Svetlana m'a rapidement briefée sur cette journée, mais la plupart des informations ont traversé mon cerveau pour en ressortir aussitôt.

J'étais trop sonnée par la nouvelle. Une part de moi mourait d'envie de refuser cette opportunité, mais une autre se focalisait sur la visibilité que cela pourrait m'offrir. Et après l'ultimatum que Sergueï venait de poser à Alexz, j'ai compris que nous avions tout intérêt à ce que notre public grandisse rapidement, alors j'ai accepté. Je sais simplement que c'est une marque de baskets qui a commandé le spot. Apprendre que je n'aurai pas grand-chose à faire me détend un peu, mais alors juste un tout petit peu.

— Ce sont les filles qui assureront la majeure partie de la chorégraphie, toi tu devras seulement faire une arabesque en plein centre puis quelques plans en courant devant la caméra.

Il désigne les trois danseuses à côté de moi et pointe du doigt les lieux où je devrai évoluer. Je m'efforce de rester concentrée, même si j'ai l'impression d'avoir été embauchée pour un rôle de potiche.

— Heureusement que Sveta était là quand la fille qui devait tenir ce rôle a appelé pour se désister. L'idiote s'est cassé la cheville en allant patiner. Quelle danseuse va patiner quand elle a un contrat en or dans les mains, hein ? C'est à se demander où ces filles ont la tête, parfois !

Felipe affiche une mine dramatique avant de s'éclipser pour donner ses consignes au reste de l'équipe.

— Tu n'as pas passé de casting ? intervient Mariam, les sourcils froncés.

Le rouge doit me monter aux joues, car je les sens qui chauffent. Je n'ose pas affronter le regard inquisiteur de la grande blonde.

— Non, j'ai été choisie sur vidéo.

Ce n'est pas un si gros mensonge, après tout. Personne n'a besoin de savoir que ce contrat m'est tombé tout cuit dans la bouche… Et encore moins que je n'en ai jamais voulu.

— On pouvait candidater avec une vidéo ? demande Ksenia.

Tania, une brune longiligne aux pommettes saillantes, profite du fait que son coiffeur en ait terminé avec elle pour se lever avec majesté.

— Mais non, idiote. Tu n'as pas vu que Svetlana Latchkova[6] se tenait de l'autre côté de la pièce ? C'est sa fille, bien sûr qu'elle n'a pas eu à passer de casting. Tu vis dans une grotte déconnectée des réseaux sociaux ou quoi ?

Elle adresse un regard hautain à Ksenia, qui devient méprisant lorsque ses yeux se posent sur moi, puis elle s'éclipse en direction des costumes. Je me ratatine sur ma chaise. Pour la discrétion, on repassera. En même temps, qu'est-ce que j'imaginais ? Que ces filles qui vouent leur vie entière aux castings ne reconnaîtraient pas ma mère, dont la tête est placardée sur les plus grands panneaux publicitaires de Russie ? Quelle idiote ! Alexz avait raison, ce monde n'est vraiment pas fait pour moi. J'aimerais qu'il soit là pour me rassurer, ou tout simplement pour me pousser jusqu'à la voiture et m'aider à me tirer de là rapidement.

— Ça ira pour le maquillage, il faut y aller maintenant ! s'écrie Felipe. Alana, enfile ton costume et en piste, Masha t'attend.

Masha ? Je me lève de mon fauteuil dès que les artistes coiffeurs et maquilleurs me libèrent et parcours la pièce du regard. Une petite femme aux os saillants se tient debout au milieu du décor. Les cheveux courts, d'un roux flamboyant, le port de cou altier, elle semble impatiente que la répétition débute.

Felipe réapparaît à côté de moi pour m'escorter jusqu'à mon costume. On dirait une mouche. Il ne cesse d'aller et venir dans une agitation agaçante.

---

[6] Les patronymes russes se féminisent.

— Rappelle-toi, une arabesque et quelques plans en courant. À la fin de la journée, tout doit être bouclé.

— Pas de problème !

J'assure cela comme si c'était tout à fait naturel. La vérité, c'est que je n'ai jamais participé à la moindre campagne publicitaire. Quelques séances photos avec ma mère, tout au plus, mais jamais rien d'une telle envergure. Je n'ai aucune idée de comment répondre aux attentes qui reposent sur moi.

J'enfile une longue robe rose qui comporte de nombreux volants en plumes et en taffetas. Ça va être pratique pour danser, ça, tiens ! Je chausse ensuite la paire de baskets de la marque commanditaire et rejoins Masha au centre du décor. Une petite équipe de trentenaires en tailleur nous observe évoluer et échange avec Felipe sur ma prestation. J'imagine qu'ils doivent faire partie de l'équipe marketing.

C'est impressionnant, tout ce monde autour de moi. D'habitude, quand je danse, c'est avec mes amies du cours de madame Olya, pas devant des étrangers au regard vide.

On me demande de répéter encore et encore les mêmes gestes pendant au moins une heure avant que Felipe et Masha ne jugent pouvoir commencer les prises de vue. Il est plus de midi, je meurs de faim et j'ai hâte de rentrer à la maison pour reprendre nos répétitions avec Alexz. L'équipe semble ne jamais vouloir nous offrir de pause. J'en ai marre. Je sais que cette pub pourrait m'aider à être remarquée par le public, à gagner rapidement des auditeurs sur les musiques que nous nous apprêtons à diffuser, mais je ne me sens pas à ma place, ici. J'ai l'impression de trahir Alexz. Mais je dois aller jusqu'au bout. Désormais, nous n'avons qu'un mois pour transformer notre passion en métier, pour nous trouver un public. Trente petits jours. Sinon, Alexz devra se trouver un job qu'il déteste… Ou pire, quitter la maison.

Je n'ose même pas y penser.

Je reporte mon attention sur les consignes qui sont distribuées. Les premières prises de vue commencent, je répète les mêmes gestes que ce matin. La fatigue commence à se faire sentir. J'ai toujours cru qu'il suffisait d'être jolie et de regarder la caméra pour jouer le mannequin. Mais toute cette attente, ces scènes répétitives, ces heures passées debout à se plier constamment aux ordres d'une équipe qui peine à s'accorder en son propre sein, c'est loin d'être de tout repos.

Lorsque Felipe nous accorde enfin dix minutes de pause, en milieu d'après-midi, je sors une barre chocolatée de mon sac à main et les trois autres danseuses me jettent des regards perplexes. Ksenia mange une pomme tandis que les autres se contentent de boire du thé vert.

— La semaine dernière, j'ai réussi à perdre trois kilos avant un casting en m'en tenant à cette diète, souffle Mariam à Tania.

— De toute façon, maintenant, manger liquide est la seule solution pour percer. Quand on voit les résultats, ça vaut le coup.

Ces mots me heurtent de plein fouet. Je ne suis pas à la hauteur de l'engagement de ces filles. Je n'ai pas eu à accomplir le moindre effort pour signer ce contrat. Si j'avais dû passer un casting comme les autres, on m'aurait gentiment renvoyée chez moi. Je ne suis ni assez svelte ni assez gracieuse pour un tel rôle. Masha n'a pas arrêté de me reprendre sur mes pas et ma posture, c'est bien le signe que je n'ai pas le niveau.

Alors que je viens juste de croquer le premier bout de mon encas, je ne peux m'empêcher d'éprouver un sentiment de dégoût pour ce que je tiens dans la main. Je m'éclipse en direction des toilettes, jette la barre chocolatée dans la première poubelle qui croise mon chemin et crache ma bouchée dans la cuvette avant de tirer la chasse. Mes mains tremblent. Je me dirige vers les lavabos pour me rincer la bouche et je peine à soutenir mon reflet dans le miroir qui me fait face. Je ne sais pas ce qui me prend. Toute cette histoire de publicité était une mauvaise idée. Le goût du chocolat sur ma langue me donne la nausée. Svetlana aurait dû me prévenir plus tôt. Je n'aurais pas autant mangé, hier. Je me serais entraînée dur. Comme les autres filles.

Je me suspends au robinet comme un veau aux mamelles de sa mère, recrachant goulée sur goulée jusqu'à en imaginer me noyer sous le jet faiblard. Quand l'eau me devient insupportable à son tour, je m'écarte enfin, éponge soigneusement les gouttes étalées sur ma mâchoire avec une serviette en papier et m'observe longuement dans le miroir. Après quelques secondes à me fixer intensément, je parviens à reconnaître mes traits habituels et pousse un soupir de soulagement. Lorsque je retourne dans la salle, l'air de rien, Svetlana vient à ma rencontre et arrange quelques mèches de cheveux qui se sont échappées de mon chignon.

— Tu es sublime, tu fais du bon travail, s'extasie-t-elle.

Je pince les lèvres et lève un regard triste sur elle.

— J'en ai marre, je veux rentrer. Je ne suis vraiment pas faite pour ça.

Une ombre passe sur son visage et son sourire retombe. Mais il ne faut que quelques secondes avant qu'elle n'adopte à nouveau une expression enthousiaste.

— Vous avez presque terminé, tu ne peux pas partir comme ça. Il y a toute une équipe qui compte sur toi. Et puis, pense à tout ce que tu pourras t'acheter avec le chèque qui t'attend…

Je sais qu'elle pense vêtements de luxe, chaussures et séances au spa. Mais je pense nouveau micro, chaussons de danse et cours de chant.

Je soupire. Je sais que je ne peux pas m'enfuir en courant, même si l'idée est tentante. Après tout, ces fichues baskets sont plutôt confortables, je devrais pouvoir piquer un sprint sans effort...

— Promets-moi de ne plus jamais me décrocher de contrat, sauf si c'est avec une maison de disque.

Svetlana recule légèrement, l'air las.

— Promets-le-moi, s'il te plaît. Ce métier n'est pas pour moi, cette journée est interminable.

— Mais enfin, tu es payée pour danser ! Pourquoi...

— Non, les autres filles le sont. Moi, j'effectue une arabesque et une série de gros plans. Je suis une plante verte !

— Tu...

— Promets-le-moi !

Je remarque que Tania s'est rapprochée pour épier notre conversation. Je commence à l'apprécier de moins en moins, celle-là.

— D'accord, d'accord. Je te le promets.

Je remercie ma mère et retourne auprès de Felipe, l'estomac noué.

Quand le clap de fin retentit trois heures plus tard, je suis épuisée. Et si je suis impatiente de rentrer à la maison pour m'enfermer dans notre studio de répétition de fortune, j'ai peur des réflexions d'Alexz. Je sais qu'il désapprouve totalement ma décision de participer à ce projet, même si je le fais pour nous. Il ne m'a pas laissé une chance de m'expliquer, après le dîner, s'éclipsant chez Nikita dès la porte du restaurant franchie. Mais je suis convaincue que mes efforts ne sont pas vains. Que cette publicité pourra nous aider.

Alors que je me dirige vers mes affaires, prête à quitter les lieux, la voix de Tania résonne dans mon dos :

— Ne pars pas tout de suite, faisons une photo souvenir toutes ensemble ! Nos followers vont adorer. Svetlana, vous vous joignez à nous ?

Je contemple ma mère rejoindre les danseuses, bienveillante et professionnelle. Tania jubile et glousse. La vision m'arrache une grimace.

Qu'est-ce qu'une hypocrite ne ferait pas pour quelques likes…

Chapitre 7

Alexz

« *J'ai trouvé qui est la fille qui t'a retourné la tête à la soirée. Elle bosse au Varvara Café et elle y sera demain de 11h à 17h. Tu n'auras qu'à me remercier en me nommant parrain de votre premier enfant, bonne chance !* »

Trois phrases. C'est tout ce qu'il aura fallu pour maîtriser l'incendie qui menaçait en moi. J'aurais vraiment pu foutre ce restaurant à sac, hier. D'abord cet ultimatum posé par Sergueï, puis la grande nouvelle de Svetlana… J'ai bien cru que mon crâne allait exploser. Mais Lev a sauvé la situation en un message. Avec le recul, je suis soulagé de ne pas être allé au bout de mes protestations. J'en veux à Alana d'avoir cédé, mais je ne peux que me satisfaire d'avoir évité un nouvel esclandre.

Téléphone en main, je relis ces lignes magiques en marchant en direction du Varvara Café. Quelques flocons gouttent sur la ville, trop frêles pour ensevelir les bâtiments sous leur manteau. Je resserre mon écharpe en cachemire sur mon nez en traversant le dernier boulevard qui me sépare de l'inconnue. Les battements de mon cœur accélèrent quand le bâtiment saumoné se dresse devant moi. Bien qu'excité à l'idée de l'approcher, je me sens con. Je n'ai pas réfléchi à ce que je lui dirai. C'est vrai, ça, qu'est-ce qu'on raconte à une fille qui nous a retourné le cerveau, mais qui n'imagine même pas que l'on existe ? « *Salut, je t'ai aperçue une fois, de loin, sans oser te parler, et me voilà sur ton lieu de travail de manière tout à fait fortuite, c'est vraiment un plaisir de tomber sur toi !* » Nope. Même pas en rêve. Dans le genre psychopathe, on ne fait pas mieux.

Je m'approche des fenêtres qui bordent la façade et je manque de lâcher mon téléphone lorsque mes yeux se posent sur elle. Elle ondule entre les tables, ses longs cheveux noirs rassemblés en une queue de cheval et un plateau entre les mains. La lumière du jour me révèle un visage encore plus resplendissant que dans mes souvenirs.

Reste pas planté là, tu vas avoir l'air d'un voyeur.

Il faut que je m'installe à l'intérieur. Tant pis pour la phrase d'accroche, j'improviserai.

Je pousse la porte en fer forgé et une petite blonde se matérialise devant moi pour me souhaiter la bienvenue.

— C'est pour déjeuner ?

— Juste pour un café.

La serveuse bat des cils en m'offrant un sourire poli. Je ne le lui retourne pas, trop occupé à chercher des yeux mon inconnue dans la salle.

— Suivez-moi, je vous prie.

Après avoir glissé un menu sous son bras, la fille me conduit vers un box qui semble dans sa zone de service. Je me fige instantanément. Je ne peux pas m'asseoir ici, ça ruinerait toutes mes chances de parler avec celle qui a semé la zizanie dans mon esprit.

— Je vais plutôt m'installer près de la fenêtre, là-bas.

Je désigne un coin tranquille où la jolie brune vient de nettoyer une table. Blondinette fait la moue mais me guide jusqu'à un fauteuil molletonné bleu, qui rappelle les couleurs des tables et du comptoir.

— Si vous avez besoin de quoi que ce soit, faites-moi signe, dit-elle en me remettant le menu avec un regard enjôleur.

Je la remercie d'un sourire gêné, sachant pertinemment que je ne lui adresserai pas le moindre geste. Au lieu de me plonger dans la carte, j'inspecte les alentours pour retrouver mon inconnue. Je l'observe déambuler entre les tables, rêveuse, prêtant à peine attention aux clients dont elle prend la commande. Lorsqu'elle se présente devant moi, je m'attends à ce qu'elle lève les yeux de son carnet de notes et me sourie. J'espère même qu'elle me reconnaisse.

— Vous désirez ? demande-t-elle.

J'ouvre la carte en bredouillant, ne la consulte même pas, incapable de me détacher d'elle.

Toi ? Non, non, je ne peux pas répondre ça.

— Un café. Un café, ce sera très bien.

— Ce sera tout ?

Elle ne lève pas les yeux de son carnet. J'en perds tous mes moyens. Pourquoi ne me regarde-t-elle pas ? Elle me traite comme n'importe quel autre client. Je sais qu'elle n'a pas de raison d'agir autrement, mais ça me frustre de ne pas réussir à capter son attention.

Bon sang, mais qu'est-ce qui me prend ? C'est juste une fille. Une superbe fille qui aime mon livre préféré. Est-ce qu'elle l'aime, d'ailleurs ? Peut-être qu'elle n'en a lu que quelques pages et qu'elle l'a détesté, et moi je me suis fait tout un film pour des betteraves, juste parce qu'il dépassait de son sac à main…

— Vous n'avez qu'à m'apporter une pâtisserie. N'importe laquelle. Votre préférée, je vous fais confiance.

Elle interrompt sa prise de notes, fronce les sourcils, puis hausse les épaules d'un air égal. Mais ses yeux, eux, ne se lèvent toujours pas de son maudit carnet.

— Très bien, je vous apporte ça tout de suite.

Elle s'éclipse sans m'adresser le moindre signe d'intérêt. Waouh. C'est rude. Je ne pensais pas qu'il serait si difficile d'engager la discussion avec elle. D'habitude, avec les filles, c'est facile. Ou peut-être que ce sont elles, qui le sont… Toujours est-il que je n'ai pas à me torturer les méninges pour une nuit en leur compagnie. Pourquoi est-ce si différent avec elle ? Pourquoi me rend-elle si nerveux ?

Allez, ressaisis-toi.

Je m'enfonce confortablement dans le fauteuil en essayant de ne pas trop la fixer du regard. Je pense à la prochaine répétition avec Alana, aux progrès que nous devons encore accomplir avant de publier une vidéo sur les réseaux sociaux. Je commence tout juste à me laisser porter par ma *to-do list* mentale qu'une main aux doigts fins me passe sous le nez pour déposer une tasse de café.

Je sursaute et reporte mon attention sur la petite assiette qui succède à la tasse. Un gâteau au miel. Cette fille a des goûts simples... Et elle se ronge les ongles, on dirait.

— Voilà pour vous, dit-elle.

Sa voix est douce, un peu plus grave que la moyenne féminine. Ses yeux rencontrent brièvement les miens, mais elle se détourne aussitôt, perdue dans ses pensées. Qu'est-ce qui peut bien la préoccuper autant ?

Je réprime un soupir et attire l'assiette contenant le gâteau à moi. Alors que la jolie brune dessert une table devant la mienne, un client sorti des toilettes s'immobilise entre nous pour refaire son lacet. Lorsqu'il se penche, son jean ne suit pas le mouvement et nous dévoile la naissance de son imposant postérieur, sans laisser de place pour un soupçon d'imagination. La serveuse le remarque et son nez se plisse en signe de dégoût. Pour une fille qui ne prête pas attention à son environnement, elle ne s'épargne pas les détails les moins ragoûtants. Je ris discrètement et saisis l'opportunité de découvrir son sourire en l'interpellant, dès que le client s'est éloigné :

— Eh bien, mieux vaut s'intéresser à l'astronomie pour travailler ici !

Elle relève la tête de son plateau et inspecte les alentours pour chercher qui s'adresse à elle, comme surprise qu'on souhaite engager la discussion. Lorsque ses yeux se posent sur moi, de manière soutenue – enfin ! –, elle m'offre une moue songeuse.

— Pourquoi dites-vous ça ?

— Parce que nous venons d'assister au dévoilement d'une face inédite de la Lune, tiens !

Ses yeux s'écarquillent et un sourire creuse d'adorables fossettes à la commissure de ses lèvres.

— Oh !

Elle étouffe un petit rire en détournant le visage puis reporte son attention sur la table qu'elle débarrassait quelques instants auparavant.

— Dans ce cas, je pense qu'on verse plus dans la zoologie que l'astronomie.

Et elle a de la répartie, en plus... Cette fille provoque tant d'émoi dans mon corps que je pourrais lui composer tout un opéra. Elle commence à s'éloigner et je sens que je dois l'en empêcher avant que ma chance ne me passe sous le nez.

— Dis-moi, on ne s'est pas déjà vus quelque part ?

La serveuse pivote sur ses talons, m'examine en fronçant les sourcils puis secoue la tête.

— Je ne crois pas, non.

— Je ne te sers pas une phrase prémâchée, je suis sérieux. À l'anniversaire de Lev. Lev Barinov, il y a deux jours, au Mendeleev. Je suis sûr de t'y avoir croisée.

Elle incline la tête à la manière d'un chiot qui chercherait à comprendre le langage de son maître.

— Oui, c'est probable, se contente-t-elle de répondre.

Elle sourit, mais plus pour me signifier que nous en avons terminé que pour sympathiser, et reprend son service. Je ne peux pas en rester là, je dois savoir qui elle est, découvrir son prénom. Si elle travaille dans ce café, il est certain qu'elle n'a jamais fréquenté notre chkola. Elle ne vient pas des hautes sphères. Qui a bien pu l'emmener à cette soirée ? Je ne connaissais pas non plus le gros naze qui l'accompagnait.

Je me lève d'un bond et la rejoins au comptoir, sous le regard curieux des autres clients.

— Attends, ne pars pas comme ça... Comment connais-tu Lev ?

— Je ne le connais pas, je connais Zoya, la copine d'un de ses amis.

— Je vois, et...

— Excuse-moi, mais je travaille, là.

Son ton est ferme, sa mine décidée, mais je n'arrive pas à lâcher l'affaire. Elle me plaît. Ses yeux gris, sa peau hâlée, ses lèvres pulpeuses, son air rêveur... Je suis sûr que je ne l'ai pas croisée par hasard. Chaque musicien a besoin d'une muse. Et si la mienne, c'était cette inconnue ?

— Je me souviens de toi car un exemplaire de *L'Attrape-cœurs* dépassait de ton sac. Je me suis dit que tu devais être une fille sacrément intéressante, alors maintenant que je suis là, est-ce que tu accepterais qu'on aille boire un verre à la fin de ton service ?

Elle quitte le comptoir, je la suis.

— Je ne peux pas, j'ai déjà des projets.

— Demain ?

— D'autres projets.

— Quand tu voudras, alors. Au fait, je m'appelle Alexz.

Elle soupire, abandonne le torchon qu'elle tenait sur le dossier d'un fauteuil et se retourne pour me faire face, un poing sur la hanche.

— Si j'accepte, tu me laisseras travailler tranquille ?

— Je te le jure.

— Retrouve-moi à l'angle de la rue Botanicheskaya et du passage Dubovoy Rohschi, dans trois jours, à quinze heures. Ne sois pas en retard, je ne t'attendrai pas.

Je note mentalement les coordonnées en me retenant de brandir un poing triomphant.

— Maintenant, soit tu bois ton café tranquillement, soit tu décampes, mais j'ai d'autres clients qui attendent.

Je lève les mains devant la poitrine en signe de reddition et retourne sagement à ma table. Bon sang, elle a accepté ! J'ignore ce qu'elle me réserve, mais j'ai hâte de le découvrir.

J'engloutis le gâteau au miel en trois coups de fourchette et, alors que je bois mon café, je manque de m'étouffer lorsque la jolie serveuse passe à nouveau à côté de moi.

— Au fait, je m'appelle Kira, souffle-t-elle en se penchant à mon oreille.

Quelques mèches de ses cheveux m'effleurent et il n'en faudrait pas beaucoup plus pour que mon caleçon craque sous la pression.

Je secoue la tête, peu friand de ce genre de manifestation publique, et m'efforce de repenser à la musique au lieu de me laisser distraire à ce point par une fille… Mais bon sang, quelle fille ! Et Kira, quel joli nom…

*

Alana est installée à son piano quand je pénètre dans la salle de répétition. Un coup d'œil me suffit à deviner qu'elle s'est démaquillée en rentrant du studio, sans doute par crainte de mes réflexions. Ses traits sont tirés, témoignant d'une fatigue certaine, et je décèle une lueur mélancolique dans son regard lorsqu'elle le pose sur moi. Je décide de ravaler mon amertume concernant le tournage de cette fichue publicité, encore sur mon nuage suite à ma rencontre avec Kira, et tire une chaise sur laquelle je m'assieds à cheval, les bras croisés sur le dossier.

— Alors, cette journée dans la peau d'un mannequin ?

— Longue et éreintante. Je suis contente d'être rentrée.

Je m'attendais à plus d'enthousiasme de sa part. Certes, je suis ravi qu'elle ne se soit pas découvert une vocation et qu'elle n'ait pas à m'annoncer qu'elle va plaquer la musique pour marcher sur les podiums déjà foulés par Svetlana, mais tout de même... Son air maussade me chagrine.

— Tu ne dis pas ça pour me faire plaisir, au moins ?

Je frôle doucement son épaule du poing, cherchant à capter son regard pour lui provoquer un sourire, mais elle soupire et se recule sur son tabouret.

— Alana, il s'est passé quelque chose au studio ? Je dois frapper quelqu'un ? Tu sais, Sergueï m'a demandé de ne rien faire d'illégal pour gagner de l'argent, mais en ce qui concerne ta défense, je n'aurais aucun problème à lester un corps dans la Moskova.

Elle sourit, et un semblant de lassitude transparaît. Elle sait que je dis vrai. Si qui que ce soit lui faisait du mal, je n'hésiterais pas une seconde à lui broyer les os. Ou à payer un des hommes de Sergueï pour le faire – il s'en sortirait probablement mieux que moi.

— Non, non, tout va bien. Je ne me suis simplement pas sentie à ma place, là-bas, mais je suis convaincue que ça valait la peine de faire des efforts. Ça ne peut qu'augmenter notre visibilité.

Elle marque une pause de quelques secondes.

— Je suis la fille de Svetlana Latchkova, après tout... Les gens seront curieux.

— Nous devons nous vendre auprès du public, mais ce n'est pas pour autant que tu dois être une vendue, tu comprends ? Ne te force plus à...

Alana relève brusquement le couvercle de son clavier pour m'interrompre. La mâchoire serrée, elle décrète un changement de sujet.

— Répétons maintenant, tu veux bien ?

Je ravale mes paroles, hébété. Ce n'est pas dans ses habitudes de s'emporter de la sorte. J'ignore ce qui peut la mettre dans un tel état, mais je comprends que le sujet est clos. La musique, c'est une réconciliation sans paroles, le seul moyen de combler le fossé qui nous oppose après ce dérapage. Je m'empare de ma guitare et joue quelques notes pour détendre l'atmosphère, avant d'enchaîner sur un de nos morceaux. Sans transition, Alana entonne les notes de sa partition et libère les vers du premier couplet. L'exercice a beau être salvateur et notre harmonie parfaite, je peine à me concentrer, inquiet de ce que ma petite sœur peut me dissimuler.

Quand la répétition se termine, je m'efforce une dernière fois d'accrocher un sourire sur son visage fin :

— C'était très bien, tu as fait du bon travail.

Elle se redresse, marche en direction d'une gourde qu'elle a laissée sur mon bureau, ses longs cheveux ondulés se balançant au rythme de ses pas dans son dos. D'une voix blanche, elle me répond :

— Très bien, ce n'est pas assez. C'est à la portée de n'importe quel idiot. Nous, nous devons être excellents. Parfaits.

L'ombre qui traverse son visage à cet instant m'arrache toute la légèreté qui me collait au cœur depuis ma rencontre avec Kira.

Qu'est-il arrivé à ma petite sœur ?

Chapitre 8

Alana

J'ai honte. Je me sens sale, idiote. Je n'arrête pas de me dire que ce n'est pas grave, que cela fait partie du métier, mais une petite voix me répète alors « tu es du métier, toi ? » Et la culpabilité revient plus forte, comme un tsunami qui m'avale, me brise en petits morceaux, me fracasse contre un mur de rochers.

Depuis toute petite, je vois Svetlana sauter des repas, boire des litres de thé, de soupe, se priver avec acharnement pour rentrer dans des robes taillées pour un corps d'enfant. Sur les réseaux sociaux, les modèles en bikini posent avec des jus détox, des berlingots créés pour aider les filles à rentrer dans leur maillot. Les jeunes mamans n'ont pas de ventre, pas de tissus flasques, pas de vergetures. Les adolescentes sont longilignes, sans un capiton, sans une vague sous la chair. Et moi, moi je suis une tige, informe, un peu trop carrée, taillée dans un justaucorps et des chaussons de ballerine. Je n'ai jamais eu à me soucier de ce que j'ingurgitais, la danse avalait le trop-plein de calories pour moi. Même le fait de ne pas voir pousser des formes de femme ne m'a jamais inquiétée. Les rondeurs, ça n'existe pas dans ce monde-là. Et pourtant, hier, quand j'ai sorti cette barre chocolatée, je me suis sentie honteuse. En dessous des efforts nécessaires pour devenir quelqu'un dans le métier, pour mériter une tête d'affiche, l'attention de *followers*, un contrat avec une maison de disques. Je me suis sentie négligente. Pour la première fois, j'ai senti que je n'entrais plus dans le moule. Que je débordais. Je pensais que tout irait mieux une fois mon faux pas emporté par la chasse d'eau, mais voilà que la honte est venue s'en mêler. « Et si Alexz me voyait, que dirait-il ? » Cette question m'a hantée pendant des heures, si bien que je n'ai pas été fichue de regarder mon frère dans les yeux lorsque nous nous sommes retrouvés.

Assise dans la cafétéria de la chkola, un écouteur vissé dans une oreille, je ressasse les évènements de la veille avec amertume. Je repense au regard hautain et méprisant de Tania, à ma précipitation vers les toilettes, à la honte mêlée au soulagement de m'être débarrassée de cette maudite sucrerie, et ma fourchette éparpille le contenu de mon assiette sans jamais en porter une miette à mes lèvres.

— Ch'est chuper bon ! Tu ne manches pas, t'es balade ?

Ninel, ma meilleure amie, engloutit sa crème dessert en deux lapées. Elle me dévisage de ses grands yeux ronds, l'index encore collé aux parois de son pot en plastique pour en racler la moindre goutte.

— On ne t'a jamais dit de ne pas parler la bouche pleine ?

Elle porte à nouveau son doigt à ses lèvres, levant les yeux au ciel.

— Oh là là ! Maintenant que Madame a tourné dans une pub, la voilà qui prend de grands airs !

Elle ressort son index avec un claquement de langue et nous partons toutes deux d'un grand éclat de rire. Sans plus attendre, je transfère ma crème à la vanille de mon plateau au sien et repousse ma chaise pour me lever.

— Tiens ! Tu peux l'avoir, mon dessert, espèce de goinfre ! Il faut que je file, avec cette histoire de tournage j'ai un devoir en retard pour Voronkova, et si je ne le lui rends pas aujourd'hui, elle va me mettre une sale note sans chercher à comprendre.

Avec son carré plongeant, ses lunettes de secrétaire et sa moustache grisonnante, madame Voronkova est la pire prof de biologie dont on puisse rêver. Une pub pour la contraception ambulante. Et son physique ingrat est loin d'être compensé par une personnalité affable : c'est une peau de vache. Un monstre de rigueur et de sévérité.

Je traverse les longs couloirs couverts de parquet en direction de la salle des professeurs. Les différentes classes s'éparpillent tout au long du chemin, des plus jeunes élèves à ceux de onzième année, ma promotion. Tandis que je dépasse la bibliothèque, ondulant la tête au rythme du dernier tube de Nate Vance, un rockeur qui cartonne depuis quelques mois, je remarque Katja et ses acolytes, Tasha et Iéléna, qui passent la porte avec une pile de bouquins dans les bras. Mon estomac se retourne et je fourre mes mains dans mes poches pour dissimuler leurs tremblements. Je me déteste d'être si fragile. Depuis que cette fille m'a prise en grippe, en sixième année, je me suis transformée en lapereau sans défense et je ne parviens pas à reprendre le dessus.

J'aimerais dire que nous étions amies par le passé et qu'une part de bonté réside en Katja, mais ce seraient des foutaises. Cette fille est une peste. Du venin coule dans ses veines et je suis quasiment certaine que sa langue est fourchue… Bon OK, j'imagine que non, mais ça ne serait pas si surprenant, vu la vipère que c'est. Nous ne nous sommes jamais appréciées quand nous étions enfants, mais le passage à l'adolescence a signé une véritable déclaration de guerre entre nous. Et autant dire que ce n'est pas moi qui ai lancé les hostilités.

Je prie pour que le groupe me dépasse sans me remarquer, mais le couloir est désert et Katja pose rapidement les yeux sur moi. Les cheveux sagement retenus par un serre-tête, des boucles noires tombant sur ses épaules et le regard tout aussi sombre, elle m'adresse un sourire mesquin. Mes poumons se compriment, mon souffle devient saccadé.

— Eh bien, ne serait-ce pas le retour de la fille prodige ? Je n'ai pas eu le plaisir de te féliciter ce matin pour ce magnifique contrat. Tu as donc décidé de devenir une pute, comme ta mère ?

Ne pas m'emporter. Ne pas l'insulter. Ne pas la frapper. Ravaler la bile qui me monte à la gorge. Ravaler ma haine. Ne pas lui donner la satisfaction d'être renvoyée. Penser à Gandhi, comme Alexz me l'a appris. Lui défoncer la mâchoire le jour où j'aurai mon diplôme en poche et un contrat dans les mains. D'ici là, souffler un grand coup. Se raccrocher aux mots. Travailler mes réparties comme les textes de mes chansons. Aiguiser les phrases pour leur apprendre à blesser.

Je contracte mes poings, à l'abri dans les poches de mon manteau, et lui adresse un regard nonchalant.

— Tu es jalouse de n'avoir aucun talent ? Je crois me souvenir que tu as posté beaucoup de photos de toi en maillot de bain pendant ton séjour à Dubaï, ces dernières vacances... Dommage qu'elles aient eu moins de likes que celles de mon chat.

Katja rougit, me décoche un regard meurtrier. Ses traits fins s'assombrissent.

— Tu penses que se pavaner devant une caméra est un talent ? Pauvre fille ! L'an prochain, j'entrerai en fac de médecine, je dévouerai ma vie à en sauver d'autres, mais toi, qu'est-ce que tu feras ? Tu coucheras avec des producteurs dans l'espoir de te faire connaître ? Tu épouseras un milliardaire qui te trompera aux quatre coins du monde, comme ta mère ? Ou tu finiras aussi fêlée que ton frère ?

Cette fois, c'en est trop ! Je ne tolérerai pas qu'elle implique ma famille dans ses agressions. L'index en avant, je me précipite sur elle.

— Toi, je vais t'apprendre à la fermer une bonne fois pour toutes !

Mais ses acolytes s'interposent aussitôt et me barrent la route. Qu'est-ce que je suis en train de faire ? Je ne vais tout de même pas me battre et risquer de me faire virer du lycée, pas après toutes ces années à résister ! Je ne peux pas craquer alors que nous serons diplômées dans quelques mois. Pas si près du but.

À quelques centimètres du visage de Tasha et Iéléna, fébrile, je décide de lâcher prise et recule d'un pas.

— C'est bien ce qu'il me semblait, t'as rien dans le ventre, me provoque Katja.

Je rajuste mes écouteurs dans mes oreilles et reprends ma route en bousculant ses caniches de garde.

— Heureusement que sa mère a des relations, sinon personne n'aurait embauché un tel poids lourd dans une pub. Regardez-moi cette carrure de nageur, elle n'a vraiment rien pour elle, la pauvre !

J'ignore la voix de Iéléna et leurs rires de hyène, accélère le pas et tourne dans l'aile gauche du bâtiment dès qu'une porte me le permet. Les yeux rivés sur mon téléphone, tentant de recouvrer mon calme en lisant les messages enthousiastes des fans de Tania qui a posté notre photo sur Instagram, je percute soudain un obstacle et mon téléphone m'échappe des mains, décrochant mes écouteurs de mes oreilles.

— Putain !

L'injure m'échappe involontairement. J'ignore si c'est la collision ou l'altercation qui vient d'avoir lieu qui la provoque. Une main pressée sur le front pour temporiser la douleur, les yeux baissés, je découvre une paire des chaussures face à moi.

— Tout va bien ?

Je m'empresse de ramasser mon téléphone, les écouteurs pendouillant dans le vide, et pousse un soupir de soulagement en découvrant qu'il n'a pas une éraflure.

— Oui, c'est bon, il n'a rien.

— Je ne parlais pas du téléphone.

Je reporte mon attention sur le torse où j'ai foncé tête baissée et souris en reconnaissant le grand blond qui me fait face.

— Oh ! Luka, c'est toi. Désolée, j'étais distraite... Je vais bien aussi, merci.

Nous sommes dans la même classe depuis toujours. Nous n'avons pas eu beaucoup de discussions profondes, même s'il se révèle de bonne compagnie pendant les sorties scolaires. Nous nous entendons bien, mais les échanges restent limités... Après tout, il fait partie des garçons populaires : la plupart des filles le monopolisent et, le reste du temps, il est soit accaparé par le club de natation, soit par ses amis avec qui il joue au football sur le terrain de la chkola.

— J'ai vu ça. Et j'ai aussi entendu ta dispute avec Katja... Tu es sûre que ça va ? Tu ne devrais pas la laisser te traiter comme ça.

Il cherche à capter mon regard mais, gênée, je fixe la pointe de mes bottines.

— Cette fille est une garce, tu ne mérites pas ça. Elle n'arrête pas de parler de la fac de médecine comme si ça faisait d'elle quelqu'un de bien, mais ce n'est rien d'autre qu'une petite héritière sans passion et sans talent.

— Comme nous tous, non ? Nous ne serions pas ici si nous n'étions pas de petits héritiers.

Je lui souris tristement, il enfonce les mains dans ses poches et détourne le visage.

— Mais nous ne sommes pas tous comme Katja. Et je trouve ça génial, que tu gagnes déjà ton propre argent.

Tu parles ! C'était juste un contrat, et je ne suis pas près d'en accepter d'autres...

Mes doigts jouent nerveusement avec mon téléphone. J'ignore quelle attitude adopter. Luka a toujours été gentil avec moi, allant jusqu'à prendre ma défense lorsque Katja me descendait publiquement, mais nous n'avons jamais été amis. À part Ninel, je n'ai jamais cherché à me lier avec les autres élèves. Ils aiment Katja car elle organise de grandes fêtes dans sa maison de Zukhovka, le quartier des milliardaires, et des vacances délurées. Ils lui pardonnent toutes les humiliations qu'elle m'inflige pour ne pas perdre leur invitation à ces évènements. Alors pourquoi faire des efforts ? Mes amies, ce sont celles du cours de madame Olya. La plupart sont peut-être fortunées, mais elles sont toutes méritantes et ont travaillé dur pour atteindre ce niveau en danse. Et puis, elles ne fréquentent pas mon lycée… Là-bas, c'est comme sur les réseaux sociaux, je peux me réinventer comme je le veux.

— C'est gentil, mais ce n'est pas ce que je veux faire de ma vie, tu sais. Mon truc, c'est la musique.

— Tu joues d'un instrument ?

— Du piano, oui. Un peu de violon. Mais je chante, surtout.

Un sourire illumine son visage. Mes lèvres, elles, se pincent. Je me sens bizarre, je n'ai pas pour habitude de parler de ma passion avec d'autres étudiants.

— Tu chantes, alors…, souffle-t-il, plus pour lui-même que pour moi. Je me suis toujours dit que tu devais avoir un talent caché. Je pensais au dessin ou à l'écriture, mais je n'étais pas si loin de la vérité, finalement. Tu es une donc une musicienne… Aurai-je le plaisir de t'entendre, un jour ?

Je m'efforce d'adopter un air détaché, rejetant une mèche de cheveux en arrière avant d'enfoncer mes mains – et mon téléphone – dans mes poches.

— Ça peut s'envisager mais… Pas tout de suite. J'ai un public très VIP.

Hors de question de lui montrer le contenu que l'on publie en ligne. Pour l'instant, personne ne semble s'y être intéressé, au lycée.

Mais si Katja l'apprenait, je n'ose imaginer à quoi ressembleraient mes journées...

Je rejette cette idée et lui adresse un sourire complice. Je ne vois pas pourquoi je m'inquiète, Luka se montre juste poli.

— Très bien, je serai patient, alors.

Ses fossettes se creusent un peu plus et je considère que le sujet est clos. Pressée par le temps, j'entreprends de poursuivre mon chemin après avoir salué Luka d'un signe de tête, quand ce dernier m'interpelle à quelques mètres de distance. Étonnée, je pivote sur mes talons et le dévisage en haussant un sourcil, mes écouteurs dans les mains, prête à les renfoncer dans mon pavillon à tout instant.

— J'ai oublié de te dire que Voronkova nous a mis en binôme pour un exposé à rendre dans six semaines.

— Ninel n'a pas tenté de négocier pour que nous fassions équipe ?

Il hausse les épaules.

— Faire équipe avec Maxim n'avait pas l'air de la déranger...

Argh, fichue Ninel et ses hormones ! Pour un beau garçon, elle pourrait abandonner famille et crèmes desserts sans un regard en arrière.

— OK ! Eh bien, rendez-vous dans quelques jours pour commencer le travail, dans ce cas.

Il m'adresse un signe de la main avant de disparaître par la porte où j'ai déboulé tête baissée. Tandis que je me dirige vers la salle des profs, une phrase me revient en tête : « Je me suis toujours dit que tu devais avoir un talent caché. »

Bizarre... Je n'aurais jamais imaginé que Luka pense à moi pendant son temps libre.

Mai 2018

Sept mois avant le concert à Moscou

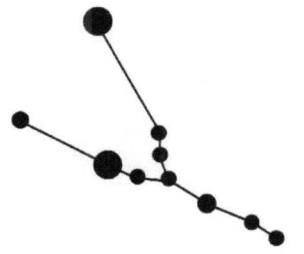

Chapitre 9

Alana

Le téléphone posé en équilibre contre une gourde, je recule pour apparaître entièrement dans le champ de la caméra. Ma longue robe noire ondule autour de mes jambes, le bustier orné de perles ébène souligne ma poitrine menue.

— Alors, qu'est-ce que t'en dis ?

Confortablement installé sur son lit, de l'autre côté de l'écran, Luka écarquille les yeux, un sourire enjôleur aux lèvres.

— Waouh ! T'es sublime.

Je tourne sur moi-même pour lui montrer la tenue sous tous les angles puis reviens m'asseoir à mon bureau.

— J'aimerais être là pour t'accompagner, ce soir.

— Moi aussi... Tu me manques, mais on pourra s'embrasser très bientôt. Je compte les jours.

— Seulement parce que le compte à rebours pour la soirée de lancement se termine aujourd'hui ! rétorque-t-il en riant.

Je fais la moue.

— Bon, c'est vrai. Mais ça ne m'a pas empêchée d'avoir hâte pour les deux évènements !

Nous marquons un silence, savourant simplement la présence virtuelle de l'autre.

— Tu vas tous les sidérer, je n'en doute pas une seconde, me rassure-t-il.

Un bras derrière le crâne, adossé contre sa tête de lit, je sens qu'il me détaille longuement. Ce regard appuyé me fait du bien. Il me rappelle à quel point je suis belle à ses yeux. Que je compte pour quelqu'un. L'attention du public, c'est bon pour l'ego, mais ça ne fonctionne que par pics d'adrénaline. Rien n'est plus volatile. On n'a pas le temps de la comprendre qu'elle s'est déjà détournée ailleurs. Alors on en redemande. Alors il faut la reconquérir.

— Je suis un peu nerveuse, mais Nate dit que c'est du gâteau, que les invités sont des fans tirés au sort et des membres de l'équipe. D'après lui, on n'a aucun risque de recevoir des applaudissements gênés ou polis.

— Et quand bien même ce seraient de parfaits inconnus, quelles seraient les chances pour qu'ils ne vous aiment pas ? Tu les as vus, au Blue's Café : personne ne te connaissait, pourtant ils t'ont tous adorée, et ils sont revenus semaine après semaine.

Je soupire, vais pour me passer les mains dans les cheveux puis me souviens que le coiffeur a mis une heure trente pour les arranger. Je laisse mes doigts se perdre contre ma nuque.

— Tu as sans doute raison.

— Et ce chanteur, là, il est sympa ? Il ne te tourne pas trop autour ?

Je lève les yeux au ciel, moqueuse. Malgré le ton léger avec lequel il me questionne, je perçois l'inquiétude dans sa voix.

— Je ne le vois pas beaucoup, tu sais. Et tu n'as pas à t'en faire, il a des milliers de fans à ses pieds donc il n'a pas de raison de s'embêter avec une petite Moscovite perdue dans le milieu.

Luka se redresse, les sourcils froncés.

— Sauf quand la petite Moscovite est l'une des seules personnes à comprendre et partager son rythme de vie…

La tête inclinée, je lui lance un regard las.

— C'est fini, la crise de jalousie ? C'est toi qui occupes mes pensées, c'est toi qui me manques dans les salles combles.

Un sourire s'affiche enfin sur son visage. Bon sang, ce que j'aimerais le serrer dans mes bras et sentir son odeur mentholée…

— Alana, t'es prête ? Le chauffeur sera là dans dix minutes.

Je sursaute. Vêtu de son costume décontracté, Alexz guette ma réaction, les mains rivées sur le chambranle de la porte et la tête passée dans l'encadrement.

— Oh, salut Luka, dit-il en remarquant le buste de mon amoureux posé sur le bureau.

Ce dernier lui adresse un signe de main en lui retournant la politesse. L'échange est cordial, mais tendu. Il faut dire que la première fois que mon frère a rencontré mon petit ami, il lui a collé son poing dans la figure…

Je secoue la tête pour chasser ce souvenir. La scène avait bien failli ruiner notre tout premier concert.

— J'arrive dans une minute.

Alexz m'adresse un hochement de tête entendu puis s'éclipse. J'entends les garçons qui s'agitent au salon. Nikita a été excité toute la journée à l'idée de rencontrer du beau monde. Ou de séduire une célébrité, surtout. Je crois qu'il ne se rend pas compte que nous ne sommes encore personne, et que le seul gratin présent sera celui du conseil d'administration de Heaven's Gates.

Je reporte mon attention sur Luka. Son visage s'est fermé.

— Je dois filer, mais souviens-toi que je serai là dans moins d'une semaine.

Il se racle la gorge, force un sourire. Est-ce qu'il est triste de devoir me quitter ? En colère ? Peut-être n'est-ce qu'un peu de regret de ne pouvoir assister à cette soirée si importante…

— Va les épater !

Mon doigt vole au-dessus de l'écran, il se penche pour raccrocher également. Mon cœur se serre.

— Eh, Luka ?

— Hmm ?

— Ya tebya lyublyu[7], OK ?
— Ya tozhe tebya lyublyu[8].

Son timbre est triste, mais son sourire semble plus léger. Je raccroche, apaisée.

D'un geste assuré, je récupère ma cape en fausse fourrure sur le dossier de la chaise et gagne la sortie, perchée sur mes escarpins vertigineux. Il est l'heure d'abandonner la lycéenne pour endosser le masque de la femme d'affaires. Ce soir, j'ai un talent à prouver. Une carrière à gagner.

*

Mes yeux s'arrondissent en découvrant la salle de réception. Perché au dernier étage du Gherkin, le restaurant Helix a été entièrement privatisé pour nous célébrer. Le dôme en verre qui nous entoure nous offre une vue imprenable sur la City et la Tamise. Au loin, on aperçoit même le Millenium Bridge et la Tour de Londres. C'est un rêve éveillé.

— Pétard, ils se sont pas fichus de vous ! s'extasie Nikita, le nez presque collé aux vitres.

— Pour une fois, je dois me montrer d'accord avec lui, approuve Lev.

Des lumières colorées viennent teinter le dôme, des fleurs longent les losanges métalliques qui donnent au Gherkin son allure si spéciale. Dans le fond, un mange-debout en demi-cercle épouse les vitres pour présenter une quantité faramineuse de verrines, cocktails aux verres saupoudrés de sucre cristallisé, et pyramides de mignardises. Nous nous avançons tous les quatre vers le centre de la salle, les yeux papillonnant de droite à gauche. Je sens que mon frère

---

[7] « Je t'aime » en russe.
[8] « Je t'aime aussi ».

a le même réflexe que moi : chercher un visage connu dans l'assemblée. Je remarque bien que l'attention se porte sur nous à notre passage, que des sourires nous sont offerts et que des murmures s'échangent sur nos talons. Un groupe de jeunes filles nous adresse de grands signes de main sans oser nous approcher. J'y réponds timidement, Alexz se contente d'un signe de tête, mais aucun de nous ne sait quelle attitude adopter. Jusqu'à présent, l'attention que nous avons reçue se limitait aux frontières du monde virtuel et à l'ambiance chaleureuse du Blue's Café. Maintenant qu'elle se concrétise, nous sommes perdus.

— Ils ont fait ça bien, y a pas à dire, souffle Alexz une fois la mesure de la mise en scène évaluée.

Je dégaine mon téléphone.

— Ninel et Luka ne vont pas en croire leurs yeux !

J'en profite pour poster une mini-vidéo des lieux sur mon compte Instagram. J'ai besoin de partager mon bonheur avec ceux qui nous soutiennent, ceux qui attendent notre venue dans leur ville.

— Ah ! Vous voilà, je vous ai cherché partout.

La voix suave de Nate retentit dans notre dos. Ma pochette serrée contre le ventre, je me tourne pour le saluer. Lev lui adresse un geste de la main avant de s'éclipser vers le bar, Nikita reste planté là à le dévisager, clignant des yeux comme si le chanteur venait de sortir de son écran de télévision.

— Ils se lâchent toujours autant sur les paillettes, ou c'est juste pour nous ? plaisante Alexz en levant le nez vers le sommet du dôme.

Je lui adresse un froncement de sourcils réprobateur.

— Je crois que ta sœur leur a vraiment tapé dans l'œil, je n'ai pas eu le droit au Gherkin pour mon lancement, sourit le chanteur.

— Merci de me mettre la pression, c'est exactement ce dont j'avais besoin, me moqué-je.

Tout ça pour moi ? Pour *nous* ? Je n'arrive pas à y croire. Nikita me lance un clin d'œil complice, l'air de dire « je ne suis même pas étonné ».

— Vous avez goûté les cocktails ? Je vais devoir demander à Steve de me surveiller, ils sont excellents, mais ça sent le mélange qui frappe en traître.

Alexz reporte son attention sur Nate, le visage fermé. Il a beau passer ses nuits dans les concerts et dans les bars, il applique une rigueur à toute épreuve concernant l'alcool. Perdre le contrôle est inacceptable. Je comprends tout de suite qu'entendre le chanteur se reposer sur son manager pour surveiller sa consommation, ça l'agace.

— Pas encore, on verra après le concert, réponds-je avant de laisser une chance à mon frère de le faire.

Il hoche la tête d'un air entendu.

— Moi, je vais y aller de ce pas. On se retrouve après votre prestation, nous informe Nikita en donnant une tape dans le dos d'Alexz. En tout cas, ravi de t'avoir rencontré, vieux. J'aime pas trop ce que tu fais, mais c'est super que ça marche pour toi !

Un sourire benêt aux lèvres, étranger à l'impair qu'il vient de commettre, il tend une main amicale à Nate. Ce dernier ne se formalise pas de son commentaire, riant même, et la saisit.

— Vous devriez trouver Roy, je crois qu'il veut ouvrir la soirée avec le *live*. Les invités risquent de vous coller aux basques après quelques verres, alors commencez à profiter dès maintenant.

Il esquisse un mouvement pour s'éloigner, mais son regard s'attarde sur moi. Il m'adresse un sourire rassurant.

— Tout va bien se passer, t'en fais pas.

Mon frère grogne et glisse sa main autour de mon bras.

— On ferait mieux de filer, ce serait malpoli de faire attendre notre public.

Tout en jetant un dernier coup d'œil par-dessus mon épaule, je le suis au milieu de la foule. Une main enfoncée dans la poche de son pantalon de costume, Nate recule à pas lents au milieu des convives, ses iris pénétrants fixés sur moi.

Une fois Roy Daniels trouvé, une assistante nous conduit dans les loges improvisées. Je peux me débarrasser de ma cape et poster de nouvelles photos sur les réseaux sociaux. Mes notifications s'affolent, mes abonnés sont impatients de voir la transmission du show en ligne. Je me rends compte que notre public sera bien plus nombreux que nous ne pourrons le voir et la pression s'alourdit. J'ai tellement peur de les décevoir…

Quand nous retournons dans la salle, les lumières ont été tamisées et les convives se sont resserrés vers la scène installée près du bar. La musique d'ambiance a été remplacée par nos vidéos postées en ligne, projetées sur les vitres du Gherkin. Ma voix et les riffs d'Alexz résonnent par-dessus les conversations, mon visage en gros plan s'imprime en filigrane sur le verre, déformé par l'acier qui lie les losanges transparents.

— En termes d'ego trip[9], on est pas mal, là, me souffle mon frère à l'oreille.

Je hoche la tête, interdite. Voir mon image ainsi brandie me confronte à une sensation étrange. Mes yeux ne parviennent à se détacher de mon reflet, et j'ignore si mon cœur se gonfle de fierté ou de dégoût.

En vérité, je crois que c'est un peu les deux à la fois.

---

[9] Terme issu du rap, qui évoque le fait de faire une promotion très ciblée sur sa personne et d'entreprendre des démarches artistiques en vue de satisfaire son ego.

L'indicible fierté d'y être arrivée, d'avoir franchi les obstacles et signé pour réaliser mon rêve, opposée à cette peur vertigineuse de ne pas être à la hauteur.

— On devrait manger quelque chose, on n'aura sans doute pas le temps après le concert.

Je plisse le nez. Je n'ai rien pu avaler de la journée, mon ventre était bien trop noué par la pression.

— Sans moi, mais vas-y, on se rejoint dans quinze minutes.

— Alana…

Je reconnais parfaitement l'expression qui s'inscrit sur ses traits.

— Vas-y, insisté-je.

Il soupire. Je sais qu'il ne se battra pas avec moi ce soir. L'évènement est bien plus important, il transcende nos petites personnes et nos querelles.

En attendant le début du concert, je vais me réfugier auprès de Nate et de l'équipe. On m'encense, on me félicite, on parle de moi comme si j'étais une autre. « Elle va exploser d'ici la fin d'année, vous verrez ». « Elle est exceptionnelle ». « Elle a réussi à nous mettre au russe ! » Les compliments me donnent le tournis.

— C'est grâce à mon frère, finis-je par souligner. Sans lui, nous n'en serions pas là.

« Elle est trop modeste ! »

Nate, en retrait, me livre des grimaces exaspérées pour se moquer des investisseurs.

— C'est un excellent guitariste, conclut Roy. Mais la star, c'est toi. Ne l'oublie pas !

Je n'ose répliquer. Je sais pour quoi nous avons signé. Tant qu'Alexz reste avec moi, tout ne peut que bien se passer. Tant qu'ils ne me l'enlèvent pas, je peux les laisser me propulser au sommet.

Un compte à rebours finit par remplacer nos visages sur les vitres, Roy me pousse vers la scène. Alexz grimpe en premier, s'installe sur une chaise et place sa guitare sèche sur ses genoux. Ce soir, nous jouerons en acoustique. Il ajuste les micros, la sangle de son instrument et entre dans sa bulle de concentration tandis que notre producteur prend la parole auprès des invités. Moulée dans ma robe longue, j'essaie de ne pas trembler.

— Chers collègues, chers fans, ce soir nous avons l'incroyable chance d'entendre les premiers morceaux de l'album *Reborn*[10] en avant-première. Je vous demande d'applaudir très fort le nouveau talent de Heaven's Gates, Alana !

Pas de patronyme. Pas de pseudo. Pas de nom de groupe. C'est un baptême qui a lieu ce soir. L'album ne porte pas ce titre au hasard.

Derrière ses lunettes rectangulaires, Roy me couve d'un regard paternaliste. Je suis son poulain, et l'étincelle dans ses yeux me rappelle combien il espère avoir misé sur le bon cheval.

Il ouvre un bras pour m'inviter à avancer.

— Impressionne-les, glisse-t-il en étouffant le micro d'une main.

Je force un sourire, terrifiée.

Et si je n'y arrivais pas, à les impressionner ? Et s'ils se rendaient compte que je ne suis qu'une gamine qui n'était même pas la reine du lycée ?

Notre producteur quitte la scène et je me retrouve seule face au public. Tous les regards sont braqués sur moi. Les lumières aussi. Je me tourne vers Alexz pour chercher son soutien. D'un signe de tête, il m'indique que ça va aller, que j'en suis capable. Il n'a pas besoin de parler. Ces phrases, il me les a assez souvent répétées.

---

[10] Reborn signifie « renaître » / « ramené à la vie » en anglais.

— Merci pour votre accueil, je suis ravie d'intégrer ce merveilleux label.

Je respire lentement, laissant la tension s'échapper. Les échanges de politesse, le passage de pommade, je connais. J'ai grandi au milieu de ces soirées mondaines. Mes doigts sont crispés sur le micro, je le glisse dans son pied pour assurer ma prise et me donner contenance. Je suis en terrain connu. Je me concentre sur mon souffle. Il suffit d'un sourire confiant et de mots doux. Tout va bien se passer.

— Avec mon frère, Alexz, qui m'accompagne à la guitare.

Les lumières ne se déplacent pas sur lui. Un nœud étrangle mon estomac. La déception, j'imagine…

J'ai beau avoir compris la stratégie du label, l'avoir acceptée, elle n'en reste pas moins douloureuse.

— Nous allons commencer par le morceau que vous attendez tous…

Mon frère commence à gratter les cordes de sa guitare. Les notes s'élèvent dans la salle, m'enveloppent. La tension en moi s'échappe à leur suite.

— *Reborn*, le titre phare de notre album.

Une variation de lumière crée un halo plus sombre autour de moi. Alexz s'amuse sur l'intro, il prolonge le plaisir, tisse cette sphère protectrice autour de moi dont seule la musique a le secret. Mon pied bat le rythme. Je remarque Lev et Nikita au premier rang, leurs sourires béats m'encouragent. Mon moment arrive, je me rive au micro et ferme les yeux.

Ma bouche s'entrouvre.

Ma voix résonne.

Le silence du public l'honore.

Comme à chaque fois, la transe opère.

Chapitre 10

Alexz

La salle s'est vidée. Assise sur un tabouret de bar, Alana repose ses pieds, épuisée. Elle a discrètement retiré ses talons hauts pour se dégourdir les orteils et je me moque en la voyant grimacer à chaque mouvement. Je n'en mène pourtant pas large de mon côté. Ma veste de costume gît sur le comptoir du bar et j'ai fait sauter le premier bouton de ma chemise pour m'éviter de suffoquer. L'adrénaline mêlée à l'agitation de la foule m'ont achevé.

Il doit être trois heures du matin, nous n'avons pas vu les heures filer. Une fois le concert terminé, les invités se sont pressés autour de nous toute la soirée. Nate avait raison : nous n'avons pas eu une minute à nous. Les demandes de selfies se sont enchaînées, suivies de félicitations enthousiastes et de tentatives pour récupérer nos numéros. Roy a géré ce ballet de mondanités d'une main de maître, s'assurant que chaque invité jouisse de son moment privilégié. C'est une drôle de sensation que de devoir traiter en amis de parfaits inconnus. Le plus dur, c'est de se confronter à ce qui se lit dans leurs yeux lorsqu'ils nous dévisagent avec fascination. Chez certains, c'est de la passion que l'on rencontre. Mais chez d'autres, c'est une forme d'avidité. L'envie de nous approcher simplement pour clamer avoir été les premiers.

Je les imagine déjà répéter « j'étais présent à leur soirée de lancement, vous savez. Ils sont beaucoup moins impressionnants en vrai » le jour où nous rencontrerons le succès.

Je ne peux me plaindre, ce n'est qu'un petit prix à payer pour accéder à notre rêve : les scènes internationales. Et puis, moi, je suis en retrait, une figure de second plan. C'est pour Alana que l'exercice est le plus éprouvant. Roy Daniels a cerné son aura, il a vu en elle la tête d'affiche qu'il pouvait ériger, vendre au prix fort. Son innocence et sa fragilité fascinent. Sa voix puissante envoûte. Le public ne peut que se bousculer pour lui voler quelques secondes d'attention. Je l'ai surveillée tout au long des échanges, m'assurant que la pression n'était pas trop forte. Des dizaines de personnes qui se pressent pour vous entendre parler, pour vous toucher, vous photographier, c'est loin d'être anodin. Mais je serais naïf de croire que ce monde fonctionne autrement. Si nous voulons jouer ailleurs que dans des bars, nous devons nous plier aux règles du jeu.

Assis près d'Alana, Lev dort à moitié, le visage enfoui dans la paume de sa main. Nikita, lui, trépigne d'excitation, infatigable. « J'arrive pas à croire que vous soyez en train de devenir des rockstars ! » n'a-t-il cessé de répéter au cours de la soirée. Je crois qu'il est bien plus intéressé que nous par cette agitation qui se crée autour de nous.

Enfin, autour d'Alana. Moi, je ne suis que le guitariste. Remplaçable à tout moment. Interchangeable au moindre faux pas.

— Quelle soirée ! Je ne m'étais pas amusé comme ça à un évènement Heaven's Gates depuis longtemps.

Nate vient se poster près du bar. À l'instar de Nikita, il semble en pleine forme.

— Merci de nous avoir choisis pour assurer ta première partie. Rien de tout ça ne serait arrivé sans toi, sourit ma sœur.

Faussement modeste, il rejette ses paroles d'un geste de la main. Je plisse le nez. Il est vrai que, sans lui, nous n'en serions pas là. Pourtant, quelque chose dans son attitude me dérange. Depuis trois mois qu'il est entré dans nos vies, je n'arrive pas à décider si je peux lui accorder ma confiance.

— J'organise un *after* chez moi, quelques amis ont prévu de passer. Ça vous tente ?

L'invitation semble nous concerner tous les quatre mais, rapidement, il se tourne vers Alana. Comme si l'avis de ma petite sœur de seulement dix-sept ans prévalait !

— C'est une excellente id…

— Hors de question, rugis-je.

Ma sœur est prise d'un mouvement de recul, surprise. Je la foudroie du regard tandis qu'elle ravale les paroles qui s'apprêtaient à sortir de ses lèvres. Qu'est-ce qu'elle a cru ? Que j'allais accepter que nous partions faire la fête avec une popstar qui n'a pas connu d'autre mode de vie depuis son adolescence ? Je n'ose même pas imaginer le genre de soirée qu'il organise chez lui. Nous lui devons beaucoup, mais je n'oublie pas la réputation qui le précède. Nate Vance est loin d'être un enfant de chœur. Et quand son manager n'est pas là pour jouer la nounou, il peut rapidement dépasser les bornes.

Le chanteur pose une main sur l'épaule d'Alana. Je me tends. Lev et Nikita se raidissent également. Nous partageons le même instinct de protection envers elle. À nous quatre, nous formons plus une famille que celles que j'ai pu connaître.

— Je ne sais pas à quoi je pensais, vous devez être impatients de débriefer le concert et de rentrer vous mettre au calme. Après toute cette agitation, c'est la moindre des choses.

Ma sœur hoche la tête, ils échangent un sourire. La main du chanteur revient gagner l'intérieur de sa poche. Je me détends.

— Merci, Nate. Je crois que nous sommes tous crevés.

Il approuve d'un signe d'un menton, nous souhaite une bonne nuit et s'éclipse. Alana le suit du regard et, une fois qu'il a disparu de notre vue, elle reporte son attention vers moi. Les narines dilatées et les sourcils froncés, elle n'attend pas pour attaquer :

— Mais qu'est-ce qui te prend ? J'allais refuser ! Tu crois vraiment que j'ai envie de faire la fête alors que je couine dès que je pose un pied par terre ?

Je pince les lèvres. OK, j'ai peut-être pris la mouche trop vite. Je ne lui ai pas laissé la moindre chance de prouver sa maturité. Mais c'est plus fort que moi : si nous avons poursuivi ce rêve toutes ces années, c'est pour la musique. La transe qui nous saisit dès que nos instruments retentissent. Pas pour les fêtes ni pour les bains de foule. J'ai vu combien Alana était fragile, prête à glisser dans des zones terriblement sombres. Au cours de l'année qui s'est écoulée, j'ai eu peur de la perdre un nombre incalculable de fois. Alors je me dois de la protéger. Quitte à passer pour un idiot agressif. Quitte à endosser une image détestable.

— J'y peux rien ! Je ne le sens pas, ce type, grogné-je.

— Ce type, comme tu dis, est celui grâce à qui nous avons pu quitter Moscou avant ma majorité pour être propulsés directement en studio, avec un contrat pour le suivre en tournée dans les mains !

Elle renfile ses talons tout en débitant ses reproches.

— Je ne sais pas si tu te rends compte du nombre de musiciens qui galèrent pendant des années ! Il faut un sacré culot pour cracher dans la soupe de cette façon !

Un peu gauche à cause de ses pieds endoloris, elle saute de son tabouret.

— Je suis désolé, ça te va ?

Mes excuses sonnent plus comme un grognement, mais elles semblent efficaces. Alana ne nous livre pas de sortie théâtrale. À la place, elle reste plantée debout, les bras croisés sur la poitrine et la moue boudeuse. Toujours affalé sur le comptoir, Lev se redresse sur un coude, cherchant mon regard pour m'apaiser. De son côté, Nikita vient enrouler un bras autour des épaules de ma sœur.

— Allez, ne gâchons pas une si belle soirée. On va organiser notre propre *after* à la maison. Je suis sûr qu'on doit avoir une boîte de camomille qui traîne quelque part.

Motivé par ses paroles, Lev quitte son état léthargique.

— C'est une bonne idée, rentrons. Vous avez eu votre quota d'émotions pour un moment.

Nous passons dans les loges improvisées pour récupérer nos affaires, saluons les derniers membres du label présents à l'intérieur du Helix, puis filons dans la voiture qui nous est réservée au pied du Gherkin. Un crachin tombe sur la ville, dessinant des rideaux de gouttelettes dans les faisceaux des lampadaires. Emmitouflée dans sa cape en fausse fourrure, Alana se précipite sur la banquette arrière en râlant que, pour un mois de mai, la météo anglaise s'avère bien plus capricieuse que celle que nous aimions tant en Russie. Les garçons la taquinent. Fermant la marche, je tire mon téléphone de la poche intérieure de mon costume. Mon pouce hésite quelques secondes au-dessus de l'écran.

— Dépêche-toi, Alexz, on gèle ! m'interpelle Lev avant de s'engouffrer à la suite des autres dans la voiture.

Je me décide à ouvrir la discussion laissée en suspens depuis trop longtemps.

« Notre soirée de lancement vient de se terminer. On l'a fait, Kira. Il ne manquait que toi pour que tout soit parfait... »

Un soupir m'échappe. Je presse tout de même la touche « envoyer », laissant au moi de demain le soin de gérer les regrets. Tout en fixant le message quitter mon clavier pour rejoindre la bulle de discussion, je me remets en marche. Je sais pertinemment qu'aucune réponse ne viendra. Les trois bulles flottant depuis des semaines au-dessus de mes derniers mots en témoignent.

Chapitre 11

Alana

Une douce odeur de café m'accueille dans la cuisine. Les garçons sont assis autour de la table, discutant d'une voix ensommeillée, guettant l'écran de leur téléphone entre deux phrases. Je m'arrête un instant dans l'encadrement de la porte pour mémoriser la scène. La tension de la soirée de lancement est retombée, une bonne nuit de sommeil nous a tous requinqués. Je savoure la simplicité du moment, le contraste entre le quotidien banal et les pics d'adrénaline que nous offre notre début de carrière.

— Toujours sur ton nuage ? demande Alexz lorsque je m'avance vers la cafetière italienne.

Je tire une tasse d'un placard en hauteur, sors une bouteille de lait du frigo.

— J'ai du mal à croire que les évènements de cette nuit se soient vraiment produits.

— Et moi, j'ai du mal à croire qu'on doive quitter tout ça, se plaint Nikita.

D'un geste du menton, il désigne le luxueux appartement. Je sais qu'il n'est pas seulement triste de quitter le faste de notre vie londonienne ; il s'est pris au jeu des concerts et du quotidien d'artiste. Mais la réalité nous rappelle toujours à elle. Les valises entassées dans l'entrée m'ont serré le cœur lorsque je les ai aperçues au réveil.

— On sera à Moscou dans quelques jours, ne prétends pas qu'on va te manquer, me moqué-je.

— Tu parles ! C'est surtout qu'il n'a pas envie de retourner bosser au garage. Vous allez voir qu'il va nous imiter la guitare électrique avec le ronronnement des bécanes, renchérit Lev.

Nous nous esclaffons. Je verse le lait dans mon café et viens les rejoindre autour de l'îlot.

— Il y a du caramel dans le placard de droite, m'informe Alexz. J'en ai acheté hier.

Je secoue la tête. Autrefois, c'était mon plaisir coupable, mais cela fait des mois que j'ai abandonné cette mauvaise habitude. J'essaie également de réduire le lait au fil des semaines. C'est plus difficile. Ces derniers temps, le café m'a aidée à tenir le rythme des répétitions et des cours, cependant son goût reste trop fort pour mes papilles.

Le regard d'Alexz se perd sur moi. Je sais qu'il m'évalue, se questionne. Le mois dernier, je n'ai pas eu mes règles. Je crains qu'elles ne reviennent pas ce mois-ci non plus. Cela, il l'ignore, bien sûr. Mais il se doute que quelque chose se trame. Que je compte, compartimente, culpabilise. Il ne comprend pas ce que cela demande d'être au maximum en toutes circonstances. C'est un sujet qui nous amène irrémédiablement au désaccord. Il me demande de lâcher prise quand je panique à l'idée de perdre le contrôle.

— Tu as vu les retours sur votre prestation ? intervient Lev.

— Non, je n'ai pas encore allumé mon téléphone. Je veux faire durer le plaisir d'hier, et comme on ne sait jamais à quelle sauce on va être mangé…

— Ils sont bons, me rassure mon frère.

J'écarquille les yeux. Monsieur-déconnecté aurait-il cédé aux sirènes de la validation sociale ?

Il pousse son téléphone vers moi pour me montrer la pluie de commentaires survenue pendant la retransmission en ligne du concert. En effet, ils sont majoritairement positifs. Certains émettent une réserve ou s'attardent sur nos physiques plus que sur notre voix, mais c'est inévitable. S'il était coutume de contenir l'aigreur, ça se saurait.

— C'est plutôt rassurant pour le début de la tournée, constaté-je.

Si les notifications d'Alexz ont explosé, je n'ose imaginer les miennes. Je vais continuer d'attendre avant de m'y confronter. J'ai trop peur d'y découvrir des sons de cloche plus violents.

Nous terminons de prendre notre petit déjeuner dans le calme. Il est treize heures passées. Les garçons se montrent de plus en plus nerveux à l'idée de se quitter. Si nous retournons passer quelques jours à Moscou dans le courant de la semaine qui arrive, nous ignorons ensuite quand nous nous reverrons. Roy a prévu de nous faire enchaîner sur nos propres concerts très vite après la tournée de Nate. Le planning s'annonce chargé.

*

Après une dernière virée en ville, quelques polaroïds tirés près de Big Ben et du Tower Bridge, l'heure de quitter Lev et Nikita arrive. Nous leur disons au revoir au pied de notre immeuble tandis qu'un chauffeur de taxi charge leurs valises dans le coffre de son *cab*. Ils ont beau être les amis de mon frère, leur venue m'a fait du bien. Ils ont apporté un semblant de légèreté au milieu de la pression.

Une fois qu'ils sont partis, je me décide enfin à prendre le temps de consulter les notifications qui m'attendent sur mon téléphone. J'essaie de répondre aux nombreux messages et commentaires. Nate a posté un selfie de nous deux, je dois affronter les réactions mitigées de ses groupies. Certaines nous imaginent déjà ensemble tandis que d'autres me critiquent sous toutes les coutures, sans doute pour compenser le fait qu'elles ne l'approcheront jamais.

Je comprends le mécanisme, mais encaisser le coup n'est pas facile pour autant. Luka a tenté de me joindre plusieurs fois, j'hésite à le rappeler dans la foulée. J'ai peur qu'il se montre à nouveau jaloux. Le temps de rassembler mon courage, c'est Nate que je contacte.

> « Très chouette, le coup de pub, mais tu ne m'avais pas dit que tes groupies étaient aussi sévères ! »

Je suis prise d'une franche crise de rire en ouvrant les messages de Ninel. Elle s'est filmée en train de sauter partout dans sa chambre pendant notre prestation. Une vraie folle... Ou une ado normale. Ces moments me manquent. J'espère que nous pourrons en partager plusieurs pendant les vacances qui s'annoncent. J'ai besoin de ces souvenirs pour rester concentrée sur le travail. Je me dis que si j'en ai assez en tête, je n'aurai jamais l'impression d'avoir fait le mauvais choix. Que je ne regarderai jamais en arrière en ayant le sentiment d'être passée à côté de ma jeunesse.

Quand Alexz toque à la porte de ma chambre pour me proposer de sortir dîner, je me décide enfin à recontacter Luka. Je prétexte que j'irai me préparer un sandwich un peu plus tard, tout en pressant l'icône de son contact. Les tonalités qui retentissent convainquent mon frère de me laisser tranquille.

— Alors, tu en as pensé quoi ? m'enquiers-je dès que retentissent les frottements contre le micro signifiant qu'il a décroché.

— Un peu déçu de ne pas avoir été surpris... Tu as été parfaite, même pas une petite chute ou un léger oubli de paroles pour troubler le public.

Sa voix résonne à travers le haut-parleur et son timbre chaud m'apaise aussitôt. Comment ai-je pu croire qu'il m'en voudrait à cause des fans de Nate ? Il sait qu'il ne se passe rien entre nous. Que les gens n'ont pas besoin de raisons pour se montrer méchants, surtout lorsqu'un écran les cache. Je ne peux m'empêcher de rire à ses plaisanteries idiotes.

— Très bien, je m'efforcerai de t'offrir un combo la prochaine fois.

— Efforce-toi surtout de ramener tes fesses ici, se plaint-il.

— Je vais voir ce que je peux faire pour accélérer le temps, promets-je d'une voix douce.

Portée par sa légèreté, je me laisse tomber sur mon lit et roule sur le ventre. Je lui demande de me parler longuement de la chkola, des examens, du sport, de tout ce qui est lui, de tout ce qui constitue sa vie. Je prolonge ce moment autant que possible. Il est près de minuit en Russie, mais il ne proteste pas. Je me conforte dans l'idée que, lui aussi, il a besoin de ne pas parler de paillettes ni de carrière et d'objectifs. J'ai l'impression de retomber en enfance et de jouer à faire semblant. Sauf que les scénarios se sont inversés : autrefois, nous prétendions mener des vies extraordinaires. Aujourd'hui, je me raccroche à la moindre bribe de normalité pour ne pas craquer.

La nuit est tombée lorsque nous nous décidons enfin à raccrocher. Alexz gratte quelques mélodies sur sa guitare, ses notes me parviennent de l'autre côté du couloir. Je me positionne sur le dos, la tête enfoncée dans ma montagne d'oreillers. Je songe que cela fait longtemps qu'il n'a pas joué rien que pour moi. Autrefois, il jouait chaque soir la même berceuse pour m'endormir. J'hésite un instant avant de lui envoyer un message, trop timide pour aller réclamer mon moment de nostalgie directement.

« *Tu te souviens encore de notre berceuse ?* »

J'attends une réponse en fixant le plafond. Il lui faut un peu de temps avant de remarquer le message, mais je comprends qu'il accepte ma requête lorsqu'il se remet à jouer. Les notes de notre chanson s'élèvent dans l'appartement. Sans un bruit, je me glisse sous la couette, presque religieusement. Je m'étire pour atteindre la lampe de chevet et me concentre sur la musique, baignée dans l'obscurité. Une main sous la joue, je commence alors à fredonner ces paroles qui m'ont tant de fois réconfortée :

« Il était un petit garçon,
Qui rêvait de visiter le ciel,
D'installer une petite maison,
Sur le dos d'une hirondelle.
Perdu sur ses collines,
Il vivait le nez en l'air.
Pourquoi veux-tu partir ? lui demandait-on.
Là-haut dansent les étoiles,
Et naissent les planètes,
Alors qu'ici-bas, ne règne que la tristesse, répondait-il.
Et chaque jour qui lui était donné,
Il travaillait sur sa petite fusée.
Tout ce qu'il voulait,
C'était s'en aller. »

J'ignore ce qui a poussé mon frère à écrire un jour des paroles si tristes, mais elles sont le sort qui scelle nos liens si forts. Couchée là, à deux mille kilomètres de notre famille, je les murmure tout doucement. Égoïstement. Alexz ne peut les entendre, mais je m'y raccroche de toutes mes forces. Je me promets que le succès qui s'amorce et que les clauses de contrat absurdes ne parviendront jamais à nous séparer.

Mai 2017

Dix mois avant d'emménager à Londres

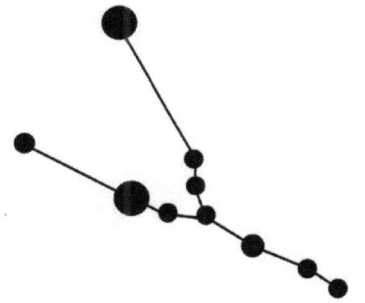

Chapitre 12

Alana

Luka est blond. Il a de grands yeux sombres, des épaules immenses et des lèvres fines. C'est peut-être le plus beau garçon que je connaisse. La première fois qu'il m'a embrassée, j'ai eu l'impression de fondre sur place. Je ne savais même pas que l'on pouvait ressentir un tel élan de chaleur. Depuis, j'ai le ventre qui se serre et les mains qui tremblent à chaque fois qu'il me frôle dans les couloirs. Je comprends maintenant pourquoi tant de gens parlent d'amour. C'est le sentiment le plus grisant qui puisse nous parcourir.

Aujourd'hui, il n'a pas cessé de me regarder à l'heure du déjeuner. Pourtant, depuis que ses lèvres ont donné leur goût aux miennes, il n'a pas daigné m'adresser le moindre mot. À vrai dire, je ne sais même pas comment nous en sommes venus à nous embrasser. Il était là, face à moi, sortant tout juste du cours de biologie pour lequel nous avions travaillé ensemble, et je crois que nous ne savions simplement plus quoi nous dire. Alors il m'a embrassée. Depuis, mon esprit est complètement infecté de sa présence. Et je crois que le pire de tout, c'est que ça me plaît.

Avant que Voronkova nous mette en binôme pour ce maudit exposé, nous ne nous étions presque jamais parlé, et voilà que nous sommes revenus au point de départ suite à ce baiser. Je n'arrive pas à y croire. Certains soirs, avant de m'endormir, je me dis que ce n'est pas possible, que j'ai dû rêver et qu'il ne m'a jamais embrassée. Mon esprit m'a joué des tours, ou j'ai dû fantasmer, comme me le répète Ninel. Mais qu'est-ce qu'elle en sait, elle, après tout ? Maintenant qu'elle est constamment suspendue aux lèvres de Maxim, elle joue l'experte en relations amoureuses, mais la vérité c'est qu'elle n'y connaît rien. Elle n'a jamais subi cette torture qu'est l'attente, l'incertitude. Pour elle, ç'a été un strike du premier coup, alors que moi, je ne suis même pas entrée sur la piste !

Qu'ils sont idiots ces garçons, à venir nous embrasser pour nous laisser ensuite dans le brouillard ! C'est là, je crois, tout l'art de leur séduction : ils ont peur de nous, alors ils nous affaiblissent en soufflant le chaud et le froid. Comme ça, on ne sait jamais sur quel pied danser et on en perd notre raison. Oui, c'est ça, je sens que cette histoire va finir par me rendre folle.

— Mademoiselle Latchkova, un peu de concentration ne devrait pas vous réduire le cerveau en bouillie !

Madame Olya tape sévèrement le plancher du studio de danse de la pointe de son bâton et m'adresse un regard assassin. Je m'élance en pas chassés à travers la salle en m'efforçant de suivre le rythme de mes camarades.

— Du nerf, allons, du nerf !

Pas de basque, pas de basque, menton au ciel, cabriole, demi-plié et on reprend l'enchaînement...

Un baiser, tout de même ! Et comme ça, sans prévenir. Je ne comprends vraiment pas sa stratégie. Peut-être qu'il attend que ce soit moi qui engage la discussion ? Mais si c'est le cas, il se fourre le doigt dans l'œil jusqu'à l'épaule. Après tout, je n'ai rien demandé, moi, dans cette histoire. Voronkova nous a mis en binôme, puis c'est lui qui m'a embrassée. Ce n'est pas comme si j'avais espéré ce rapprochement un jour… Bon, c'est vrai que j'ai toujours eu des picotements dans le ventre quand il me regardait en cours ou qu'il prenait ma défense. Il n'empêche que c'est à lui de terminer ce qu'il a commencé. Et s'il avait changé d'avis ? Et s'il m'avait embrassée uniquement parce qu'il ne savait plus quoi me dire ? Je ne vais tout de même pas aller le trouver pour lui demander s'il compte m'inviter à sortir un jour, j'aurais l'air ridicule !

Peut-être que je pourrais essayer de le rendre jaloux. J'ai bien vu la manière dont Alexz serre la main de Kira lorsqu'un groupe de garçons la reluque. Mais avec qui pourrais-je mener ma stratégie à bien ? Il ne faudrait pas qu'il se dise « Tiens, voilà Alana en couple. C'est dommage que son copain ait les dents de travers, elle mériterait quelqu'un avec un plus joli sourire. » Non, non ! Il ne pensera pas ça, car mon copain n'aura pas les dents de travers. Je vais en trouver un presque aussi beau que lui, comme ça il ne pourra pas le critiquer et seule la jalousie s'emparera de lui. Alors, il se dira que c'est un con parce qu'il...

— Aïe !

— Latchkova, vous êtes devenue folle ?

Étalée sur le plancher, une douleur fulgurante traverse mon pied gauche. Au-dessus de moi, j'aperçois le visage furibond de Rada, que j'ai bousculée dans ma chute.

— Mon pied, gémis-je.

Natacha joue des coudes pour disperser l'attroupement autour de moi et s'agenouiller à mes côtés. Madame Olya, dont l'expression est passée d'outragée à inquiète, plante son bâton à côté de ma tête et me demande de me relever.

— Je ne peux pas...

Mon amie se précipite aussitôt sur mes chaussons et s'empare du ruban noué autour de ma cheville pour tirer dessus.

— Surtout pas, malheureuse ! intervient Madame Olya avec un nouveau coup de bâton. Appelez les urgences et ne la touchez pas.

Redressée sur un coude, j'observe avec effroi mon pied tordu. Impossible de le bouger sans qu'une vague de douleur ne me parcoure.

— Mon frère... Prévenez mon frère. Je ne veux pas aller aux Urgences toute seule.

Je n'ai aucun papier sur moi, Svetlana a quitté la ville pour une séance photo, Sergueï est à Sidney. J'ai peur. Il faut qu'Alexz vienne me chercher avec Yuri. Je ne veux pas monter dans une ambulance. Tous ces médicaments, ces seringues, cette sirène assourdissante... Non, je ne veux pas. J'essaie de bouger mes orteils. Ils obéissent. Ce ne doit pas être si grave. Je me courbe tant bien que mal pour observer la blessure. Rien d'ouvert. Je respire. OK. Ce n'est peut-être qu'un mauvais coup. Demain, je pourrai reprendre l'entraînement. Il le faut. Le gala de fin d'année... Il est hors de question que je le loupe ! J'ai travaillé trop dur depuis janvier. Madame Olya doit justement nous annoncer qui aura le solo la semaine prochaine. Ce n'est pas le moment de me blesser.

Le cours est interrompu et les filles se dirigent vers les vestiaires, échangeant des chuchotements en me lançant des regards en coin. J'imagine ce qu'elles se disent. *Est-ce qu'elle pourra participer à la représentation ? Elle est grillée pour le solo, c'est certain. Et avec sa dernière vidéo qui explose le compteur de vues, ce n'est clairement pas le moment de se blesser. Elle ne pourra jamais donner de concert.* Cette dernière, c'est la pensée la plus douloureuse.

Parce que ces dernières semaines, Alexz et moi avons travaillé d'arrache-pied pour nous faire connaître. À tel point que lorsque Nikita nous a proposé de donner un concert au Blue's Café, je n'ai pas eu peur d'accepter. Alexz y travaille depuis quelques semaines, suite à l'ultimatum de Sergueï. Nous connaissons bien les lieux et les soirées *live* du vendredi ramènent toujours beaucoup de clients. Je ne peux pas manquer une telle opportunité à cause d'une satanée cheville !

Après une quinzaine de minutes à me tenir le pied, comme si cela pouvait étouffer la douleur, une ambulance arrive et on m'oblige à m'y installer. Le téléphone vissé contre l'oreille, j'écoute un Alexz paniqué me répéter inlassablement qu'il est en route, qu'il sera devant les Urgences à mon arrivée et que je ne dois pas m'inquiéter. Étrangement, son attitude confuse et stressée me rassure. Il sera là. Comme toujours. Je n'aurai pas à affronter les murs froids de l'hôpital toute seule.

J'ignore pourquoi j'ai si peur des hôpitaux. Je n'ai jamais été opérée, jamais eu de fracture. Tous nos proches sont en vie et en bonne santé. Les seules fois où j'ai dû m'y rendre, c'est lorsque mon frère a pris un uppercut en plein dans le nez à l'un de ses entraînements de boxe idiots. Quelle idée ! Payer des cours pour se faire casser la gueule, il faut quand même être fêlé. Ensuite, il y a eu la naissance de notre cousin Nikolaï, le fils de Tante Oksana. Rien de tragique, rien de traumatisant. Et pourtant, le souffle me manque à chaque fois que je longe les couloirs d'un hôpital.

— On y est, Mademoiselle.

Une ambulancière ouvre les portes du véhicule et on m'accompagne dans le hall de l'établissement. Alexz est là, accompagné de Kira, une lueur affolée dans le regard qu'il s'efforce de chasser avec un sourire. Il tente de cacher ses sentiments, mais je sens à la caresse tremblante qu'il m'offre sur la joue que lui aussi ne pense qu'à une chose : il est terrifié à l'idée que nous devions annuler le concert.

Chapitre 13

Alexz

— Hmm... T'arrête pas, tu fais ça trop bien.

À califourchon sur mon torse, Kira me couvre le cou de baisers. Ses longs cheveux bruns effleurent ma peau et transforment mon corps en un insatiable frisson. Les mains accrochées à ses fesses galbées, je me demande comment j'ai réussi à capturer une telle sirène dans mes filets.

Il y a deux mois, je me suis présenté à son mystérieux rendez-vous. J'ai bien failli tout foirer en arrivant avec deux minutes de retard. Elle était déjà sur le départ mais, après moult tergiversations, elle m'a laissé marcher à ses côtés. « On est dans un pays libre, je ne peux pas t'empêcher d'utiliser ce trottoir » a-t-elle clamé. J'ai su que j'avais gagné. Elle m'a conduit dans un refuge pour animaux où elle intervient en tant que bénévole. Longuement, elle m'a ignoré, se contentant de m'ordonner de porter des sacs de croquettes et de nettoyer des boxes. L'enthousiasme des chiens aidant, elle a fini par se détendre et baisser sa garde. J'ai réussi à décrocher un deuxième rendez-vous, une fois confirmé que le grand blond présent à l'anniversaire de Lev n'était pas son copain, mais celui de sa meilleure amie. Un troisième a suivi, j'ai obtenu un baiser. Le plus arrogant et provocateur qu'on m'ait jamais donné, après quoi elle a filé en me laissant bouche bée. Depuis, il est difficile de nous décoller.

— Assez bien pour que tu restes avec moi au lieu d'aller à ton entraînement de boxe ?

Elle demande cela d'une voix mielleuse et pose ses grands yeux gris sur moi, sachant pertinemment qu'il m'est douloureux de lui refuser quoi que ce soit dans une telle posture.

— Kira...

Ses doigts jouent dans mes cheveux, elle se presse un peu plus fort contre moi pour me signifier son désir. Si sournoise, si désirable...

— S'il te plaît.

Une série de baisers ponctue ses supplications. Veut-elle réellement que je reste ou teste-t-elle seulement son emprise ?

Ses lèvres courent de ma clavicule à ma mâchoire, puis terminent sur ma bouche. Gourmandes, délicates et voraces tout à la fois. Je sens ma résistance faiblir et m'apprête à lui céder quand mon portable vibre sur la table de chevet, rompant la magie du moment. Je me redresse tant bien que mal pour le mettre sur silencieux quand un drôle de pressentiment m'envahit en découvrant le nom d'Alana sur l'écran.

— Désolé, c'est important.

Kira soupire, me plaque contre le matelas en essayant de m'empêcher de prendre l'appel. Féline et territoriale, elle ne supporte pas que mon attention se détourne d'elle, même lorsqu'il s'agit de ma sœur. « Elle est grande, elle n'a pas besoin d'un chaperon » dit-elle lorsque je la délaisse en sa faveur. Je tente de repousser ses assauts en riant, prends l'appel et me love contre sa poitrine. Entre deux halètements, la voix d'Alana débite :

— Allo, Alexz ? J'ai besoin que tu m'accompagnes aux Urgences, je viens de faire une mauvaise chute pendant mon cours de danse.

Mon sang se glace aussitôt.

Dans ma tête, tout se bouscule. Est-ce grave ? Une fracture ? Nikita vient juste de me décrocher un rôle de serveur au Blue's Café pour que je remplisse mon engagement auprès de Sergueï, et il a même réussi à nous réserver un créneau pour jouer sur la scène ouverte vendredi prochain. Pourrons-nous assurer le concert ? Je repousse Kira et me rhabille tout en me noyant sous les questions, m'agitant dans la chambre de la belle brune comme un chien effrayé par l'explosion de feux d'artifice.

— Qu'est-ce qui te prend ? Où vas-tu ?

— Ma sœur doit aller aux Urgences.

Mes clefs ? Où sont mes clefs de l'appartement, putain ? Je retourne les poches de mon jean avant de sauter à l'intérieur.

— Viens, je t'emmène.

Elle se redresse lentement, m'envoie mon trousseau dans les mains avant de revêtir son pull et son legging. La minute suivante, le moteur de sa petite Saxo bleue ronronne dans l'allée de l'immeuble.

*

— *Vous avez songé à vous adresser à un foyer pour femmes battues ?*

L'infirmière est grande et belle. Elle parle d'une voix douce qui sonne comme une berceuse, et pourtant sa question arrache une grimace à maman. Accroché à la jambe de Monique, la voisine qui nous a conduits ici, je sursaute lorsqu'elle prend la parole.

— *Il faut que tu partes, il va finir par vous tuer. Tu es une idiote, de rester. Une idiote, je te le dis ! Qu'est-ce que tu as peur de perdre ? Des coups ? Une cité HLM minable ? Va-t'en tant que tu as encore tes jambes pour te porter. Pourquoi ne rentrerais-tu pas chez toi, en Russie, avec tes enfants ?*

— *Tais-toi, Monique. Tais-toi ! Ne parle pas comme ça devant eux. Je ne partirai nulle part, c'est ici, chez eux !*

Ma sœur pleure dans les bras de la voisine, qui se met à balancer doucement ses hanches et à murmurer des « chut, chut » dans l'espoir de la calmer. Elle ne sait pas s'y prendre. Ma sœur veut qu'on lui chante une chanson. Je le sais bien, moi, que c'est ce qui arrête ses larmes à coup sûr. Tandis que les adultes parlent, je me hisse sur la pointe des pieds et commence :

« Il était un petit garçon,

Qui rêvait de visiter le ciel... »

Mais Monique me secoue par l'épaule et ordonne d'une voix menaçante :

—Tais-toi, Jules ! Ce n'est pas le moment de faire l'intéressant !

Je m'interromps, les larmes aux yeux, et repose mes talons à plat sur le sol en évitant de croiser le regard des adultes.

— Madame, ce ne sont pas mes affaires, mais votre vie et celles de vos enfants sont en danger. Vous avez une fracture de l'arcade zygomatique, un traumatisme crânien, des contusions sur la poitrine... Vous auriez pu ne jamais vous relever.

— Assez ! Soignez-moi, s'il vous plaît. C'est tout ce que je vous demande.

— Je suis navrée, mais je me vois dans l'obligation d'appeler les services sociaux, vos enfants sont en danger. Reposez-vous, le docteur va venir vous recoudre l'arcade.

Maman pleure – tout doucement, en silence, comme elle sait si bien le faire – et murmure « non, non, ne faites pas ça, pas mes enfants », mais ses mots semblent se perdre et je regarde la belle infirmière s'en aller sans comprendre pourquoi elle semble si en colère, elle qui avait un visage angélique quelques minutes auparavant. Ma sœur demande à descendre des bras de Monique et s'approche du lit de maman.

— Il va rester comme ça pour toujours, ton visage ?

Elle pointe du doigt sa pommette enfoncée, les sourcils froncés. Je quitte les jambes de Monique pour aller l'extraire des doigts de maman, qui caressent ses cheveux châtains. En m'approchant du lit, je m'oblige à penser à des fusées qui voyagent autour des planètes pour ne pas rencontrer ses plaies terrifiantes. À chaque nouvelle visite aux Urgences, c'est plus effrayant que la fois précédente.

*

— C'est une entorse. Béquilles pendant deux semaines, une attelle à porter le plus possible et vous serez rapidement sur pied, conclut le médecin. Une infirmière va vous apporter tout ça.

Je pousse un soupir de soulagement venu des tréfonds de mes poumons et serre la main de Kira avec force.

— Je pourrai jouer du piano ?

Alana dévisage le docteur comme un chat prêt à bondir sur une souris.

— Sans les pédales, oui.

— Ce n'est plus du piano, dans ce cas.

Elle fait la moue. Je lui donne un coup de coude et remercie le médecin avant qu'il ne nous congédie. Nous regagnons la salle d'attente et je fais tout mon possible pour ne pas laisser paraître la nervosité qui me ronge depuis que je suis entré dans l'hôpital. Ces maudits murs blancs me filent le cafard.

— C'est un tout petit sacrifice pour être comme neuve dans deux semaines, tente de la rassurer Kira.

Alana fronce les sourcils et se tourne vers moi.

— Elle est au courant qu'on donne un concert dans une semaine, ta copine ?

La jolie brune extirpe ses doigts des miens et ravale une montée d'amertume.

— Je vais vous attendre dans la voiture.

— Attends, Kira…

Elle m'ignore et se dirige vers la sortie avec l'allure de celle que la lassitude a engloutie.

— Pour le solo du spectacle de fin d'année, c'est foutu aussi, se lamente ma sœur, indifférente aux conséquences de son acidité.

Alors qu'elle se laisse tomber dans une chaise, ses radios dans les mains, je me tourne vers elle, fébrile.

— Ne parle plus jamais comme ça à ma copine. Je tiens beaucoup à elle, alors arrête un peu de jouer à la princesse.

Alana se fige, une lueur de panique enfantine dans les yeux. J'adopte un air grave, sentant bien au fond de moi que le même hébétement me gagne. Seulement deux mois plus tôt, nous étions encore tout l'un pour l'autre. Nous nous raccrochions à notre fraternité comme des naufragés à un radeau. Alana était mon soleil et j'étais sa force. Mystérieux équilibre qui nous permettait de supporter les zones d'ombre du passé, celles qu'elle ignore et qui, moi, me hantent. Mais voilà qu'aujourd'hui une inconnue est entrée dans notre fragile équation, et nous peinons tous les trois à trouver nos marques.

— Je… Je suis désolée.

Gêné, je m'assieds dans la chaise à côté de la sienne et croise les mains sur mon abdomen. Les yeux rivés sur un tableau abstrait accroché au mur d'en face, je m'efforce d'imaginer que nous sommes dans un musée loufoque et non à l'hôpital.

— Je crois qu'elle m'aime bien, elle aussi, tu sais.

— Ah oui ?

Je me racle la gorge, elle étend sa jambe blessée sur une petite chaise pour enfants.

— Oui. Parfois, le soir, elle m'envoie un message juste pour me dire qu'elle est contente que je sois venu lui parler dans son petit café bleu. Comme ça, sans raison. Juste pour que je me sente important.

J'ose enfin poser les yeux sur ma sœur. Par mimétisme, elle a également croisé les mains sur son ventre, la grande enveloppe blanche contenant ses radios plaquée sous ses paumes.

— Ça a l'air super, d'avoir quelqu'un qui t'aime et qui pense à toi avant de s'endormir.

— C'est vrai que je dors un peu mieux, dernièrement.

Nous nous plongeons dans le silence. Après un moment, Alana pince les lèvres, le regard dans le vague, et dit :

— Moi, j'ai du mal à dormir, depuis quelque temps.

Surpris, je m'apprête à lui demander pourquoi mais une voix m'en empêche.

— Mademoiselle Latchkova ? Vos béquilles et votre attelle sont prêtes.

Juin 2018

Six mois avant le concert à Moscou

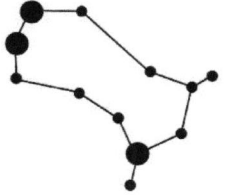

Chapitre 14

Alana

Les bras chargés de sacs estampillés de noms prestigieux, Svetlana et moi nous engouffrons dans l'ascenseur de la résidence. L'ancien mannequin plaisante sur le fait que Sergueï s'était habitué à avoir plus de place dans son dressing depuis mon départ, nos virées shopping grignotant la place qui lui était réservée. Tandis que son rire cristallin résonne, je m'adosse contre la paroi du fond et la dévisage. Je m'imprègne de ses traits, de son air étrangement doux et hautain à la fois. Une part de moi aimerait la serrer dans mes bras mais je n'ose pas le lui demander. Nous ne sommes pas très tactiles, chez les Latchkov... J'ignore si c'est le fait de me retrouver dans ces lieux familiers ou si ce n'est qu'un simple réflexe de petite fille qui resurgit après des mois à jouer à l'adulte responsable, toujours est-il que je me rends compte combien ma mère m'a manqué.

Les portes de l'ascenseur s'ouvrent dans notre entrée, nous abandonnons nos achats au pied de l'escalier. Mister Pumpkin, le vieux persan de Svetlana, vient se frotter à mes pieds pour m'accueillir avant de filer à l'étage et je pousse un soupir de satisfaction. Je ne pensais pas regretter la maison, pourtant me voilà nostalgique d'être de retour.

— Tu veux un thé, zolatka[11] ?
— Avec plaisir !

---

[11] Nom doux qui signifie « petit or » mais avec un aspect très affectueux, similaire au terme qu'on emploie pour dire « ma petite étoile ».

Svetlana se dirige vers la cuisine en premier tandis que je tire mon téléphone de mon sac à main pour vérifier mes messages. Je dois retrouver Ninel et Luka en fin d'après-midi pour une dernière session de révisions avant notre examen final. Notre retour en Russie n'est pas qu'une pause avant le début de la tournée, c'est aussi un adieu définitif à ma vie de lycéenne…

Surprise de découvrir un message de Nate au moment où je m'installe autour de l'îlot central de la cuisine, je ne l'ouvre pas tout de suite. Ce n'est pas la curiosité qui me manque, mais Svetlana détourne complètement mon attention en détaillant toutes les étapes de la préparation de son thé à la caméra de son téléphone.

— Mais enfin, qu'est-ce que tu fabriques ? ne puis-je m'empêcher d'éclater de rire.

L'ancien mannequin soupire et interrompt la vidéo.

— Tu ne fais jamais ça ?

— Faire quoi ?

Son étonnement semble sincère. Je ne peux m'empêcher de glousser, devinant ce qui se cache derrière son allusion.

— Partager des moments de ta journée avec ta communauté ! C'est Felipe qui m'a montré les ficelles. Je filme quelques bouts de mon quotidien, les internautes me suivent, échangent avec moi, et je peux réaliser des placements de produit.

Felipe… Son fameux ami qui m'avait obtenu le rôle d'une publicité pour des baskets, l'an dernier. Toujours fourré dans les bons plans, celui-ci…

— Tout le monde y trouve son compte, assure Svetlana face à mon air perplexe.

— Tu es donc devenue… Un panneau publicitaire ?

— Une influenceuse, me corrige-t-elle, un brin vexée. Ce n'est pas si différent du mannequinat. Au moins, là, je choisis mes conditions de travail.

Je sens que le sujet est sensible. Svetlana a quarante-sept ans, les marques commencent à l'oublier. J'imagine que quand on a connu le sommet, il doit être difficile d'affronter la chute. Mais l'entendre vanter les mérites d'un thé détox, ça me laisse un peu pantoise... Pour ma part, j'ai toujours refusé les propositions de partenariat. J'estime que ce n'est pas mon métier.

Interdite, je l'observe terminer son discours promotionnel. Bien que réticente à l'idée de vendre un certain mode de vie à mon public, je ne peux m'empêcher de me demander : est-ce que moi aussi, je serais prête à m'adonner à ce genre de pratiques pour qu'on ne m'oublie pas, si la musique venait à ne pas fonctionner ?

— Et il est vraiment détox, ce thé ? demandé-je une fois son message enregistré.

Svetlana apporte nos tasses sur le plan de travail et s'installe en face de moi. Sa bouche se tord en une grimace hésitante.

— Si on en boit trop, il file la courante, mais à petite dose, c'est un thé comme les autres.

OK. Donc en plus d'être mensongère, sa pub s'avère risquée... Je jauge le liquide doré avec méfiance.

— Tu peux en boire, ce n'est pas une tasse qui va te tordre les boyaux.

J'acquiesce d'un grognement peu convaincu et retarde l'échéance en me décidant à ouvrir le message de Nate. Une vidéo y est attachée.

« J'ai pensé que tu aimerais entendre ça... »

Intriguée, je presse le bouton « lecture » et je tombe sur un portrait de Nate à l'arrière d'un taxi, rayonnant. Il exagère une danse enthousiaste en roulant des épaules et secouant la tête. Ses yeux verts pétillent. Je monte le son, incertaine de ce que je crois comprendre, et le téléphone m'échappe des mains lorsque j'identifie clairement ma voix sortir de la radio du véhicule.

— Félicitations, ma belle ! *Reborn* est sur toutes les radios d'Angleterre ! s'exclame le chanteur, aux anges.

Svetlana pousse un petit cri de surprise avant de trépigner sur sa chaise. Les larmes me montent aux yeux.

— Il faut absolument qu'Alexz entende ça, soufflé-je.

Il est parti à son ancien club de boxe, saluer ses amis de Mitino. L'idée qu'il puisse ignorer la nouvelle une minute de plus m'est insupportable. Je m'empresse de lui partager la vidéo avec une quantité déraisonnable de points d'exclamation. Puis je la joue à nouveau, l'écran tourné vers Svetlana.

« *Merci, Nate. Tu ne pouvais pas m'annoncer de meilleure nouvelle !* »

J'aimerais être assise à l'arrière de ce taxi avec lui, à bondir de joie et danser à en exaspérer le chauffeur. Si le retour à Moscou m'a rendue nostalgique, j'éprouve aussitôt l'envie de retrouver ma nouvelle vie londonienne. L'idée de rater cet instant magique où ma voix a rejoint les ondes me frustre terriblement.

Incapable de me détacher de mon téléphone, j'attends avec impatience une réponse de mon frère. Nate a déjà partagé sa vidéo sur son compte, bien décidé à me propulser à son échelle. Je voulais attendre qu'Alexz en ait pris connaissance, mais je ne résiste pas au plaisir de la poster sur mon compte Instagram à mon tour. J'ai besoin de crier ma joie et ma stupéfaction au monde. J'ai besoin des réactions de mon public pour me prouver que tout ceci est bien réel.

Un nouveau message fait vibrer mon téléphone sur la table. Je m'empresse de consulter l'écran, espérant y voir le nom de mon frère, mais c'est à nouveau Nate.

« *Steve voudrait te représenter. Je pense que ce serait une bonne idée. Il a un contact à Moscou, il envisage déjà d'organiser une interview avant ton retour.* »

Mes sourcils se haussent spontanément. Je ne sais que penser d'une telle proposition… Au rythme où vont les choses, il serait peut-être pertinent d'avoir quelqu'un pour nous défendre et nous superviser. Si cela avait été le cas l'an dernier, peut-être aurions-nous pu éviter la clause polémique qui nous lie à Heaven's Gates.

— Qu'est-ce qu'il se passe ? s'enquiert Svetlana face à mon air inquiet. Les Anglais ont déjà lancé une pétition pour vous retirer des radios ?

Sa note d'humour m'arrache un sourire, mais je ne peux m'empêcher de cogiter. J'hésite à lui demander conseil, puisque c'est elle qui a été notre guide jusqu'à présent, mais je me ravise. Je doute qu'elle œuvre en faveur d'un autre mentor.

— Ce n'est rien, c'est Ninel qui s'inquiète au sujet des examens.

Svetlana se lève et ouvre un placard dont elle tire une boîte de gâteaux. J'en profite pour répondre au chanteur.

« *Et Alexz ?* »

— Tiens, un single à la radio, ça mérite bien un peu de chocolat, déclare le mannequin sur le ton de la confidence.

J'ignore la boîte devant moi et les sucreries qui s'y trouvent.

— Tu ne regrettes pas votre décision, alors ? reprend-elle, plus grave.

Mon nez se plisse, mitigé.

— Parfois, j'ai le mal du pays et j'ai peur de ne pas être à la hauteur, de rater des choses importantes pour un rêve futile. Puis je monte sur scène et plus rien ne compte. Il n'y a nulle part ailleurs où je voudrais être.

Svetlana laisse un biscuit fondre sur sa langue en hochant la tête pour intégrer mes paroles.

— Je comprends, j'ai eu le même sentiment quand j'ai commencé ma carrière. J'étais un peu plus jeune que toi et la maison me manquait souvent. Je voyais mes copines continuer leur vie sans moi, nos réalités s'éloigner… Parfois, c'était difficile à encaisser. Mais avec le recul, je n'ai aucun regret.

Mes doigts pianotent nerveusement sur le bois de l'îlot. Je guette une réponse de Nate ou de mon frère.

— Tu sais, c'est pour ça que j'ai retardé vos débuts de manière aussi intransigeante. Je sais que ton frère m'en veut à cause de cela, mais j'ai pris ce chemin avant vous. J'ai fait ce qui me semblait le plus juste pour ne pas vous voler votre enfance. Lui, il était plus vieux, mais toi… Je pense que toi, tu n'étais pas prête. Pour les filles, c'est toujours plus rude.

Je sens dans son regard combien elle espère avoir eu raison d'agir ainsi. Combien elle espère ne pas avoir cédé trop tôt. Je viens envelopper sa main de la mienne, un sourire rassurant aux lèvres.

— Cesse de t'inquiéter, Alexz et moi sommes exactement où nous devons être.

Ce ne sont pas des paroles en l'air. Si nous lui en avons voulu longtemps de nous freiner, je comprends aujourd'hui l'ascension difficile qui jalonne les carrières artistiques. Son interférence nous a laissé plus de temps pour nous rôder. Pour nous blinder, aussi. Quand on rêve de jouer devant des foules, on n'assimile pas tout de suite que celles-ci s'inviteront dans notre lit, dans nos familles et nos jours sombres. Si on espère les mobiliser les soirs de concert, il faut accepter leur attention même les jours où tout ce dont on rêve, c'est qu'on nous laisse tranquilles. Tous ces aspects du métier, nous les découvrons graduellement, nous apprenons à les assimiler en douceur. Si nous devons *exploser*, comme se plaît à le répéter Roy Daniels, au moins aurons-nous la certitude de ne pas imploser.

L'heure tourne et je vais devoir rejoindre Luka et ma meilleure amie pour nos dernières révisions. Depuis mon arrivée, il y a trois jours, j'essaie de passer autant de temps que possible à leurs côtés. J'annonce mon départ à ma mère, saute de mon tabouret et file récupérer mes affaires dans l'entrée. Alors que je m'engouffre dans l'ascenseur, Nate me répond enfin.

« Bien sûr, Steve vous veut tous les deux. »

Je serre le mobile contre ma poitrine, soulagée. Je n'aurais jamais pu accepter une deuxième fois de signer un contrat sans lui.

Chapitre 15

Alexz

— Alors, le musicien, on s'est ramolli à Londres ? Ce n'est pourtant pas leur bouffe qui a pu miner ton endurance de la sorte !

Seulement vêtu d'un short en coton et de mes gants de boxe, j'effectue un pas chassé sur la gauche pour éviter l'uppercut que l'entraîneur m'assène. Cela fait dix minutes qu'il me tourne en ridicule sur le ring. Il faut dire qu'il y a matière à se moquer de moi… J'ai complètement abandonné la boxe depuis mon départ pour Londres. Mes abdos, autrefois dessinés, ont commencé à s'estomper et je crains bien qu'à ce rythme, ma carrure sèche ne finisse par disparaître dans les mois à venir.

— T'en fais pas, Pavel, il m'en reste dans le ventre !

Amusé, l'entraîneur s'adonne à une feinte, puis une autre, avant de me décocher un crochet du droit qui me fait vaciller.

— Du calme, Pacha, tu vas nous l'abîmer avant sa tournée, se moque Nikita depuis un coin du ring.

Du haut de ses deux mètres, tout en muscles, Pavel part dans un rire tonitruant.

— C'est vrai que ta gueule compte autant que tes doigts, maintenant !

Je n'en montre rien mais la blague me vexe. Sans doute parce qu'elle possède un grand fond de vérité… Nous nous embarquons sur une tournée de superproduction, l'image compte plus que le talent. Nous vendons du rêve avant de vendre de la musique.

Je passe les deux minutes suivantes à m'épuiser en essayant d'attaquer. Pavel esquive et riposte sans me laisser une chance d'équilibrer le score.

— Allez, on part sur un forfait ?

Essoufflé, je me repose sur les cordes de mon coin. Je lève un gant en signe d'approbation.

— Ta clémence est appréciée !

Inutile de jouer au mauvais perdant, ma défaite est inévitable.

Je passe de l'autre côté des cordes pour sauter au pied du ring. Nikita me jette une serviette et nous nous laissons tomber sur un banc. Un groupe de sportifs nous dépasse et me salue. Je suis content de retrouver tous ces visages connus.

— T'as été la voir ? me demande Nikita sans prendre de pincettes.

Il n'a pas besoin de préciser de qui il parle, je sais qu'il s'agit de Kira. Tout en m'épongeant le front, je secoue la tête.

— J'ai failli passer chez elle ce matin, mais elle n'a jamais répondu à mes derniers messages. Je crois que sa volonté est claire.

— En même temps, après ce que tu lui as fait…

Je lui décoche un regard noir.

— Quoi ? C'est vrai ! se défend-il.

— Ouais, mais j'ai pas besoin qu'un imbécile me le rappelle, protesté-je en le frappant d'une légère tape à l'arrière de la tête.

Nikita râle, je souris. Je sais pertinemment qu'il a raison et que je me suis fourré dans cette situation tout seul.

— Mets-toi à sa place deux minutes, tu lui fais un sale coup puis tu essaies de la récupérer avec de simples messages… C'est un peu mince, comme excuses.

— Comment un gentleman comme toi peut-il avoir si peu de succès avec les filles ? soupiré-je.

— C'est le manque de thunes, ça ne fait pas rêver les princesses.

Je rejette ma tête en arrière, dépité par son constat. Ce n'est pas comme si j'ignorais combien il est vrai : les femmes comme Kira sont rares, dans notre entourage. Entière, loyale et indépendante... Mon compte en banque ou ma notoriété en devenir ne l'ont jamais intéressée.

C'est sans doute pour cela que c'est aussi difficile avec elle. Quand la barre est haute, on ne peut s'autoriser à se montrer minable. Les efforts pour remonter au niveau sont terriblement exigeants. Et souvent vains.

— T'as peut-être raison, elle mérite que je prenne mon courage à deux mains. Et si elle ne veut toujours rien entendre, alors je me plierai à son choix. Son non sera loi.

Nikita se penche pour tirer une bouteille d'eau d'en dessous du banc et me la tendre.

— Bon courage, mon vieux.

Après une douche rapide, je renfile mon jean et un t-shirt blanc puis je salue l'équipe du club. Nikita m'adresse un hochement de tête entendu, se doutant du détour qui m'attend avant de rentrer à la maison. Il a raison. Je prends la direction de la maison de Kira aussitôt les portes de la salle de sport franchies.

Après un trajet en métro et une quinzaine de minutes de marche, je piétine devant l'imposante grille marron qui se dresse devant moi. Mon doigt va et vient vers la sonnette à plusieurs reprises, incapable de s'y abattre. Je redescends même les trois marches qui mènent à la grille, prêt à abandonner mon courage, avant de me raviser. C'est finalement une fenêtre qui s'ouvre avant que je ne me décide à sonner. Une femme d'une cinquantaine d'années – la mère de Kira, j'imagine – me dévisage avec consternation.

— Je peux vous aider ?

J'ignore si c'est de la pitié ou de l'agacement qui perce dans sa voix. Une main enroulée autour de la lanière de mon sac de sport, je me racle la gorge avant de bafouiller un semblant de réponse :

— Je… Je suis un ami de Kira, est-ce qu'elle est là ?

La femme lève les yeux au ciel. On dirait presque que la situation est familière. L'idée me provoque une détestable pointe de jalousie dans le creux du ventre.

Toujours appuyée contre le rebord de sa fenêtre, la quinquagénaire tourne la tête vers l'intérieur de la maison et s'époumone :

— Kira ! Descends, l'un de tes amis nous use le sol du perron !

Ouch. Sans plus de cérémonie, la femme referme la fenêtre d'un geste brusque et je reste planté devant la grille comme un âne. Rien ne se passe pendant un long moment. Je piétine d'un pied sur l'autre, me lavant le cerveau de discours rassurants pour ne pas céder à l'envie de partir en courant. Alors que j'en viens à penser que Kira m'a aperçu par la fenêtre avant de choisir de m'ignorer, je la vois ouvrir la porte d'entrée et franchir les quelques mètres qui la séparent de la grille. Elle porte une longue robe d'été qui souligne sa taille fine. Ses cheveux noirs flottent autour de ses épaules. Sans un mot, à peine un regard, elle enfourne une épaisse clef dorée dans la serrure et passe sa tête dans l'entrebâillement du portail.

— Oui ? dit-elle d'une voix éteinte.

Mes lèvres se meuvent dans le vide avant que je ne parvienne à me ressaisir.

— Bon sang ! Ce que je suis content de te voir…

Ses longs cils se lèvent sur moi, m'offrant un regard empreint de tristesse. Manifestement, le plaisir n'est pas partagé.

— Tu veux bien m'accorder un moment ?

Elle soupire.

— Pour quoi faire ? Tu n'as pas pris la peine de passer me dire au revoir avant de déménager sur un autre continent.

Sa langue claque sur son palais. J'encaisse le coup sans ciller. Je sais que je mérite toute sa colère et sa rancœur.

— J'ai paniqué, Kira... Tout s'est passé si vite, je...

— Tu m'as laissé croire que ce n'était qu'un rendez-vous ! Que tu allais revenir !

Les doigts crispés contre le métal de la grille, elle rugit ces reproches avec force. Je serre les poings.

J'ai merdé, je le sais. Quand Roy Daniels nous a proposé de le rencontrer, je n'ai pas réfléchi à *l'après*. Alana et moi avons sauté dans un avion et, une fois le contrat signé, nous ne sommes jamais revenus. Sergueï et Svetlana nous ont expédié le restant de nos affaires dans la foulée, et la page était tournée.

— Tout aurait pu foirer, je n'ai rien prémédité.

Elle grimace un rictus.

— Ta sœur a eu le temps de mettre sa scolarité en ordre mais toi, tu n'as pas réussi à me dire la vérité ?

Mes doigts viennent s'enrouler sur le même barreau que les siens, je les laisse glisser doucement de sorte à frôler sa peau. Elle frémit.

— Tu n'as pas le droit de me faire ça, Alexz. Je venais de te demander d'emménager avec moi, tu m'as laissée espérer, je...

— Je ne t'ai jamais caché mon plan... C'était prévu comme ça depuis le début.

— Pas si tôt ! proteste-t-elle en détournant le visage.

Je m'approche d'un pas. Un sursaut la saisit.

— Comment tu as su que j'étais ici, d'abord ?

Déménager à Saint-Pétersbourg, c'était ça, son plan à elle. Tout était prévu pour février. Elle a lâché ce petit appartement où nous nous retrouvions si souvent et s'est envolée vers une nouvelle vie. Nous voulions tous les deux partir, seulement nous n'avons pas été capables de nous convaincre de nous suivre.

— Lev, soufflé-je. Tu ne l'as pas supprimé de tes réseaux sociaux, il m'a dit que tu passais tes vacances chez tes parents.

Un nouveau rictus déforme ses lèvres.

— Donne-moi une chance de me rattraper, s'il te plaît… Je suis encore ici pour six jours. Je ferai ce que tu voudras.

Je me risque à envelopper sa main de la mienne. Elle ferme les yeux, manifestement sensible à ce contact.

— Et puis quoi, Alexz ? Qu'est-ce qu'il se passera la semaine suivante ?

Je ne sais pas. Je n'y ai pas réfléchi. Tout ce que je veux, c'est la retrouver.

— Je…

Ma voix se brise.

— Tu pourrais me rejoindre.

Elle retire sa main, la plaque contre son ventre. D'un geste brusque, elle referme la grille avec son autre main.

— Non, Alexz. Je ne peux pas mettre toute ma vie en pause pour te suivre. Pas après la manière dont tu es parti sans regarder en arrière.

La clef grince dans la serrure. J'essaie de l'en dissuader, les larmes qui perlent à l'orée de ses cils me fendent le cœur. Je savais qu'il y aurait des sacrifices à réaliser pour atteindre mon rêve, mais je n'avais pas prévu que Kira en fasse partie. Je suis sincère. Rien n'était prémédité.

— Ne me recontacte plus, je me fiche que tu penses à moi après un concert, ou que tu veuilles me revoir. C'est fini, et c'est entièrement ta faute.

Elle m'adresse un dernier regard, meurtrie, avant de tourner les talons. Je crie son nom, tente de la retenir, mais elle remonte la petite allée en courant et disparaît en quelques secondes. Une famille passe sur le trottoir derrière moi et j'entends un enfant demander « qu'est-ce qu'il fait le monsieur ? » Je repose mon front contre le métal de la grille. J'ai envie de répondre que le monsieur a un peu envie de crever, là, tout de suite. Mais je me tais. Je n'ai pas le droit de me plaindre : tout ce qu'il m'arrive, je l'ai provoqué.

    Kira me manque mais, en partant, je savais qu'elle refuserait de me suivre. J'ai choisi la lâcheté, maintenant je me dois d'assumer.

Chapitre 16

Alana

— T'avoir avec moi aujourd'hui, c'est la meilleure des récompenses, souffle Luka à mon oreille.

Nous venons de terminer notre Examen d'État unifié. Assis sur un muret devant la chkola, le grand blond me tient fermement contre lui, laisse courir ses lèvres dans mon cou. Je ne suis pas friande de ce genre de démonstration mais cela fait si longtemps que nous ne nous sommes pas vus que je n'ose pas le repousser.

— C'est tout drôle de revenir ici... J'ai l'impression d'avoir quitté le lycée depuis des années.

Il grogne.

— Et moi ? Tu te sens à des années de moi, aussi ?

Je relève son menton pour l'attirer à mes lèvres.

— Bien sûr que non, idiot !

Je n'arrive pas à croire que le lycée soit terminé. Je vais enfin me concentrer intégralement sur la musique, cesser cette double vie éreintante.

Mon téléphone vibre dans ma poche, je m'écarte doucement de Luka pour y accéder et il grogne de nouveau. C'est un message de Nate. Je remarque que le grand blond grimace en apercevant son nom sur l'écran, alors je m'applique à garder le mobile à sa portée afin d'éviter toute réflexion. Je suis loin depuis des mois, je comprends qu'il veuille me garder pour lui le peu de temps que je suis là.

— Il ne peut pas te laisser tranquille une semaine ? Il te verra bien assez tout l'été.

Je le réprimande en ouvrant le message.

« Comment s'est passée l'interview ? »

Après sa proposition, Alexz et moi avons décidé de nous engager avec Steve Sheperd. La présence d'un manager ne pourra que nous être bénéfique : nous ne connaissons pas assez le milieu pour en éviter les pièges et nous libérer de certaines tâches nous permettra d'accorder plus de temps à la musique. Hier, j'ai rencontré une journaliste moscovite qui va publier un portrait de moi dans la presse féminine. L'exercice était terrifiant. C'était ma première entrevue officielle, un photographe était présent pour tirer les clichés qui illustreront l'article. Poser avec naturel dans un café bondé n'a rien d'anodin. J'ai bien failli vomir trois fois sous la pression. Quand la revue paraîtra, il est hors de question que j'en déniche une copie !

« Pas trop mal, merci de partager Steve avec nous. »

Nate n'a pas besoin de savoir à quel point j'ai trouvé la situation inconfortable. Que penserait-il de mon professionnalisme, lui qui enchaîne les entrevues avec légèreté et humour ?
— Qu'est-ce qu'il veut ? ronchonne Luka d'une voix grave.
— Rien d'important, il me demande si le portrait pour Cosmo s'est bien passé.
Un nouveau message apparaît dans la foulée.

« Et si on partageait plus que Steve ? Un duo, ça te dirait ? Dis-moi oui, je t'en supplie ! »

Un hoquet de surprise m'échappe. Luka intensifie son impatience en resserrant sa prise sur mes hanches.

— Et maintenant il me propose un duo.

Cette fois, Luka me lâche pour mieux m'évaluer.

— Tu n'envisages pas sérieusement d'accepter ? Ce mec te veut dans son lit, ça crève les yeux !

Sa remarque me coupe le souffle. Je range le téléphone, hébétée.

— Donc mon talent et mon travail n'ont aucune incidence sur notre collaboration depuis le début ? C'est vraiment ce que tu crois, que Nate Vance ne s'intéresse qu'à mes fesses ?

Il lève les yeux au ciel.

— Ce n'est pas ce que j'ai dit, mais…

— Mais quoi, Luka ?

Je lève les mains en signe de reddition.

— Tu sais quoi ? La journée a été suffisamment longue. Alexz a promis de venir me chercher, je vais l'attendre sur le parking.

Le nageur essaie de me retenir par le bras mais j'échappe à sa prise.

— Je suis sérieuse, Luka, j'ai besoin d'être seule, là. On se voit plus tard.

Mon ton est sec et tranchant. Je récupère mes affaires à ses pieds et me précipite vers le parking. Je n'arrive pas à croire qu'il ait pu émettre une telle hypothèse. Je me sens salie. Nous-mêmes n'avons jamais… Alors avec Nate ? Quelle idée !

Heureusement, la Bentley familiale ne tarde pas à apparaître. Je m'empresse d'ouvrir la portière arrière, de jeter mon sac et de m'y glisser avec fureur.

— Waouh ! Il était si difficile que ça, cet examen ?

Je baisse la vitre qui nous sépare de Yuri, notre chauffeur, pour le saluer, puis reporte mon attention sur Alexz.

— Luka accuse Nate de m'offrir des opportunités uniquement pour… pour…

Emportée par la colère, je me contente d'un grognement pour lui décrire la situation. Le visage de mon frère se ferme, il se pince les lèvres.

— Il faut admettre que certains hommes ne se privent pas des pires bassesses pour arriver à leurs fins...

Je me renfonce dans mon siège, soupirant d'exaspération.

— Ah ! Non, tu ne vas pas t'y mettre aussi !

— Quoi ? Je te mentirais en te disant que tous les hommes qui t'approcheront seront dotés des meilleures intentions.

— On parle de Nate, là. Il peut avoir qui il veut.

Alexz détourne le visage.

— C'est souvent le problème...

Je lève les yeux au ciel, comprenant le parallèle qui se fait dans son esprit. Mon frère a toujours eu toutes les filles à ses pieds. Être adopté et musicien semble la voie royale vers le succès, en matière de séduction. J'ai grandi en écoutant mes camarades du cours de danse se pâmer d'admiration devant lui. J'imagine qu'elles le prenaient pour un artiste torturé à cause de son air toujours ailleurs et de son indifférence apparente. Le complexe de la sauveuse, quel classique inusable...

— Il m'a proposé un duo, soufflé-je.

Alexz reporte son attention vers moi. Une ombre traverse son visage.

— Tu as accepté ?

— Je voulais d'abord t'en parler.

Je n'ai jamais écrit sans lui. Je ne peux envisager un *oui* sans m'assurer qu'il pourra assurer la composition du morceau.

— Je pense que ce serait un tremplin incroyable pour nous deux. Et je suis sûre qu'il t'intégrera à la compo'.

Alexz se mord la lèvre inférieure, soucieux.

— Ce serait un tremplin, c'est indéniable, mais...

Il soupire, se renferme.

— Non, tu as raison. C'est une bonne idée, je n'ai aucun argument à y opposer.

J'ai l'impression de revivre l'atroce discussion qui a suivi notre première rencontre avec Roy Daniels...

— Si tu as le moindre doute ou que...

— C'est bon, me coupe-t-il. Accepte, on serait idiots de refuser.

Il m'adresse un semblant de sourire rassurant puis se détourne vers la fenêtre. Tandis que je songe à ce qu'une telle opportunité pourrait nous offrir, je sens qu'il s'échappe. Son esprit ne reste jamais présent très longtemps. C'est ce qui plaît tant aux filles, cet air toujours ailleurs. Moi, ça me fait peur.

Et si, un jour, il oubliait de revenir avec moi ?

La Bentley ralentit puis s'immobilise au pied de notre grand immeuble de briques rouges, dans la ruelle Shvedskiy. Yuri baisse la vitre conducteur, présente son badge à l'agent du Service fédéral de protection dans sa loge, puis le portail en fer coulisse pour nous laisser passer.

— Bonne soirée, Monsieur Alexzander et Mademoiselle Alana, nous salue-t-il alors que nous ouvrons nos portières.

Il a fallu du temps avant que Yuri accepte de ne plus descendre de la voiture pour nous tenir la porte, mais mon frère et moi avons été intraitables. L'argent ne devrait infantiliser personne. Se faire tirer la chaise, ouvrir la porte, enfiler les chaussures dans les magasins... Très peu pour nous.

— Bonne soirée, Yuri, embrassez votre femme de notre part, répond Alexz.

— Je n'y manquerai pas, Monsieur.

— Oh ! J'oubliais... Yuri, vous nous avez manqué, à Londres, ajouté-je, le corps à moitié sorti du véhicule.

Je vois les mains du quinquagénaire se contracter sur le volant. Ma remarque le trouble.

— Je... Je suis heureux de vous servir à nouveau, Mademoiselle.

Un sourire transparaît dans sa voix et je remarque une ride au coin de son œil, tandis que les commissures de ses lèvres fléchissent à peine. Derrière le masque de solennité que lui impose sa profession, Yuri n'est qu'un gros ours au cœur tendre.

Alors que nous nous engouffrons dans l'ascenseur de la résidence, je dégaine à nouveau mon téléphone pour donner ma réponse à Nate. Alexz comprend ce que je suis en train de faire. Il ne dit rien, mais la carapace derrière laquelle il se renferme encore un peu plus en deviendrait palpable.

« C'est une excellente idée. Mais je veux Alexz à la compo. C'est nous deux ou rien... »

Juin 2017

Neuf mois avant d'emménager à Londres

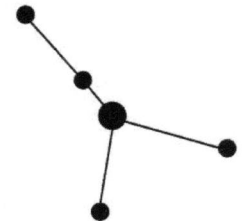

Chapitre 17

Alexz

La salle est pleine. Putain. La salle est pleine ! Nikita est venu tôt pour nous aider à faire les balances, sous l'œil admiratif de Marta, sa mère. Nous avons décidé à la dernière minute de ne pas transporter de clavier car Alana n'est pas encore en état de gérer les pédales toute la durée d'un concert. Nous jouerons tout en acoustique. Dans ce cadre tamisé et boisé, c'est idéal. Assise au bar, Alana sirote un thé noir pour se chauffer la gorge. Moi, j'en suis au deuxième gin cul sec, pour me donner du courage.

— Désolée, désolée, je suis en retard !

Kira déboule à nos côtés, tout essoufflée, et se débarrasse de sa veste avec empressement. Elle m'embrasse avant d'adresser un sourire timide à ma sœur. Trop stressée par le concert à venir pour se montrer désagréable, Alana lui rend son geste amical.

— C'est génial, il y a foule, ce soir !

— J'ai mal au bide.

Les mains pressées sur le ventre, j'observe avec appréhension la foule qui nous entoure. Kira me couve d'un regard rassurant et me frictionne le dos en déposant quelques baisers succincts sur ma joue.

— Vous allez assurer. Un demi-million de vues, c'est complètement dingue ! Qu'est-ce que ce sera, ensuite ? Une date au stade du Spartak[12] ?

---

[12] C'est l'un des stades moscovites qui a accueilli la Coupe du monde de football en 2018. Il a une capacité de plus de 45 000 personnes.

— Les gens ne sont pas là pour nous, intervient Alana. Il y a toujours beaucoup de clients au Blue's Café les vendredis soirs.

C'est vrai. Mais qu'en est-il de ceux qui se massent dans le fond de la brasserie, le long des baies vitrées, sans avoir obtenu de table ?

— N'importe quoi, ils sont là pour assister à un tournant de la musique russe !

Nikita pose un verre qui semble contenir de l'alcool devant ma sœur et une bouteille en verre de jus d'ananas devant moi, radieux. Au même moment, la porte d'entrée s'ouvre et souffle un courant d'air chaud sur nous. Kira ôte le bras qui m'entourait et se recule d'un pas. Sergueï et Svetlana entrent, tous deux vêtus d'un chino beige et d'un chapeau en feutre. « On ne va tout de même pas rater votre premier concert » a déclaré le grand barbu quand nous lui avons annoncé la nouvelle. « Et puis, qui sait ? Peut-être que vous allez comprendre que vous pouvez faire carrière en Russie, au lieu de vouloir abandonner vos vieux parents ! » a poursuivi Svetlana.

Une serveuse se rue à leur service, à deux doigts de se plier en courbettes et révérences, et les entraîne à une table spécialement réservée pour eux. Lorsqu'ils nous dépassent, Sergueï m'adresse un hochement de tête connivent et, je ne sais pas pourquoi, ça me fait quelque chose dans le bide. Pourtant, je m'en fiche bien de son approbation. Svetlana plante un baiser sur la joue de ma sœur et se retient après s'être tournée vers moi, me gratifiant d'une tape maladroite sur l'épaule avant de reprendre sa route.

Nikita les accueille d'un grand sourire, s'attardant un peu trop sur ma mère adoptive à mon goût, puis se penche par-dessus le comptoir pour nous dire :

— Le patron est ravi, on n'a jamais eu autant de beau monde. Je crois qu'il va vous demander de jouer ici toutes les semaines. Maman dit que les pourboires vont sûrement crever le plafond.

J'ignore ses paroles pour m'éviter un coup de pression, récupère la main rassurante de Kira puis désigne le verre et la bouteille posés devant Alana et moi.

— Vieux, tu ne te serais pas un peu trompé sur les boissons ?

— Tu as assez bu pour ce soir, mon pote ! Je te rappelle que tu as une guitare à faire sonner juste. Et toi, ajoute-t-il en pointant ma sœur du doigt, tu as bien besoin d'un petit remontant, vu ta tête.

Kira rit et m'ébouriffe les cheveux pour effacer mon air bougon. Alana avale la moitié de son verre en grimaçant. Elle n'a jamais été une grande amatrice de boissons fortes.

Vassili, le patron, nous rejoint au comptoir avec une pile d'assiettes et de couverts dans les mains. Sans cérémonie, il nous jette dans l'arène d'un ton autoritaire.

— Allez les gamins, en scène. Il y a des clients impatients à satisfaire.

J'embrasse une dernière fois Kira, saute de mon tabouret et endosse la sangle de ma guitare. Alana s'attarde quelques secondes au comptoir, scrutant la foule comme si elle y cherchait un visage connu. C'est drôle, elle m'avait pourtant dit qu'elle ne voulait inviter personne pour notre premier concert. Je grimpe sur la minuscule scène qui s'érige au milieu de la salle et allume le micro destiné à mon instrument. Du coin de l'œil, j'observe Sergueï et Svetlana qui attendent patiemment le début du concert. Ma sœur finit par s'installer en boitant sur un tabouret à côté de moi, les mains plaquées sur les cuisses pour dissimuler leurs tremblements. Ce soir, elle a tenu à monter sur scène sans béquilles, et seule son attelle trahit sa blessure.

Bien que nous n'ayons encore jamais joué en public, notre mécanique est bien rodée. Nos yeux suffisent pour communiquer. Alana tourne la tête vers moi et j'ai juste à lever le menton pour qu'elle sache que je suis prêt à jouer. Elle rejette alors une longue mèche de cheveux dans son dos, d'un geste lent et délicat, puis s'empare du micro sur pied qui lui fait face.

— Mesdames et Messieurs, nous sommes les…

Elle marque une pause et se tourne vers moi, un sourcil arqué. Merde. C'est vrai que nous n'avons jamais pensé à nous trouver un nom. Comment avons-nous pu omettre un tel détail alors que nous préparons notre lancement depuis notre plus jeune âge ? Jusqu'à présent, nous avons toujours utilisé nos prénoms, même lorsque nous avons publié les vidéos de nos premières compos.

— Nous sommes les Rocket Siblings, et nous allons vous tenir compagnie le temps de quelques chansons. Bon appétit.

Son regard est malicieux et sa voix assurée. Elle m'adresse un sourire serein et je commence à gratter les cordes de ma guitare.

Les *Rocket Siblings*. La fratrie fusée. J'imagine que nous devrions enregistrer cette berceuse, un jour. Elle représente tant de notre histoire… Je n'aurais pu trouver de meilleur nom.

Alana m'épate par sa prestation. Il semblerait que la présence d'un public révèle tout son potentiel. Elle se donne corps et âme, véhicule une puissance que je ne lui connaissais pas. Autour de nous, les clients de la brasserie semblent hypnotisés, à tel point qu'ils en oublient de porter leur fourchette à leur bouche. Des jeunes se sont approchés et bougent tout doucement les hanches, comme incapables de résister à la tentation de danser mais gênés à l'idée de déranger. Kira est au premier rang et me dévore des yeux. Je sens que nous allons devoir nous dépêcher de filer chez elle à la fin du concert, car nos vêtements ne résisteront pas longtemps. Accoudé au bar, l'incorrigible Nikita drague une serveuse tout en m'adressant des signes du pouce encourageants. J'imagine de là son discours : « Je connais le groupe, tu sais ? Je suis le meilleur ami du guitariste. Quand il sera connu, je le serai un peu aussi, alors tu devrais saisir ta chance tant que tu le peux encore. » J'en rigole tout seul en jouant mes accords.

En ce qui concerne Sergueï et Svetlana, je m'interdis de regarder dans leur direction de tout le concert. Je dois me montrer honnête : leur jugement comptera toujours un peu, même si ça me tue de l'admettre.

Je ne me suis jamais senti aussi bien. Entouré des gens que j'aime, porté par des dizaines d'inconnus qui vibrent à l'unisson. Et si nous réussissions vraiment ? Et si un contrat nous tombait dans les mains et que les scènes devenaient plus grosses ? Je n'ose imaginer le frisson que ce doit être, de jouer devant des milliers de spectateurs…

À la fin de notre prestation, nous descendons de scène sous une salve d'applaudissements. Et alors que Kira se jette à mon cou et que le patron nous rejoint pour nous féliciter et nous proposer de revenir la semaine prochaine, un grand blond baraqué se fraie un chemin parmi notre petit groupe et plaque soudainement ses lèvres contre celles d'Alana. Interloqué, je fonds sur lui pour le repousser et lui régler son compte.

— Eh toi ! Touche pas à ma sœur !

Sans discussion préalable avec mon cerveau, mon poing s'abat directement dans sa mâchoire. Et la liesse générale devient stupeur.

Chapitre 18

Alana

— Non mais ça ne va pas ? Il est complètement malade, ton frère !

— Mon Dieu, Luka ! Je suis désolée.

J'encadre son visage de mes mains et l'examine attentivement, ne manquant pas d'adresser des œillades furieuses à Alexz. Nikita le retient par sa veste en jean et Kira l'engueule, une main plaquée contre son torse.

— Mais qu'est-ce qui te prend ? Tu veux foutre en l'air la soirée ? rugit-elle.

Pour une fois, je suis bien contente qu'elle soit dans les parages !

— C'est qui ce type ?

— Je suis le copain d'Alana !

Entendre Luka prononcer cette phrase me gèle le cerveau. Mon copain ? Alors c'est sérieux, cette histoire de baisers dans les salles de musique et au détour des couloirs ?

— Oui, c'est… C'est mon copain.

Je me sens obligée de répéter l'assertion pour la transformer en vérité. Et c'est la toute première fois de ma vie que je prononce une telle phrase.

Oh. Mon. Dieu. Je suis en couple !

— Quoi ? Mais depuis quand ? Pourquoi tu ne m'as rien dit ? J'ai cru que cet imbécile avait voulu faire le malin !

Nikita relâche sa prise et Alexz rajuste sa veste, des éclairs toujours ancrés dans les yeux.

— C'est bon, c'est bon, retournez à vos assiettes. C'était juste un malentendu. Notre future star a voulu protéger sa sœur. Allez, du balai !

Le patron congédie d'un signe de main les curieux qui se sont levés suite au coup de poing. Le public se disperse et je remarque nos parents plantés à un mètre de là, ébahis par la scène qui vient de se dérouler. Si Svetlana affiche de grands yeux écarquillés, Sergueï, lui, semble plutôt adresser un regard approbateur à mon frère. Non mais je rêve !

— Tout va bien, ma chérie ?

Ma mère s'est approchée et ne peut s'empêcher d'adresser des coups d'œil interrogateurs vers Luka tout en me prenant dans ses bras. J'ai les joues en feu. Je n'imagine même pas combien il doit être gêné et furax... Je n'aurais jamais dû l'inviter, c'était idiot.

Je me dégage des bras du mannequin et plisse le visage en esquivant un baiser.

— Ça va, ça va ! Vous voulez bien rentrer à la maison, papa et toi ? On parlera de tout ça plus tard.

— C'est-à-dire que...

— Elle a raison, vous feriez mieux de partir. On...

Mon sang ne fait qu'un tour. Je me tourne vers Alexz, les narines dilatées et les mâchoires serrées.

— Oh, toi ! Ce n'est pas le moment de la ramener !

Interpellée par mon courroux, Kira se matérialise à nos côtés, essayant de se faire la plus petite possible, et le pousse en direction du bar. Luka se masse la pommette, ne sachant plus où se mettre, tandis que Svetlana scrute Sergueï dans l'attente d'une initiative de sa part. Mon père finit par remettre son chapeau et elle comprend qu'il vient d'acter leur départ.

— Tu as raison, il se fait tard. En tout cas, tu as merveilleusement bien chanté. Félicitations à tous les deux. Enfin, même si je préférerais que ton frère ne joue pas à la rockstar en se bagarrant à tout va.

Je lui sers un sourire timide et elle emprunte le chemin de la sortie, papa sur les talons. J'aurais aimé que lui aussi me dise quelque chose, mais je devine que l'esclandre qui vient de se dérouler l'a refroidi. Je le connais. À cet instant, il ne pense qu'à se tirer d'ici.

Il ne reste plus que Luka et moi et je n'ose plus le regarder dans les yeux. Il s'avance timidement vers moi, les pouces enfoncés dans les poches, et se balance d'un pied sur l'autre sans savoir par où commencer.

— Dis donc, ce ne sont pas des rigolos, les hommes de ta famille, finit-il par lâcher.

Heureusement, Nikita nous interrompt avant que je n'aie à fondre en larmes, rongée par la honte et la colère, pour nous donner un steak congelé à appliquer sur la joue de Luka.

— Viens par-là, il faut qu'on s'occupe rapidement de... de ça.

Il se laisse faire, docile. Encore étrangère à ce genre d'intimité, je tremble un peu en m'occupant de sa blessure.

— Je n'imaginais pas qu'il puisse te coller son poing dans la figure, je suis tellement désolée ! J'aurais dû le prévenir...

Quelques étudiants nous interrompent pour me féliciter pour le concert avant de gagner la sortie et le tremblement de mes mains redouble. Je n'aurais jamais envisagé que la soirée puisse prendre une telle tournure ! Une salle comble, un coup de poing surprise et des félicitations enthousiastes pendant que je soigne... *mon petit-ami*.

— Tu n'y es pour rien. Et tu es très mignonne, dans le rôle d'une infirmière.

Luka pose une main sur ma hanche et un frisson me parcourt l'échine. Il ferme les yeux un instant, ses doigts pressant ma peau avec ardeur, et laisse aller sa tête contre la poche de glace. Kira a emmené mon frère au bar et je remarque qu'il s'applique à ne pas tourner les yeux dans notre direction, le nez plongé dans un verre de gin.

— Tu as été merveilleuse ce soir. Je te savais talentueuse, mais pas une telle bête de scène.

— Tu rigoles ? J'étais assise pendant tout le concert à cause de cette fichue entorse.

Je brandis mon pied blessé en grimaçant et il rit franchement. J'ai envie de l'embrasser encore, mais j'ai peur qu'Alexz lui décoche une nouvelle droite. Alors je me contente de caresser timidement son cou et l'arête de sa mâchoire.

— Tu n'as pas besoin de sauter dans tous les sens pour donner un bon concert. Tu as envoûté le public telle une sirène. D'ailleurs, j'espère que tu ne m'en voudras pas, mais je me suis permis de filmer l'une de vos chansons en direct.

Mes doigts s'immobilisent sur sa nuque et je le dévisage avec stupeur, incapable d'articuler un mot. Face à mon silence, il poursuit :

— Je n'ai pas autant d'abonnés que toi, mais tu pourras toujours la reposter. Et qui sait, peut-être que cela vous fera gagner quelques fans…

Je secoue la tête pour reprendre mes esprits, puis balaie rapidement la salle du regard. Ce soir, il n'y avait pas que le public du Blue's Café qui m'écoutait chanter, mais des centaines de personnes derrière leur écran. Et cette idée me grise, me comprime le cœur. Je me sens déjà prête pour le prochain concert. J'en veux plus. Plus de monde, plus de cris, plus d'exaltation.

Je reporte mon attention sur Luka, rêveuse.

— Tu as bien fait. Il n'y a jamais trop d'oreilles pour une bonne musique.

Juin 2018

Six mois avant le concert à Moscou

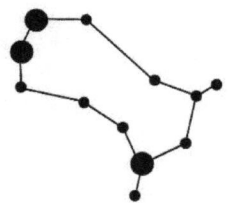

Chapitre 19

Alana

— On rentre après-demain. Si on s'enferme pendant trois jours, ça nous laisse le temps d'écrire et d'enregistrer avant le début de la tournée.

Alexz griffonne quelques notes dans un carnet, l'air grave. Nate a accepté de l'intégrer à la composition pour notre duo, Steve nous a transmis les papiers hier. Pour la première fois depuis que nous avons mis un pied dans le milieu, Alexz n'est pas lésé dans la répartition des droits d'auteur. Je suis soulagée, pourtant un sentiment de nervosité me colle depuis que j'ai accepté la proposition. Assurer la première partie de Nate, c'est une chose. Chanter avec lui, c'en est une autre. Nous devons fusionner nos univers, satisfaire nos publics respectifs. J'ai peur du retour de flamme. Ses fans se montrent démesurément territoriales, elles n'hésiteront pas à m'attaquer au moindre faux pas.

J'ai couru douze kilomètres pour me vider la tête, tôt ce matin. Le fait que les vacances touchent à leur fin, que le début de la tournée devienne imminent et qu'un duo susceptible de se placer en tête des charts se rajoute à la liste me parasite l'esprit. Mon corps commence à en payer le prix. Mes règles ne se manifestent toujours pas. Je les guette à chaque passage aux toilettes, j'inspecte mes sous-vêtements, palpe mon ventre dans l'espoir de rouvrir les vannes. J'ai hésité à en parler à Svetlana mais après ses inquiétudes de l'an passé, j'ai peur de déclasser un dossier fermé. Tout va mieux, désormais. Je le leur ai promis. Et pourtant, le sang ne coule plus depuis deux mois.

Est-ce que ma peur de perdre le contrôle est en train de voler ma féminité ?

J'ai recommencé à danser. De grandes scènes m'attendent. Alors pourquoi je continue à perdre pied ?

— T'en penses quoi, toi ?

Je lève les yeux vers mon frère, comme tirée d'un demi-sommeil. Il me dévisage, les sourcils froncés.

— Alana, t'es avec moi là, ou pas ?

— Oui, oui, je t'écoute.

— Alors ?

Je tourne le visage vers les immenses baies vitrées qui nous entourent. Perchés sur la mezzanine du White Rabbit, l'un de mes restaurants préférés de Moscou, confortablement installés dans des banquettes molletonnées, nous jouissons d'une vue imprenable sur la Moskova. Les boiseries et les lustres en cristal contrastent avec les arches métalliques qui soutiennent la verrière du restaurant. Des flashs de notre soirée au Gherkin me reviennent, motivés par les similitudes du décor. Je me conforte dans l'extase qui m'a gagnée sur scène, tente de m'apaiser dans ce souvenir joyeux.

— J'ai déjà des idées. Nate doit en avoir aussi, sinon il n'aurait pas autant insisté pour que j'accepte. Trois jours suffiront.

Alexz hoche la tête d'un air entendu et recommence à griffonner dans son carnet. Je soupire, comme si cela pouvait évacuer les inquiétudes qui brouillent mes pensées, puis enfouis mon menton dans la paume de ma main. Sergueï et Svetlana ne vont pas tarder à nous rejoindre pour un dernier déjeuner familial avant que notre père ne reparte en voyage d'affaires. Mon frère tient à boucler toutes les questions liées à notre travail avant le début du repas. Il veut que nous profitions de notre dernier jour et demi de calme, car une fois de retour à Londres, nos vies changeront définitivement.

Comme si je ne le savais pas…

Ce soir, je retournerai peut-être courir. Je dois trouver un moyen d'éradiquer ce poids qui m'écrase le plexus. Les foulées de ce matin ne m'ont pas assez engourdie.

— Pile à l'heure, souffle mon frère en fixant un point par-dessus mon épaule.

Je me retourne. Un serveur s'avance vers notre table, guidant nos parents. Svetlana est moulée dans une belle robe d'été jaune moutarde, Sergueï porte un costume en soie. Il tient un sac en papier, j'imagine que mon cadeau de fin d'études y est dissimulé. J'échange un regard perplexe avec Alexz. Chez les Latchkov, les cadeaux relèvent plus de la corvée que du plaisir : seul le montant inscrit sur l'étiquette importe, les goûts de chacun n'ont aucune incidence sur ce que contient le paquet. D'un geste distrait, mon index vient jouer avec le bracelet en or qui entoure mon poignet droit. Un croissant de lune y est fixé. C'est mon frère qui me l'a offert lors de mon dernier anniversaire, pour compenser le cadeau impersonnel qui m'attendait sur mon lit. Une robe de créateur offerte par une amie de notre mère.

Nous nous embrassons chaudement, Sergueï demande une bouteille de vin blanc et des amuse-bouche. Ce soir, il s'envole pour Saint-Pétersbourg, il vient d'investir dans la construction d'un nouveau centre commercial. Les affaires sont florissantes. Le serveur nous apporte l'apéritif sans tarder, les nouvelles s'échangent joyeusement. Je décroche rapidement de la discussion, une main posée sur mon ventre. Je devrais en être à mon troisième jour. C'est tout ce à quoi je pense. J'ai fouillé les moteurs de recherche en quête de réponses, je me raccroche à l'idée que ça puisse être à cause du stress. Les examens, la fin du lycée, le début de la tournée, le bouclage de l'album… Mine de rien, ces derniers mois ont cumulé beaucoup de pression. L'aménorrhée, ce n'est pas si grave. C'est loin d'être irréversible. Après tout, ce n'est pas la première fois.

— Tout va bien, zolatka ? Tu es toute pâle.

Svetlana me fixe d'un air soucieux. Mon père et mon frère se détournent de leur discussion cordiale pour m'inspecter.

— Ce n'est rien, je suis un peu fatiguée. Je crois que j'ai du mal à assimiler que le lycée est terminé et qu'on part en tournée dans moins de dix jours !

Je force un sourire, rejette mes cheveux d'un geste gracieux. Je m'accroche à mon rôle de petite princesse, celui que nous avons tous longuement forgé ensemble.

— Tu as raison, c'est beaucoup de pression. Je suis impressionné par la manière dont tu as tout mené de front, dit Sergueï en frottant sa barbe.

Svetlana lui donne un léger coup de coude. Le geste semble lui rappeler le sac qui repose à ses pieds.

— D'ailleurs, Sveta et moi avons pensé que ton diplôme méritait une petite récompense.

Il pose le sac sur ses genoux, en tire une boîte en velours rouge qu'il me tend. Les yeux de ma mère pétillent. Elle a l'air sûre de son choix. Tandis que j'ouvre l'écrin et qu'un hoquet de surprise marque mes lèvres, elle trépigne sur son siège.

— Je t'ai vue loucher dessus, lors de notre virée au Goum[13].

Même Alexz semble sincèrement impressionné. Une paire de boucles d'oreilles en or trône sur le velours, assortie à mon bracelet, à la différence que les croissants de lune sont sertis de diamants et surmontés de deux pendentifs en forme de goutte. De pures merveilles.

— Waouh ! Elles sont...

— Magnifiques, termine Alexz.

Il se passe une main dans les cheveux, presque ému de voir notre famille capable de se prêter de telles attentions. Mon frère a

---

[13] Le Goum est un centre commercial luxueux situé à deux pas de la Place Rouge.

beau arborer un masque distant en compagnie de nos parents, je sais que ce n'est qu'une manière de dissimuler ses blessures. Ces plaies dont il refuse catégoriquement de me parler. Mais, tout au fond de lui, je sais aussi qu'il n'est qu'un gamin comme un autre. Tout ce dont il rêve, c'est d'une famille unie.

Sergueï et Svetlana échangent un sourire complice, puis notre père replonge sa main dans le sac. Cette fois, l'écrin qu'il en retire est mat et noir, tout en longueur.

— Fils, j'aimerais aussi t'offrir quelque chose.

Mon frère reste interdit face à la boîte qui lui est présentée.

— Allez, ne fais pas durer le suspense ! l'encouragé-je tout en ôtant mes boucles pour passer les nouvelles.

D'une main timide, il ouvre l'écrin. Un stylo noir cerclé d'argent y repose. La tige permettant de l'accrocher à une poche de chemise est sculptée en forme de guitare.

— C'est le modèle John Lennon, explique Sergueï. J'ai pensé que tu aurais besoin d'un stylo fiable pour écrire tes musiques.

Alexz contemple le stylo Montblanc, bouche bée.

— Le vendeur m'a dit que les musiciens l'aimaient beaucoup. Quand on le touche, la résine rappelle le vinyle des disques.

— Je... Il ne fallait pas, souffle mon frère en inspectant l'objet. Ça me touche beaucoup.

Tous deux échangent un regard entendu mais, à nouveau, Svetlana donne un coup de coude à son mari. Celui-ci se racle la gorge.

— Je sais que je ne vous ai pas toujours encouragés sur cette voie, mais je voulais vous dire que nous sommes fiers de vous.

— Très fiers, appuie notre mère.

Alexz range le stylo dans son écrin et le pose à côté de son assiette.

— Rassurez-moi, personne n'est mourant ?

L'ancien mannequin lève les yeux au ciel en feignant l'exaspération. Nous rions. Cette légèreté est inhabituelle, mais pas désagréable. Les discussions reprennent et j'observe mon frère, qui tapote l'écrin de son cadeau d'un geste doux. L'attention semble l'avoir chamboulé. Je crois que cela faisait longtemps qu'il n'attendait plus une telle reconnaissance de la part de nos parents.

Nous commandons et les plats s'enchaînent. Svetlana nous annonce avoir décroché un nouveau contrat avec une marque de rouges à lèvres. Autrefois, elle n'aurait même pas considéré l'offre. L'entreprise est récente, sans la moindre renommée. Mais c'est un contrat à l'ancienne, sans codes promotionnels à distribuer sur les réseaux sociaux. Elle est enchantée, cela fait des mois qu'on ne l'a pas demandée. Des mois qu'elle n'a pas goûté au glamour des séances photos et des défilés. Elle vieillit, alors les directeurs artistiques la transfèrent doucement de vedette des podiums à mentor des nouvelles gueules. C'est comme ça qu'ils disent, dans le métier. Il faut avoir une gueule.

Vendre du rêve. Marquer les esprits.

Mais quand on débute, on ne nous parle jamais de la date de péremption qui s'inscrit en encre invisible sur notre front.

Mon frère fronce les sourcils, perplexe devant tant d'enthousiasme. Il ne comprend pas. Moi, si. Peut-être parce que je suis une fille. Peut-être qu'on m'a plus conditionnée à ce que ma jeunesse soit mon apogée. Très tôt, on nous parle des seins qui tomberont, des enfants qui nous déformeront, des rides qui nous marqueront. Je crois que les hommes se perçoivent plus comme du bon vin qui gagnera en valeur avec l'âge. Nous, on est plutôt comme des bouteilles qu'il faut ouvrir le plus tard possible, mais qu'on doit empêcher de vieillir. Ça ne m'a jamais inquiétée plus que ça. Svetlana a quarante-sept ans et c'est une belle femme. Les gens disent que l'on se ressemble, même si ça me fait doucement rire.

Pourtant, je m'y raccroche, à cette idée. Parfois, je m'autorise à oublier. Je prétends que je pourrai être aussi jolie qu'elle quand les années deviendront visibles. Je me dis que je souffrirai moins que les autres femmes, que le temps m'épargnera.

Oui, ça ne m'a jamais inquiétée outre mesure. Sans doute parce que j'ai compris les règles du jeu très jeune, en observant ma mère évoluer dans un métier d'image. Peut-être que mon urgence d'atteindre le sommet au plus tôt me vient de là, peut-être que j'ai intégré le danger de vieillir suffisamment tôt pour affûter mes armes à temps et ne pas louper le coche. Et quand je doute, je pense à ce que les années à venir auront à m'apporter. Aux concerts qui m'attendent, aux chansons que l'expérience me permettra d'écrire. J'essaie de ne pas me faire un ennemi du temps. Mais je comprends qu'il puisse le devenir. J'imagine que ça puisse être douloureux de dire adieu à ces années où l'on était au mieux. Que voir le téléphone cesser de sonner doit nous donner l'impression qu'on n'a plus de mérite à exister.

Je peux comprendre qu'on ait l'impression de mourir un peu quand on perd sa raison de vivre. Si je n'avais pas la musique, j'ignore comment je tiendrais avec ce poids qui me grignote chaque jour un peu plus la poitrine.

Octobre 2017

Quatre mois avant d'emménager à Londres

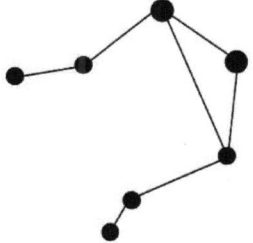

Chapitre 20

Alana

L'asphalte défile sous mes pieds. Chaque nouvelle foulée est une lutte intérieure, un conflit pour me dépasser. Mais un nouveau pas en entraîne un autre, et mes jambes me portent toujours plus loin, toujours plus vite.

Il y a encore trois mois, je ne m'étais jamais essayée à la course. Danser, enflammer la scène, c'était tout ce qui importait. Mais maintenant que madame Olya me surveille, persuadée que je pourrais retomber à tout moment, courir est devenu ma bouffée d'air frais quotidienne.

La prof dit que j'ai maigri, que je me suis affaiblie. Elle a peur que je ne suive plus la cadence. Que je me blesse à nouveau, et de manière bien plus grave. J'ai beau tenter d'argumenter, rien ne lui fera sortir ces idées de la tête. *« De toute façon, ce que tu veux, c'est chanter, non ? Alors arrête de perdre ton énergie ici et concentre-toi sur tes projets d'avenir. J'en ai vu passer des filles qui se bousillent la santé pour porter ces chaussons. Je ne te laisserai pas décrépir, c'est compris ? »* Elle a sûrement raison, mais je n'arrive pas à renoncer à mes rêves. Je n'ai jamais rien entrepris sans viser le sommet, alors la chute est rude. À quoi bon venir en classe si je n'obtiens plus le moindre solo ?

Alors je cours. Pour oublier toutes ces angoisses qui m'encombrent la tête. Pour améliorer mon cardio et exceller sur scène. Si je ne suis pas assez parfaite pour madame Olya, je le deviendrai pour le reste du monde.

Les kilomètres défilent et mes jambes deviennent cotonneuses. Je suis à bout de souffle. Je puise dans mes dernières ressources pour atteindre un petit immeuble de briques jaunes et m'écroule contre la porte après avoir pressé le bouton de l'interphone.

— Déjà là ?

— Ouvre, je tuerais des bébés labradors pour une douche !

Un rire grésille à travers l'interphone.

— Monte, il y a même le petit déj qui t'attend.

Je pousse la porte en soupirant. Je lui ai pourtant dit d'arrêter avec ces petits déjeuners, qu'il ne m'aidait pas à rester concentrée sur mes objectifs en me gavant comme une oie. Mais Luka n'en fait qu'à sa tête.

Malgré mon apparence négligée, le grand blond m'accueille d'un baiser passionné. Je le repousse brusquement lorsque sa mère traverse le hall d'entrée et la salue en rougissant.

— Tiens ! Te voilà, ma belle. File à la douche, Numi est en train de préparer le thé. Nous t'attendrons dans la cuisine.

— Merci, madame Abramova.

C'est bien ma veine ! Voilà que toute la famille Abramov est présente : impossible d'esquiver le petit déjeuner, c'est une réunion en grande pompe qui m'attend. Luka ne comprend pas mon entêtement pour la nourriture saine, alors j'esquive les situations qui pourraient nous mener au conflit. J'ai beau lui répéter que mon rythme de vie accélère, que j'ai besoin d'être au summum de ma forme, il sort de grands mots comme « privations » et « délires stupides ». Mais le fait est que, depuis notre premier concert au Blue's Café, les représentations se sont enchaînées tous les vendredis soir, et même quelques samedis dans d'autres scènes ouvertes. Mon nombre d'abonnés a grimpé en flèche et je n'ai plus le droit à l'erreur. Tous les yeux sont braqués sur moi. Le public attend un show irréprochable. Si je veux tenir la promesse faite à mon frère, celle de nous aguerrir avant d'affronter le marché européen, je dois garder la forme. Je me dois d'être parfaite si je ne veux décevoir personne.

— Je t'ai préparé une serviette propre, tu peux y aller.

Le chiot de la famille, Tyran, déboule à toute allure, une carotte en plastique dans la gueule, et me saute dessus dès qu'il m'aperçoit. Je peine à m'en dépêtrer pour rejoindre la salle de bains, sous les moqueries de Luka.

— Évite de le tuer, je te promets que la douche t'est réservée.

Je lui tire la langue avant de disparaître dans la grande pièce située à l'étage.

Je verrouille la porte à double tour et me plante devant une vasque transparente, surplombée d'un long miroir éclairé d'un néon. J'ai les joues rougies par l'effort et des mèches de cheveux collées sur le front. Une main sur le robinet, l'autre sous le filet d'eau qui en découle, je m'asperge le visage pour me rafraîchir. J'appréhende la scène qui m'attend en bas. Luka me pousse toujours trop fort. Il veut que je suive son rythme, que je partage sa vision sociale des repas, là où ce n'est pour moi qu'une obligation pour tenir debout. Il y a quelques semaines, j'ai adopté la diète liquide vantée par Tania, le jour du tournage. Pas de sucres. Pas de glucides. Seulement du thé et des légumes mixés dans des litres d'eau. Au début, j'ai eu un peu de mal à suivre le rythme pendant les cours de danse, mais quelle importance ? Depuis mon entorse, madame Olya me traite comme si un sticker *fragile* me barrait le front. Je suis pourtant remise depuis des mois. Le studio ne m'apporte plus qu'un peu de sociabilisation, des moments de rire avec Natacha, mais je ne peux plus espérer avoir un rôle important lors des galas. Pourquoi s'investir corps et âme si toute progression est volée d'avance ? J'envisage d'abandonner, de ne plus perdre ce temps précieux que je pourrais consacrer à la musique. Natacha me supplie de rester, mais même elle, je sens qu'elle ne comprend pas les enjeux qui se jouent. Je n'ai rien écrit depuis un mois, l'idée de ne plus rien produire me terrifie. Toute autre activité me semble une perte de temps impardonnable. Alexz répète que c'est un processus, que ça disparaît aussi brusquement que ça apparaît. Moi, je crois surtout que ça l'arrange bien que je n'aie pas de nouveaux matériaux à tester. Ça lui laisse plus de temps avec sa copine. Plus de temps loin de la maison. Plus de temps loin de moi.

Je me déshabille et glisse sous l'eau chaude de la douche italienne. Mes muscles se détendent, j'offre ma nuque au jet puissant. Ce geste quotidien qui savait autrefois m'apaiser ne calme pas mon esprit. J'aurais dû courir plus longtemps. Quand mes jambes et mes poumons me brûlent, quand le souffle me manque, quand seul l'objectif de mettre un pied devant l'autre compte, et qu'explose en moi la joie d'avoir repoussé à chaque foulée mes limites, ma tête se libère. Il n'y a que dans le dépassement de mon corps que mon cerveau accepte de se mettre en pause.

Une serviette nouée sur la poitrine, je me faufile dans la chambre de Luka. J'y ai laissé une pile d'affaires propres pour lui rendre visite après la danse ou mes joggings. Je sursaute en le découvrant assis à son bureau, en train de jouer à un jeu vidéo.

— Je peux passer derrière toi, ta webcam n'est pas activée ? demandé-je d'une voix timide.

Il mitraille un autre joueur avant de presser la touche « menu » qui met le jeu en pause. L'air absent qu'il arbore en tournant la tête vers moi est aussitôt remplacé par la surprise.

— La voie est libre, assure-t-il avec un sourire en coin très sexy.

Je referme la porte derrière moi, entre à pas de loup, gênée d'être aussi peu vêtue devant lui. Il n'y a pas si longtemps, nous n'étions encore que des camarades de classe tout juste polis l'un envers l'autre. Notre relation s'installe doucement et j'apprends encore à explorer cette intimité nouvelle.

— Tu sais que tu es très jolie en serviette ? Tu devrais t'habiller comme ça plus souvent.

Je penche la tête pour me détailler, comme si cela pouvait m'offrir la même vision que lui, et un sourire idiot s'inscrit sur mes lèvres. Je dois rougir, vu comme mes joues s'échauffent.

— T'es bête, soufflé-je en m'avançant vers lui.

Je lui dépose un baiser sur le sommet du crâne et ses bras viennent s'enrouler autour de ma taille pour m'attirer contre lui. Je tombe sur ses genoux en poussant un petit cri. Il rit.

— Luka, qu'est-ce que tu fais ? Tes parents nous attendent.

Ses yeux parcourent ma peau dénudée, s'attardent sur la serviette, semblant imaginer ce qui se cache en dessous. Pour toute réponse, il laisse remonter une main jusqu'à mon menton et m'attire contre ses lèvres. Son baiser est doux, empli de tendresse, puis il me mord la lèvre. Sa main remonte dans mes cheveux, s'agrippe doucement à ma crinière, tandis que sa bouche se fait plus vorace. Je sens que le geste produit quelque chose dans mon corps, mais je n'arrive pas à identifier quoi. La sensation est étrange, à la fois plaisante et angoissante.

Il finit par s'écarter et enfouir son visage dans mon cou. Il soupire.

— Oh, Alana...

Je ne dis rien. Entre ses bras, je me sens bien, en sécurité. Mais je sens qu'il attend quelque chose. Une invitation, ou une autorisation, sans doute. Ses doigts effleurent mes cuisses dévoilées par la serviette. À part ce bout de tissu, je suis nue. Exposée. Je sais que les garçons sont souvent plus avancés sur... *ces choses-là*. Les filles en parlent aussi beaucoup, dans les vestiaires. Ninel n'a que ça en tête depuis qu'elle est avec Maxim. Mais moi, ça me fait peur...

Est-ce que je ne suis pas normale d'être effrayée par autant d'intimité ? N'est-ce pas ce que je suis censée vouloir, maintenant que j'ai un copain ?

— On… On devrait descendre, murmuré-je.

Ses doigts se crispent sur ma peau, puis il embrasse mon épaule, relâchant sa prise.

— Tu as raison. Tu dois mourir de faim, après tous ces kilomètres !

Je force un sourire sur mes lèvres, cherche son regard. Je suis rassurée d'y lire autant de tendresse qu'à mon arrivée. Il ne m'en veut pas. Je l'embrasse, timidement.

— Retourne à ton jeu, je dois me changer. Et ne triche pas !

— Tu sais, il y a toujours un reflet sur les écrans…

Il m'adresse un clin d'œil. Je réfléchis. Je pourrais prendre mes vêtements et retourner m'enfermer dans la salle de bains. Serait-ce si terrible qu'il aperçoive mon corps ? Il est si patient avec moi…

— Concentre-toi sur tes victimes, dans ce cas.

J'ai confiance en lui. Je veux qu'il le sente. Qu'il comprenne que j'ai juste besoin de temps. Il s'exécute et j'enfile un jean suivi d'un gilet en cachemire qui m'offre un joli décolleté. Quand je me retourne, je constate qu'il n'a pas relancé le jeu, mais qu'il a laissé l'écran actif pour qu'il ne se transforme pas en miroir. Qu'est-ce que je disais… C'est un garçon adorable. Je n'aurais jamais dû douter de lui.

Nous descendons dans la salle à manger, où toute la famille Abramov est attablée. La quantité de nourriture présente sur la table me donne le tournis. Des paniers remplis de viennoiserie, du bacon, des œufs, des toasts… Monsieur Abramov a le nez dans un journal, sa femme semble consulter ses mails, mais Marina, la petite sœur de Luka, a le visage qui s'éclaire lorsqu'elle nous aperçoit.

J'ai rencontré toute la famille pendant l'été. Ils m'ont rapidement adoptée. C'est une bonne chose car, après l'incident du Blue's Café, ramener Luka chez moi me paraît impossible. Alexz trouverait le moyen de le mettre mal à l'aise, et je ne suis pas sûre que Sergueï se montrerait plus ouvert. Puis, ici, tout paraît plus simple. Tout le monde se parle, personne ne hausse la voix. D'une certaine manière, ça m'arrange de considérer la maison comme une zone de non-droit pour notre relation. J'aime me réfugier ici. J'aime le sentiment de paix qui se dégage des Abramov.

— Ah ! Mes chéris, asseyez-vous, Numi s'est surpassée ce matin, nous accueille madame Abramova en relevant ses lunettes de lecture sur le haut de sa tête. Alana, tu dois avoir le ventre qui crie famine. Où es-tu allée courir, aujourd'hui ?

Luka me tire une chaise et je le remercie d'un sourire en m'y laissant tomber.

— Oh, pas très loin, je suis restée dans le parc Zariadié. J'aime bien ce coin, la vue est agréable.

— Moui, enfin, ces gros bâtiments modernes juste à côté du Kremlin, ça tue l'âme de Moscou, me reprend monsieur Abramov.

Luka me tend la corbeille de viennoiseries que je refuse. Face à son regard de reproche, je m'empare d'une théière pour participer au festin.

— Au contraire, je trouve que le contraste est intéressant. Il nous rappelle que la Russie avance, mais qu'elle n'oublie pas son Histoire.

Je sens que Marina me dévisage avec attention.

— Une future architecte ? s'enquiert monsieur Abramov d'un air intrigué.

— Non, papa. Alana sera devenue une rockstar bien avant de finir ses études, c'est certain.

Je rougis.

— Luka m'a fait écouter tes musiques, intervient Marina, les yeux qui brillent. J'suis carrément fan ! Tu pourras me dédicacer mon journal intime ? J'veux être la première à avoir ton autographe.
— Je… Tu sais, c'est un peu prématuré. Luka est bien trop gentil, je suis loin d'être au point pour percer.
— Tu ne veux pas faire d'études ? renchérit monsieur Abramov. Tu comptes faire… humm… *carrière* dans la musique ?

Les mots me manquent. Je n'ai pas l'habitude qu'on me pose autant de questions d'une traite. Je sens bien, dans la manière précautionneuse dont monsieur Abramov prononce « carrière », qu'il désapprouve. Pour la première fois, je comprends ce qu'a pu éprouver Alexz quand nos proches le tannaient avec l'université.

— Mais vous allez la laisser tranquille ? Cette petite n'a rien dans le ventre ! me défend madame Abramova.

Elle pousse plusieurs assiettes vers moi.

— Ne les laisse pas t'embêter. Sers-toi, ma belle.

L'offre me met aussi mal à l'aise que l'accumulation de questions. Je perçois le regard insistant de Luka tandis que j'affronte les plats étalés devant moi. J'opte pour un bol de salade de fruits.

— C'est tout ? s'étonne la mère de mon amoureux.
— Mademoiselle est au régime, répond Luka avec sarcasme.

Ma bouche forme un « o » de stupeur et je lui décoche une œillade stupéfaite. J'ai l'impression qu'il me trahit en lançant un fait aussi intime sur la table. Qu'il désapprouve, c'est une chose. Qu'il cherche l'appui des siens pour me le rappeler, c'en est une autre !

— Non, pas du tout, je…
— Elle fait bien ce qu'elle veut. Tu sais, mon chéri, les femmes doivent endurer beaucoup de choses pour garder votre intérêt, à vous, les hommes. Alors soutiens-la, au lieu de la culpabiliser.

Décidément, madame Abramova est une alliée de taille.

— Mais moi, je l'aime comme elle est !

Je sursaute. Aimer ? C'est la première fois qu'il emploie ce terme si fort. N'est-ce pas un peu tôt ? « Tu m'as toujours plu. Tu ne t'en es juste pas rendu compte » m'a-t-il dit, un soir où nous écoutions de la musique, lovés l'un contre l'autre. Mais aimer, c'est bien différent de plaire. Cela implique d'avoir mesuré ce que l'autre porte en lui de plus laid, et de l'accepter.

Vu son rejet de mon perfectionnisme, ce n'est pas son cas. Il le croit peut-être, mais il se trompe.

Heureusement, Marina ignore la tension qui monte entre nous et ramène de la légèreté en nous parlant du dernier tour qu'elle a appris à Tyran. Luka se concentre sur son assiette de bacon, dont il mâche le contenu avec détermination. Il est touché, ça crève les yeux. Mais pourquoi ? Pourquoi m'en veut-il à ce point de vouloir prendre ma vie en main ?

J'attends qu'il soit convenable de sortir de table en tournant ma cuillère dans le bol de fruits sans la porter à mes lèvres. Je ne cherche pas à faire bonne figure, je me garde bien de rebondir sur les propos prononcés par madame Abramova quelques instants plus tôt. Je me cache allégrement derrière cette attente tacite de la société envers les femmes. Celle qui prône que la beauté s'acquiert par la souffrance. Que si les années flétrissent les dons de la nature, la douleur n'est pas cher payée pour la sauver. Pour être honnête, je me fiche bien de ce que font les autres, de savoir si elles cherchent à être belles, que ce soit pour elles ou pour séduire. Je me fiche des cases à remplir et des critères à cocher. Tout ce qui compte, c'est ce que je suis capable d'endurer. Les limites que je peux repousser, ce que je peux me prouver. À moi et au monde. J'ai besoin de contrôler ça. Autour de moi, tout s'enchaîne à une vitesse folle. Les concerts se succèdent, chaque nouvelle musique postée suscite des déferlements de commentaires plus ou moins enthousiastes, on m'écrit pour me dire qu'on m'aime, puis on me déteste parce que je n'ai pas répondu assez vite. Et il y a l'école, et Luka, et la danse, et Ninel, et Natacha, et… Et je dois maintenir le rythme. Et je dois garder pied partout. Et un corps, ça se fatigue si vite, ça se révèle si encombrant…

Parfois, j'ai l'impression de me noyer. Tout ce qui m'arrive, je l'ai souhaité. J'ai même travaillé dur pour l'obtenir. Mais certains soirs, j'aimerais juste pouvoir presser un bouton pause pour reprendre mon souffle. Je n'ai pas le temps de savourer une performance qu'il faut déjà penser au prochain concert. Il y a toutes ces chansons que nous devons enregistrer, ces setlists qui ne cessent de changer, ces vidéos qui cumulent des centaines de milliers de vues sans nous apporter de contrat. Et le bouton pause n'existe pas. Et mes pensées s'agitent sans discontinuer, mais ce fichu corps refuse de se plier au rythme.

Tout a changé si vite. Trop vite. Je n'ai pas le temps de m'adapter à une situation qu'il faut déjà franchir le palier suivant. Je suis terrifiée à l'idée qu'un jour, je ne réussisse plus à grimper.

Certains soirs, au moment de me coucher, je me surprends à rêver qu'il soit possible de revenir en arrière, quand tout était calme. Quand rien d'autre qu'Alexz et moi n'avait d'importance. Quand seul le frisson que la musique nous provoque comptait. Même la berceuse que mon frère avait l'habitude de me jouer a cessé de résonner, maintenant qu'il passe ses nuits dans les bras de Kira. Alors je reste seule pour affronter la peur d'échouer qui déferle en moi.

Je n'oserai jamais le confier à personne mais, quand celle-ci devient trop forte, que l'angoisse me noue la gorge et libère mes larmes, j'ai peur de suffoquer ainsi. Seule et terrifiée.

Chapitre 21

Alexz

— Tu as des projets, pour la rentrée de janvier ?
— Comment ça ?
— Eh bien, tu envisages de rester à Moscou pour la musique ? Ou tu aimerais changer de ville ? Trouver un autre emploi en attendant de signer avec un label, peut-être ?
— Oh, non ! Tu ne vas pas t'y mettre aussi ?

Je lève les bras en signe de désespoir, une gamelle à la main, avant de plonger dans un tonneau de croquettes.

— Du calme, je m'intéresse juste à tes projets !

Kira pince les lèvres, visiblement soucieuse, et s'éloigne pour entrer dans la cage de deux bergers australiens. Je pose une écuelle dans le box face à moi avant de me précipiter derrière elle.

— Je ne vois pas pourquoi j'irais chercher un autre job que celui que j'ai au Blue's Café. Je ne compte pas faire carrière ailleurs que dans la musique. Et pour ce qui est de Moscou, tant qu'Alana sera au lycée, je ne vois pas comment on pourrait jouer ailleurs.

— Bien, donc j'ai ma réponse. Tu n'as aucune envie de quitter Moscou. Enfin... ta sœur.

Je vois. Mademoiselle nous livre une crise de jalousie. Je lève les yeux au ciel.

— On est les Rocket Siblings, on fonctionne à deux. Désolé que ça t'emmerde, mais un guitariste seul, ça attire moins les foules.

— Ce n'était pas le fond de ma question.

Si je compte quitter Moscou : je l'ai très bien compris, le fond de sa question. Mais je sens le drapeau rouge se lever. C'est un terrain glissant. J'ai déjà parlé de mes projets européens à ma dulcinée, mais tant qu'Alana n'est pas majeure, tout cela ne reste que de lointains projets. Je sais que dans sa tête, ce n'est qu'une éventualité bien loin de pouvoir devenir réalité.

— Tu t'inquiètes de savoir si j'ai d'autres projets que la musique, je l'ai bien compris.

Orienter la discussion sur ma situation, et pas ma localisation. C'est tout ce que je trouve pour limiter la casse.

— Les concerts et les vidéos marchent, on commence à gagner un peu d'argent par nos propres moyens. Je ne vais pas perdre du temps à décrocher un job alimentaire alors qu'on commence à se faire remarquer. Et puis, ce n'est pas comme si on devait s'inquiéter de boucler la fin du mois, non ?

La jolie brune m'adresse un regard interloqué.

— Ah ! Voilà que *monsieur antisystème* est bien content de profiter des fonds d'investissement à son nom.

— Arrête, tu sais très bien que je suis reconnaissant envers Sergueï et Svetlana. On n'est pas d'accord sur beaucoup de choses, mais je ne serai jamais ingrat, que ça te plaise ou non.

— Et si ça ne marchait pas, vos rêves de gloire ? Tu tiens vraiment à sauter dans l'inconnu sans filet de sécurité ?

— Mais Kira, et si ça marchait ?

Elle soupire, marche à petits pas pressés vers une autre cage. Je remplis une nouvelle écuelle, la dépose dans un nouveau box et trottine à ses trousses. Je sens bien qu'elle est tendue et je ne comprends pas pourquoi ces questions la préoccupent tout à coup. Depuis que je la connais, elle me voit travailler d'arrache-pied pour faire de la musique mon métier. Elle sait combien c'est important pour moi, et ce depuis le premier jour. Si même Sergueï et Svetlana ont commencé à nous prendre au sérieux après le premier concert, pourquoi Kira doute-t-elle soudain ?

— Qu'est-ce que tu as prévu, alors ? De rester chez tes parents en attendant l'aubaine en or ? De tout quitter ? Et ta sœur, peut-être qu'elle voudra aller à l'université, non ? Elle pourrait postuler aux États-Unis ou… ou… Je n'sais pas, moi, à Melbourne, tiens ! Qu'est-ce que tu ferais alors ? Tu la suivrais pour continuer à chasser les contrats au bout du monde ?

La tête dans mon tonneau de croquettes, j'étouffe un rire face à ces propos insensés.

— Bien sûr que je la suivrai, c'est le plan depuis toujours. Elle termine la chkola et nous nous tirons d'ici dès l'été prochain.

— Mais où, Alexz ? Où ? Tu sais, il y a de très bonnes maisons de disques ici aussi. Et il y a moi. Tu parles toujours d'ailleurs, mais nous, dans tout ça, qu'est-ce qu'on en fait ? On efface tout, on oublie, on prétend que rien n'a jamais existé et tu t'enfuis jouer les rockstars au bout du monde dès que ta petite sœur lèvera le petit doigt ? Et puisqu'on en parle, maintenant qu'elle est amoureuse, qu'est-ce qui te fait dire qu'elle ne préférera pas la stabilité à la vie de rockstar que tu lui vends depuis toujours ? Imagine que son copain parte à l'étranger pour ses études et qu'elle décide de le suivre, sans toi. Qu'est-ce qu'il te restera ? Tu fais des plans sur la comète, mais tu n'as prévu aucune sortie de secours si ta fusée venait à se crasher.

Je me fige. Non, ce n'est pas possible. Alana rêve de scène autant que moi, si ce n'est plus. Jamais elle ne ferait une chose pareille. Qu'est-ce qui peut bien faire cogiter Kira de la sorte ? J'essaie de capter son attention mais elle a le regard fuyant. Elle se déplace de cage en cage sans s'interrompre dans ses tergiversations. Une vraie pile électrique. Je finis par abandonner la distribution des croquettes pour l'attraper fermement par les épaules et l'obliger à me regarder en face. Elle a les yeux humides.

— Kira, qu'est-ce qui te prend ? Pourquoi es-tu si inquiète ?

Elle détourne la tête, renifle discrètement. Je réitère ma question et elle ferme les yeux, semblant se concentrer, toujours muette. Je relâche ma prise, laisse remonter ma main jusqu'à sa nuque et la caresse doucement. Qu'est-ce qui peut bien la pousser à chercher la confrontation de la sorte ?

— Je t'ai déjà dit que je n'étais pas né en Russie ?

La stupeur traverse brièvement son visage. Son regard se fixe aussitôt sur moi et elle secoue la tête sans parvenir à prononcer un mot. Il est vrai que je ne lui ai jamais parlé de mon passé, de ma vie d'avant. Je crois que je ne pouvais pas trouver mieux pour la captiver.

— Tu sais que j'ai été adopté, mais je ne t'ai jamais raconté les sept ans qui ont précédé mon arrivée à Moscou. Ce n'est pas pour rien si je garde le silence sur mon passé. C'est une période qui me hante encore dès que je ferme les yeux. J'ai grandi dans le sud de la France, ma mère était la demi-sœur de Svetlana et mon géniteur un employé de bureau un peu trop porté sur la boisson. Il avait les coups faciles, rentrait toujours tard le soir, dans un état second. Un samedi il pouvait m'emmener à la pêche, le suivant me battre à coups de ceinture. Ma mère prenait beaucoup de cachets pour oublier. Elle s'en voulait de nous avoir mis au monde, que nous ayons à subir toutes ces horreurs, mais elle avait trop honte pour rentrer en Russie.

Kira me fixe, comme hypnotisée par mes propos. *La suite, la suite*, semblent crier ses yeux. La bouche entrouverte, elle boit mes paroles, impatiente de connaître ces secrets que je garde jalousement enfermés. Secoué par la boîte de Pandore que je suis en train d'ouvrir, je referme le tonneau de croquettes posté dans mon dos et viens me percher dessus.

— Un jour, alors que la voisine gardait ma sœur et que j'étais à l'école, mes géniteurs ont eu un accident de voiture. Il avait trop bu et, comme il ne la laissait jamais partir seule trop longtemps, il avait insisté pour l'accompagner acheter des couches. Ils sont morts sur le coup. Nous n'avions que notre grand-mère, de son côté à lui, alors Svetlana a fait jouer ses avocats pour récupérer notre garde. Elle s'est battue pour nous, on ne peut pas lui enlever ça. Ma grand-mère a dû mourir, depuis. Je n'ai jamais demandé de nouvelles. En fait... Une fois arrivés en Russie, nous avons tous enterré ces histoires bien au fond de nous. Alana avait trois ans, elle ne se souvient de rien. Svetlana nous a enregistrés sous de nouveaux noms, nous avons acquis une nouvelle nationalité, et le passé était comme un mauvais rêve qui nous laisse avec la gueule de bois au réveil. L'avantage des cauchemars, c'est qu'on les oublie à mesure qu'on se reconnecte avec la réalité. Sauf que, moi, je n'ai pas oublié.

Je marque une pause, chamboulé. Hormis Nikita, je n'ai jamais raconté mon histoire à personne. Et encore... Je ne lui ai pas livré autant de détails. Le sujet est venu naturellement, un soir où nous sortions d'un cours de boxe. Je me suis confié avec pudeur, et il s'est contenté de hocher la tête avec tout autant de retenue. Aujourd'hui, c'est différent. Je veux que Kira comprenne l'urgence qui m'anime. Je veux qu'elle me voie, moi, derrière le voile doré qui cache les fêlures. L'exercice est difficile. Les mots sortent d'une traite, brouillons et douloureux. J'ai bien peur que ce soit la seule manière. Autrement, je ne pourrais me retenir de les ravaler.

— Tous les ados se cherchent, mais tu n'imagines pas combien il est difficile de se définir quand on a été adopté, quand on se sent rejeté par les personnes qui nous ont donné la vie et qui sont censées nous aimer plus que tout au monde, reprends-je. Je surcompense et je ne sais rien faire d'autre. Ma sœur est mon seul repère et je suis le sien. La musique, c'est tout ce qu'il y a de vrai dans nos vies, et si je tiens autant à ce que nous tentions notre chance ailleurs, c'est parce que nous n'avons de racines nulle part. Alors je veux que nous repartions à zéro, sur un terrain neutre, dans un pays où nous pourrons enfin découvrir qui nous sommes, loin des souvenirs douloureux et de cette vie d'apparat où nous avons été projetés sans avoir le choix.

Kira laisse glisser ses doigts dans mes cheveux et les tire doucement pour me calmer. Je laisse aller mon front contre le sien et soupire profondément.

— Elle ne sait rien de tout ça ?

Je secoue la tête pour confirmer.

— Et tu me fais assez confiance pour tout me révéler ?

Je répète le mouvement, par l'affirmative, cette fois.

— Je n'avais parlé de tout ça à personne. Tu ne te rends *vraiment* pas compte de l'importance que tu as pour moi. Je sais que je parle toujours de partir, mais rien n'est encore fait. Et ce n'est pas parce que je veux tenter ma chance ailleurs que je vais oublier celle que j'aime ici.

Kira sourit, elle me presse plus fort contre sa poitrine.

— Alexz, je suis désolée de m'être montrée jalouse de la sorte. Si je t'ai posé toutes ces questions, c'est parce que...

Elle fronce le nez.

— Oh, je me sens stupide d'avoir amené les choses de cette manière...

— Allez, crache le morceau. Aucune fille ne cherche la bagarre sans avoir un truc à avouer ou envie d'attention.

— C'est un truc à avouer.

Elle piétine, ses doigts s'agitent nerveusement sur ma peau.

— Eh bien, j'ai été acceptée en Master de journalisme à Saint-Pétersbourg. Le programme débute en janvier. Je me disais que, peut-être, tu pourrais me suivre et que nous pourrions emménager ensemble. Tu pourrais continuer la musique, faire des concerts au bout du monde si tu le veux, mais notre *chez nous* serait ton point d'ancrage. Ça fait deux semaines que je cherche comment te le demander, car je sais combien l'idée de quitter ta sœur t'est absurde.

Les mots me manquent. J'adopte un mouvement de recul, hébété. Partir à Saint-Pétersbourg avec elle ? Emménager ensemble ? Wow. Je ne m'attendais pas à ça. Ses yeux me sondent en quête de réponse mais je suis incapable de trier toutes les pensées qui fusent dans mon esprit. Je ne sais pas si je suis prêt pour ça. Mais je l'aime. Mais il y a tous ces concerts qui s'enchaînent. Et ma sœur. Et Moscou. Et mes rêves de scènes internationales. Et ce mail que j'ai envoyé récemment. Et...

— J'ai besoin de temps pour y réfléchir.

Les mots m'échappent, se bousculent au bout de mes lèvres. Kira se force à sourire et me presse l'épaule, sans doute déçue que je ne bondisse pas de joie en acceptant sa proposition.

— Bien sûr, réfléchis-y autant que tu veux. Je ne pars qu'en janvier, après tout.

Elle s'empresse de remplir à nouveau une écuelle et retourne auprès des chiens. Je la suis, complètement sonné.

Dans ma tête, sa proposition tourne en boucle. J'ai les mains moites et le palpitant qui s'emballe. Il faut dire que mon avenir, je l'imagine plus à réinventer ma vie sur des scènes au bout du monde qu'à acheter de la vaisselle à deux...

Juin 2018

Six mois avant le concert à Moscou

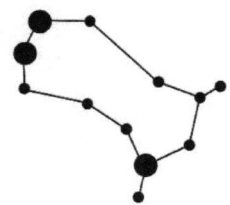

Chapitre 22

Alana

— Jolies boucles d'oreilles !

Je porte machinalement une main à mes lobes, caressant les gouttes qui pleuvent de mes croissants de lune.

— Merci, c'est un cadeau de mes parents. J'ai enfin validé mon diplôme et dit adieu au lycée !

Nate affiche une mine impressionnée.

— Eh bien, voyez-vous ça... Mademoiselle serait-elle enfin une musicienne à part entière ?

Je rassemble les feuillets de paroles étalés sur le piano devant moi, étouffant un petit rire.

— Prête à vous voler la vedette, Superstar.

Accoudé sur la queue de l'instrument, il porte une main à son cœur, faussement offusqué.

— Et ton mystérieux petit ami, quand est-ce qu'il te rejoint ici ?

Je grimace, raturant une ligne qui brise le rythme d'un couplet.

— Sujet sensible ? renchérit Nate.

Sujet carrément douloureux, m'abstiens-je de répondre.

— Nous... Hmm... Nous n'en avons pas parlé pendant mon séjour.

L'aveu me brûle un peu la gorge. Je n'ai revu Luka que deux fois après notre journée d'examen. La première, nous sommes sortis en ville avec Ninel et Maxim et avons baigné dans la légèreté et les rires. La seconde fut plus... intime. Même si je sais que je l'ai blessé en refusant de franchir ce cap qui m'effraie tant, nous avons tout de même savouré nos peaux et imprimé nos formes. Le cœur n'était pas à parler de sujets d'avenir et de projets de vie.

— Oh, je vois, souffle le chanteur.

Je repose mon stylo sur les feuillets et lui adresse un regard perplexe.

— Quoi ?
— Rien !

J'incline la tête, peu naïve.

— Tu n'as pas l'air… *convaincu.*

Il hausse les épaules, levant une main qui semble dire « je me garde bien de dire quoi que ce soit ».

— Chaque couple fonctionne à son rythme.
— Nate !

Je lui sers de gros yeux, il soupire.

— C'est juste que c'est un métier qui peut s'avérer très solitaire, avoue-t-il. Les gens veulent tous être autour de toi, t'encensent en permanence, mais personne ne veut assumer la réalité d'un tel quotidien. On est toujours sur la route ou enfermé en studio, et on se partage entre des centaines de milliers de fans. C'est loin d'être simple pour notre entourage.

Je me replace sur mon tabouret, passe une main dans mes cheveux ondulés.

— Tu penses qu'il ne viendra pas ?

Pourquoi je pose la question ? J'en connais déjà la réponse… Si Luka voulait me rejoindre, il aurait déjà pris des billets. Je sais qu'il a été accepté à l'Université de Moscou, mais il dit qu'il n'a rien décidé. Ce qui est déjà une décision en soi…

Nate se penche pour attraper un stylo et consulter mes feuillets.

— J'en dis que j'ai commencé ma carrière à seize ans et que je n'ai jamais eu de relation stable. Je serais mal placé pour donner des leçons.

Ses lèvres se plient en une mimique d'évidence. Il semble sincère. J'observe le silence quelques secondes, puis soupire.

— Revenir à Moscou m'a fait du bien. J'étais contente de le revoir mais...

— Mais tu sentais le décalage entre vos réalités ?

Le constat m'assène un coup de poing dans l'estomac. Je hoche la tête.

— Je l'aime, c'est certain. C'est juste que tout se bouscule si vite et...

Dépassée par mes émotions, je laisse courir mes doigts sur le piano. Une mélodie triste et grave retentit.

— Je n'ai pas la force de me battre pour ça aussi.

Nate contourne le piano et vient s'asseoir à mes côtés. Ses doigts rejoignent les miens sur le clavier. Il me donne un coup d'épaule connivent. Rassurant.

— Laisse-lui un peu de temps. C'est nouveau pour lui aussi.

Mes doigts continuent à pianoter sur les touches, mon pied pousse celui de Nate pour accéder à la pédale de sustain. Il sourit en m'observant fusionner avec l'instrument.

Rapidement, ma voix se libère. Des mots se posent sur mes sentiments. Identifient mes inquiétudes. Des bouts de phrases en yaourt s'élèvent, Nate prend l'ascendant sur le clavier et vient leur donner du sens. En quelques minutes, des bribes de couplet prennent forme, alors que cela fait des heures que nous séchions sur nos papiers. Je sens que la magie opère. Les frissons qui s'insinuent dans mon échine chaque fois que je chante remontent tout doucement. L'éternel poids écrasant mon plexus s'estompe le temps d'une chanson.

— Ça sonne plutôt bien, constate le chanteur en affichant un sourire en coin satisfait.

— Tu crois qu'il nous reste assez de temps pour enregistrer avant le début de la tournée ?

Il se soulève du tabouret pour attraper son portable sur le pupitre. Après quelques secondes à laisser glisser ses doigts sur l'écran, il hausse les sourcils, une expression enthousiaste sur le visage.

— Le studio est libre demain après-midi. Avec un peu de forcing auprès des radios et si on mobilise le graphiste ce soir pour le lâcher proprement sur les réseaux, c'est totalement jouable. Ton frère pourrait passer la nuit sur les arrangements ?

Je souris, confiante.

— Il a intérêt !

Alors que je m'empare de mon téléphone pour prévenir Alexz qu'une mission de taille l'attend, une sensation d'apaisement m'envahit. La tournée débute vendredi et un tube s'apprête à rejoindre nos valises.

Peu importe le reste. Tout ce pour quoi j'ai travaillé jusqu'à présent se concrétise enfin.

Chapitre 23

Alexz

D'un geste sec, je tire la fermeture éclair de mon sac de voyage. Je n'emporte pas grand-chose, à part des bas de survêtements pour les longues heures de bus qui nous attendent et des jeans déchirés pour la scène. De toute façon, nous reviendrons marquer des étapes à Londres régulièrement.

Un peu anxieux, je balaie une dernière fois ma chambre du regard avant de jeter mon sac sur mon épaule. Je ne semble rien avoir oublié. Mes guitares sont déjà parties avec les *roadies* ce matin : le plus important est assuré. Je file dans le couloir, pensant trouver Alana en train de trépigner devant la porte d'entrée, et suis surpris de l'entendre dans la salle de bains. Je marque un temps d'arrêt devant la porte entrouverte et l'aperçois en train de se scruter dans la vitre réfléchissante de la cabine de douche. De profil, le ventre rentré et son t-shirt relevé au-dessus du nombril, elle lisse sa peau en fronçant les sourcils. Absorbée dans son inspection, elle ne me remarque pas. Interdit, je n'ose signaler ma présence et me dépêche de reprendre ma route comme si je n'avais rien vu. J'ai la drôle d'impression d'avoir volé un moment auquel je n'aurais pas dû assister.

Je dépose mes affaires devant la porte, hésite une seconde à l'interpeller, puis me décide à crier son nom d'une voix blanche.

— On n'est pas en avance, bouge-toi !

Une main sur l'arrière de la tête, je me sens idiot. Est-ce que je devrais lui dire quelque chose ? Depuis l'an dernier, sa santé est un sujet sensible. Elle entretient ce rapport étrange avec son image, tantôt apaisé, tantôt toxique. Le commentaire d'un fan peut décider du déroulement de sa journée. De sa bonne humeur comme de ses larmes. Svetlana avait fini par en parler à notre médecin de famille, qui s'était contenté d'établir que c'était une étape courante chez les jeunes filles. J'ai eu beau insister, personne n'a jamais voulu de deuxième avis alors qu'Alana s'épuisait dans le sport et le travail.

Tomber malade, chez les Latchkov, ce n'est pas une option envisageable. Surtout si c'est l'esprit qui sombre.

J'entends des bruits de tiroirs qui se ferment, des froissements de tissus et quelques grognements. Après quelques secondes d'agitation, ma sœur se décide à manifester un signe de vie :

— J'arrive, j'arrive !

Quelques bruissements plus tard, la voilà qui déboule dans le salon aux côtés d'une imposante valise rose pétard, un doudou sous le bras et un sac à dos accroché à l'épaule.

— Eh bien, ce n'est pas comme si la place en soute était limitée, dis-je avec sarcasme.

— Je suis la chanteuse, j'ai le droit.

Je tire le loquet de la porte en affichant un rictus.

— Tu es la première partie, n'oublie pas.

Tout en faisant rouler la valise à ses côtés, Alana me dépasse en arborant un air dédaigneux.

— Une première partie qui vient d'entrer dans le Top 10 du Royaume-Uni avec sa dernière chanson.

Elle me tire la langue, les yeux rieurs. Je la pousse d'un coup de hanche et verrouille la porte derrière nous.

— Grâce à la popstar qui l'a embarquée sur sa tournée, et à son grand frère qui a créé une instru mémorable !

Un rire franc lui échappe. Je dois avouer que son duo avec Nate est une réussite, et je ne suis pas peu fier d'y avoir contribué. Les plateformes de diffusion cumulent plus de cent vingt mille écoutes quotidiennes, et on ne peut passer un après-midi en ville sans l'entendre dans un café ou un commerce. Les dernières places de la tournée se sont toutes vendues et Roy envisage de réduire notre présence sur le spectacle de Nate pour lancer nos propres concerts plus tôt. « Il faut battre le fer tant qu'il est chaud » nous a-t-il dit lors de notre entrevue en visioconférence, ce matin. Je pense qu'il a raison.

Ou peut-être suis-je seulement impatient de me détacher de la superproduction sur laquelle nous embarquons, pour revenir à une mise en scène plus simple. Pour retrouver notre duo fraternel au lieu de me cacher dans le fond de la scène.

Je secoue la tête pour en chasser cette dernière idée.

Alors que l'ascenseur nous conduit vers la voiture qui nous attend au pied de la résidence, je remarque les doigts d'Alana crispés sur la poignée de son bagage. Ses jointures sont blanches. Je repense à la scène que j'ai brièvement aperçue dans la salle de bains et enfonce les mains dans les poches de mon sweat.

— Tu vas assurer, promets-je.

Ma sœur hausse un sourcil, surprise par ma remarque de but en blanc.

— Bien sûr, on se prépare pour ce moment depuis…

Elle lève les yeux vers le plafond, menant un décompte mental.

— Pfiou, je ne sais même pas quand tout a commencé.

Les portes métalliques s'ouvrent. Je pince les lèvres en lui emboîtant le pas vers l'extérieur. Moi non plus, je ne me souviens pas. À vrai dire, je ne crois pas que notre penchant pour la musique se soit acté un jour particulier. Ça s'est simplement imposé à nous. Fut un temps où c'était notre refuge. Notre moyen de survie.

*

— *Chut, ne pleure pas. Viens-là, n'aies pas peur.*

C'est l'hiver, la nuit est tombée tôt. Dans la cuisine, Maman et le Monstre se disputent. J'entends leurs cris jusque dans mes os. Alana chouine. Je l'attire dans le cagibi où j'ai l'habitude de me cacher en attendant qu'il tombe ivre mort dans son lit ou sur le canapé. Enfermés dans le noir, nous nous blottissons l'un contre l'autre.

— *J'ai peur. Veux Maman.*

— *Pas maintenant. Je vais chanter la berceuse que tu aimes. Tu te souviens des paroles ?*

La main pressée contre sa joue humide, je la sens qui acquiesce.

— *On va chanter tout doucement, d'accord ? Juste pour nous, pour avoir chaud dans le cœur.*

« Il était un petit garçon,
Qui rêvait de visiter le ciel,
D'installer une petite maison,
Sur le dos d'une hirondelle.
Perdu sur ses collines,
Il vivait le nez en l'air.
Pourquoi veux-tu partir ? lui demandait-on.
Là-haut dansent les étoiles,
Et naissent les planètes,
Alors qu'ici-bas, ne règne que la tristesse, répondait-il.
Et chaque jour qui lui était donné,
Il travaillait sur sa petite fusée.
Tout ce qu'il voulait,
C'était s'en aller. »

— *Je veux aller danser avec les étoiles, dit ma sœur.*

— *On ne peut pas, tu le sais bien.*

— *Moi, je le ferai, un jour. Tu verras.*

— *J'espère que tu seras plus forte que moi. En attendant que tu y arrives, je te promets que je t'emmènerai loin d'ici.*

*

Je frissonne en m'efforçant de chasser ce souvenir. Cela faisait longtemps que ce genre d'images n'était pas revenu me hanter. Peut-être que mes préoccupations envers Alana ravivent des plaies que je pensais apaisées. Sans laisser la moindre chance à une deuxième vague de réminiscence de me frapper, je tire une paire d'écouteurs de ma poche, la branche à mon téléphone et m'empresse d'enfoncer les têtes dans mes oreilles. J'agis l'air de rien, comme si mon geste n'était que la continuité logique de notre échange. Ma sœur remarque mon comportement mais ne dit rien. Elle me connaît par cœur. Nous n'en parlons jamais, mais je crois qu'elle a compris que cette mécanique m'aidait à étouffer mes pensées.

Rapidement, la musique efface tout.

Le taxi nous dépose au point de rendez-vous, où un bus à impériale noir nous attend. Les vitres teintées donnent le ton. Autour du véhicule, l'équipe technique s'agite, comptant le matériel qui n'est pas parti avec les *roadies* ce matin et faisant l'appel. Steve Sheperd, notre nouveau manager, nous accueille à bras ouverts.

— Ah ! Mes nouveaux poulains, j'espère que vous êtes prêts à enflammer l'Angleterre, ça s'annonce mémorable !

Alana contemple le bus avec des étoiles dans les yeux.

— Tu n'as pas idée !

Plus réservé, je me contente d'un hochement de tête discret.

— Allez, montez, nous sommes bientôt prêts à partir.

Alors que ma sœur abandonne sa valise et embarque sa peluche informe à l'intérieur, je dépose mon sac de voyage près des soutes. Je dois avouer que la scène rend tout notre travail plus concret. Ce soir, nous serons face au public. Ce soir, le rêve débute.

Je salue l'équipe en entrant dans la cabine des artistes, serre quelques mains, demande les noms qui me sont encore inconnus. Alana s'est déjà installée près de Nate, qui se moque allégrement de sa peluche. J'ai toujours du mal à accorder ma confiance au chanteur, mais je dois admettre qu'il se montre irréprochable envers ma petite sœur. Et quand les caméras ne tournent pas, il en oublie même d'être arrogant.

Alors que je vais pour me laisser tomber sur un siège, un technicien réclame notre attention à tous. Je me retourne, fixe le tas de feuilles qu'il tient dans les mains.

— OK, les gars, j'ai vos emplois du temps de la semaine. Les artistes, c'est par ici.

Il tend une liasse à Alana puis à Nate.

— Les musiciens, c'est par-là ! Je compte sur vous pour nous prévenir quarante-huit heures en avance si vous devez vous désister sur une date.

Et le voilà qui commence à distribuer les feuilles, pour finir par m'en donner une paire. Mon cœur se serre. La séparation me rappelle qu'Alana et moi ne sommes plus sur la même scène. À tout moment, je peux devenir interchangeable. À tout moment, elle peut ne plus avoir besoin de moi.

À tout moment, je peux perdre ma raison d'être.

Décembre 2017

Deux mois avant d'emménager à Londres

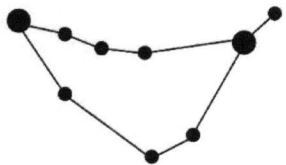

Chapitre 24

Alana

Lev et Nikita jouent les ingés lumière dans le fond du bar tandis qu'Alexz tourne en rond au pied de la scène. Le concert n'a lieu que dans une heure mais il stresse comme si le public était déjà à nos pieds.

Dans la salle, les clients s'installent petit à petit, faisant peu cas de leur agitation. Perchée sur un tabouret de bar, je pianote sur mon téléphone pour discuter avec Luka. J'aurais aimé l'avoir à mes côtés, ce soir, mais il est coincé avec sa famille car sa sœur joue dans une pièce de théâtre produite par son école.

— Notre vedette voudrait-elle une vodka pour se donner du courage ?

Je lève les yeux de mon téléphone et découvre Vasili avec une bouteille dans la main et un verre renversé sur le goulot.

— Sans façon. L'alcool rend la voix rauque, je préfère m'en tenir aux jus de fruits.

Il hausse un sourcil désespéré.

— Tu es russe, bon sang ! Ce n'est pas comme si un verre allait t'abîmer.

Il s'éloigne en ruminant et je reporte mon attention sur mon téléphone, un sourire amusé au coin des lèvres. Dans mon esprit, une petite voix résonne : « Russe, vraiment ? » et je secoue la tête pour l'en chasser.

— Alana, ça te tuerait de venir nous aider ? On n'a toujours pas choisi avec quelle chanson clore le concert.

Mais qu'est-ce qu'ils ont tous à râler, ce soir ? Je signale à mon frère que j'arrive d'un geste de la main et saute de mon tabouret pour le rejoindre sur la petite scène. Alexz semble sur le point d'exploser, il tape nerveusement du pied tout en se grattant la tête, concentré sur notre setlist et diverses partitions.

— Et si on jouait notre berceuse, qu'est-ce que t'en dis ? dit-il.

Mon souffle s'arrête. Jouer notre berceuse ? C'est hors de question ! Elle est à nous, rien qu'à nous. Une fois qu'un morceau est joué devant le public, on ne peut plus faire machine arrière. Il leur appartient, c'est définitif.

— Cette chanson ne regarde que toi et moi. Et puis ça plomberait l'ambiance. Pourquoi on ne finirait pas sur une reprise, comme la semaine dernière ? Les gens aiment bien les chansons dont ils connaissent les paroles.

Des papiers en éventail dans les mains, Alexz soupire et une mèche brune qui lui tombait dans les yeux rebondit sur son front.

— Il faudrait frapper fort, on est les Rocket Siblings après tout, et puis on commence à…

Il s'interrompt, le nez plissé, et se met à fouiller dans une poche de son jean pour en tirer son téléphone portable.

— Un instant, souffle-t-il en me faisant signe d'attendre.

Il s'éloigne avec le mobile vissé à l'oreille et je ne peux m'empêcher de râler à mon tour, irritée qu'il interrompe notre discussion pour un maudit coup de fil. Je suis sûre que c'est Kira. Pourquoi faut-il toujours qu'il la fasse passer avant notre musique. Avant moi ?

Tandis que les garçons transportent mon clavier, je me laisse tomber sur le bord de la scène, le visage posé dans la paume de ma main, et j'observe Alexz afficher de drôles d'expressions pendant son appel.

— Qu'est-ce qu'il a ton frère ? demande Lev en fixant l'instrument sur son socle. Sa copine est en train de le larguer ou quoi ?

— Si seulement...

Nikita branche le piano et tous deux viennent s'asseoir à mes côtés. Nous observons avec le même air perplexe Alexz écarquiller les yeux et se masser la nuque, nous risquant à lancer quelques paris sur ce que Kira peut bien être en train de lui annoncer.

— J'espère qu'elle n'est pas enceinte, on est trop jeunes pour être tontons, dit Nikita.

— Ferme-la, on ne plaisante pas avec ça ! le réprimande Lev.

— Chuuut, il arrive.

Nous baissons brusquement les yeux, l'air de rien, et Alexz vient se planter devant nous d'un pas chancelant. J'espère que Nikita ne nous a pas porté la poisse... Ce n'est vraiment pas le moment pour notre famille d'accueillir un bébé.

— Les gars, je viens d'avoir Roy Daniels au téléphone. Il a reçu la maquette que je lui ai envoyée et il veut nous rencontrer dans les locaux de son label, à Londres !

Roy Daniels ? Le producteur de Nate Vance ? Je... Non... Comment ? Le souffle me manque, j'ai chaud. Mes poings se contractent, mon sang bouillonne. Je relève la tête et les mots fusent à toute vitesse.

— Espèce d'ordure ! Comment as-tu pu envoyer des démos sans m'en parler au préalable ?

Chapitre 25

Alexz

Je reçois ses mots comme une gifle. Je ne lui connaissais pas cette fureur dans la voix, cet éclat de colère dans les yeux, et je frémis devant une telle métamorphose. La mine figée dans une expression de stupeur, les sourcils froncés et les poings serrés, elle me dévisage froidement, dans l'attente de ma réponse.

— Je ne voulais pas que tu t'angoisses en attendant un appel qui ne viendrait peut-être jamais…

Voilà, l'aveu est fait. J'ai trahi ma petite sœur. Alors que nous nous étions promis de toujours avancer à deux, je l'ai doublée, j'ai succombé aux centaines de milliers de vues et à l'impatience de les transformer en spectateurs d'os et de chair. J'avais trop peur qu'elle refuse, qu'elle trouve encore une excuse pour nous retarder. À la fin de cette année scolaire, elle aura fini la chkola et le vide s'ouvrira devant nous. Nous rêvons de partir à la fin de ses études depuis l'enfance, mais maintenant que l'échéance arrive, Alana en parle de moins en moins. Alors, il y a deux mois, j'ai décidé de tenter notre chance auprès de producteurs. Je pensais que si nous avions une raison de partir, une opportunité viable à poursuivre, il serait plus facile pour elle de plier bagage. Et puis Kira m'a proposé de la suivre à Saint-Pétersbourg, et puis Alana a commencé à courir de plus en plus, et je n'ai plus osé confier mes plans à quiconque. Et puis les semaines ont défilé et j'ai pensé que ma démarche n'aboutirait jamais.

Ma sœur bondit sur ses pieds et s'emporte en gesticulant dans tous les sens, maintenant un index accusateur pointé vers moi. À ses côtés, Lev et Nikita essaient de disparaître dans leur chemise.

— Ce n'est pas à toi de tout décider ! Tu n'es pas le roi de… de la fratrie Latchkov, ni des Rocket Siblings, ni… ni de quoi que ce soit, d'ailleurs !

Quelques clients fixent leur attention sur nous et j'essaie d'attraper Alana pour lui intimer de se calmer. Elle se dégage aussitôt de ma prise et des larmes perlent à ses paupières. Mes amis se découvrent des occupations urgentes et déguerpissent. Mon cœur se brise. J'essaie de bien agir, d'être un bon grand frère, mais tous ces secrets dont elle est tenue à distance vont finir par la détruire, je le sens. Je ne sais plus comment me comporter. Tout semble la heurter si violemment, j'essaie seulement de la préserver en ne lui communiquant que les informations positives. Mais j'ai beau vouloir lui épargner le doute, l'attente et la crainte du rejet, je parviens tout de même à la blesser.

— Je ne pensais vraiment pas à mal, mon seul but était de t'éviter de faux espoirs, tenté-je de me défendre.

Les poings sur les hanches, elle va et vient devant moi, les yeux rivés sur ses talons hauts. Elle fulmine. Je ne dis rien, ne tente pas d'argumenter. Tout au fond de moi, je sais qu'elle me pardonnera. Peut-être pas tout de suite, peut-être même un peu plus longuement que d'habitude, mais elle finira par le faire.

Après quelques secondes passées à tourner en rond, elle s'immobilise et lève les yeux vers moi. Ses iris noisette brillent, mais cette fois les larmes n'en sont plus responsables.

— Roy Daniels, hein ?

J'acquiesce d'un hochement de tête.

— J'espère que tu es prêt à perdre Kira, parce qu'elle ne te le pardonnera jamais.

Je hoche de nouveau la tête. Signer un contrat à Londres signifie que nous perdrons tout ce que nous avons ici, c'est vrai, mais l'opportunité est trop grande pour être ignorée. J'ai beau tenter d'imaginer une vie simple à Saint-Pétersbourg, dans les bras de celle que j'aime, ne consacrant que quelques mois de l'année à enflammer les scènes du monde entier, je sais que c'est un mensonge.

Si nous partons, nous ne regarderons jamais en arrière. Peu importe les sentiments qui nous lient à cette ville.

— Nous aurons tout le temps de penser à cela plus tard. En attendant, on a un concert à assurer. Prends le temps de digérer l'info, nous en reparlerons quand tu seras prête.

Elle lève les yeux au ciel en repoussant une mèche châtain derrière son oreille.

— Comme si refuser un contrat avec Roy Daniels était une option !

Son ton est tranchant mais déterminé. Je monte sur la scénette sans lui répondre et ordonne mes feuillets à la recherche d'une reprise pour clore le concert. Alana retourne se percher au bar, son téléphone dans les mains. Bien évidemment que refuser une telle opportunité n'a jamais été une option, et nous le savons tous les deux.

Juillet 2018

Cinq mois avant le concert à Moscou

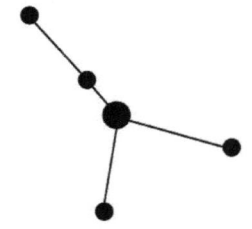

Chapitre 26

Alana

La foule s'époumone, des cris fusent de tous les côtés. Les amplis branchés au sommet de leur puissance font vibrer le sol sous mes pieds nus et les ondes remontent puissamment dans mes jambes. J'ai l'impression de déambuler au milieu d'une tempête force 12. Je suis en transe, exaltée, dopée par l'adrénaline qui me parcourt. Je n'ai de cesse de bondir tout en scandant les paroles de *Don't Cry For Me*, la chanson qui nous a propulsés en tête des charts, Nate et moi. C'est la première fois que je me lâche autant sur scène mais le public est survolté, c'est communicatif. Et plus il reprend nos paroles en chœur, plus l'électricité qui crépite dans mes membres me survolte.

Près de dix mille personnes s'étalent à mes pieds, complètement déchaînées. Certes, elles ne sont pas venues pour mes beaux yeux, j'assure la première partie de Nate et je n'ai le droit à leur attention que parce que notre duo monopolise les ondes. Néanmoins, elles connaissent aussi les paroles de *mes* chansons et, à cet instant, mon nom résonne dans leurs bouches tout autant que le sien. J'ai l'impression de vivre un rêve éveillé. Mon cœur bat si vite... J'ai peur qu'il explose dans ma poitrine.

Après avoir passé plusieurs semaines à sillonner le sud de l'Angleterre, nous voilà sur la scène du Wembley Arena, l'une des salles les plus mythiques de la capitale. Bon sang, les Beatles ont foulé ces planches avant nous ! À chaque coup d'œil échangé avec mon frère, je peux percevoir ce qu'il pense : « On l'a fait, petite sœur. On a réussi ! » Et ses riffs n'en sont que plus endiablés.

Nate entame son couplet tandis que je me penche vers la foule pour saisir les mains tendues vers moi. Les cris redoublent dès que j'effleure les spectateurs. « *I love you, Alana !* » « *Marry me !* » Les semaines qui viennent de s'écouler ont été éprouvantes, tant physiquement que mentalement, mais entendre ces déclarations à chaque concert n'a pas de prix. Ils m'aiment. Ils emportent ma voix avec eux dans les transports, dans leurs insomnies, et parfois même dans leurs nuits d'amour. Leurs yeux brillent lorsqu'ils se posent sur moi, leurs visages s'éclairent. C'est tellement bon. Tellement grisant. Toutes ces années de doute et de travail acharné n'ont pas été vaines. Aujourd'hui, tout fait sens. Je suis née pour monter sur scène et je ne peux imaginer que la machine s'enraye un jour.

La chanson se termine et je recule de quelques pas pour mieux observer la salle quasiment comble. Haletante, encore à mille lieues de la réalité, je m'incline en une révérence pour saluer la foule, puis j'embrasse Nate sur la joue. Le public siffle, redouble ses cris. La tournée nous a rapprochés et les rumeurs vont bon train, ce qui m'a valu de nombreuses disputes avec Luka. Le chanteur m'adresse un clin d'œil complice et je file dans les coulisses. Mon quart d'heure de gloire est terminé, c'est à lui d'assurer le spectacle, désormais.

Dans mon dos, je l'entends demander un tonnerre d'applaudissements et je m'attarde sur les marches conduisant aux loges pour me nourrir du grondement qui retentit. Vingt mille mains qui claquent à l'unisson... Je n'aurais jamais imaginé la déflagration puissante que cela pouvait déclencher dans ma poitrine.

Mes doigts tremblent, mes poumons pompent à toute allure. Un *roadie* me tend une bouteille d'eau et je le gratifie d'un sourire avant de descendre le litre dans la foulée. Je me sépare ensuite de mes oreillettes et gagne la loge que je partage avec Alexz pour laisser retomber la pression.

Je viens de jouer devant dix mille personnes. Je peine à assimiler ce fait. Il y a encore quelques mois, je n'aurais jamais pu envisager l'énergie folle dégagée par tant d'humains vibrant sur le même rythme. La force de dix mille voix chantant à l'unisson, de vingt mille pieds martelant le sol en dansant. Revenir à son quotidien après cela est tout bonnement impossible.

Mon frère, lui, reste sur scène jusqu'à la fin du concert. Nate a demandé qu'il remplace l'un de ses musiciens malade et Steve s'est arrangé pour que le contrat se prolonge. Je crois que le chanteur a entendu mes préoccupations, celles dont nous avons si souvent parlé pendant les trajets de nuit, affalés sur nos couchettes, dissimulés derrière un drap. Il a compris ma culpabilité d'avoir accepté la proposition de Heaven's Gates, le sentiment de trahison de sentir Alexz derrière moi alors qu'il est celui qui m'a toujours tirée vers le haut. Je n'aime pas l'idée de voir nos carrières se séparer, mais ce nouvel arrangement a le mérite de lui offrir plus de temps sur scène.

Je soupire. J'aimerais qu'il soit dans la loge avec moi, que nous débriefions ensemble du concert que nous venons de donner. Parfois, j'ai l'impression que nous avons été propulsés dans notre rêve à deux vitesses différentes. J'ai conscience d'être celle qui a atterri le plus dans la lumière, mais j'ai peur de perdre mon frère à force de le voir marcher si loin derrière moi.

Je me démaquille, ôte ma tenue de scène moulante pour revêtir une robe d'été puis plante une pince dans mes cheveux moites pour dégager ma nuque. Je tire ensuite mon téléphone de mon sac pour consulter mes notifications. C'est devenu un rituel incontournable. Après chaque concert, j'ai besoin de revivre l'effervescence de la scène à travers les vidéos du public, de me repaître des commentaires des fans. Le plus souvent, je les consulte discrètement, sans laisser de trace, mais parfois, je dépose un cœur sous les messages, repartage des contenus. Alors c'est le déferlement. Pour certains, un signe de moi semble providentiel. Cette divinisation m'effraie, je me demande quand ils se rendront compte de mes failles. De mon humanité. J'ignore quelle démarche adopter : leur faire plaisir ou m'écarter de ces comportements démesurés ?

Parfois, je remarque à quel point ces réactions me donnent envie d'en provoquer encore, et c'est de moi que je prends peur.

Seule dans ma loge, j'encaisse le contrecoup du concert. La redescente a beau se reproduire performance après performance, elle n'en est pas moins douloureuse. Brutale. La machine qui ronronnait doucement depuis des mois semble lancée à toute vitesse. Je me sens encore perdue. Des dizaines, voire des centaines de personnes, gravitent autour de moi en permanence sans pour autant m'ôter le terrible sentiment de solitude qui m'habite. Et pour cause, soit elles touchent 10% de mes cachets, soit leur seule envie est de prendre une photo avec moi pour la poster sur les réseaux sociaux. Quand je franchis les marches des coulisses, j'abandonne ceux qui m'aiment et c'est une loge vide que je retrouve. Seul Nate semble comprendre ce que je vis, et nos moments passés en *off* sont salvateurs. Mais je ne peux m'accrocher éperdument à lui... Alors dans les moments comme celui-ci, c'est mon téléphone qui me sauve.

Perdue dans les notifications, je ne relève le nez qu'une fois me parvenant la rumeur de la foule qui scande le nom de Nate pour demander des rappels. Je range alors mon mobile le temps qu'il leur livre une dernière chanson et relâche mes cheveux. Après un dernier coup d'œil dans le miroir, je rejoins les escaliers menant à la scène pour applaudir avec le public et absorber un dernière fois son énergie. L'imminence de notre retour dans le monde réel me noue le creux du ventre.

Les instruments finissent par se taire et les lumières se tamisent. Le chanteur quitte la scène en premier. Il se rue sur la bouteille d'eau tendue par le même *roadie* que tout à l'heure, reçoit avec enthousiasme les félicitations de l'équipe et ôte son t-shirt trempé de sueur pour en passer un nouveau que lui tend une assistante. Je baisse les yeux, gênée, et me mords timidement les lèvres en remarquant la pointe de ses chaussures s'immobiliser devant moi, tandis que ses mains finissent d'abaisser le tissu sur son ventre nu.

— Super concert, joli cœur. Ce duo, c'était vraiment l'idée du siècle, tu as vu comme ils sont déchaînés dès qu'on joue notre morceau ?

Joli cœur. Ce maudit surnom qu'il a commencé à me donner pour me taquiner, et qui a mis le feu aux poudres. Tant avec Luka qu'avec le reste du monde.

Il passe une main dans ses cheveux bruns et pouffe d'un rire incrédule. Je sens le rouge me monter aux joues face à son enthousiasme. Je n'arrive pas à croire que moi, la petite Russe de dix-sept ans, j'aie réussi à impacter sa carrière de manière si positive.

— Je ne sais pas ce que tu leur fais, mais je n'avais jamais vécu d'ambiance aussi folle avant de monter sur scène avec toi.

OK. Là, mes joues doivent carrément être cramoisies. Même mes oreilles surchauffent. Je souris, une main enserrant mon coude pour me donner contenance, et tente d'afficher un air égal pour ne pas avoir l'air d'une groupie.

— Ce n'est rien, c'est juste la carte de l'exotisme. Tu ne peux pas rivaliser avec ça, il suffit de chanter en russe pour envoûter la foule, dis-je en rejetant ses paroles d'une main.

Sur le ton de la confidence, je me penche en avant et ouvre de grands yeux pour accentuer mon effet.

— C'est du vaudou de l'Est, soufflé-je.

Son visage est tout près du mien, je sens son souffle saccadé par la performance qu'il vient de livrer sur ma poitrine découverte. Il vient glisser une main dans ma crinière, l'air ravi, son poing se refermant légèrement en signe d'enthousiasme. J'étouffe les palpitations que ce contact me provoque. Autrefois, le geste m'aurait gênée, mais aujourd'hui nous sommes amis. Nous partageons la plus grande aventure de notre vie, nous vivons des moments que personne ne peut comprendre faute de les avoir vécus aussi. Aujourd'hui, cette intimité me rassure. Elle me fait me sentir moins étrangère à cet environnement.

— Ah ! Mon petit trésor russe. Toi et moi, nous allons conquérir le monde.

Nos regards s'accrochent un instant puis il pousse un profond soupir, satisfait du concert. Satisfait de notre rencontre qui a bouleversé nos carrières. Sa main s'échappe, l'air de rien, et la mienne vient glisser une mèche de cheveux derrière mon oreille pour leur redonner forme. Ou pour retrouver la chaleur de ce contact, même si je chasse cette pensée dans la seconde. Discrètement, je détourne le visage pour lui dissimuler le trouble contre lequel je me débats.

Je suis une fille horrible… Me laisser ainsi prendre au jeu de ce bourreau des cœurs alors que Luka doit attendre mon appel… Nate a beau être mon ami, je sais pertinemment que c'est un séducteur. Mon frère avait raison, même si ça m'arrache la gorge de l'avouer. J'incarne ce qu'il y a de plus inaccessible dans sa vie, et le chanteur s'amuse à tester les limites qui cadrent notre relation. Toutes les excuses du monde, tous les prétextes d'amitié n'y changeront rien.

Il tourne les talons pour se rendre dans sa loge puis s'interrompt dans son élan, semblant se rappeler quelque chose d'important.

— Au fait, j'organise une petite fête chez moi, tout à l'heure. Tu viens ? Ton frère est invité aussi, bien sûr.

— Non, merci, Alana est encore mineure, gronde la voix d'Alexz qui vient d'apparaître dans le dos du chanteur. Il est déjà tard, ce n'est pas une bonne idée.

Mes poings se crispent. Sérieusement ? Il compte encore jouer cette carte ? Cela fait des semaines que nous enchaînons les nuits dans le bus et les hôtels, que je travaille comme une acharnée, et il veut me faire passer pour une enfant ? Nous sommes enfin de retour à la maison, c'est le moment de nous amuser. De relâcher la pression. Si je suis assez mature pour mener ma carrière de front, enchaîner les concerts devant des milliers de personnes et remplir mon propre compte en banque, je peux bien passer quelques heures avec des amis.

— Je crois que notre train de vie me permet une dispense de chaperon le temps d'une soirée, réponds-je d'un ton sec.

Alexz se plante entre Nate et moi, le visage dur.

— Je ne crois pas, non. Tu es sous ma responsabilité, notre train de vie est justement assez rempli pour ne pas en rajouter.

Nous échangeons des regards assassins et Nate lève les mains en signe de reddition.

— Comme vous voulez, les gars. L'invitation tient toujours, si vous changez d'avis.

Il m'adresse un signe du menton complice puis s'éclipse sans demander son reste. Quand Alexz est près de moi, il ne rôde jamais longtemps dans les parages. Je ne peux l'en blâmer ; personne n'a envie de s'attarder dans un tel climat d'animosité.

Alors que la loge du chanteur se referme, je reporte mon attention sur mon frère, planté au même endroit et tendu comme une corde. Dépitée, je ferme les yeux en faisant claquer ma langue sur mon palais. J'hésite entre l'explosion et le chantage, mais je sais qu'aucune de ces deux options ne se montrera concluante. D'une main molle, je viens masser mon front en soupirant.

— Pourquoi tu as dit non ? Je n'ai pas arrêté de travailler depuis des mois, j'ai…

— Ce type n'est pas ton ami, Alana, m'interrompt-il d'une voix blanche.

Cette fois, c'en est trop. Je ne supporte plus ni ses humeurs, ni ses ingérences, et encore moins ses délires paranoïaques.

— La jalousie te rend mauvais ! Tu racontes n'importe quoi.

Ses mâchoires se contractent, son poing se porte à sa bouche comme s'il tentait d'étouffer une colère enfermée depuis trop longtemps.

— Ouvre les yeux, bon sang ! Ce mec vit dans une autre réalité, il enchaîne les tournées depuis ses seize ans, il se traîne une sacrée réputation de fêtard ! Tu te noies déjà dans le travail autant que lui, je ne veux pas que tu chopes ses autres vices.

Nate s'est montré irréprochable depuis le début de la tournée, je n'arrive pas à croire qu'il se fie aux rumeurs des tabloïds plutôt qu'à celui qui a réalisé notre rêve !

— Tu connais Nate, tu sais qu'il n'est pas comme ça, grincé-je.

— Je connais Nate pendant le jour, mais j'ignore comment il occupe ses nuits. Et je n'ai pas envie de le savoir.

— Mais…

— Le sujet est clos, tonne-t-il. Nous avons déménagé pour la musique, pas pour la débauche. Et si mon avis ne compte pas, demande donc à ton petit ami ce qu'il pense de ton envie irrésistible d'aller faire la fête chez celui qui accapare tout ton temps depuis un mois.

Sa remarque me laisse bouche bée. Il semble vouloir ajouter quelque chose, mais sa main vient balayer l'espace qui nous sépare avant qu'il ne déguerpisse en grognant. Je l'observe s'éloigner d'un pas déterminé, si convaincu de savoir ce qui est bon pour moi sans se soucier de ce dont j'ai envie. Un *roadie* m'adresse un regard curieux et je comprends qu'il a tout entendu. Je bous intérieurement. Non seulement Alexz me décrédibilise auprès de Nate, mais il va finir par ruiner mon image auprès de l'équipe. Tandis que les musiciens commencent à investir les coulisses et que les premiers instruments sont démontés de la scène, je piétine un instant au milieu de l'agitation. Puis ma décision se concrétise. Ce n'est ni à mon frère ni à Luka de décider de comment je dois occuper mes soirées. Je ne peux me contenter d'exister pour les autres.

La minute suivante, mon poing s'abat sur une porte en teck noire recouverte de stickers et d'affiches de groupes célèbres. Un raclement de chaise résonne de l'autre côté. Le loquet cliquette. Et quand le visage de Nate apparaît dans l'entrebâillement du battant, je suis certaine de prendre la bonne décision.

Chapitre 27

Alexz

Je me laisse tomber dans le canapé de la loge, vidé. Vidé et en colère. Je suis fatigué de jouer le mauvais flic. Alana me supplie de lui lâcher la bride, mais elle ne se rend pas compte que c'est parce qu'elle ne se lâche aucun lest que je dois intervenir. Depuis le début de la tournée, elle enchaîne les répétitions et les concerts comme si c'était une question de survie. Elle est la première arrivée aux balances, la dernière à s'en aller. Il en va de même pour les représentations. Son temps libre, elle le passe à écouter les performances précédentes, cherchant le moindre faux pas, la plus petite piste d'amélioration qui aurait pu lui échapper. Les repas sont devenus une vague conception de survie qui lui passe au-dessus de la tête. C'est comme si elle cherchait à fusionner avec son micro, que plus rien n'existait en dehors de la scène. Que même elle, elle ne devait plus être.

Nate est un bon gars, mais il n'y a qu'en matière de musique qu'il la tire vers le haut. Il est tout aussi acharné. Tout aussi destructeur. Et si ma sœur a la naïveté de croire qu'il ne voit en elle qu'une amie, je ne suis pas dupe. Alana est un soleil auprès duquel les gens se réchauffent. Elle brûle pour ceux qui l'entourent, quitte à manquer d'énergie pour elle. Je le sais car elle brille pour moi depuis sa naissance. Car elle l'a fait pour Svetlana. Pour Sergueï aussi, dans une moindre mesure. Et maintenant, elle le fait pour lui. Ce type ne connaît rien de sincère dans sa vie, tout n'est qu'employés et amis intéressés. Tout, sauf elle. Je peux voir la force avec laquelle il se raccroche à ce sentiment.

Je me fiche bien qu'elle quitte Luka, qu'elle tombe amoureuse, qu'elle veuille tester ses limites ; je me fiche même qu'elle en mène plusieurs en bateau à la fois, si elle le veut, mais je ne me fiche pas de Nate. Ma sœur s'est engagée sur une pente dangereusement glissante, et je refuse qu'il la propulse au fond du gouffre à coups de sourires en coin. Je ne peux jurer qu'il soit une mauvaise influence, qu'il l'entraînerait vers le fond, en revanche je suis certain du spectacle qui se déroule sous mes yeux depuis un mois : ma sœur est en train de devenir une ombre.

Emporté par les pensées qui déferlent dans mon esprit, je donne un coup de pied nerveux dans l'accoudoir du canapé avant de me lever. Inconsciemment, mon regard se porte vers la porte qui ne s'est toujours pas ouverte. Alana devrait m'avoir rejoint, depuis le temps. Je me poste devant la coiffeuse, tire un chewing-gum d'un pot en plastique pour m'occuper les mains, puis recommence à tourner en rond. Soudain, la poignée s'abaisse enfin. Je ferme les yeux, soulagé. Mais quand je les rouvre pour découvrir le coordinateur des équipes sur le seuil, l'apaisement s'envole.

— Ton taxi t'attend devant la sortie des artistes, m'informe-t-il en passant la tête dans l'embrasure de la porte.

Je pousse un soupir et me compose une mine plus avenante.

— Parfait. Alana est prête à y aller ?

Le grand brun fronce les sourcils, surpris.

— Ta sœur ? Mais elle est partie avec Nate il y a dix minutes !

Il referme la porte après avoir levé les yeux au ciel, et je l'entends marmonner en s'éloignant « comment font-ils pour ne jamais savoir où sont les uns les autres ? Je ne coordonne rien du tout, je joue la nounou ! » De mon côté, je reste sous le choc, assimilant doucement la nouvelle qu'il vient d'annoncer.

Alana s'est tirée sans moi.

Je vais la tuer.

Chapitre 28

Alana

La clef tourne dans la serrure et Nate glisse une main sur mes hanches pour m'inviter à entrer. Mon corps se contracte machinalement à ce contact, mais je m'exécute. Contrairement à ce que je pensais, l'appartement n'est pas vide. Un groupe de jeunes occupe le canapé qui fait face à la porte d'entrée, crachant des volutes de fumée et riant bruyamment. Du vieux rock passe en fond, des canettes de bière écrasées sont entassées dans des cartons de pizza vides. On dirait bien que la soirée a commencé sans nous.

— Pose tes affaires, fais comme chez toi, m'encourage le chanteur.

Il referme la porte derrière lui puis salue ses amis d'un vague geste de la main. Un peu gauche, je reste plantée dans l'entrée, près d'une longue table en verre.

— Comment ça va, les vieux ?

Une fille roule la tête vers lui, comme si elle remarquait tout juste notre arrivée. Un sourire faible vient étirer ses lèvres, vite remplacé par la cigarette qu'elle y porte.

— Alors Superstar, t'as encore fait voler les culottes, ce soir ?

J'écarquille les yeux, étonnée par la plaisanterie. Celui qui l'a lancée est affalé sur la méridienne, une bière à la main, l'air désinvolte. Nate s'avance, un peu confus, voire gêné. J'ignore si c'est le fond du propos ou le fait que je l'aie entendu qui le met dans cet état.

— Tenez-vous, les gars, on a de la compagnie, râle-t-il sans conviction.

Une fille aux tresses roses se redresse, solaire.

— C'est ta petite chanteuse ? Waouh, elle est encore plus jolie en vrai !

Je retrouve l'étrange sensation de notre soirée de lancement au Gherkin, lorsque les invités parlaient de moi comme si je n'étais pas là. Je n'avais jamais connu ça dans mon ancienne vie. Sauf quand Alexz et Svetlana se disputaient à mon sujet, et déjà la situation me plongeait dans un sentiment d'impuissance. Peut-être est-ce une dérive de la célébrité ? Notre nom se répand sur les lèvres, alors on devient la propriété de tout le monde. Même quand on est dans la pièce, c'est comme si l'on était un concept. Un meuble dupliqué à l'identique dans tous les catalogues d'une chaîne de magasins, dans tous les showrooms. Un meuble que l'on peut pointer du doigt et commenter sous toutes les jointures. « Ah, tiens, il rendait mieux en photo. » « Mais non, c'est juste que la luminosité n'est pas terrible, chez toi. » « Le mien a cassé l'autre soir. » « Vu le prix, ça se remplace facilement. »

Un frisson me longe l'échine, je joue des épaules pour le refouler. Je ne sais pas pourquoi je pense à tout ça. Elle a dit que j'étais jolie, c'est tout ce qui devrait compter, non ?

Nate tire une bière du frigo et rejoint ses amis. D'un geste de la main, il m'invite à en faire de même. J'élude l'étape du réfrigérateur et viens m'asseoir du bout des fesses sur un coin de canapé, tout près de lui. Il récite le nom de ses amis, je m'efforce de les retenir sans que mon cerveau ne suive. Ils ne sont pourtant pas beaucoup, une demi-douzaine tout au plus. Je ne saurais dire pourquoi, un blocage s'opère à l'intérieur de moi. Crispée, mal à l'aise, je me tortille dans ma robe d'été. Peut-être qu'Alexz avait raison. Peut-être que je n'aurais pas dû venir.

Rapidement, les discussions reprennent leur cours et notre arrivée est oubliée. Je suis pourtant convaincue que nous sommes chez Nate. Il avait les clefs. Dans le taxi, il m'a même dit que j'allais adorer son appartement. Alors pourquoi ses amis se comportent-ils comme s'il n'était pas là ? Comme s'il n'était pas le maître des lieux ?

D'une oreille distraite, j'écoute les échanges qui se déroulent. Nate y prend part avec enthousiasme, mais je peine à reconnaître celui qui m'a tenu compagnie ces dernières semaines. Les sujets oscillent entre les concerts auxquels ses amis ont assisté et les filles que Nate a séduites pendant la tournée. Il élude, m'adressant des œillades gênées, mais ne dément pas. Nous avons passé beaucoup de nuits dans le bus, je sais qu'il ne s'est pas comporté de la manière dont ses invités le décrivent. Cependant, j'ignore si les nuits d'hôtel, elles, ont reflété sa réputation.

Peu à peu, les volutes de fumée m'enveloppent et la musique augmente. La porte d'entrée s'ouvre régulièrement pour recracher de nouveaux invités. Vers une heure du matin, la soirée ne se limite plus aux coussins moelleux du canapé d'angle, elle se répand dans la cuisine, dans les chambres. Nate ne m'a pas proposé de visiter, je me demande à quel point l'appartement est grand. J'ai cru apercevoir un escalier, dans le fond du couloir que nous avons dépassé en venant nous asseoir.

Alors que le chanteur se laisse accaparer par ses proches, je me raccroche à mon téléphone pour combler ma solitude. Je ne connais personne et personne ne semble chercher à me connaître. Je n'ose tenter un premier pas vers quiconque, bien trop intimidée par ces démarches nonchalantes et ces voix blasées qui semblent avoir déjà tout discuté, tout entendu. Ils sont plus vieux que moi, le décalage est palpable. Cela me tue de l'admettre, mais Alexz disait vrai. Je suis sans doute trop jeune pour ce genre de soirée.

Je finis par me lever pour me chercher du jus de fruits. Personne ne me prête attention, je déambule entre les invités comme une ombre. Alors que je referme la porte du réfrigérateur pour aller attraper un verre, une bouteille dans la main, je sursaute en manquant de heurter une fille. Je reconnais aussitôt l'invitée aux tresses roses et son sourire chaleureux.

— Tu passes un bon moment ? demande-t-elle.

Je hoche la tête, doutant d'être capable de livrer un mensonge crédible. La vérité, c'est que je n'arrête pas d'ouvrir mon application pour commander un chauffeur depuis une heure. Si je suis encore ici, c'est seulement parce que j'ai peur du savon que me passera Alexz quand je rentrerai à la maison. Cependant, la fille ne s'en formalise pas, bien décidée à discuter avec moi. Je m'en veux d'avoir oublié son prénom. Qu'est-ce que c'était, déjà ? Quelque chose comme Mandy... Cindy ?

— Alors, c'est comment de partir en tournée avec Nate ?

Je pose la bouteille de jus de fruits sur le plan de travail et tire un verre d'un placard.

— Très chouette. Il connaît le métier par cœur, j'ai beaucoup de chance de pouvoir l'apprendre à ses côtés.

La fille vient se poster à côté de moi, dos au plan de travail et les coudes appuyés sur le marbre. Elle me coule un regard complice.

— Oh, allez, épargne-moi la version Miss Monde ! Tout le monde sait que Nate ne s'entoure pas de jolies filles juste pour la frime. Mais deux mois ensemble, tout de même... T'as fait fort ! Moi, il m'a jetée au bout d'une semaine.

Elle glousse, comme si un tel tableau était normal, comme si cette brève aventure était un trophée lui procurant une immense fierté. Pourtant, je sens une pointe d'acidité dans sa voix. Tandis que je verse le liquide épais dans le verre, je secoue la tête pour rejeter ses paroles.

— Ce n'est pas comme ça, entre Nate et moi. D'abord, parce que notre relation est strictement professionnelle. Il est mon mentor et je suis sa première partie. Ensuite, parce que je suis mineure. Ce ne serait pas correct.

Elle grimace, se retourne et pose son menton dans la paume de sa main.

— Oh ! Dans ce métier, on sait tous que l'âge ne compte pas. Et puis vous avez quoi ? Trois, quatre ans d'écart ?

Je referme le bouchon mécanique d'un mouvement sec. Elle commence à m'agacer, cette fille...

— Je le répète, mais ce n'est pas comme ça entre Nate et moi.

— Eh, Molly ! Tu n'embêtes pas trop ma protégée, j'espère ?

Mes doigts se détendent sur le goulot à l'entente de cette voix chaude. Je rejette une mèche de cheveux derrière mon épaule d'un mouvement que je veux gracieux puis me retourne vers le chanteur. Les pouces enfoncés dans les poches, il nous dévisage tour à tour, s'attardant sur moi. Il semble me demander silencieusement si ça va. Je reste impassible, ne sachant identifier les sentiments que cette soirée me procure. La fille, elle, entortille l'une de ses tresses au bout de son index en prenant un air angélique.

— Pas du tout ! proteste-t-elle, faussement offusquée. J'apprends juste à la connaître, regarde-la, elle a l'air toute timide ! Elle n'a pas dit un mot de la soirée.

Très bien. Donc c'est acté, tout le monde a décidé de parler de moi sans me calculer. Je bous intérieurement. La Molly se rapproche de Nate et adopte une voix plus suave :

— C'est drôle, d'habitude tu t'entoures plutôt de gens qui n'ont pas froid aux yeux.

Agacée, je m'éloigne pour ranger la bouteille dans le frigo. Le message est clair, cette fille veut marquer son territoire. Qu'elle le fasse. Elle n'égalera jamais le lien qui nous unit avec ses minauderies futiles. Nate et moi, c'est bien plus qu'une histoire sans lendemain. C'est une aventure musicale. Un duo qui transporte des foules déchaînées.

Et pourtant, leur proximité me provoque une pointe de jalousie dans le ventre. La tête dans le réfrigérateur, entre un bocal de cornichons et un pack de bière à moitié déchiré, je digère l'amertume de ce constat.

Tant pis pour le sermon d'Alexz, il est temps que je rentre. J'ai peut-être une chance de joindre Luka. C'est l'été, il est peut-être en soirée. Quelle heure est-il, à Moscou ? Quatre heures du matin ? Les chances sont faibles… Mais qui sait, son portable n'est peut-être pas éteint. Je vais lui parler. Je m'égare seulement car tout change trop vite, ces derniers temps. C'est lui que j'aime. La belle gueule de Nate n'y changera rien. Je n'ai aucune raison d'être jalouse d'une autre.

— Tu veux que je te ramène ? Ou la contre soirée dans le frigo se passe à merveille ?

Mes doigts se crispent sur la poignée de la porte. Quelle empotée ! D'un mouvement lent, je la referme et me tourne vers lui, penaude. Heureusement, son amie s'est éclipsée. Je l'aperçois qui discute un peu plus loin avec un groupe riant aux éclats. Cela ne l'empêche pas, cependant, de nous jeter quelques coups d'œil par-dessus son épaule.

— Non, non, tout va bien, soufflé-je en esquivant les yeux perçants de Molly.

Je m'efforce d'adopter un air serein, mais je vois bien que je ne le trompe pas. Cette soirée a beau me prouver qu'en effet, je suis loin de tout savoir de lui, je ne pense pas être naïve à ce point. Je sais ce que j'ai partagé avec lui pendant un mois. Les confidences dans la couchette du bus, les moments d'angoisse, de fragilité. Toutes les Molly du monde n'effaceront pas ces bribes du Nate que j'ai pu connaître.

— Mais tu as raison, je pense que je devrais rentrer. La journée a été longue et le concert m'a épuisée. Ne t'embête pas pour moi, je vais appeler un chauffeur.

— Tu es sûre, je…

Chancelante et gênée, je le coupe d'un mouvement de main.

— Tu rigoles ? C'est ta soirée, ton appartement, et tous tes amis sont ici ! Tu ne vas pas t'éclipser à cause de moi.

Il soupire, s'appuie contre l'îlot en marbre qui me fait face. Ses mains s'enfoncent un peu plus profondément dans ses poches.

— Mes amis, ouais.

Un rictus amer déforme ses lèvres charnues. Je comprends que le sentiment qui me colle depuis le début de la soirée est partagé. Nate a parfaitement conscience que tous ces gens se fichent de lui.

— Ils n'ont pas toujours été comme ça, tu sais. Molly, par exemple, est vraiment sympa. C'est juste que… les choses ont changé, je n'ai pas su poser de limite.

Je me décide enfin à récupérer mon verre de jus de fruits et viens me poster à côté de lui. D'un mouvement imperceptible, il glisse le long du marbre et comble les quelques centimètres qui nous séparent. Nos hanches se touchent. Je peux sentir le dos de sa main derrière le tissu de sa poche droite. Mes lèvres se pincent.

— Ils ont pris goût à la belle vie, deviné-je.

Il acquiesce.

— Qui n'aime pas les jolies choses ?

Le ton de sa question véhicule une certaine fatalité. Je hoche la tête, sans réponse. C'est facile de rejeter l'appât du luxe quand on a toujours baigné dedans. Il faut avoir pleuré en Bentley pour savoir que les larmes n'y sont pas plus douces.

— Et tes parents, dans tout ça ?

Il n'en parle jamais. Steve semble lui servir de figure paternelle, mais un père que l'on paie, c'est un père qui efface les conséquences des caprices plus qu'il ne les évite.

— Ils ont suivi le mouvement un moment. Quand tout a commencé, ils avaient peur que je ne finisse pas le lycée, que tout s'écroule et que je me retrouve sans rien. Puis je suis devenu l'idole des minettes, et les diplômes n'étaient absolument plus une préoccupation. J'ai rapidement engrangé de quoi nous mettre à l'abri pour plusieurs vies. Eux aussi ont eu envie de profiter. J'ai fini par m'éloigner quand j'ai rencontré Steve. J'avais besoin d'au moins une personne capable de garder la tête froide autour de moi.

J'ignore pourquoi, mes hanches viennent se presser un peu plus près des siennes. Son visage ne laisse rien transparaître, mais ses doigts remuent doucement contre le tissu et je comprends qu'il esquisse une caresse. Je ferme les yeux, apaisée par ce geste.

— Tout le monde rêve du sommet, mais personne ne s'attend au vertige.

Je souffle du nez, dépitée par le truisme que je viens d'énoncer. D'autant plus que je suis mal placée pour parler. J'ai la chance d'avoir grandi dans une bulle dorée, mes parents ne comptent pas sur moi pour les élever : cela fait déjà longtemps qu'ils ont conduit l'ascenseur social dans les rangs de l'élite. Et en ce qui me concerne, je n'ai pas eu le temps d'être saisie de vertige. Du succès, je ne connais que les ondes générées par le tsunami qu'est Nate.

— Et toi, alors ? Ton pays ne te manque pas ? Ta famille, tes amis, ton… copain ?

Il a commencé sa question d'un léger coup d'épaule, complice, mais je perçois la façon dont il bute sur ce dernier mot.

— Parfois, éludé-je. Mais là-bas, mon frère et moi ne jouions que dans des bars et des restaurants. Ici, ce sont des stades et des zéniths.

— Ton frère, d'ailleurs, il ne risque pas de t'étriper à ton retour ? Il avait l'air plutôt catégorique, quand il a refusé mon invitation.

J'avale une gorgée de jus de fruits, laisse échapper un rire.

— Si, il y a moyen. Carrément moyen, même.

Son rire grave se joint au mien. Derrière nous, un jeune avec un bonnet se penche par-dessus l'îlot pour attirer l'attention de Nate. Il lui tend une cigarette.

— Tiens, mon pote, on ne t'a pas oublié !

Le chanteur porte le tube en papier à son nez. C'est une roulée, la pointe est entortillée sur un bon centimètre. Je fronce les sourcils. Je n'avais encore jamais vu Nate fumer.

— Ah ! Vous êtes parfaits.

Il attrape le briquet que son ami lui tend, laisse son pouce rouler sur la pierre et allume la cigarette. Une odeur forte se dégage. Après la première bouffée, il toussote mais pousse un soupir de satisfaction en recrachant la fumée.

— Je sais que ce n'est pas bien, mais ça m'a manqué pendant la tournée, me confie-t-il.

Face à mon silence, il avale une deuxième bouffée puis me tend la cigarette.

— Tu en veux ?

— Je... Je n'ai jamais fumé.

Un sourire doux s'inscrit sur ses lèvres. Son ami passe à nouveau sa tête par-dessus son épaule, tendant la main comme s'il attendait quelque chose.

— Un moment, vieux. Cette jeune demoiselle va peut-être tenter sa première fois.

Les yeux de son ami s'écarquillent.

— Waouh ! Princesse, tu ne pouvais pas rêver mieux ! C'est de la beuh de premier choix.

De la… Quoi ?

Quelle naïveté, Alana ! Mais quelle naïveté ! J'ai envie de me frapper du plat de ma paume.

— Oh… Je… Je ne touche pas à…

Nate me présente le joint, l'air égal.

— C'est comme tu veux, tu n'es pas obligée de le faire. Et n'aie pas honte de tousser, ça m'arrive tout le temps aussi. Le choix t'appartient, mais sache qu'il n'y a pas mieux pour se détendre.

Alexz me tuerait s'il savait ça…

D'un autre côté, j'ai confiance en Nate. Il m'a semblé irréprochable au cours des semaines qui se sont écoulées. Ce n'est qu'un joint, après tout… Il faut bien que je fasse mes propres expériences, non ?

D'un autre côté, le tabac pourrait endommager ma voix. Je me suis toujours promis de ne jamais y toucher. Et puis, cela reste de la drogue. En ai-je vraiment besoin pour me détendre ?

Tu as l'impression de t'être beaucoup amusée, dernièrement ? me souffle une petite voix.

Je pense au rythme de la tournée, à Luka, aux exigences d'Alexz, aux notifications qui agitent sans cesse mon téléphone, à Moscou, aux concerts qui nous attendent, à cette interview dans trois jours, aux nuits écourtées, aux chambres d'hôtels qui se sont enchaînées, à mes parents, à Luka encore, à la dispute survenue après le concert, à…

Mes doigts tremblants se tendent vers le rouleau de papier. Nate joue à nouveau avec la pierre du briquet pour rallumer le joint qui s'est éteint pendant mon moment d'hésitation. Son ami m'adresse un signe du pouce encourageant.

— Vas-y doucement, joli cœur, d'accord ?

Le goût du papier se pose sur ma langue, je me demande si je fais comme il faut, si je n'ai pas posé la cigarette trop loin sur mes lèvres, mais le chanteur ne livre aucun commentaire. Il se contente de m'observer en souriant et de me livrer ses conseils.

— Aspire tranquillement.

Je m'exécute et son ami écarquille les yeux.

— Doucement, j'ai dit ! éclate de rire le grand brun.

Sa main se pose sur la mienne pour me ralentir. La fumée me brûle la gorge, enflamme mes poumons. Je ne peux m'empêcher de tousser, ce qui attire l'attention de quelques convives. J'échange des regards gênés, mais tout le monde semble s'en fiche. Heureusement, le vacarme de la musique et des discussions couvre mon apoplexie.

— Allez, laisse la fumée circuler, détends-toi, puis recrache.

Je continue à tousser, des volutes de fumée s'échappent de manière saccadée. Ma tête tourne, une sensation de flottement m'envahit.

— C'est bien, bois un coup. Tu veux recommencer ?

Je porte le jus de fruits à mes lèvres, savoure la fraîcheur du liquide sur ma trachée irritée.

— Je… Je ne sais pas, je ne suis pas sûre que ce soit mon truc.

— C'est toujours bizarre, la première fois. Mais ce n'est pas avec ça que tu vas sentir grand-chose. Je le rends à David, ou tu veux aller plus loin ?

Le joint toujours entre mes doigts, j'hésite. Je ne sens pas grand-chose, si ce n'est cette barre dans ma tête et cet engourdissement dans mon corps. Peut-être qu'une deuxième bouffée me donnera moins le sentiment d'être fatiguée. Nate récupère sa main et je guide la mienne à mes lèvres. J'ignore si mon cerveau me joue des tours, mais j'ai l'impression que ma peau porte plus fort l'empreinte de ses doigts. Que leur chaleur s'y attarde plus qu'à l'accoutumée.

Tout en me confondant en quintes de toux, j'avale une deuxième bouffée puis une troisième. Nate décrète que c'est assez, en aspire une puis rend le joint à son ami.

— Elle n'a pas froid aux yeux, ta copine !

David m'observe avec amusement tandis que je reste immobile, attendant que quelque chose se passe. Nate, lui, me couve d'un regard doux.

— Ouais, c'est pas une rigolote, confirme-t-il.

Pour la première fois de la soirée, je sens que cette façon de parler de moi comme si je n'étais pas là cache un message. Le soin qu'il prend à ne jamais m'écarter m'apaise.

— Alors ? demande-t-il en s'avançant d'un pas.

Nous sommes tout près. Étonnamment, je sens la caresse de son souffle plus forte que jamais, et ce malgré le fait que mon corps me semble étranger. C'est un micmac de sensations étrange. Je perds peu à peu conscience de mes muscles. Mes membres deviennent légers, on dirait qu'ils s'effacent. Disparaître... Quelle étonnante sensation. Je veux la creuser, explorer ses limites. Ce corps qui m'encombre, ce corps sans passé que tout le monde veut contrôler, ce corps qui semble me posséder plus que l'inverse. L'idée de rester dans cet état ne m'effraie pas. Ne devenir plus qu'une voix, ne serait-ce pas merveilleux ? Ne garder que la seule chose qui compte à mes yeux, supprimer une bonne fois pour toutes cette enveloppe qui m'encombre, qui me pèse...

Mais non, Alana. Tu es une showgirl, tu vis pour que l'on te regarde, que l'on t'admire ! Comment ferait le public pour te suivre sur scène si ton corps n'existait pas ?

Je secoue la tête. Nate glisse mon menton entre son pouce et son index.

— Tout va bien ? J'aurais peut-être dû t'empêcher de prendre cette troisième...

Il ne finit pas sa phrase, surpris par mon visage qui se laisse couler entre ses doigts. Sans un mot, je l'oblige à m'envelopper la joue de sa main. Je ferme les yeux, frémissante à ce contact. Je sens qu'il se tend. Pourquoi ? Je respire plus fort. Mon Dieu... Il avait raison. Je ne me suis jamais sentie plus légère. Mes cils se relèvent, ma vision légèrement trouble cherche son sourire. Il ne tarde pas à se dessiner devant mes yeux.

Ma langue glisse sur ma lèvre inférieure. Sa main vient se perdre dans ma nuque. D'un geste infime, il se penche en avant. Seuls quelques centimètres séparent nos lèvres. Je me demande le goût qu'elles ont. Porteront-elles l'âpreté de ce que nous venons de fumer ? Ou sont-elles aussi douces qu'elles en ont l'air ?

Je ferme à nouveau les yeux. Je veux que tout disparaisse. Je me sens si légère... Et pourtant tout semble si fort, si puissant quand ça s'agite à l'intérieur de moi. Les doigts de Nate se crispent sur ma peau. J'attends l'impact. Mais, soudain, une vibration intense retentit dans ma poche arrière, accompagnée d'une sonnerie stridente. Je sursaute. Nate aussi. Nos corps se séparent d'un mouvement brusque. Je bats des paupières, comme tirée d'un demi-sommeil. D'une main molle, je tire mon téléphone de ma poche.

Luka.

L'écran affiche son nom d'une lumière qui m'agresse.

— Désolée, c'est...

Mon pouce tremble au-dessus du pictogramme en forme de téléphone.

— C'est important, soufflé-je.

— Tu peux monter, si tu veux te mettre au calme.

Sa voix est rauque. Lui aussi semble confus par ce qu'il vient de se passer.

Sans un regard en arrière, je prends l'appel et m'enfuis.

Tandis que mes lèvres livrent un salut mécanique, mon cœur bat à tout rompre dans ma poitrine.

Chapitre 29

Alexz

Le cliquetis de la serrure me réveille en sursaut. Talons à la main, Alana entre à pas de loup puis se fige en me découvrant avachi dans le canapé. Son visage exprime le malaise. Après un moment d'hésitation, elle se penche pour abandonner sa paire de chaussures et referme la porte de la plante du pied.

— Je suis morte à quel point ? demande-t-elle en grimaçant.

Je rejette le plaid qui m'enveloppait et me redresse. La paume de ma main vient lisser mes cheveux en arrière, comme si ce simple geste pouvait m'aider à organiser mes reproches.

— Six pieds sous terre, et à un stade de décomposition avancé, grogné-je.

Ses lèvres se plissent, ses paupières se ferment. Intérieurement, je sais qu'elle se prépare à encaisser la discussion qui s'annonce. Pourtant, je n'ai aucune idée de ce que je suis censé lui dire après un coup pareil.

— Tu aurais pu répondre à mes messages. Je n'ai pas arrêté de t'appeler, j'étais mort de trouille, grogné-je.

Le regard fuyant, elle vient se poser sur l'accoudoir d'un fauteuil.

— J'avais bloqué ton numéro. Je savais que tu allais t'énerver, souffle-t-elle.

Interloqué, ma colère grimpe en flèche et je carre les épaules, prêt à me montrer intimidant.

— Tu savais… Et tu…, éructé-je, débordé par mon flot de pensées.

— Je n'ai pas bu une goutte d'alcool, me coupe-t-elle, un bras levé en signe de protection.

Je bute sur ce geste, incapable de reprendre la main sur la discussion. Pourquoi se plonge-t-elle dans un tel état de panique ? Son corps peut-il encore porter les traces des coups qui plurent autrefois ? Je ne peux pas imaginer cela possible. Alors pourquoi se défendre de manière si instinctive, comme si j'étais capable de m'emporter d'un élan incontrôlable ?

— Et j'ai dormi dans une chambre d'amis, toute seule. Ce n'était qu'une soirée entre copains, je te promets que je n'ai rien fait de mal, débite-t-elle.

Debout, les bras ballants, je ne peux détacher mon regard de ce bras tendu. Elle le remarque, semble surprise aussi et repose sa main contre son ventre. Sa posture est toujours fermée, mais au moins elle ne semble plus prête à se recroqueviller face à mon courroux. J'expire, las. Puis une odeur me pique le nez.

— Tu as fumé ? demandé-je sans détour.

Elle esquisse un mouvement de recul.

— Non, mais il y avait de la fumée partout.

Ce que je sens, ce n'est pas du tabac. Je m'approche, fronce le nez au-dessus de ses cheveux.

— Ouais, sacrément partout on dirait.

Elle ne dit rien, demeure impassible. Je tente de me convaincre qu'elle ne me ment pas, qu'elle n'aurait jamais fait ça. Rien que pour sa voix. Elle a toujours considéré le tabac comme un ennemi de son rêve. Alors la drogue…

Je secoue la tête, la colère me rend fou. Alana est une fille sage. Elle a la tête sur les épaules, elle ne ferait jamais cela. Je retourne m'avachir dans le canapé, dépassé par la situation. J'ai passé ma vie à la protéger, mais je n'ai jamais eu à jouer le parent réprobateur. Je dois dire que ni Sergueï ni Svetlana n'ont eu à en passer par-là avec elle. Cette situation inédite me laisse perplexe et sans ressources.

— Alana, est-ce que je te mets trop la pression ? Est-ce que tu veux qu'on lève le pied ?

Ses sourcils se haussent, ses yeux s'écarquillent. Ce n'est pas de la surprise que je lis, mais bien de l'indignation. Je crois même qu'elle m'en veut d'avoir osé penser qu'elle ne tenait pas le rythme.

— Mais qu'est-ce que tu racontes ? C'était juste une soirée entre amis, Alexz. Je ne peux pas passer ma vie à travailler. Je n'ai pas besoin de lever le pied, j'ai juste besoin que toi, tu me lâches !

Cette fois, elle paraît carrément agacée. Elle ramasse l'anse de son sac à main sur son épaule et se lève d'un bond, prête à déguerpir.

— Une minute, grondé-je.

— Quoi, encore ? Tu veux me priver de sortie ? Ça ne va pas être possible, j'ai rendez-vous au studio pour…

— Tais-toi, tu veux ?

Elle s'interrompt, piquée.

— Je me disais que ce serait bien qu'on profite de notre étape à Londres pour consulter un médecin. On a été surmenés, ces dernières semaines, et tu sais que ta santé est fragile. Souviens-toi, l'an dernier, tu…

Une ombre passe sur son visage, ses narines se retroussent.

— Hors de question, crache-t-elle.

À la voir, on dirait que je viens de lui asséner la pire des insultes. Après un soupir de dédain, elle s'élance vers le couloir, décidée à en finir avec moi. Je grogne, me retourne sur le dossier pour l'interpeller. Comme elle m'ignore, je suis obligé de me lever à nouveau pour la suivre. Mes pas claquent sur le parquet, le son me rappelle d'effroyables souvenirs.

— Alana, écoute-moi ! Ce serait juste une visite de contrôle, pour s'assurer qu'on peut continuer sans danger. Il pourrait peut-être te prescrire des médicaments, des vitamines par exemple.

Elle m'ignore royalement, s'engouffrant dans la salle de bains pour y récupérer des affaires avant de reprendre sa course, me bousculant d'un coup d'épaule au passage. J'essaie de la saisir mais ma poigne est trop forte, elle grimace et je la relâche aussitôt, inquiet à l'idée de la heurter. Les images que ce geste ravive dans mon esprit me font tourner la tête. Je m'efforce de les chasser, de rester concentré. Je sais que je ne suis pas fou. J'ai vu ma sœur jouer avec sa santé l'an dernier, et je suis convaincu qu'elle plonge à nouveau. Je ne peux pas la laisser sombrer les bras croisés.

— Et un psychologue, alors ? Tu n'as plus d'amis ici, tout change tout le temps, ça te ferait du bien d'avoir quelqu'un à qui parler, non ?

Elle ouvre la porte de sa chambre à la volée et vient encadrer le battant de sa main, me barrant l'accès.

— Un psy ? ricane-t-elle. Si je n'ai pas d'amis, c'est parce que tu me paies une crise dès que j'ai le malheur de passer une soirée sans toi. Peut-être que c'est toi qui devrais consulter. Tu lui demanderas pourquoi un grand gaillard comme toi ne peut se passer de sa petite sœur plus de cinq minutes.

Les yeux brûlants de rage, elle claque la porte et la verrouille à double tour. Je laisse aller mon front contre le PVC, dépité. La paume de ma main vient s'y déposer également et, d'une voix que j'espère audible, je tente de plaider ma cause une dernière fois.

— Nate n'est pas ton ami, Alana. Tu devrais trouver des personnes de ton âge, et hors de ce milieu. Si tu continues sur cette voie, tu vas te bousiller avant d'avoir vécu la moitié des rêves que nous sommes en train de réaliser.

Sans surprise, elle ne répond pas. D'un mouvement brusque, ma main claque sur la porte et je rends les armes. Je rejoins le salon, récupère mes clefs et mon portefeuille, puis quitte l'appartement d'un pas déterminé.

Jamais je ne m'étais senti si loin de ma petite sœur. Si près de la perdre. Et alors que je m'élance dans le tumulte londonien, je dois affronter un constat terriblement amer : ma sœur cherche à se détruire, et je suis impuissant.

Février 2018

Arrivée à Londres

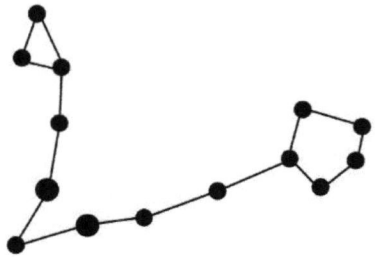

Chapitre 30

Alana

Le bâtiment où nous avons rendez-vous avec Roy Daniels est une imposante tour en verre. Alexz et moi entrons dans le hall, le nez en l'air, observant chaque détail et imaginant les grands noms de la musique qui ont foulé le parquet avant nous. Rapidement, une réceptionniste nous intercepte et nous invite à attendre le producteur dans un salon très chic, meublé d'un canapé en cuir blanc et d'une table basse en bois et en résine colorée. Elle nous apporte deux cafés fumants, mais je ne touche pas à ma tasse, trop anxieuse pour avaler quoi que ce soit.

Alors que je triture nerveusement l'ourlet de ma jupe en cuir et qu'Alexz m'adresse un discours d'encouragement entre deux gorgées, une voix grave et chaleureuse résonne soudain dans notre dos.

— Voilà nos deux prodiges ! Bienvenue chez Heaven's Gates, je suis Roy Daniels.

Nous nous retournons d'un même élan et découvrons le célèbre producteur. L'air assuré, il nous toise derrière ses lunettes vert pétard. Alexz s'avance vers lui en premier et, sans y prêter attention, je le suis en me cachant derrière son dos, comme une enfant effrayée à l'idée de rencontrer une nouvelle grande personne.

Roy nous serre la main avec fougue puis, sans se répandre en formalités, nous entraîne dans un couloir décoré de disques de platine.

— Nous allons passer directement en studio, explique-t-il. Vous avez fait bon voyage ? Ça se fait bien, de nos jours, les moyen-courriers. J'espère que la ville vous plaît, vous risquez d'y passer pas mal de temps dans les prochains mois. N'oubliez pas de visiter un peu, c'est fantastique, vous verrez ! Vous avez un endroit où loger, n'est-ce pas ? Sinon, Shannon peut s'occuper de ça pour vous, bien sûr.

Il pointe la direction du hall d'entrée d'un signe de tête, même si celui-ci n'est plus dans notre champ de vision depuis quelques mètres déjà, faisant sans doute allusion à la réceptionniste qui nous a accueillis, puis il enchaîne sur un nouveau sujet sans nous laisser le temps de répondre. Sa tasse dans la main, Alexz le talonne de près et parvient à placer quelques mots au milieu de son monologue. Moi, je trottine un bon mètre derrière, songeant que la devise « le temps, c'est de l'argent » n'est vraiment pas à prendre à la légère chez Heaven's Gates. Un nœud se forme dans mon estomac. Entre l'enjeu que contient ce rendez-vous, cet accent anglais qui me demande une concentration intense pour suivre ses paroles à toute allure, et ce malgré les années de cours particulier et de dîners mondains internationaux, j'ai peur de ne pas être à la hauteur.

Le producteur s'immobilise devant une petite porte matelassée et tire un badge de sa poche pour nous en offrir l'accès. L'atmosphère qui se dévoile à nous est alors bien différente de tout ce que nous aurions pu imaginer, même dans nos rêves les plus fous. Tandis que le couloir que nous venons d'arpenter est baigné de lumière, grâce aux interminables baies vitrées qui l'entourent, le studio jouit d'un éclairage tamisé. À l'intérieur, tout n'est que velours et boiseries. De nombreux instruments sont installés dans la cabine d'enregistrement, derrière une longue vitre, et plusieurs canapés sombres sont disposés du côté de la console de mixage.

J'entre timidement dans la pièce. Alexz est déjà en train d'inspecter les lieux et de se présenter à l'ingénieur du son, excité par le professionnalisme de la cabine.

— Bienvenue dans le label le plus talentueux du Royaume-Uni, nous accueille une voix suave.

Je lève la tête pour chercher l'homme qui s'y rattache et mon cœur s'arrête en découvrant Nate Vance. Je n'ai pas le temps de bafouiller la moindre phrase que Roy vient se placer à côté de lui, une main pressant son épaule et le sourire aux lèvres.

— J'imagine que vous connaissez déjà Nate, la dernière recrue de la maison ?

— Dernier mais pas des moindres, précise le chanteur.

— Dernier mais pas des moindres, c'est certain ! confirme le producteur d'un rire caverneux.

Roy tire un paquet de cigarettes de la poche intérieure de sa veste et en coince une entre ses lèvres.

— Ça ne vous dérange pas, si je fume ?

Eh bien... Si. Mais je ne suis pas sûre que mon avis compte vraiment pour ce magnat de la musique. J'échange un regard gêné avec mon frère et je comprends qu'il pense la même chose.

— Tu n'avais pas décidé d'arrêter au Nouvel An ? Pense un peu à tous ces talents qui n'attendent que toi pour les découvrir, comment feras-tu avec ton cancer de la gorge ?

Le producteur rit avec indifférence et s'installe sur l'accoudoir d'un canapé en allumant sa cigarette contre tout avis. Il tire une première bouffée avant de reprendre :

— Superstar tenait à assister à notre rendez-vous. Il est entré dans mon bureau pendant que j'écoutais votre maquette, et je dois vous avouer que c'est un peu grâce à lui que vous êtes ici.

Il a bien dit ce que je crois qu'il a dit ? Je croise les bras sur ma poitrine pour dissimuler le tremblement de mes mains, mais je ne suis pas loin de défaillir. Nate Vance a eu un coup de cœur pour notre travail... Je n'arrive pas à y croire. Une petite part de moi s'attend presque à voir surgir un présentateur télé d'un placard pour crier au canular.

Le producteur aspire une nouvelle bouffée de sa cigarette puis adopte un ton moqueur pour parodier le chanteur :

— 'Qui est cette fille et comment se fait-il qu'elle ne soit pas déjà signée ici ? Je la veux absolument sur ma tournée' qu'il m'a dit.

Nate et lui rient de bon cœur de son imitation grotesque.

— Mais... Nous sommes deux, me risqué-je à intervenir.

Roy Daniels balaie ma remarque d'un signe de la main et reprend sa voix normale :

— Bien sûr, bien sûr, c'est un détail. D'abord, j'aimerais que vous nous jouiez quelque chose. J'ai vu quelques-uns de vos lives, c'était pas mal... Mais il n'y a qu'en direct que je peux juger. Si ce qu'on entend nous plaît, on voudrait vous embarquer sur la tournée de Nate en juillet. Ça fait des semaines qu'il me supplie de vous signer en première partie.

Pincez-moi, je rêve ! Il ne s'agirait donc pas uniquement de signer un contrat avec Heaven's Gates, mais d'embarquer directement sur la tournée du chanteur le plus en vogue de l'année ? Alexz et moi nous retenons de nous sauter dans les bras, mais je remarque à son visage qu'il en meurt d'envie tout autant que moi.

Mon frère s'efforce d'adopter un ton égal et une attitude nonchalante. Il se redresse, pose sa tasse sur un coin de table, à côté de Roy, puis fourre ses mains dans ses poches.

— Ne perdons pas une minute de plus, dans ce cas.

Je suis au bord de l'apoplexie. Il me faut fournir un effort titanesque pour entrer dans la cabine d'enregistrement. Alexz s'empare d'une guitare acoustique et je m'installe à un piano à queue. De l'autre côté de la vitre, Roy et Nate se sont postés aux côtés de l'ingénieur du son et nous observent attentivement. Sans faire cas de leur présence, Alexz gratte quelques notes sur son instrument pour le prendre en main tout en me rassurant.

— On fait comme à la maison, d'accord ? Tu as joué devant des restaurants bondés, alors ce n'est pas une cabine et trois auditeurs qui vont t'effrayer, pas vrai ?

Sans le regarder, j'acquiesce d'un hochement de tête. À mon tour, je joue quelques notes pour me détendre.

— Très bien. Et si on chantait en russe, qu'est-ce que t'en dis ?

J'approuve aussitôt. Nous n'avons qu'une composition dans notre langue maternelle et c'est le meilleur moyen de régner en maîtres sur notre public. Alexz adresse un signe à l'ingénieur pour lui indiquer que nous sommes prêts, puis il m'invite à jouer les premières notes en tapant trois fois du pied.

Là, c'est la métamorphose. Mes mains courent sur le clavier et ma voix libère toute sa puissance. L'anxiété s'envole, il n'y a plus que la musique qui compte. En osmose avec la guitare de mon frère, je me laisse porter par les notes et déconnecte complètement de la réalité.

Trois minutes plus tard, je relève les mains du clavier et me tourne face à la vitre. Alexz pose la guitare entre ses jambes et nous échangeons un regard confiant. Roy se penche sur la console et presse un bouton qui active un micro de l'autre côté de la vitre.

— Vous nous accordez une minute ? On doit discuter.

Discuter ? Discuter de quoi ? Est-ce qu'ils ont détesté ?

Mon frère hausse les épaules pour montrer son approbation et je me redresse pour faire quelques pas. J'évite de regarder dans leur direction, car je sais qu'ils sont en train de nous juger et qu'un seul mot de leur part pourra déterminer notre avenir. Je me sens comme l'un de ces complexes hôteliers que rachète Sergueï. Ni humaine ni artiste : juste un investissement financier.

— C'était super, chuchote Alexz, sans doute inquiet qu'on nous entende. Peu importe que l'on signe ou non, on vient de se prouver qu'on est capable d'aller loin.

Je lui souris mais ne réponds rien. J'ai bien trop peur que le moindre mot puisse interférer avec le sort qui nous attend.

Après un moment – interminable – de silence radio, c'est Nate qui réactive le micro.

— C'est bon, les gars, vous pouvez nous rejoindre.

J'expire un grand coup et retourne dans la pièce en m'efforçant d'être avenante. Dans le fond, j'ai juste envie de me rouler en boule dans un coin jusqu'à ce qu'on m'agite un contrat sous le nez. Alexz me pince doucement la hanche pour me rappeler sa présence et je me détends un peu. Mais juste un tout petit peu.

Roy a écrasé sa cigarette dans un cendrier et Nate nous tend à chacun une bouteille d'eau. Je m'empresse d'avaler une gorgée pour me donner contenance en attendant que l'un d'eux daigne parler en premier. Finalement, c'est Nate qui prend les devants.

— C'était super, j'ai adoré. Alana, je pense que tu es envoûtante, une grande carrière t'attend.

Un poids tombe de ma poitrine et ma respiration redevient légère. Cependant, je ne baisse pas ma garde. Rien n'est joué.

— J'aimerais vraiment vous embarquer sur ma tournée, conclut le chanteur.

Instinctivement, ma main se porte à ma bouche pour étouffer un cri de joie. Je me tourne vers Alexz, attrapant son bras pour le palper, comme si cela pouvait me prouver que tout ceci est réel. À la contraction de ses mâchoires, je comprends qu'il peine à assimiler les paroles du producteur. Je crois même qu'il se retient de pleurer. Je presse sa peau un peu plus fort. Ce moment, nous en avons rêvé toute notre vie. C'est une consécration que nous doutions fortement de voir se concrétiser.

La porte du studio s'ouvre et une jeune femme entre. Le port de cou altier, de longues mèches rousses ondulant sur sa poitrine, elle nous salue en russe. Alexz et moi échangeons un regard surpris, mais je perçois qu'il est aussi soulagé que moi d'avoir un repère au milieu de ces échanges.

Roy l'invite à s'avancer d'un signe de main.

— Je vous présente Sofia, je l'ai embauchée spécialement pour vous. Je vous propose de rester à Londres cette semaine, le temps que nous finalisions les contrats et que vos parents puissent signer les originaux. Si vous acceptez notre proposition, Heaven's Gates mettra un appartement à votre disposition et nous débuterons rapidement les préparatifs pour la tournée de Nate. Sofia vous accompagnera dans les démarches administratives et veillera à ce qu'aucune information cruciale ne vous échappe.

Le producteur rehausse ses lunettes vertes et s'interrompt, laissant la jeune femme prendre le relais dans notre langue. Tout en moi semble exploser. C'est donc en train de se passer. Heaven's Gates veut travailler avec nous. Tout va si vite… Je n'ai pas besoin d'écouter Sofia, j'ai bien compris ce qui nous attend malgré son phrasé rapide et son accent prononcé. Un appartement londonien, une tournée nationale… Je sonde Alexz du regard. Il paraît aussi sonné que moi. Tout cela, nous ne le pensions pas possible avant un an. Avant mes dix-huit ans. Et encore, ce n'aurait été qu'une amorce : jamais nous n'aurions cru obtenir tout cela si rapidement.

Sofia termine sa traduction et nous hochons la tête d'un même mouvement vide. Roy échange un regard dont je peine à déchiffrer le sens avec Nate. Il se gratte la barbe, se racle la gorge. Je me crispe. On dirait qu'il s'apprête à nous ramener les pieds sur Terre. Cette idée me file la nausée. Il ne peut tout de même pas faire machine arrière. Pas après ces belles paroles, n'est-ce pas ?

— Toutefois, nous devons fixer certaines choses. J'ai bien compris que vous fonctionniez à deux, mais...

À nouveau, son regard cherche celui de Nate. Le chanteur le fuit, les mains dans les poches. Mais quoi ? Il va parler, bon sang ?

— Pour être très honnête avec vous, les duos ne fonctionnent pas. Frère et sœur, ça pourrait passer, ça raconte une histoire au public, réfléchit-il à haute voix, grimaçant. Mais bon, ici, nous sommes une grosse machine. Ce qu'on produit, ce sont des superstars. Des icônes. Et moi, ce que je vois, c'est qu'Alana va déchaîner les foules.

Il laisse ses doigts courir de sa barbe au creux derrière son oreille, dubitatif.

— Alexz, t'as une belle gueule, tu la tires un peu mais ça peut plaire aux filles. Les guitaristes, ça plaît toujours, de toute façon. Cependant je ne vais pas tourner autour du pot plus longtemps, c'est ta sœur qu'on veut signer.

Mon cœur tombe dans mes talons. Mes doigts se crispent sur la bouteille d'eau et quelques gouttes m'éclatent au visage. Non... Ce n'est pas possible, ils n'ont pas le droit de faire ça. Nous sommes une équipe. Les Rocket Siblings. Ça ne fonctionne pas, sinon.

— Ce n'est pas... Non, Alexz doit...

Les mots se perdent au bout de mes lèvres. Mon frère pose une main sur mon bras tandis que Sofia reprend la traduction. Entendre deux fois ce terrible discours. J'en ai le vertige. Je crois que je vais vomir pour de bon.

— Qu'est-ce que vous proposez ? demande mon frère sans laisser l'interprète terminer.

— Tu embarques sur la tournée en tant que son musicien, mais on oublie les Rocket Siblings. C'est Alana qui sera sur le devant de la scène, et c'est sur elle qu'on veut investir.

J'essaie de répliquer, mais ma voix s'étrangle dans ma gorge et la bouteille manque de me tomber des mains.

— Je veux être sûr que tu comprennes bien ce que cela implique, Alexz. On croit se battre pour l'amour de la musique, mais quand le projecteur ne se braque jamais sur soi, cela peut devenir insupportable. Tu seras un membre de son équipe... Son employé, tu comprends ?

On doit refuser. C'est impossible, Alexz est celui qui a tout organisé, qui m'a poussée sur cette voie. Je ne peux pas gravir les marches vers le sommet sans lui. Et cette Sofia qui répète ces horreurs, qui me les assène comme si ce n'était qu'une formalité. J'ai envie de la frapper au visage. J'ai envie de pleurer, de tout envoyer valser. La prise d'Alexz se referme sur mon bras, il ne semble même pas ciller. Comment peut-il rester de marbre face à de telles absurdités ?

— Envoyez-nous les contrats. Nous allons y réfléchir, mais vos termes ne devraient pas poser de problème.

Abasourdie, je cherche un signe de folie sur son visage. Il a perdu l'esprit, je ne vois pas d'autre raison d'accepter. Mais ses traits n'expriment que de la détermination. Mes yeux se portent alors sur Nate, qui semble le seul à être désolé.

J'ai envie de me tirer d'ici. J'ignore comment, mais je dois convaincre Alexz de refuser. Nous séparer, c'est nous tuer.

Chapitre 31

Alexz

Dans le taxi qui nous ramène à l'hôtel, Alana et moi affichons des têtes d'enterrement. J'essaie de remotiver ma sœur, mais elle ne cesse de répéter qu'elle ne veut plus signer avec Roy.

— Ce sont des foutaises. C'est toi et moi ou rien ! martèle-t-elle.

— Ne fais pas l'enfant. Nous savons tous les deux que nous ne pouvons pas passer à côté d'une telle opportunité.

— Si nous avons intéressé Heaven's Gates, nous finirons par intéresser d'autres labels !

Je secoue la tête. Je me fiche bien de ne pas être en haut de l'affiche. Tout ce qui m'intéresse, c'est la musique. C'est la réussite d'Alana. Ma petite sœur a une voix d'ange et la sublimer est tout ce qui fait sens dans mon existence. Les cris du public, le feu des projecteurs, je n'en ai cure.

— Aucun d'entre eux ne nous permettrait d'embarquer sur une tournée aussi grosse.

Ma sœur soupire et laisse aller sa tête contre la vitre, jouant nerveusement avec ses doigts. Je me demande ce qui peut bien s'agiter dans sa tête à cet instant. Elle finit par tirer son portable de sa veste et par pianoter sur l'écran.

— Excuse-moi, on est en plein milieu d'une discussion, là !

— Plus tard, Alexz. Je dois réfléchir à tout ça. Je n'avais jamais imaginé me lancer dans une telle aventure sans toi.

— Mais je serai là, enfin ! Peut-être pas sur les posters, mais je monterai sur scène avec toi à chaque concert.

Elle fait la moue, les yeux toujours rivés sur l'écran de son mobile.

— Je ne peux pas. Je ne peux pas faire ça sans toi. C'est facile de dire tout ça maintenant, mais si ça marche ? Je ne peux pas prendre le risque qu'on se déchire. Nous ne serons pas du tout sur un pied d'égalité.

Elle pianote plus nerveusement, rumine du bout des lèvres.

— Je ne peux pas. Ça ne peut pas fonctionner, souffle-t-elle plus pour elle que pour moi.

Je passe une main dans mes cheveux, attristé qu'elle puisse penser cela.

— Alana, je te jure sur ma vie que je me fiche de la lumière. Je t'en supplie, accepte. Cette offre, c'est tout ce pour quoi nous avons toujours travaillé. Laisse-nous quitter Moscou, il est plus que temps.

Elle ferme les yeux, pose ses mains sur ses cuisses, la lumière de son écran de téléphone faiblissant pour s'éteindre. Une larme roule sur sa joue. Je sais qu'elle va céder, et je ne peux que constater combien cela lui coûte. Mais je ne peux attendre un an de plus avant de lancer nos projets. Même si elle est amoureuse, même si elle doit faire des sacrifices, nous devons partir. Nous devons entamer ce nouveau chapitre de nos vies. Cela fait des mois que je l'observe s'éteindre à petit feu, s'épuiser à courir, à chercher comment devenir parfaite. Des mois qu'elle ne vit plus que sur scène, retrouvant son éclat dès que sa voix se libère. Je me dois de me battre pour lui offrir ça en continu, pour l'affranchir de ce démon qui sème le doute en elle, qui lui laisse croire qu'on pourrait échouer à conquérir les foules. Ce n'est pas en lui offrant la lumière que j'ai peur de la perdre, mais bien en gardant nos vies inchangées.

Le chauffeur immobilise le taxi devant le pavillon de l'hôtel et je sors pour ouvrir à Alana. Alors qu'elle me dépasse pour grimper les marches menant au tourniquet doré, concentrée sur son téléphone, je referme sa portière et retourne m'installer sur la banquette arrière. J'ai tout juste le temps d'entendre un « Mais... » stupéfait que le taxi redémarre sa course en direction de la nouvelle adresse que je viens de lui donner. Nous aurons tout le temps de discuter plus tard. Là, j'ai désespérément besoin d'un moment seul. Et d'une pinte.

J'atterris dans un pub de Soho. Ma veste en cuir sur le dos, mes doutes dans les poches, je m'attable dans un coin de la salle encore calme après avoir demandé une pinte à la barmaid. Nerveux, je dégaine mon téléphone pour joindre Svetlana. Le mannequin décroche à la deuxième sonnerie.

— Je t'en prie, tu pourrais au moins faire semblant d'avoir une vie, me moqué-je.

— Pas quand mes enfants sont à deux mille kilomètres de moi, grogne-t-elle.

J'étouffe un rire.

— Bon, comment s'est passé le rendez-vous ? Vous rentrez à la maison bientôt ?

— Roy Daniels nous a proposé un contrat. On embarquerait sur la tournée de Nate Vance en juillet.

— Oh.

— Comme tu dis.

— Bien, j'imagine que tu m'appelles pour t'assurer que je vais signer ?

— Elle le mérite. Je sais que ce n'est pas ce qui était prévu, mais la *chkola* se termine en juin, ce ne sont que quelques mois d'avance sur nos plans.

— Quelques mois d'avance sur la fin de sa scolarité, tu veux dire, mais pas sur sa majorité, proteste-t-elle.

Je serre les mâchoires, priant pour qu'elle ne nous tourne pas le dos à la dernière minute.

— Nous travaillons pour cela depuis toujours, tu le sais mieux que personne... Et changer d'air lui ferait le plus grand bien.

Silence au bout de la ligne.

— Et puis, nous n'avons pas à craindre le succès, pas vrai ? Même si nous restons en Europe, ce n'est pas comme si nous pouvions renouer avec le passé. Il n'y a personne pour nous réclamer, il est peut-être temps que tu lâches prise...

Je souffle ces mots du bout des lèvres, conscient de cette peur irrationnelle qu'on nous prenne qui n'a jamais quitté notre mère adoptive. Comme s'il pouvait y avoir un vice dans la machine, ou comme si les morts pouvaient revenir hanter les vivants.

Je perçois la tension de l'autre côté de l'écran, mais Svetlana finit par faire claquer sa langue sur son palais. Un poids glisse de ma poitrine. Je comprends qu'elle s'apprête à céder.

— Entendu. Mais s'il lui arrive quoi que ce soit, Alexz... Je ne vous ai peut-être pas donné la vie, mais vous restez la chair de ma chair. Alors tu as intérêt à prendre soin d'elle. Et de toi, aussi. Le succès, ça peut détruire les âmes les plus valeureuses.

Je soupire.

— Je sais. Mais elle est bourrée de talent, Sveta, ce serait de la folie de ne pas tenter notre chance.

— Nous signerons, Sergueï n'a pas l'air répugné par l'idée. Mais tu dois me promettre une chose : je veux que vous me donniez des nouvelles chaque semaine. Dès que vous changez de ville, dès que vous entrez en contact avec une nouvelle personne qui vous vend mille promesses, tu m'appelles. Tant qu'Alana est mineure, je veux connaître chaque détail de votre carrière. Et je veux qu'elle valide son diplôme à la fin de l'année.

Mon index court autour de ma pinte.

— Bien sûr. C'est la moindre des choses.

Alors que la discussion semble toucher à sa fin, je sens le mannequin qui hésite, cherche ses mots. Puis elle finit par rassembler son courage.

— Alexz… C'est un monde impitoyable, mais je sais que vous allez y arriver. Vous deux… C'est quelque chose. Je n'ai jamais rien vu d'aussi fort entre deux personnes. Ça va bien se passer. Elle va retrouver des couleurs.

Je pince les lèvres, me masse un début de barbe mal taillé.

— Je l'espère, soufflé-je.

Un silence s'ensuit puis nous nous disons au revoir d'une voix blanche. Sans doute est-elle en train de se convaincre comme moi que nous prenons la bonne décision. Elle me salue puis une tonalité m'indique que la communication est interrompue. Me voilà à nouveau seul. Je pense à Kira, à son installation à Saint-Pétersbourg deux semaines auparavant, à ses supplications pour que je l'y rejoigne. Je pense à la façon dont je l'ai laissée espérer, la nourrissant de réponses floues car tout ce qui est en train de se jouer me semblait impossible à concrétiser. Et pourtant… Nous y voilà, aux portes d'un avenir qui s'annonce radieux, promettant de nous offrir tout ce dont nous avons toujours rêvé.

Tout sauf elle.

Je m'enfonce dans la banquette rouge où je suis affalé et sirote une gorgée de bière. Mon téléphone toujours en main, j'ouvre ma boîte de réception et écris un message à Kira.

« Ils veulent nous signer.
Je ne peux pas refuser. Rejoins-moi, je t'en supplie. Pour
l'instant, il n'est pas question de rentrer. »

Et tandis que je presse le bouton « envoyer », je digère amèrement la vérité qui s'ancre dans mon esprit. J'aurai beau la supplier autant que je le voudrai, Kira a sa propre vie à mener. J'ai construit ce rêve à deux et il n'y a jamais eu de place pour elle à bord.

L'illusion a beau être douce à chérir, moi aussi, il est temps que je lâche prise.

Octobre 2018

Deux mois avant le concert à Moscou

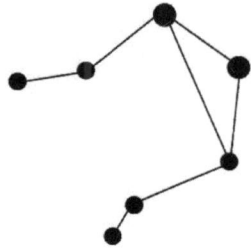

Chapitre 32

Alana

Agacée par ce que je lis sur les réseaux sociaux, je retourne l'écran de mon téléphone sur mes genoux et pivote la tête vers la fenêtre. Dehors, les gratte-ciel de la City défilent au ralenti. J'ai l'impression que cela fait des heures que ce maudit taxi est coincé dans les bouchons. Je pousse un soupir en laissant l'arrière de mon crâne s'affaisser contre l'appui-tête.

— Je suis persuadé de vous avoir déjà vue quelque part, lance mon chauffeur pour engager la discussion.

Oh, non. Il ne manquait plus que ça. De la pulpe de l'index, je viens rajuster mes lunettes de soleil sur mon nez.

— J'en doute, j'ai un visage très commun, marmonné-je.

Il émet un grognement plein de réflexion. Nerveuse, je m'empare à nouveau de mon téléphone. Je n'arrive pas à sortir les dernières nouvelles de ma tête.

« *Très amaigrie, la popstar Alana a été aperçue sortant de l'appartement du célèbre Nate Vance au petit matin. Des sources proches confirment qu'ils sont inséparables depuis la fin de leur tournée nationale. La jeune femme aurait d'ailleurs rompu avec son petit ami au beau milieu de l'été. Nate serait-il l'épaule sur laquelle la starlette console la dépression qui semble la ronger ?* »

Je grimace. Quel culot ! M'inventer des maladies chaque semaine, c'est déjà vicieux, mais mêler Luka à ces histoires me met hors de moi.

Je déroule les commentaires en me mordant l'intérieur des joues, tentant tant bien que mal de canaliser la colère qui bout en moi. On m'insulte parce que je suis proche de Nate. On commente mon physique sous toutes les coutures. On oublie que j'existe, que je suis une personne de chair et de sang. J'ai envie de publier un communiqué, de les supplier d'arrêter ces méchancetés, de me voir, moi, en tant qu'être humain et non pas en tant que juke-box. Mais tout cela, les gens s'en foutent. Ce qu'ils veulent, c'est se libérer. Du poids de leur propre haine envers eux-mêmes, de leur sale journée, de cet abruti de chauffard qui leur a coupé la priorité, de leur enfant de quinze ans qui ne les regarde plus, de ce conjoint qui les a trompés. Alana, on la pense dans sa tour d'ivoire, à se rouler dans les billets, insensible à ce qui peut bien se passer sur les réseaux. Si seulement c'était vrai… Si seulement j'étais capable d'un tel détachement. Mais non, je reçois chaque critique comme un uppercut en plein estomac. Je souffre de ces déferlements de haine. Une insulte efface cent compliments.

— Vous n'êtes pas la petite chanteuse ? Celle qui chante en russe, là… Alyssa, Aliocha ? insiste le chauffeur.

Mes dents se pressent un peu plus fort sur la chair de mes joues. Je me retiens d'envoyer ce pauvre homme sur les roses. Je vois bien qu'il essaie seulement de discuter, qu'il n'y a rien de méchant dans sa voix ni dans ses questions. Il tombe au mauvais moment, ce n'est pas sa faute.

— Alana, finis-je par le corriger.

— Ah ! Vous voyez, je savais bien que je vous avais reconnue.

Je pince les lèvres, hoche la tête d'un geste flegmatique. Je n'ai pas envie de discuter, pas envie de jouer la comédie. Les sourires faux drainent toute mon énergie. Les médias me disent malade, la vérité c'est que je suis épuisée. Personne ne semble enclin à m'accorder un semblant de répit. Jadis, seule la presse people s'adonnait à ce genre de cancans. Mais de nos jours, tout le monde s'improvise journaliste. Les comptes fans pullulent, les articles à mon sujet se multiplient à une vitesse folle. Il suffit qu'une rumeur apparaisse pour qu'elle se propage en chaîne. Chacun veut sa part de lumière, gagner son autorité auprès de son audience. C'est la course au buzz, et tous cherchent à surfer sur ma vague. *« Surtout, ne regarde jamais les commentaires »* me répètent Steve et Nate en boucle. Seulement, c'est plus fort que moi. L'incompréhension me dévore. Je travaille si dur… Pourquoi cherche-t-on à me disséquer de la sorte, comme une vulgaire souris de laboratoire ?

Un message de Nate s'affiche sur mon écran. Il me demande si ça va, me rappelle qu'il ne sert à rien de s'attarder sur les ragots. Je referme la discussion sans lui répondre. C'est la première fois qu'on mêle Luka à ces coups bas. Jusque-là, j'avais toujours réussi à préserver ma vie privée.

J'hésite à lui écrire. Peut-être n'a-t-il encore rien lu, peut-être que l'université l'accapare trop pour qu'il s'inquiète de mes problèmes de popstar. La superficialité de mon monde ne déteint sans doute pas sur le sien. Cette pensée m'arrache un pincement au cœur. Je sais que je me suis longtemps voilé la face, mais j'y ai cru, à la fusion de nos univers. Je me suis accrochée à l'idée qu'il me rejoindrait à Londres. Les signes étaient pourtant là depuis mon départ. Cet été, après un énième concert, après une énième soirée sans moi, il a fini par craquer. Les reproches ont déferlé avec fougue, j'ai compris combien cela avait été lourd pour lui de les retenir. Il en voulait à Nate et au monde entier de m'avoir pour eux, de devoir me partager. Il savait que cette vie n'était pas pour lui mais, lui aussi, il avait espéré trouver un terrain d'entente. Un juste milieu où nous aurions pu nous aimer avec toute l'innocence de nos débuts. J'imagine que les amours de jeunesse ne sont pas faits pour durer, qu'ils n'arrivent que pour nous aider à grandir. Malgré tout, perdre Luka, ce fut perdre un bout de moi.

— Je vais aller à l'université à Moscou, a-t-il fini par lâcher, à bout de souffle après d'interminables minutes de discussion.

— Viens à Londres, donne-nous une chance. Bien sûr que ça ne peut pas marcher, sur deux continents différents.

Sa décision était prise. Rien de ce que j'aurais pu dire n'aurait pu le convaincre. Et, quelque part, j'étais soulagée. Je savais que ma vie était ici, maintenant. Que je ne retournerais à Moscou que pour les fêtes et les vacances, que la rupture avec mon quotidien d'avant été consommée. Que notre rupture à nous était en latence depuis trop longtemps.

Luka a simplement été le plus courageux de nous deux.

— Nous sommes bientôt arrivés, mademoiselle, m'informe le chauffeur.

Je le remercie du bout des lèvres. Mon manteau Burberry sur le dos, je tire sur le col et en extirpe mes cheveux coincés dans les plis. Quelques-uns s'accrochent à mes doigts et je les frotte comme une mouche sur un pot de miel pour les abandonner sur le tapis de sol. Ils m'arrivent au niveau du nombril, désormais, mais je les perds par poignée. J'ai essayé de recourir aux compléments alimentaires, à la levure de bière, mais les pilules refusent de descendre dans ma gorge. Chaque fois, c'est comme si j'étouffais. Plus les semaines passent, plus l'idée d'avaler quoi que ce soit me répugne. Tout mon corps se mobilise pour faire barrage. Et à force de refuser les corps étrangers, c'est mon corps lui-même qui me devient étranger. Les tabloïds ont sans doute raison. J'arbore des airs de fantôme. Mais plus ils le soulignent, plus je crève d'envie de disparaître.

La voiture quitte enfin les bouchons pour tourner sur une rue résidentielle. Les façades blanches décorées de moulures s'alignent proprement le long des trottoirs. Rien ne dépasse. C'est un ordre qui me rassure et m'angoisse à la fois. Une perfection salvatrice mais écrasante.

Le taxi ralentit. Je brandis mon téléphone verrouillé en guise de miroir et m'assure que, moi aussi, je réponds à l'image qu'on attend de moi. Ce soir, je chante pour une soirée privée. L'anniversaire d'une étudiante, une centaine de personnes sont attendues. Un contrat à trente mille livres. Alexz doit déjà être sur place, je suis en retard à cause d'une séance photo pour *Mojo*, un magazine spécialisé dans la musique. Ils me réservent un portrait dans l'édition de novembre.

Nate ne sera pas présent au concert. Depuis la fin de la tournée, Steve et Roy ont mis les bouchées doubles pour lancer ma carrière solo. Je partage la moitié de mes cachets avec Alexz, car je n'oublie pas que nous sommes un duo en dehors des projecteurs. Peu importe l'avis des tendances, du public et des équipes marketing. Il clame sans cesse qu'il n'a que faire de mon argent, que son salaire lui suffit, mais je m'accroche désespérément à tout ce qui peut nous garder sur un semblant de pied d'égalité.

Ces évènements privés sont loin de mon rêve de petite fille, mais Steve insiste sur l'importance de garder un aspect accessible. J'ai beau commencer à remplir des salles sans Nate, il y a une grosse production à faire tourner et tout ce qui peut augmenter mon capital sympathie est bon à prendre. Ces termes de business me ramènent sans cesse à ce que je suis devenue. Un produit. Une poupée Barbie que l'on brûle de modeler à son image. Tout le monde me regarde, mais personne ne me voit. Naïvement, j'ai cru qu'on me connaîtrait pour ma voix, qu'on s'attacherait peut-être à qui je suis. Comment ai-je pu autant me tromper ? Tout ce qui intéresse, c'est mon apparence. Le fantasme que je vends. Et ce, peu importe mes dix-sept ans.

Ces pensées me rappellent que je dois demander une équipe esthétique. La réalité n'a pas de filtre, les photographes sauvages n'ont cure de savoir quel angle m'est le plus flatteur. Peut-être que si l'on parvient à me cacher derrière des couches de technique, je tiendrai plus facilement ces jugements à distance. Quitte à ne pas me reconnaître sur un cliché, je préfère que ce soit en arborant des traits travaillés au pinceau plutôt qu'en apparaissant sous un jour assassin.

Le chauffeur coupe le contact et je reviens dans l'instant. Steve m'attend sur le perron d'un immeuble, les épaules carrées comme s'il assurait ma sécurité.

— Et voilà, mademoiselle. Avant de vous quitter, je dois vous dire que ma fille adore ce que vous faites. Moi, je préfère le jazz, mais sachez que vous êtes jolie comme un cœur. Prenez soin de vous.

Jolie comme un cœur. Je force un sourire, muselle la voix intérieure qui me souffle que, lui au moins, il ne me pense pas malade, puis je lui tends des billets froissés comprenant le prix de la course et un pourboire généreux. Sans demander mon reste, je file rejoindre mon manager devant l'immeuble. C'est la première fois que j'ai hâte d'en finir avec un concert. Sans doute car je peine à le considérer comme tel. Pour adoucir mes pensées, je songe à la soirée qui m'attend ensuite. Nate ne sera pas sur scène avec moi, mais son appartement est toujours ouvert à ses amis. J'irai les rejoindre pour me changer les idées. Ces moments sont les seuls où on ne me traite pas en idole ni en poupée de porcelaine. Alexz m'en veut de disparaître aussi souvent, mais il ne comprend pas ce que c'est d'être épiée à chaque respiration. Chaque battement de cil.

J'ai quitté une cage dorée pour une cage de verre. Nate est le seul à comprendre ce poids. Mon frère a beau croire en moi, le public m'admirer et mon équipe me soutenir, il n'y a que près de lui que je peux exprimer qui je suis une fois le micro baissé.

Chapitre 33

Alexz

Je me réveille avec la bouche pâteuse. Après le concert privé d'Alana, j'ai rejoint un groupe de musiciens de l'équipe de Nate dans un pub de Knightsbridge. Autant dire que je n'ai pas beaucoup dormi. Tandis que je roule sur le ventre pour consulter l'heure sur mon téléphone, je me demande si ma sœur a dormi à la maison. Elle passe de plus en plus de temps avec le chanteur et ce rapprochement m'inquiète. Elle a beau jurer qu'il ne se passe rien entre eux, je peine à croire qu'un type comme lui n'ait pas d'idées derrière la tête. Ce n'est pas une mauvaise personne, mais je commence à connaître son historique et ma sœur n'a que dix-sept ans. Je n'aime pas savoir qu'elle découche et qu'elle lui consacre tout son temps libre, à lui et à ses amis parasites. Elle est suffisamment fragile comme cela, ce n'est pas le genre d'influence qui va la tirer vers le haut.

Quand je demande conseil à Svetlana, elle m'invite à lâcher prise, assurant que plus je tenterai de l'éloigner de lui, plus elle agira à l'inverse. J'ignore si c'est une analyse psychologique pertinente, mais Alana s'est suffisamment éloignée de moi ces derniers mois pour que je ne prenne pas de risques insensés. Trop de monde gravite autour d'elle, j'aurais peur qu'on la pousse à me congédier. Quand des liens contractuels s'entremêlent aux liens du sang, on peut tout perdre en un claquement de doigts.

Je soupire bruyamment en enfonçant ma tête dans l'oreiller, rassemblant mon courage pour me décider à aller vérifier si l'appartement est vide. D'un mouvement de jambes, j'expédie la couette au bout de mon lit et pose le pied sur un sol en désordre. Je me masse le visage puis gagne la cuisine en caleçon. C'est avec surprise que j'y trouve ma sœur, flottant dans un sweatshirt trop large, ses longs cheveux noués en chignon flou au-dessus de son crâne et une tasse de thé fumante entre les mains.

— Bien dormi ?

— Non, grogne-t-elle d'une voix rauque.

Je tire une tasse d'un placard et presse le bouton de démarrage de la cafetière pour chauffer l'eau. Un ronronnement mécanique s'enclenche.

— Nate prend toute la place dans le lit ? me moqué-je avec amertume.

Du coin de l'œil, je l'aperçois grimacer tandis que je tire un sac de grains de café pour les placer dans le broyeur.

— Tu me fatigues, Nate est mon meilleur ami, on ne…

Trop agacée pour poursuivre, elle ne prend pas la peine de conclure sa phrase si ce n'est par un « brrr » de dédain.

— Je suis malade, reprend-elle.

En effet, sa voix sonne caverneuse, enrouée. Je fronce le nez en enclenchant le broyeur.

— Un coup de froid ? Ou pire ?

— J'en sais rien, mais on a un gros concert dans une semaine, il faut que j'aille chez le médecin.

Chaque parole semble un effort coûteux. Tandis que la cafetière vibre bruyamment pour moudre le café, j'incline la tête pour inspecter ma sœur. J'essaie de garder une mine neutre, mais je m'inquiète. Elle a raison, nous avons un concert important samedi prochain et on ne peut pas se permettre de l'annuler. J'espère que ce n'est qu'un rhume et pas une angine. Ou pire… Je secoue la tête. Elle ne peut pas avoir de nodules. Cela sortirait vraiment de nulle part.

— Tu as prévenu Steve ?

— Il essaie de m'obtenir un rendez-vous. Je n'arrive pas à croire que j'aie été assez bête pour passer huit mois sans médecin traitant. Avec cette fichue pluie qui tombe en permanence, j'aurais dû y penser !

Elle pose son thé sur la table et vient plaquer sa poitrine contre l'îlot, ses mains lissant ses cheveux en arrière. Son chignon s'avachit sous la pression. Ma tasse remplie, je presse à nouveau le bouton de démarrage pour éteindre l'appareil. L'odeur du café embaume la pièce, je m'y attarde pour empêcher mon esprit de s'égarer dans des scénarios catastrophe. Annuler un concert alors que sa réputation commence à se forger, ce serait problématique. Pas dramatique, mais sacrément embêtant. Depuis notre tournée estivale, Alana est demandée de tous les côtés. Ce n'est pas le moment de flancher. Roy n'avait pas menti : elle explose à toute vitesse.

Je pose une main sur le bois du plan de travail et porte le liquide fumant à mes lèvres, observant toujours ma sœur par-dessus le rebord de la porcelaine.

— Ce n'est sûrement qu'un rhume, tu as largement le temps de t'en remettre, tenté-je de la rassurer après avoir dégluti.

Son portable vibre sur la table, elle relève brusquement la tête et s'en empare à toute vitesse. Son empressement laisse croire que sa vie dépend de la notification qui vient d'arriver.

— C'est Steve, m'informe-t-elle, fébrile.

Sa voix rocailleuse m'arrache une moue inquiète.

— Il m'a trouvé un rendez-vous, un taxi passe me prendre dans vingt minutes.

Les traits de son visage se détendent, elle dénoue ses jambes pliées sur l'assise de la chaise et saute d'un bond sur le sol. J'avale une dernière goulée de café et abandonne ma tasse.

— Je viens avec toi.

Elle ne répond rien, quittant déjà la cuisine pour aller s'habiller. Je ne m'en formalise pas et l'imite. Quelque part, je suis content que sa voix lui fasse défaut. Cela fait des semaines que j'aimerais qu'elle consulte. Ses joues creusées et ses bras décharnés me préoccupent plus qu'une extinction de voix. Dès que j'essaie d'amener le sujet, elle s'emporte, se renferme. Je n'emploie pourtant pas de grands mots, je cache mes inquiétudes derrière des euphémismes aux doux noms de fatigue et de surmenage. Au fond de moi, je sais bien que quelque chose de plus sournois la ronge. Si cette inflammation peut la pousser à se confronter à un médecin, c'est un mal pour un bien. J'imagine qu'elle ne me laissera pas entrer dans la salle de consultation avec elle, mais je compte bien m'assurer qu'un bilan complet sera réalisé.

Une fois dans ma chambre, j'attrape mon téléphone sur le rebord de mon lit et ouvre le contact de Steve.

« J'accompagne Alana à son rendez-vous. Il lui faudrait un check-up global. Qu'on lui file des vitamines ou quelque chose pour la remplumer, elle dépérit à vue d'œil. Merci de rappeler le docteur pour le prévenir. »

Si elle apprend que j'ai demandé ça à notre manager, je vais le payer cher. Cependant, l'occasion ne peut être ignorée. Alana peut se détacher de moi si elle le veut, je refuse de la laisser tomber.

*

Dans la salle d'attente du médecin, elle trépigne. Son pied bat nerveusement le sol et ses ongles s'acharnent à gratter la peau de ses cuticules. Je mobilise des ressources impressionnantes de contrôle et de patience pour ne pas lui attraper les mains afin de l'immobiliser.

J'ai compris qu'elle devait me penser de son côté, me considérer comme un soutien infaillible si je voulais une chance de lui faire entendre mes préoccupations. À la paterner, je n'obtiens que sa fuite et son rejet. Je tiens à ce qu'elle soit dans de bonnes dispositions pour rencontrer le médecin. Je me raccroche à la conviction que Steve a exécuté ma demande et que cette consultation nous offrira un nouveau départ.

Quand la porte s'ouvre et que le médecin appelle son nom, Alana bondit de sa chaise et le rejoint sans un regard en arrière.

— Tu veux que je t'accompagne ? tenté-je.

La façon distraite dont elle tourne la tête m'indique que c'est perdu d'avance.

— Non, ça ira. Ce ne sera pas long, n'est-ce pas ? répond-elle en sondant le docteur en quête de soutien.

— Nous allons voir ça tout de suite, approuve celui-ci en ouvrant le bras pour l'inviter à entrer.

Je me renfonce contre le dossier en soupirant tandis qu'elle se faufile à l'intérieur. S'il l'ausculte en profondeur et diagnostique le trouble qui la dévore, est-ce qu'elle m'en parlera ? Ou continuera-t-elle de prétendre que tout va bien ?

La porte du cabinet se referme et c'est à mon tour de battre nerveusement le sol du pied. J'attrape un magazine sur une table basse et m'efforce d'en lire les pages cornées, mais mon attention peine à se focaliser. Mes yeux ne cessent de se porter sur le mur d'en face, comme si cela pouvait m'aider à entendre ce qui se dit de l'autre côté.

Les minutes qui s'écoulent me font monter en tension. Certes, le concert de la semaine prochaine me préoccupe, mais Alana est entre les mains d'un médecin et c'est peut-être ma seule chance que quelqu'un tire enfin la sonnette d'alarme avec moi. Je ne suis pas fou, quelque chose cloche depuis trop longtemps. Un membre du corps médical ne peut que constater le problème, pas vrai ? Il ne la renverrait pas sans au moins une note d'avertissement. Ce serait contraire au serment d'Hippocrate.

Je grimace. Qu'est-ce que j'en sais, moi, de ce que dit le serment d'Hippocrate ? Je secoue la tête. J'espère seulement que Steve a transmis mon message.

Quand la poignée grince et que le médecin apparaît à nouveau, une vingtaine de minutes plus tard, mon cœur loupe un battement. Alana sort d'un pas rapide, une ordonnance dans les mains, la tête baissée. Elle grogne un semblant d'au revoir et, sans lever le menton vers moi, se précipite vers la sortie d'un pas déterminé.

— On y va, marmonne-t-elle.

— Prenez soin de vous, la salue le médecin en m'adressant une moue connivente.

Un peu confus par la scène, je récupère ma veste et me relève gauchement pour la rejoindre. Mon pied se coince dans celui d'une chaise et c'est dans un crissement que je parcours les deux pas qui me séparent de la porte. Vu le comportement de ma sœur, j'imagine que le médecin ne lui a rien dit qui vaille. Reste à savoir si cela concerne les problèmes qu'elle s'efforce de cacher ou le concert de la semaine prochaine.

Chapitre 34

Alana

— Qu'est-ce qui te préoccupe, joli cœur ?

Je grogne et m'empare d'un coussin pour le plaquer contre ma poitrine. Mes bras s'enroulent autour avec force.

— Rien, grogné-je.

Allongé sur la méridienne, Nate roule sur le ventre et se redresse sur ses coudes pour m'étudier avec attention. Il fronce les sourcils, tend une main vers moi et enfonce la pointe de son index dans ma joue. Je grimace en reculant pour fuir son contact.

— Ça, ça n'a pas l'air de *rien*.

Mes doigts se contractent nerveusement sur les coutures du coussin. Les mots du docteur me reviennent en tête. J'ai envie de cogner dans quelque chose, de courir jusqu'à en avoir les poumons qui brûlent et les jambes qui menacent de me lâcher. Mais j'ai une angine. Je dois me reposer. Économiser mes mots, me goinfrer de miel comme si j'étais Winnie l'Ourson, quitte à prendre le risque de voir mon nombril pointer vers le ciel à son instar.

— Ce n'est qu'une angine, Alana. Tu seras sans doute remise sur pied d'ici samedi prochain. Et sinon, tu peux chanter en play-back, ou reporter. Ce n'est rien, tu as le droit de ne pas être une machine.

Je me demande pourquoi je suis venue me réfugier ici. Je pensais qu'il pourrait comprendre, lui. Je n'arrive pas à croire qu'il me propose sérieusement de mimer une performance ou de l'annuler.

— Laisse-moi tranquille, tu veux ?

Je me renfonce dans le canapé, cramponnée au coussin comme une naufragée à son gilet de sauvetage. Si seulement ce n'était qu'une question d'angine...

Je crois que je vais congédier Steve. Il n'avait pas à m'envoyer chez un médecin aussi incompétent. Je le revois ausculter ma gorge, m'enfoncer sa spatule au fond de la langue, me demander de faire « aaaah », écouter mon rythme cardiaque. Puis remonter ma manche, aller chercher un tensiomètre pour enfant. Pomper la poire en me posant ces questions ridicules.

— Vous faites du sport, mademoiselle ?

— De la danse. Je suis beaucoup sur scène.

— Votre manager m'a dit, oui. Vous êtes chanteuse. Ça marche bien ?

J'ai acquiescé, songeant au nombre d'abonnés en pleine expansion sur mes réseaux, aux billets de concert qui s'écoulent en quarante-huit heures et aux jeunes filles qui me reconnaissent dans la rue.

— Oui, je suppose qu'on peut dire ça.

Il a relâché la poire et consulté l'écran de l'appareil avant d'ôter le scratch d'un coup sec.

— 9.6, vous avez une petite tension. Vous mangez bien ? Vous vous reposez ?

J'ai haussé les épaules. Il est vrai que je suis constamment en rendez-vous ou assise à mon piano, toujours à travailler. J'en oublie souvent de manger. Pour être honnête, j'en ai peu envie.

— Le rythme est soutenu, mais ça va, ai-je assuré de ma voix rauque.

— Vous permettez qu'on approfondisse le bilan ? Vous m'avez l'air un peu... fatiguée.

Fatiguée. Toujours ce terme qui revient. Je me suis crispée, mais je voulais lui prouver que tout allait bien. Il m'a demandé de me déshabiller, m'a invitée à monter sur une balance avant de me mesurer. Entre chaque examen, je lui ai jeté des coups d'œil pour le sonder, mais à part ses lèvres pincées d'un drôle d'air, il n'a rien laissé transparaître.

— Vous pouvez vous rhabiller.

Il est allé s'installer à son bureau, un grand meuble en chêne clair jonché de piles de papier, et a commencé à griffonner quelques notes. Tout en reboutonnant mon gilet, je suis allée le rejoindre.

— 46 kilos pour 1 mètre 67, ce n'est pas beaucoup, mademoiselle. Vous avez un passif de troubles du comportement alimentaire ? Vos règles sont régulières ?

Plantée devant le dossier d'un fauteuil qui lui faisait face, j'ai manqué défaillir. Cela faisait des mois que mes règles n'étaient pas revenues. Des mois que je fabulais une grossesse qui n'avait aucune chance d'exister, vu que… enfin, c'était impossible, voilà tout. Des mois que j'attendais, craignant toujours d'être surprise au mauvais moment. Et si elles venaient tacher ma magnifique robe blanche en pleine interview ? Si le sang me coulait le long de la jambe au beau milieu d'un concert, devant des milliers de personnes ? J'étais terrorisée. Parfois, je tapissais le fond de mes sous-vêtements d'une serviette, juste au cas où. J'attendais fébrilement, mais rien ne venait. Et pourtant, plus forte que la peur de l'humiliation publique subsistait celle de les avoir perdues pour toujours. Est-ce que j'étais malade ? Est-ce que cela signifiait que je n'aurais jamais d'enfant ?

J'ai hésité à mentir au médecin. Je n'avais parlé à personne du dérèglement de mon cycle. J'ai la sensation qu'on me surprotège en permanence, qu'on épie mes faits et gestes comme ceux d'un bambin prêt à enfoncer les doigts dans la prise à tout instant. Je veux juste qu'on me fiche la paix. Qu'on arrête de me regarder comme si je pouvais me briser à la moindre secousse. Admettre que quelque chose cloche, c'était prendre le risque que ces comportements se renforcent. Mais là, les doigts crispés sur le dossier du fauteuil, j'ai senti la curiosité me piquer. Alors j'ai fini par céder. Je brûlais de savoir si elles allaient revenir.

— Je n'ai plus mes règles depuis un moment. Depuis mars, je crois.

Le médecin a suspendu son stylo, affichant une nouvelle moue indéchiffrable. J'ai contourné le fauteuil pour m'y asseoir, les jambes chancelantes. J'avais peur du verdict.

— Vous ne m'avez pas répondu : vous mangez correctement ?

J'ai serré les mâchoires. Je savais pertinemment où il voulait m'emmener. Notre médecin de famille, à Moscou, avait fait la même chose l'an dernier. Tout le monde s'inquiétait de me voir disparaître des heures pour courir, de trier le contenu de mes assiettes, de m'accrocher au contrôle de chaque pan de mon existence comme une maniaque. Mais j'ai repris le dessus. Tout va bien, aujourd'hui. Je vais bien.

— Il m'arrive de sauter des repas, rien de grave. J'ai juste beaucoup de travail, je n'ai pas les horaires de tout le monde, vous savez.

Le médecin a posé son stylo et croisé les bras contre son torse. Ses yeux bruns se sont posés sur moi avec un mélange de préoccupation et de bienveillance.

— Mademoiselle, votre IMC indique une situation de maigreur importante. Vous n'avez plus vos règles depuis six mois, et plusieurs signes me laissent penser que vous souffrez d'une anorexie mentale. Vous savez ce que c'est ?

J'ai hoqueté, levé une main pour essuyer ses paroles d'un revers.

— Vous vous trompez. Je suis ici pour ma voix, tout le reste va bien, ai-je protesté de mon timbre cassé.

Il a soupiré, s'est frotté la pointe du nez de son index. Je le revois clairement, tenant mon avenir entre ses mains. Capable de briser mon ascension d'un simple diagnotic. J'ai eu peur qu'il demande à Alexz de nous rejoindre. Si mon frère avait entendu ces paroles, le reste de ma vie aurait été foutu.

— Je pense qu'un suivi psychologique vous ferait le plus grand bien. Vous avez une vie agitée, beaucoup de pression sur les épaules. C'est important de bien s'entourer. Vous savez, je crois que le corps ne tombe jamais malade pour rien. Si votre voix vous a lâchée aujourd'hui, c'est sans doute pour tirer la sonnette d'alarme avant que le reste de votre corps ne le fasse.

J'ai froncé les sourcils, me demandant s'il se prenait pour un marabout. Qu'il aille dire aux enfants qui meurent du cancer et aux malades atteints de pathologies auto-immunes que leur corps essaie simplement de leur dire quelque chose ! J'ai eu envie de le gifler, de lui enfoncer sa paperasse entre les dents avant de sortir en claquant la porte. Au lieu de quoi je suis restée clouée sur le fauteuil.

— Je vais vous prescrire de quoi soigner votre gorge, si vous vous reposez suffisamment, vous pourrez chanter la semaine prochaine. À côté de ça, je vous délivre une ordonnance pour des produits hypercaloriques. Vous n'aurez pas à manger beaucoup, cela vous aidera simplement à tenir le rythme. C'est important de donner les bons nutriments à votre corps. On ne demande pas à une voiture de parcourir Londres-Bristol sans essence, n'est-ce pas ? Eh bien, c'est pareil pour vous. Je suis même étonné que rien n'ait encore lâché, vu votre train de vie.

« Que rien n'ait encore lâché. » Je me suis répété cette phrase en boucle. Qu'est-ce qui pouvait me lâcher ? C'était impensable. Je vais bien. Pourquoi quoi que ce soit dans mon corps m'aurait laissé tomber ?

— On se revoit dans deux ou trois semaines pour faire le point, a-t-il conclu en me tendant l'ordonnance. Je transmettrai une liste d'excellents thérapeutes à votre manager, un accompagnement me semble indispensable à ce stade. Vous pouvez encore être prise en charge hors clinique.

Assise à côté de Nate, je me répète la scène en boucle. Le terme « clinique » me provoque des frissons et le chanteur le remarque. Je n'ai rien répété à Alexz mais, face à mon air consterné, il a fini par m'arracher l'ordonnance des mains et décréter que nous allions nous arrêter à la pharmacie de ce pas. Avant de venir me réfugier chez Nate, j'ai réussi à avaler mon traitement contre l'angine, mais j'ai été incapable d'ouvrir les bouteilles de compléments hypercaloriques. C'est à force de fixer le pack coloré en ayant envie d'ouvrir la fenêtre pour le balancer au pied de l'immeuble que j'ai fini par attraper mon manteau et m'enfuir ici.

— Tu vas te décider à me dire quelque chose ? s'impatiente le chanteur.

Je coule un regard humide vers lui. J'essaie de retenir de toutes mes forces l'ouragan qui gronde en moi, mais mes barrières menacent de céder. J'essaie si fort de tout mener de front. De garder le contrôle. De ne décevoir personne. Et voilà qu'on me colle un diagnostic sur le front, qu'on me dit malade. Peut-être que c'est vrai, peut-être que j'ai un peu plus de mal à avancer, que je m'épuise plus rapidement à la course. Mais c'est normal, avec le nombre de concerts que j'enchaîne. Je n'essaie pas de me faire du mal. C'est un métier contraignant, je me dois de bien présenter. C'est normal qu'il m'en coûte. Les gens ne peuvent pas comprendre. C'est un monde exigeant, il faut se montrer forte pour y gagner sa place.

Nate remarque mon air triste et se rapproche. Sa main vient se poser sur ma cuisse et je frissonne à nouveau. Cette fois, la sensation est plus agréable.

— Tu n'as pas... quelque chose à fumer ? demandé-je, hésitante.

Il fronce les sourcils.

— Avec ta voix dans cet état ? C'est une très mauvaise idée.

Je repousse le coussin, pivote de trois quarts pour lui faire face. Je sais qu'il a raison, mais je me souviens des quelques fois où il a allumé un joint entre mes lèvres, de l'engourdissement apaisant qui s'en est suivi. Je veux juste museler les inquiétudes qui fusent dans ma tête. Je veux juste oublier le rendez-vous de ce matin quelques instants.

— S'il te plaît, j'ai vraiment besoin de me poser, là.

Il marque un temps d'hésitation, soupire puis finit par se lever pour aller chercher sa réserve.

— T'es chiante, tu le sais, ça ?

Il ouvre un tiroir dans un buffet, en tire un coffret en bois et prépare le matériel. Tandis qu'il s'affaire, je m'abandonne dans les coussins moelleux du canapé et contemple le plafond. L'odeur fauve de la drogue vient me chatouiller les narines et Nate ne tarde pas à retrouver sa place à côté de moi. Il crache un nuage de fumée et me tend la cigarette roulée en cône. J'appréhende la brûlure dans ma gorge mais j'ai hâte de déconnecter mon cerveau.

— Doucement, d'accord ?

— Promis.

Je glisse le rouleau de papier entre mes doigts et le porte à mes lèvres. Ma gorge ne tarde pas à s'enflammer, je serre les dents pour ne pas tousser le temps que la fumée descende dans mes poumons. La douleur prend rapidement le dessus et des volutes sortent de manière saccadée au gré de ma toux. Je dois répéter l'exercice plusieurs fois pour m'assurer avoir absorbé assez de THC.

— C'est bon, ça suffit, décrète Nate en reprenant le joint.

Il le porte à ses lèvres puis l'abandonne dans un cendrier. Molle, je le regarde s'éteindre, la pointe incandescente noircissant lentement.

— Tu as vraiment décidé de rester muette ? Je comprendrais si tu voulais préserver ta voix, mais vu que tu n'as eu aucune réticence à fumer…

Je perçois une pointe de reproche dans son ton. Il n'est pas seulement inquiet, il est vexé. Pourquoi ?

— Ça te dérangerait de me caresser les cheveux ?

Je n'ose pas lever les yeux vers lui après cette question. Il ne dit rien. J'imagine qu'il est surpris, peut-être repoussé par l'idée. C'est juste que cela fait longtemps qu'on ne m'a pas touchée. On me donne des ordres, des consignes, on corrige ma posture, travaille mes pas de danse, mais quand m'a-t-on témoigné de l'affection pour la dernière fois ? Nate et moi nous sommes quelques fois endormis épaule contre épaule, dans les couchettes du bus de tournée. Mais il y avait Luka, à cette époque. Je n'aurais jamais osé réclamer des gestes de tendresse ou des câlins au chanteur. Alors quand ? En juin, quand nous sommes rentrés en Russie ? Luka est le dernier à m'avoir serré contre lui, à m'avoir embrassée, touchée. Ce n'est pas de nourriture, dont je suis affamée, mais d'amour. Je voudrais qu'on me regarde, pour une fois. Qu'on me regarde, moi, Alana Latchkova, la gamine adoptée paumée. Pas Alana, la superstar en pleine ascension, It girl en devenir. Elle, elle n'est qu'une façade. Une illusion. J'ai peur de ce qu'il se passera le jour où le monde découvrira que, d'une pichenette, elle peut s'écrouler. Car une chose est certaine, ce n'est pas *moi* qui les intéresse.

Nate finit par changer de position pour venir enrouler un bras autour de mes épaules. Sans un mot, il m'attire contre son torse et je me laisse aller, m'allongeant contre lui. Nous ne nous regardons pas. Je roule sur le côté, dos à lui, pour m'assurer que ça demeure ainsi.

Je veux me contenter de ressentir sa peau contre la mienne. La tête contre ses cuisses, je savoure les fourmillements qui se répandent dans mon corps. D'une main légère, ses doigts fourragent dans mes cheveux, s'aventurent sur mes joues. Je sens l'afflux des larmes me menacer à nouveau. Cette fois, je ne les retiens pas. Une goutte s'échappe d'entre mes cils et vient s'écraser contre son jean. Au moment de suspension avant que ses doigts ne reviennent plonger dans mes cheveux, je comprends qu'il a remarqué mon trouble. Mais il ne dit rien et j'en suis soulagée.

Plus jeune, Alexz me prenait souvent dans ses bras. Svetlana aimait me pouponner également. Mais j'ai grandi et la pudeur de chacun a pris le pas. J'ignore comment on cesse de se témoigner de l'affection. Personne ne prend la décision un jour, les rituels ne s'envolent pas en soufflant un certain nombre de bougies. C'est tacite. Quelque chose qui s'abandonne. Cela commence par les histoires qu'on cesse de raconter le soir. Puis par les baisers de bonne nuit qu'on ne prend plus la peine de donner. Les chutes et les accidents de vie ne se consolent plus d'un câlin, les années passent et requièrent des solutions concrètes. Alors la distance s'instaure. Je n'avais jamais perçu de sensation de manque avant aujourd'hui. J'ignore pourquoi mais là, ça me prend aux tripes. J'ai besoin de sentir mon corps exister sous les mains de quelqu'un d'autre. Besoin qu'on me reconnaisse. J'ai souvent pensé que ma vie n'était pas si différente du reste du monde, que mes angoisses n'avaient rien d'extraordinaire. Aujourd'hui, pourtant, je me sens seule au monde. Aujourd'hui, pourtant, j'ai le sentiment d'éprouver une solitude si lourde que je me dis que personne n'a jamais pu connaître pareille douleur.

Je ne pense pas souvent à mes parents biologiques, non plus. C'est un sujet dont on ne parle pas, Alexz et moi. Cela fait longtemps que j'ai abandonné l'idée de poser des questions, et je crois que j'ai fini par croire aux mensonges que je me racontais petite. Svetlana me ressemble. Le destin s'est peut-être montré fortuit, ou bien mon cerveau me joue seulement des tours. Le fait est que nous pourrions partager les mêmes gènes pour de vrai. J'ignore pourquoi mais, allongée là, mouillant le jean de Nate de mes larmes, je pense à eux. Je me demande si c'est à cause d'eux que je suis malade. S'ils m'ont transmis quelque chose de pourri, si mes racines sont gangrenées. Puis je me demande si je montrais déjà des signes de faiblesse, si quelque chose clochait pour qu'ils nous abandonnent. Est-ce qu'on n'était pas assez, Alexz et moi ? Ou peut-être trop ?

Est-ce que si je suis si mal ces derniers temps, c'est parce que le manque d'eux s'est creusé toutes ces années et m'avale désormais ?

Tandis que mes larmes continuent à couler silencieusement, j'ignore ce qui me ronge le plus. Les questions qui se bousculent dans ma tête, ou les réponses que je n'obtiendrai jamais ?

Chapitre 35

Alexz

Assis à la table de la cuisine, je regarde Alana en plein combat intérieur. Les coudes appuyés sur le plan de travail, elle contemple la variété de produits hypercaloriques disposés devant elle. Des yaourts, des boissons, des poudres à mélanger. Je crois qu'absorbée dans son dilemme, elle a fini par en oublier ma présence. Pour ne pas lui imposer le poids de mon observation, je me force à siroter mon café dans mon coin, déroulant les actualités sur l'écran de mon téléphone. Toutefois, mes yeux ne peuvent s'empêcher de glisser vers elle. Intérieurement, j'espère qu'elle va finir par céder, en porter un à ses lèvres. « C'est pour ton bien » lui ai-je promis en ramenant le sac de la pharmacie. « Tu dis qu'il n'y a que la scène qui compte, mais comment veux-tu assurer tes concerts si tu es à bout de forces ? » Je suis persuadé que le message est passé. Elle veut l'emporter, reprendre le contrôle. Pourtant, dès que les emballages multicolores se trouvent devant elle, elle perd tous ses moyens.

Sa main finit par se tendre vers une bouteille rose. Ses doigts glissent sur le plastique, jouent avec le contenant. Elle l'inspecte, le soupèse, le fait rouler entre ses mains. À deux mètres de la scène, je peux sentir la tension qui se dégage d'elle. Elle hésite, se questionne sur les conséquences. Une part de moi ne rêve que de se lever et de lui hurler de manger, que c'est l'acte le plus primitif qui soit, qu'il n'y a pas à tergiverser des heures sur vingt centilitres de lait. Mais je sais que c'est plus fort qu'elle. Que c'est une lutte qui la dépasse autant que moi. Alors je me demande si c'est ma faute, si je n'aurais pas dû pousser Svetlana à refuser la proposition de Heaven's Gates.

Peut-être que si elle s'était interposée, nous serions restés en Russie, à vivre pour la musique et non pour les projecteurs. « Nous avons eu une proposition incroyable, mais notre mère adoptive a refusé. » Fin de l'histoire, notre légende personnelle aurait tenu en une phrase. Avec une coupable à blâmer, peut-être que le fait de rester dans notre routine moscovite aurait été plus supportable. Alana aurait eu moins de pression sur les épaules, sa soif de contrôle aurait été plus maîtrisable. Après tout, elle s'est bien rattrapée après avoir commencé à glisser, l'an dernier. Mais là, je sens que la chute est sournoise, inévitable. Semblable à des sables mouvants. Chaque jour, elle s'enfonce un peu plus.

Soudain, alors que je m'applique à lire la presse anglaise, j'entends le craquement d'un opercule retentir. Mon cœur se gonfle d'espoir. Mes doigts se crispent sur la coque de mon mobile. Je n'ose pas tourner la tête. Suspendu au silence, j'attends. Quand survient le frottement d'un tissu et un bruit de déglutition difficile, je comprends qu'elle l'a fait. Elle vient d'effectuer un premier pas vers sa guérison. Il ne s'agit pas seulement de manger pour survivre ; là, il est question de se battre pour reprendre des forces. Malgré mon enthousiasme, je demeure impassible. J'ai bien compris qu'elle avait besoin d'espace et que je ne ferais qu'aggraver la situation en surveillant ouvertement ce qu'elle avale. Cependant, une chose est sûre : dès que je me retrouverai seul, j'appellerai Lev et Nikita pour leur donner des nouvelles. Après des semaines de réponses évasives, je pourrai enfin leur confier les angoisses qui m'ont hanté dernièrement et leur assurer que tout s'arrange.

— Qu'est-ce que tu dirais de passer la journée à écrire ? J'ai vu sur le planning qu'il y avait une cabine de libre, on pourrait la réserver pour composer de nouveaux morceaux, proposé-je au bout d'un moment.

L'air ailleurs, Alana abandonne la bouteille sur le plan de travail et se retourne vers moi. Dans son élan, ses longs cheveux glissent de son épaule pour tomber dans son dos.

— Oui, c'est une bonne idée.

Son ton est neutre, je n'y entends ni enthousiasme ni répugnance. Je suis déçu de mon effet, mais au moins elle a accepté.

— Si ta voix va mieux, bien sûr. Je comprendrais que tu veuilles te reposer avant le concert de demain.

Elle secoue la tête, toujours un peu absente.

— Non, non, je vais beaucoup mieux.

Je sens que je n'obtiendrai pas plus d'elle. Peut-être est-elle en plein monologue intérieur, regrettant ou se félicitant du pas qu'elle vient de franchir. Vu la pâleur de son teint, j'espère que la première option n'est pas en train de se produire.

Sans un mot de plus, je me lève et la laisse à ses réflexions. J'ai hâte que nous replongions dans nos vieilles habitudes, oubliant le temps qui défile pour nous abandonner à l'écriture. Nous retrouver en tête-à-tête, avec la musique pour seule préoccupation, nous fera le plus grand bien.

*

Un peu avant midi, nous poussons la porte d'une cabine d'enregistrement. Nous aurions pu rester à l'appartement, mais j'avais besoin de changer d'air. Alana aussi, à mon humble avis. Nous cloîtrer dans une pièce remplie d'instruments sans possibilité de repli dans nos chambres devrait nous obliger à nous concentrer. Dans un studio, les problèmes du monde extérieur n'existent pas. Ou, du moins, ils se canalisent dans les cordes de guitare et les carnets d'écriture. Ici, pas de bouteilles colorées, de corps décharnés, ni de conflits fraternels. Ma petite sœur me manque et il n'y a qu'en jouant de la musique que je peux la retrouver. Cela me donne l'impression de ranimer l'étincelle dans ses yeux, de raviver l'éclat de ses traits.

— Tu as de nouveaux matériaux ? demandé-je en ôtant ma parka noire.

Alana abandonne son long manteau à carreaux bleus et blancs et s'empresse de se glisser derrière le piano. Nous n'avons qu'un clavier à l'appartement, les passages en studio libèrent toujours la passionnée en elle. Il serait peut-être temps que nous prenions un appartement à nous, pourquoi pas une maison un peu en-dehors de Londres où nous pourrions élargir notre collection d'instruments et reprendre notre souffle loin du tumulte de la capitale.

Les doigts courant sur le clavier avec légèreté, ma sœur lève ses yeux noisette vers moi. Je m'accroche à leur lueur. Cela fait longtemps qu'elle ne m'avait pas contemplé de la sorte. Dernièrement, tout en elle exprime la fuite.

— Je... J'ai quelque chose qui pourrait plaire au public. Je sèche encore sur les arrangements.

D'un signe du menton, je lui indique de me montrer ce qu'elle a en réserve puis je me laisse tomber sur un tabouret. J'attrape une guitare sèche, vérifie qu'elle est accordée et me place prêt à suivre sa mélodie.

L'espace de quelques secondes, Alana tâtonne, cherchant l'octave la plus appropriée à sa voix. Mon oreille se tend, guettant les notes à reproduire et les harmonies à inventer. Mais lorsque la voix de ma sœur résonne, ses mots m'enveloppent et j'en oublie de la suivre.

« Toute ma vie, j'ai rêvé de fusées,
Je n'avais qu'une envie, m'envoler,
Côtoyer les étoiles, briller moi aussi,
Mais voilà que le ciel est mien,

Et qu'il n'y règne que la nuit.
Je n'imaginais pas le chemin
Si fourbe et ténébreux,
Je m'accrochais à la promesse d'être deux,
Mais tout en haut du monde,
C'est seul que l'on conquiert les ondes.
Je pensais que la Terre n'était que tristesse,
Mais que vous dire de ma détresse,
Quand l'espace me dévore
Tandis que la foule crie 'encore' ?
Souris, sois jolie,
Tu as tout pour être heureuse,
Pourquoi es-tu meurtrie ?
N'étais-tu donc pas plus ambitieuse ?
À trop vouloir briller,
Je crois bien m'être brûlée ;
Je ne rêve plus du sommet ni de fusées,
Quand la lumière s'éteint,
C'est de disparaître dont j'ai besoin,
Mais paraît-il que les étoiles ne meurent jamais,
Alors comment faire pour être oubliée ? »

Sa voix se casse légèrement sur la dernière note, ses doigts continuent à courir sur le clavier tandis qu'elle s'humecte les lèvres. Je demeure interdit, courbé sur le manche de ma guitare. Les paroles sont magnifiques, mais entendre notre berceuse détournée de la sorte me fend le cœur. Alana ne pouvait être on ne peut plus clair sur la pression qui l'accable. J'ignore comment réagir après une telle claque.

Elle retire ses mains des touches puis se tourne vers moi.

— C'est tout ce que j'ai, je pense qu'il manque un refrain.

Un refrain ou quatre ans de thérapie...

Je ne dis rien, me contentant de hocher la tête.

— Roy risque de tirer la tête, ce n'est pas assez *punchy*, mais je crois que c'est une bonne chanson, poursuit-elle.

La pulpe de mes doigts vient jouer sur l'éclisse de la guitare.

— On va l'enregistrer, décrété-je. Tu as raison, les paroles sont très belles.

Le rouge lui monte aux joues. J'imagine qu'elle devait hésiter à me la jouer. Je dois avouer que le message est difficile à encaisser, mais si le livrer au monde peut l'aider à avancer, à reconnaître le mal qui l'anime, je ne peux que l'encourager. Enthousiasmée par ma décision, elle se lève et s'empresse d'aller chercher un carnet dans son sac à dos gris. Elle commence à me détailler les idées d'arrangement qu'elle a eues, son envie d'ajouter une partie orchestrale derrière le piano.

— Peut-être que je pourrais mettre mes leçons de violon à profit. J'aimerais beaucoup poser du violon sur cette chanson.

Elle débite le fil de ses pensées à toute allure. Je la suis du regard, ayant l'impression d'enfin retrouver ma petite sœur. Cependant, son agitation ne me trompe pas. Je sais les angoisses qui la rongent. Alors qu'elle se rassied, feuilletant son carnet avec agitation, je ne peux m'empêcher de rebondir sur les paroles de sa chanson.

— Alana ?

Elle marque un temps d'arrêt, une feuille en suspension attendant d'être tournée, et pose son regard sur moi, l'air interrogateur.

— Tu sais que nous sommes toujours deux, pas vrai ? C'est peut-être toi qu'ils regardent, mais dans l'ombre, je suis là. Si tu tombes, je serai toujours derrière toi pour te rattraper.

Ses lèvres se pincent, elle hoche lentement la tête.

— Oui, bien sûr. Ce n'est qu'une chanson.

Le sourire qui se dessine sur son visage semble forcé. Dans ses yeux, la mélancolie qui l'habite depuis l'enfance brille plus fort que jamais. J'ai conscience que quelque chose en elle est brisé et que ce n'est pas à moi de le réparer, surtout compte tenu de l'acharnement avec lequel elle aspire à se détruire ; cependant, je ne peux me détacher de cet espoir fou que la musique parviendra à nous réunir. Qu'un jour, même lointain, le fossé qui s'est creusé entre nous se comblera enfin.

Novembre 2018

Un mois avant le concert à Moscou

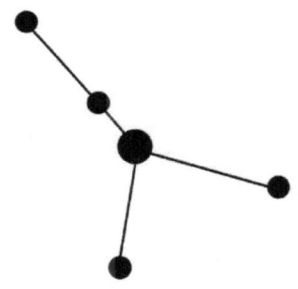

Chapitre 36

Alana

Juste une bouchée. Allez, une bouchée, ce n'est rien. Il me suffit de porter cette cuillère à mes lèvres et de laisser fondre le yaourt sur ma langue. Je n'aurai même pas besoin de beaucoup manger. Finalement, le docteur n'était pas si terrible. Je peux tenir la cadence en mangeant moins. Alors pourquoi est-ce si difficile d'avaler ce fichu yaourt ?

Je touille la cuillère comme si cela pouvait me transfuser les nutriments directement dans le sang. Je sais que je dois manger. Je veux chanter, or on ne chante pas si l'on ne tient pas debout. Ce corps si pesant, cette enveloppe que je voudrais empêcher le monde de scruter, c'est ce qui me permet de toucher les mains tendues vers moi lorsque je suis sur scène. Ce fourreau qui protège mes cordes vocales, qui leur a permis de naître et de se développer. Je veux continuer à brûler les planches. Je veux sentir, soir après soir, la chaleur des projecteurs sur ma peau, les vibrations des amplis et de la foule résonner dans mes jambes, la moiteur des salles de concert déchaînées. Tout cela, je ne pourrais le faire si je n'existais pas.

Allez, porte cette fichue cuillère à tes lèvres.

Mon bras se replie vers moi, le couvert vient entrouvrir ma bouche. Le yaourt, froid et visqueux, se disperse sur ma langue. Je reste ainsi sans bouger, laissant la crème fondre d'elle-même. Il me faut de longues secondes avant de parvenir à déglutir. Ce n'était pas si terrible. Je connais ce geste, je l'ai pratiqué un nombre incalculable de fois au cours de ma vie. Il n'y a pas de raison qu'il devienne si difficile aujourd'hui.

Encore une bouchée. Tu viens de le faire, allez, tu peux recommencer.

J'ai passé tant de temps à vouloir être considérée comme une adulte et me voilà à batailler pour avaler un yaourt. Réduite au rang de bambin qui apprend à manger. Je me déteste d'avoir perdu le combat de la sorte.

Je secoue la tête. Mais non, ce n'est pas perdu. Regarde, tu viens de te prouver que tu étais capable de reprendre le contrôle. N'est-ce pas le plus important ? Rester maîtresse de soi. Peut-être que j'avais juste besoin de tomber très bas pour me démontrer que je réussirai toujours à remonter la pente. C'est bon, maintenant. J'ai touché le fond, j'ai vu ce que c'était. Je peux donner l'impulsion qui me renverra à la surface.

Je porte à nouveau la cuillère à mes lèvres. Le yaourt fond. Je finis par avaler. Je grimace. J'ai envie de tout recracher. De colère, j'enfourne une nouvelle bouchée entre mes lèvres et me force à déglutir sans délai. Mon œsophage brûle. Mon ventre se comprime. Tout mon corps semble se liguer contre mon envie d'y arriver. Je n'ai pas dit mon dernier mot. Je répète l'opération. Je vais atteindre le fond de ce maudit pot en plastique. Je vais gagner la bataille. Enfourner. Avaler. Enfourner. Avaler. Je pense à la chance que j'ai de pouvoir manger peu et recevoir tous les nutriments dont j'ai besoin. Enfourner. Avaler. Puis je revois ces photos immondes de moi, celles prises à mon insu, ces angles peu flatteurs, ces lumières assassines. Que suis-je en train de faire ? Un yaourt hypercalorique, quelle idée ! Je vais grossir. Ce sera encore pire la prochaine fois qu'un cliché paraîtra.

Mon Dieu, je deviens folle. J'ai envie d'écraser ce pot si fragile, d'abattre mon poing sur les angles qui accueillaient l'opercule, de le réduire en miettes.

La nausée me gagne. C'est le dégoût qui se rappelle à moi. Je finis par abandonner le yaourt et sa cuillère dans l'évier et me précipite en courant vers les toilettes. Je vais vomir. Il faut que ce mal sorte de moi, je dois me purger. Je n'en ai pas envie, mais c'est plus fort que moi. Je soulève l'abattant d'un geste brusque et plonge ma tête dans la cuvette. Les haut-le-cœur me secouent, un mélange de bile blanchie s'échappe entre deux quintes de toux. Mes mains s'efforcent d'écarter mes cheveux de mon visage. Je me dégoûte. Que dirait-on si l'on savait qu'Alana ne peut manger un yaourt sans l'évacuer dans la minute ? Où sont les strass et les paillettes, dans ces toilettes ?

Des larmes épaisses roulent sur mes joues. Je laisse mon corps me dominer, je m'abandonne aux secousses qui me réduisent à l'état de marionnette de chiffon. Quand plus rien ne sort, je reste un instant accoudée à la cuvette, rassemblant mes esprits, puis je tire la chasse et gagne la salle de bains pour me débarbouiller. Mes yeux sont rougis par l'effort, mes joues luisantes de bile. Je détourne aussitôt le regard, incapable de soutenir une telle vision. Princesse de pacotille. Superstar en carton. Si quelqu'un voyait la réalité derrière l'illusion, il en serait fini de moi.

Je me lave compulsivement les mains, plonge ensuite mon visage sous le filet d'eau. Une main tenant mes cheveux plaqués dans mon cou, l'autre frotte mes joues avec fougue. Tant pis pour mon maquillage. Je m'assure qu'aucune trace ne persiste puis pose une noix de dentifrice sur ma brosse à dents. Dans ma poche arrière, mon téléphone vibre. Tout en frottant assidûment mes canines, je m'en empare pour prendre l'appel. Le nom de Steve apparaît à l'écran. Je soupire, me demandant ce que je vais devoir signer cette fois.

— Ma chérie, j'ai une nouvelle qui devrait te faire plaisir !
— Che t'écoute.

— Je te dérange ? Ne me dis pas que tu es encore malade, tu as une voix bizarre.

J'extrais la brosse à dents de ma bouche, mais le dentifrice continue à m'empêcher de parler correctement.

— Non, non, che me lave chuste les dents, vachy.

— Bien, alors la première chose, c'est que Roy a adoré le morceau que tu as enregistré la semaine dernière. Il est OK pour l'orchestre et j'ai déjà des pistes pour les musiciens.

Je me penche pour cracher le dentifrice et réprime un saut de joie.

— Steve, c'est merveilleux !

— Attends, ce n'est pas tout. L'album se vend bien, tu es vingt-deuxième sur les plateformes de streaming. Quatrième pour ton duo avec Nate. Vous n'avez pas beaucoup descendu depuis cet été, ce qui est encourageant. Du coup...

Il s'interrompt pour laisser planer le suspense. Interdite, n'osant imaginer les propositions délirantes qu'il pourrait m'annoncer, je reste pendue à son silence.

— On partirait sur une tournée de trois mois à partir de décembre. Le tourneur vous a trouvé des dates ici, mais aussi à Berlin, Milan, et à Moscou. Je pourrai t'envoyer la programmation d'ici dix jours.

Mes yeux se lèvent sur mon reflet, dans le miroir face à moi. J'ai encore les yeux rouges et les joues irritées de les avoir frottées si fort. Le décalage avec ce que Steve m'annonce est risible.

Une tournée internationale... C'est tout ce dont j'ai toujours rêvé. Pourquoi ne suis-je pas en train de sauter de joie ?

— C'est super, Steve. C'est une excellente nouvelle.

Un peu sonnée, je l'écoute m'expliquer les derniers détails avant de raccrocher. Je devrais m'empresser de prévenir Alexz, au lieu de quoi je renfonce ma brosse à dents entre mes lèvres et frotte avec plus d'ardeur que tout à l'heure.

La machine est lancée. Je n'ai pas le droit de flancher.

Chapitre 37

Alexz

La foule saute en rythme avec ma guitare, les premiers rangs s'agitent avec passion. Les mains se lèvent, les cris fusent. C'est le dernier rappel, Alana a décidé de clore le concert en apothéose. Habituellement, elle opte pour une ballade pour laisser l'effervescence redescendre. J'ignore pourquoi elle a tenu à finir en apothéose, mais ce n'est pas pour me déplaire. L'atmosphère est électrique, un sentiment de frénésie s'empare de tous mes membres.

Alors que la chanson touche à sa fin, ma sœur m'invite à gagner le devant de la scène d'un signe de tête. Je me livre à un solo tandis qu'elle demande au public d'applaudir mon nom. Les cris redoublent, l'ego boost est agréable. Je mentirais en prétendant que ces secondes de gloire éphémère ne me plongent pas dans un état second. Viennent le tour du batteur et celui du bassiste, puis le nom des ingénieurs son et lumière. Alana n'oublie jamais de les honorer. Les spectateurs scandent un slogan de rappel en chœur mais la fête est finie, il est temps de retrouver le calme de nos loges. Après plusieurs révérences, ma sœur s'éclipse dans les coulisses. Elle m'adresse un sourire triomphant en passant. J'imagine que son esprit n'est déjà plus à notre petite salle londonienne, mais qu'elle pense à Berlin, Milan et Moscou. Nous allons naviguer entre les scènes mythiques et les salles de quartier, goûter à des atmosphères éclectiques. Je suis impatient d'embarquer sur cette tournée. Cette fois, pas de Nate à l'horizon. C'est de nous qu'il s'agit. Enfin, d'Alana, mais cela revient au même. Nous ne devrons la production qu'à notre travail, le remplissage des salles qu'à notre nom.

J'abandonne ma guitare sur son trépied et m'éclipse à mon tour. Le vacarme de la foule n'a pas diminué. À mesure que je m'avance dans les couloirs des coulisses, il s'assourdit, mais je continue à tendre l'oreille pour m'imprégner de cette folle énergie.

J'ôte mon t-shirt trempé de sueur et passe un sweatshirt molletonné, répond à un message de Lev, puis je gagne la loge de ma sœur.

— Tu veux manger un morceau en ville ?

Les yeux rivés sur son téléphone, j'entends sa voix résonner à travers le haut-parleur. Elle est pire qu'un commentateur sportif analysant l'intégralité d'un match après coup : à la fin de chaque concert, elle ne peut s'empêcher de scruter les réactions et les vidéos tournées par le public.

— Non, Nate m'a proposé de passer, refuse-t-elle d'un ton distrait.

Je grimace. Cela fait longtemps que j'ai abandonné le combat contre le chanteur, mais je ne peux m'empêcher de désapprouver leur proximité. J'admets que les articles à son sujet se sont assagis depuis qu'Alana passe autant de temps avec lui, mais ceux concernant ma sœur sont devenus plus fréquents. Plus intrusifs, aussi. Elle n'a pas besoin de ça. Les paparazzi qui attendent au pied de l'immeuble, ou de celui de Nate, les fans qui braquent leur téléphone sur elle, ce n'est pas un environnement sain.

— Bien, fais attention à toi. Si tu veux, demain on pourra aller au musée. Ça fait longtemps qu'on n'a pas joué les touristes.

Cette fois, son attention se porte pleinement sur moi.

— Tu ne penses pas qu'on risque d'être embêtés ?

Je hausse les épaules, une main sur le battant de la porte, prêt à repartir.

— On s'en fiche. J'appellerai le musée demain matin, on demandera une sécurité renforcée. Juste de quoi empêcher les personnes malintentionnées de rentrer, on ne troublera pas le reste des visites.

Un sourire sincère s'inscrit sur son visage. Je me sens soulagé. Je ne me souviens pas quand nous avons passé une journée normale, à écumer des lieux publics sans craindre un attroupement. Cela remonte sans doute à notre dernier séjour à Moscou. Depuis la tournée de Nate, les clichés volés sont devenus une telle préoccupation pour ma sœur que je ne suis pas surpris qu'elle se terre si souvent dans l'appartement du chanteur. Il n'y a qu'entre quatre murs qu'elle parvient à mener une vie de jeune femme normale.

— Ce serait super, j'aimerais beaucoup retourner au musée d'Histoire naturelle.

Mes doigts viennent marteler le battant de la porte en signe d'enthousiasme.

— Vendu, rendez-vous demain !

Je lui souris en retour et ferme la porte. Mes mains viennent s'enfoncer dans la poche kangourou de mon sweat et je reste planté un instant au milieu du couloir. Autour de moi, l'équipe s'agite sans me remarquer. J'ignore que faire de moi. Je n'ai pas envie de rentrer m'enfermer à l'appartement, seul un soir de plus. À Moscou, c'était différent. J'avais Lev et Nikita, le groupe d'amis qu'ils avaient formé au fil des ans et dont l'agitation m'était devenue coutumière. J'avais la boxe. Et puis j'avais Kira. Cette Kira dont j'ai enfoui le souvenir aux tréfonds de mon esprit depuis le mois de juin, mais que je prie chaque soir de ne pas m'avoir oublié, de suivre mon actualité, de penser encore à moi. Comme si nos chemins pouvaient se réunir un jour… Ici, je n'ai rien. Rien d'autre qu'un fond de scène, ma guitare et une sœur fantôme. On ne peut pas dire que j'ai construit quoi que ce soit de durable dans cette ville. Je me sens lâche. Je continue à me raccrocher à ma petite sœur comme si ma vie en dépendait alors que j'ai le monde à mes pieds. Un infini de possibles s'offre à moi et je n'en fais rien, trop absorbé par le passé.

Je dégaine mon téléphone et décide de proposer aux musiciens de Nate de me retrouver dans un pub. Ils sont le seul lien social que j'ai à Londres. Je leur communique une adresse, récupère mes affaires et m'engouffre dans un taxi après avoir souhaité bonne nuit à l'équipe.

Le pub dans lequel je m'attable ressemble à tous les autres. Autour du comptoir en bois, des bandes d'amis attroupés près d'une télévision beuglent et font une affaire personnelle d'enchaîner un maximum de pintes avant que ne retentisse la cloche de la dernière tournée. L'ambiance est chaleureuse, animée. Je commande une chope et vais me poster près des tireuses à bière en attendant que des courageux me rejoignent. Un *roadie* et un autre guitariste se sont portés volontaires. Au moins, ce soir j'ignorerai la solitude qui me hante ces dernières semaines.

— Tu permets que je prenne ce tabouret ?

Je lève le nez de ma pinte et me retourne sur une jolie rousse vêtue d'une robe noire. Elle désigne le siège à ma droite d'un geste du menton et je m'écarte pour lui céder le passage.

— Je t'en prie.

Elle s'avance et pose les mains sur le rembourrage en velours vert de l'assise.

— Oh, toi, t'as un accent. Tu viens d'où ? demande-t-elle en faisant racler les pieds en bois du tabouret sur le parquet.

Un peu piqué d'être percé à jour alors que je vis ici depuis bientôt un an, et que mon anglais est plus fluide que jamais, je la toise en plissant le nez.

— Moscou. Je pourrais te retourner le compliment, vous parlez tous comme des snobs, à Londres.

La jeune femme s'interrompt dans son déménagement et éclate d'un rire franc.

— Tu as raison, y a pas un Londonien qui ne se prend pas secrètement pour un *Royal*.

Sa répartie me fait sourire. Alors que j'amorce un mouvement pour me retourner vers l'un des écrans du bar, une petite voix éteinte depuis longtemps s'éveille soudain. *Et si tu redevenais le Alexz que tu étais autrefois ? Celui qui n'avait aucun effort à fournir avec les femmes, celui qui se foutait bien du monde ?*

Mes doigts s'enroulent autour de l'anse de ma chope et le dilemme fait rage. Cette fille a l'air avenante, je pourrais vérifier si je suis rouillé ou non. Mais tandis que je cogite, elle déloge le tabouret de la rangée et m'adresse un sourire amical.

— Merci pour le siège, passe une bonne soirée.

Et la seconde d'après, la voilà qui rejoint déjà son groupe d'amis à quelques pas. Je me dis que c'est un signe, qu'il serait idiot de replonger dans les aventures vides de sens maintenant que j'ai connu la saveur d'une connexion sincère. Pourtant, quelque chose s'est réveillé en moi. Une faim vorace, trop longtemps ignorée.

J'ignore si c'est par pulsion, ego ou besoin de me prouver que j'ai encore de la superbe, mais je sens que je ne peux plus poursuivre cette vie de moine. Tôt ou tard, il faudra que j'accepte de tourner la page Kira. Que je cesse d'exister pour ma sœur, et que je reprenne les rênes de ma vie.

Je suis en train de ruminer à ce sujet quand Lloyd et Keith entrent dans le bar. D'un signe de la main, je leur commande une pinte chacun et ils viennent combler l'espace laissé par le tabouret enlevé.

— Alors, ce concert ? Pas trop crevé ? demande le *roadie*.

— Alana a fini les rappels avec du lourd, je pensais que je serais vidé mais ça m'a électrisé, réponds-je.

— Tu m'étonnes, il me faut toujours deux ou trois heures pour redescendre sur Terre après un concert, approuve Lloyd.

— Vous avez la belle vie, pour nous c'est après le concert que le travail nous tombe sur le coin du nez, plaisante Keith.

Nous poursuivons les échanges sur un ton joyeux, commandant une nouvelle tournée dès nos pintes vidées. Je ne connais pas bien ces deux gars, mais ça me fait du bien de sortir de ma zone de confort. De temps à autre, mes yeux s'égarent sur le groupe d'Anglais où la jolie rousse s'est établie, et je remarque qu'elle s'adonne au même manège. Nos regards s'accrochent une paire de fois. Elle détourne la tête comme si de rien était, mais elle finit systématiquement par revenir vers moi. J'en conclus que l'intérêt est partagé. Je n'aurais pas grand-chose à perdre en retournant lui parler.

La cloche finit par retentir, annonçant l'ultime tournée, et je paie nos dernières bières en essayant de refouler l'instinct qui gronde en moi. L'envie de tester mes limites. L'envie de renouer avec l'homme confiant que j'ai été. Les propos de Lloyd et de Keith ne font plus vraiment sens, j'ignore si c'est à cause de l'alcool ou de mon intérêt distrait. Alors qu'une première vague de départ vide le pub, je songe que je ne peux pas prendre le risque de la laisser partir. Je récupère ma veste, donne une tape dans le dos du *roadie* et prends congé de Lloyd d'un mouvement de main.

— Messieurs, si vous le permettez, il y a une personne à qui je me dois de souhaiter bonne nuit avant que les barmen ne nous mettent à la porte.

Lloyd ne semble pas dupe et m'adresse un clin d'œil. Je regrette de ne pas être aux côtés de Lev et Nikita. Avec eux, tout est plus simple.

Mon fond de pinte à la main, je m'isole au comptoir. Dès que le regard de la jeune femme croise à nouveau le mien – et je remarque qu'elle me cherche après que je me suis déplacé – je l'invite à me rejoindre d'un signe du menton. Elle semble hésiter, puis signale à ses amis qu'elle revient. Je l'observe attentivement s'approcher de moi, à la fois intriguée et timide.

— Tu ne m'as pas dit ton nom, lui fais-je remarquer.

— Poppy, répond-elle en se balançant sur la pointe des pieds, ses mains croisées dans le dos.

— Tu as une très jolie robe, Poppy.

Elle arque un sourcil, amusée par la banalité de ma réplique, mais je sens que j'ai toute son attention. Une part de moi a envie de décamper, d'aller me glisser sous la couette et d'oublier ces réminiscences des soirées d'autrefois, mais elle m'a tout l'air d'une gentille fille. Qui sait, nous pourrions devenir amis, faute de passer la nuit ensemble ? Ce n'est pas comme si je commençais à croupir dans ma chambre, à force de ne voir personne hors de l'équipe.

— Moi, c'est Alexz, reprends-je en jouant avec le contour de ma chope.

— Je sais, se contente-t-elle de répondre.

La surprise tend mes traits.

— Tu es le frère de cette chanteuse, celle qui sort avec Nate Vance, reprend-elle.

Je grimace.

— Non, non, ils ne sortent pas ensemble.

— Peu importe, je t'ai reconnu. Pas tout de suite mais, après, quand j'ai rejoint mes amis, j'ai relié les points entre eux.

Ma grimace ne s'efface pas. Je crois que j'aurais préféré qu'elle ne sache rien de moi. Peut-être que l'envie de passer pour un autre m'enthousiasmait plus que celle de retrouver mon charisme d'antan. D'un autre côté, je suis loin de baigner dans la même lumière que ma sœur, ce n'est pas comme si l'on venait souvent m'importuner dans la rue ou tenter de profiter de moi. Je ne suis pas assez connu pour ça. Je n'ai donc aucune raison de me montrer méfiant, n'est-ce pas ?

— Me voilà démasqué…

Elle sourit.

— Ne crois pas que je suis une groupie, ou quoi, c'est juste que la presse parle tellement de vous… J'ai l'impression que vous avez remplacé le mariage de Meghan et Harry dans le cœur des Anglais ! On ne peut pas passer à côté, à moins de vivre dans une grotte.

La comparaison me détend aussitôt. Mes épaules se relâchent, ma garde s'abaisse.

— Heureusement qu'on n'a pas débarqué plus tôt, on n'aurait jamais pu rivaliser face à Kate et William. Tu crois qu'on aura droit à des soucoupes en porcelaine à notre effigie ?

Poppy glousse. Je sens qu'elle dit vrai, qu'elle se fiche de ma prétendue notoriété.

— À Londres, on n'est à l'abri d'aucune folie ! évalue-t-elle.

Un élan d'audace m'envahit. L'alcool est peut-être coupable, mais je sens qu'il est temps d'agir. Je vide les quelques centilitres de bière tiède qui stagnent au fond de ma chope et l'abandonne sur le comptoir. La seconde suivante, je me rapproche d'un pas de la jeune femme et approche mon visage du sien pour qu'elle ne manque rien de mes paroles.

— Et si tu me montrais quel genre de folie on peut vivre dans cette ville ?

Elle se tend en comprenant le sous-entendu. Mince, j'y suis allé fort. Quel goujat… Je me recule pour lui rendre son espace personnel et lui livre un sourire confiant.

— Je ne sais pas toi, mais moi, je sors d'un concert de deux heures et je meurs de faim. Si tu es aventureuse, tu pourrais me suivre chez moi et je te cuisinerais les meilleures pâtes carbonara de Londres. Qu'est-ce que t'en dis ?

Une main passe dans ses cheveux roux, elle les lisse en faisant la moue, hésitante.

— Je ne sais pas, mes amis risqueraient... Ils pourraient s'inquiéter.

Je tends le cou pour les observer. Ils n'ont pas l'air perturbés par son absence, cependant, loin de moi l'idée d'argumenter pour la convaincre. D'habitude, les filles se manifestent assez clairement pour que je n'aie pas à tergiverser. Kira est la seule pour qui j'ai eu à me battre, et encore : c'était dans les règles de l'art. En tout bien tout honneur. Je n'aime pas l'idée de lutter pour parvenir à mes fins. Je préfère rentrer seul que laisser une femme quitter mon lit emplie de regrets.

— Je comprends. J'espère ne pas avoir été trop cavalier, je ne connais pas grand monde dans cette ville et cela fait longtemps que je n'ai pas parlé à une jolie femme. Passe une bonne soirée, Poppy.

Un coup d'œil par-dessus mon épaule m'indique que Lloyd et Keith sont déjà partis. Je me contente donc de lui adresser un sourire rassurant et d'emprunter la direction de la sortie. La porte du pub se referme lourdement derrière moi et le crachin londonien me glace sans attendre. Je rajuste le col de mon blouson pour me protéger du froid et m'avance sur le bord du trottoir en quête d'un taxi. Les rires fusent dans mon dos, des groupes d'amis éméchés se dispersent aux quatre coins des rues. Je savoure cette sensation si longtemps perdue. Je pense à mes meilleurs amis, mes deux frères que je reverrai enfin dans un mois. Combien de fois leur ai-je demandé de me rejoindre ici ? Nous prendrions une maison, Alana serait entourée d'un foyer rassurant. Une famille que nous aurions construite, sans la pression des secrets et du passé. Mais Lev et Nikita ont leur vie à mener. Leurs propres projets. Aucun adulte sain d'esprit ne rêve de vivre aux crochets de son meilleur ami.

Le bras en l'air, j'essaie d'arrêter une voiture. La fermeture des bars semble avoir rempli l'ensemble des *cabs* londoniens et j'envisage de commander un chauffeur privé. Ce froid va me congeler.

— Attends ! Alexz, une minute !

Je sursaute et cherche à droite, à gauche, d'où provient cette voix fluette. Je finis par comprendre que Poppy se tient dans l'embrasure de la porte du pub. Un couple se faufile entre son bras qui repousse le battant et elle s'excuse en se plaquant contre le bois pour dégager le passage.

— J'ai oublié quelque chose ?

Elle jette un coup d'œil en arrière, semblant découvrir elle-même ce qu'elle s'apprête à dire, puis laisse claquer la porte en s'avançant vers moi.

— Elles sont vraiment bonnes, tes pâtes carbo ?

Un frisson vient chatouiller mon bas-ventre. J'arque un sourcil, un rictus satisfait aux lèvres.

— La seule façon de le savoir, c'est de les goûter. Je ne suis pas très objectif, j'avalerais n'importe quoi.

Poppy rougit.

— Tu veux toujours cuisiner pour moi ? J'avoue qu'un plat consistant ne me ferait pas de mal, après toutes ces bières.

— Si on parvient à attraper un fichu taxi, avec plaisir !

Perchée sur des talons dorés, sans manteau, la jeune femme s'élance sur le bord de la route et siffle pour interpeller une voiture. Au bout du deuxième essai, un taxi s'arrête et nous nous empressons de glisser sur la banquette arrière.

— Waouh ! Je crois que j'ai encore quelques trucs à apprendre, plaisanté-je en claquant la portière derrière moi.

— Vous n'avez pas de taxi, à Moscou ?

Je fronce le nez, honteux de ce que je m'apprête à lui révéler.

— Pour être honnête avec toi, ma famille avait son propre chauffeur.

Les mains posées sur ses genoux, elle lève la tête d'un air à la fois interdit et entendu. Je m'empresse d'orienter la discussion sur elle avant de passer pour un gosse de riche pourri gâté, je lui demande si elle a toujours vécu à Londres. Alors qu'elle m'explique venir d'une petite ville à quelques kilomètres, ses doigts jouent nerveusement avec les mailles noires de ses collants. Une tension étrange flotte entre nous. De ces tensions peuplées de politesses et de bienséance qu'éprouvent deux individus qui savent parfaitement qu'ils s'apprêtent à se voir nus. L'indicible pudeur plombée de désir qui précède le premier pas. Je me délecte de cette sensation oubliée. Je compte la faire durer.

Une fois sur Ashley Place, au bas de l'immeuble, je sens que Poppy est de plus en plus confuse. Alors que l'ascenseur nous élève à mon étage, j'observe une distance respectueuse, me demandant si elle la brisera en premier. Ses yeux font la navette entre mon visage et ses mains nouées. Ses joues sont rougies de timidité. Elle est terriblement craquante. Dans la cuisine, je lui demande de sortir les ingrédients du frigo tandis que je mets l'eau des pâtes à bouillir. Je la sens toujours gênée, ne sachant s'il est temps de passer aux choses sérieuses ou si j'étais sérieux à propos de mon envie de pâtes carbonara. J'essaie de la mettre sur la voie, glisse mes mains sur ses hanches lorsque je dois passer derrière elle pour attraper une spatule, écarte une mèche de son visage pour la ranger derrière son oreille alors qu'elle coupe un oignon.

— Tu ne m'avais pas dit que tu mettais tes invités à contribution, se moque-t-elle en roulant des paupières pour chasser les larmes que l'action lui provoque.

— Tout se mérite dans la vie, jeune femme.

Je lui adresse un clin d'œil en tirant une palette d'œufs d'un placard. Puis je reporte mon attention sur la façon dont elle émince les oignons.

— La prochaine fois, demande-moi un sécateur si c'est pour tailler des tranches pareilles !

Ses lèvres s'entrouvrent pour former un « o » offusqué, mais un sourire ne tarde pas à le tordre.

— Tu ne devrais pas embêter une femme qui tient un couteau.

Je m'essuie les mains sur mon jean et viens me poster derrière elle en secouant la tête, amusé.

— Là, regarde, ce n'est pas compliqué.

Heureusement qu'elle est plus mauvaise cuisinière que moi, car mes compétences en la matière sont limitées. Je place mes mains sur les siennes et guide son couteau. Dans le même temps, je plaque mon torse contre son dos, penche mon visage pour que mes lèvres frôlent son oreille. Je sens son corps qui se contracte, son souffle qui se bloque.

— Ces pauvres oignons ne t'ont rien fait, tu n'as pas besoin de les massacrer.

Mes mains se pressent un peu plus fort sur les siennes, sa tête se penche légèrement sur le côté pour me donner accès à son cou plus facilement. Je laisse mes lèvres descendre de son lobe à sa gorge, lâche sa main pour l'attraper par la taille. Elle ferme les yeux, bascule sa tête sur ma clavicule. Nous n'échangeons pas un mot, laissant nos corps s'apprivoiser. Rapidement, elle pivote vers moi et sa bouche vient rencontrer la mienne. Je plonge ma main libre dans sa chevelure, laisse descendre l'autre sur sa cuisse puis remonte sournoisement sous sa robe tandis que sa jambe vient s'enrouler autour de la mienne. Nous mangerons plus tard. Un autre appétit, bien plus vorace, nous anime. Ses doigts se faufilent sous mon sweat et elle me pousse jusqu'à la table. Mon esprit s'absente une seconde pour se demander si j'ai bien fermé la porte d'entrée. J'aurais peur qu'Alana nous trouve dans une telle posture. Puis je songe qu'elle reste souvent dormir chez Nate. Ce soir, je peux reprendre mes vieilles habitudes.

Poppy dans mes bras, je me réveille enfin d'un long demi-sommeil.

Chapitre 38

Alana

— Tu as bien dormi ?

Nate se tient dans l'encadrement de la chambre d'amis, un plateau dans les mains. Une douce odeur de viennoiseries, de bacon et de café me provoque un grondement dans l'estomac. Je m'enfonce dans la pile d'oreillers sous ma tête et étire mes bras en grognant.

— Pas assez.

— Il est déjà dix heures, j'ai une interview dans une heure trente. Je me suis dit qu'on pourrait prendre le petit déj ensemble avant que je file.

Je tire la couette sur mes épaules dénudées.

— Tu sais que...

— Je sais, tu n'as jamais faim le matin, me coupe-t-il en levant les yeux au ciel. Eh bien tu piocheras ce que tu veux et moi, je mangerai.

J'aime cette façon qu'a Nate de me laisser tranquille, de ne pas poser de questions. Avec lui, je n'ai pas l'impression d'être un vase brisé qu'il faut réparer.

Le sourire aux lèvres, j'extrais un bras de la couette et tapote la place vide à côté de moi pour l'inviter à me rejoindre. Il dépose le plateau entre nous et vient se glisser sous les draps.

— Tu as les pieds froids, grogné-je.

— Arrête de bouger deux minutes, tu vas voir qu'ils vont se réchauffer.

Pour m'embêter, il fait exprès de les plaquer contre mes mollets. Je me contorsionne pour l'éviter, il revient à la charge de plus belle et nous rions comme des enfants.

— Arrête tes bêtises, tu vas renverser le plateau ! le grondé-je.

— Ce sera ta faute ! Tout de même, me laisser mourir de froid alors que je te traite comme la deuxième propriétaire des lieux… Tu te transformes en diva.

Tout en se penchant pour attraper un croissant, il continue à me coller ses pieds gelés contre les mollets en se moquant de moi. Je ris à en avoir mal au ventre et les larmes aux yeux. Pour le fuir, j'envoie mes jambes à l'autre bout du lit et viens poser ma tête sur son ventre. L'idiot s'amuse à laisser tomber des miettes sur moi pour me chasser.

— Laisse-moi tranquille, je suis bien là ! protesté-je.

Surpris, il lèche les miettes sur ses lèvres et déglutit soigneusement. Ses doigts viennent épousseter mes joues en douceur, puis mon décolleté.

— Désolé si c'est inconvenant, mais j'en ai foutu partout.

Je remarque qu'il a l'air sincèrement gêné.

— À d'autres, le bourreau des cœurs. Tu ne vas pas me faire croire qu'un débardeur te fait peur ?

— Le tien, si.

J'écarquille les yeux, roule sur le ventre pour l'observer. Quelques miettes échouent sur le matelas au passage.

— Je te demande pardon ?

Il grimace, fuit mon regard.

— Tu es une personne qui compte beaucoup dans ma vie, c'est tout.

Qu'est-ce que ça veut dire ? Est-ce qu'il me voit comme une petite sœur, comme la majorité des hommes de ma vie ? Ou est-ce une façon de me dire que je lui plais ? Je fronce les sourcils, tentant de déchiffrer ses paroles. Non, je ne peux pas l'intéresser de cette façon. C'est Nate, il me l'aurait fait comprendre depuis longtemps.

Mes doigts jouant avec les plis du drap-housse, je finis par poser la question qui me brûle les lèvres depuis cet été.

— Est-ce que tu es vraiment comme tes amis le disent ? Je ne t'ai jamais vu avec une fille.

J'évite son regard, me concentrant sur la blancheur de la literie avec passion. Il soupire.

— Je l'ai été.

Je sens que le sujet est sensible. Pourtant, je veux en savoir plus. Nous passons tellement de temps ensemble, j'ai besoin de creuser certains sujets.

— Et pourquoi plus maintenant ?

Il grogne, conserve le silence. Je lève enfin les yeux sur lui, sonde son visage fermé. Appuyée sur un coude, ma main vient pousser sa cuisse pour attirer son attention.

— Nate, allez, réponds-moi…

— Parce que ça ne m'intéresse plus, c'est tout.

Sa narine frémit. Il se concentre sur un point imaginaire, loin sur le mur en face de nous. Je comprends qu'il ne souhaite pas approfondir la question.

— Je vois, tu as atteint l'âge de raison. C'est donc ce qu'il se passe quand on atteint vingt et un ans…

Il passe un bras au-dessus de ma tête pour attraper une tranche de bacon. Ses traits se détendent.

— Ouais. Et en parlant d'âge de raison, je t'ai vue fumer sur le joint de David, hier. Tu m'avais promis de te calmer. Une fois de temps en temps, sous ma surveillance, je peux l'entendre, mais tu prends de mauvaises habitudes. Il serait peut-être temps de te raisonner, toi aussi.

Je roule des yeux en le singeant.

— Je suis sérieux, Alana. Tu as la chance d'être bien entourée, n'emprunte pas un chemin que tu pourrais regretter.

— Tu es mal placé pour parler.

Cette fois, je me redresse sur les genoux, le toisant d'un air grave. Je n'aime pas cette lubie de me donner des leçons.

— Au contraire, je sais exactement de quoi je parle.

— Et donc, quoi ? Si je plane avec toi, c'est moins grave ? Sous ta surveillance, je suis à l'abri de tous les dangers, c'est ça ? Mais si c'est David, alors…

— Arrête !

Il repousse le plateau et se positionne en tailleur face à moi. Je me tais, les poings tremblants. Je suis fatiguée de tous ces gens qui veulent me protéger. Fatiguée d'être traitée comme un petit animal blessé. Les moindres de mes faits et gestes sont scrutés, analysés. J'ai droit à mon bouton pause, moi aussi. Droit de m'échapper, une fois de temps en temps.

— Je n'aurais jamais dû te faire goûter à ça, se reproche-t-il. J'aurais dû me douter que tu étais trop sous pression. Quand on découvre la porte de sortie, c'est difficile de résister à l'envie de l'emprunter dès que les choses se compliquent. Un scandale dans la presse, des photos peu flatteuses, une critique assassine… Tout ça, je l'ai vécu avant toi. Il y aura toujours une raison de vouloir éteindre son cerveau.

— Tu parles comme si j'étais stone toute la journée, c'est n'importe quoi.

Énervée, je repousse la couette et en extirpe mes jambes, prête à quitter le lit pour me rhabiller. Nate me retient par le poignet.

— Je ne dis pas ça pour t'embêter. Je veux juste te rappeler que tu n'es pas seule, que si tu ouvres un peu les yeux, tu verras que la réalité n'est pas si terrible.

Je demeure figée, une jambe hors du lit, l'autre repliée sur le matelas, mes yeux fixant ses doigts enroulés sur ma peau. Ses mains semblent immenses autour de mon os. J'ignore pourquoi, ce détail m'interpelle.

— Nate, pourquoi tu me dis tout ça ?

Ses paupières se ferment, ses doigts se relâchent autour de mon poignet mais ne me quittent pas. Ils glissent sur ma paume, chauds et rassurants.

— Parce que j'ai abîmé chaque bonne chose qui est entrée dans ma vie. Je refuse de t'abîmer, toi.

Mes mâchoires se serrent. Il rouvre les yeux et ses iris verts me fixent avec détermination.

— Tu n'as pas ce pouvoir, soufflé-je.

— Oh ! Je sais, tu te débrouilles très bien toute seule à ce sujet.

Sa remarque me heurte en plein estomac. Ses doigts se resserrent sur ma main, mais sa bouche affiche un rictus accusateur.

— Pourquoi tu te préoccupes autant de moi ? Tu as déjà tout ce que tu veux, Nate. Laisse-moi gérer ma vie comme j'en ai envie.

J'essaie de récupérer ma main, bien décidée à partir, mais il conserve sa prise.

— Tu sais très bien pourquoi. Toi aussi, tu as tout ce dont tu as toujours rêvé. Et toi aussi, tu sais que ça n'a pas comblé ce trou béant au fond de ta poitrine. C'est même pire. Plus la foule à tes pieds est grande, plus le vertige de la solitude est violent.

Des larmes me piquent la cornée. Je veux qu'il se taise, qu'il me fiche la paix. Pourquoi me dit-il tout ça ? La matinée avait pourtant bien commencé. Je le déteste d'avoir tout gâché.

— Je dois y aller, je suis censée rejoindre Alexz, dis-je pour qu'il me lâche.

Ses mots résonnent dans ma tête. « *Plus la foule à tes pieds est grande, plus le vertige de la solitude est violent.* » Il a raison. Je le déteste pour cela. J'ai toujours cru que réaliser mon rêve comblerait ce vide en moi. Il n'en est rien. Bon sang, pourquoi fallait-il qu'il parle de tout cela ? Bien sûr que c'est encore pire. Je n'ai plus aucun but à poursuivre dans l'espoir de remplir ce gouffre qui m'avale de l'intérieur. J'ai tout, et pourtant je me sens démunie. Pauvre petite fille riche. Comment peut-on se plaindre alors qu'on a le monde à nos pieds ?

Nate se redresse à son tour. Ses doigts lâchent leur prise, ils se contentent de frôler ma peau, de courir sur mes avant-bras en douceur. Son regard s'est attendri.

— Tu es ce qu'il y a de plus sincère dans ma vie. Tu ne peux pas me demander de te regarder te saboter alors que tu as une chance de tout avoir. Le succès et la stabilité.

Mes lèvres frémissent. J'ai envie de pleurer. Envie de le repousser, de libérer ma colère contre lui. C'était plus simple de ne pas en parler. Plus simple de chercher la fuite. Je ne veux pas affronter tout cela. C'est trop pour moi.

Son front vient se poser contre le mien. Sa deuxième main se glisse sur mon cou, son pouce dessine des ronds sur l'angle de ma mâchoire. Je lâche prise. Mon corps devient chiffon. Ses lèvres effleurent mon front, il y dépose un baiser protecteur. Une larme franchit la lisière de mes cils.

— Viens avec moi à Moscou, soufflé-je. Ce sera la première date de la tournée, je veux que tu sois là.

Il s'écarte légèrement, son pouce descend sur mon menton pour le relever vers lui.

— OK, murmure-t-il. OK, je viendrai.

Un faible sourire se dessine sur mes lèvres. Il efface le sillon tracé par ma larme, s'attarde un instant tout près de mon visage. Une part de moi a envie qu'il m'embrasse, mais ce serait tout gâcher. Les sentiments compliquent tout. Je refoule ce désir, l'enferme loin, très loin dans mon esprit.

— Je vais être en retard, me contenté-je de dire.

Cette fois, il se recule pour de bon. Je sors du lit, ramasse mes affaires. Je sens son regard qui s'attarde sur mon short en satin, qui court sur mes jambes nues. Je tremble. Ma tête tourne. Peut-être que je devrais attraper quelque chose sur le plateau. Un bout de bacon, ou un croissant. Mais l'envie de fuir est plus forte. Sans un regard en arrière, je me précipite dans la salle de bains et troque mon pyjama contre une robe en velours prune.

*

Quand je rejoins Alexz devant le musée d'Histoire naturelle, j'ai repris mes esprits. Ma tête tourne toujours un peu à cause de la faim et des excès de la veille, mais la beauté de l'imposant bâtiment néoroman m'apaise aussitôt. Des jeunes déjeunent sur le parvis et les murets qui entourent le musée, je rajuste mon écharpe autour de ma bouche et place mes lunettes de soleil sur mon nez par réflexe. Alexz a placé la capuche de son sweat sur sa tête. Les mains plongées dans sa veste en cuir, il m'indique d'un signe du menton que nous pouvons couper la file d'attente. Un garde du musée nous attend sur le côté.

— Tu t'es bien remise du concert ? T'as frappé fort, hier, dit-il en montant les marches du parvis.

— C'était une bonne idée, de ne pas finir sur une ballade, non ? Je crois que j'ai envie de faire ça, pendant la tournée. Pas tous les soirs, mais peut-être pour notre date à Moscou. C'est chez nous, je veux leur montrer ce qu'on a dans le ventre.

Il opine du chef, sensible à ma proposition. Nous arrivons devant le garde, le saluons, et entrons sous les regards curieux des visiteurs dans la queue. C'est sûr que doubler tout le monde, ce n'est pas le meilleur moyen de passer inaperçus.

— Prenez votre temps et faites comme si je n'étais pas là, nous informe le gardien. Je resterai à distance pour vous laisser tranquilles, mais je serai toujours dans la pièce en cas de problème.

— Merci mille fois pour votre temps, le remercié-je.

Nous passons l'office d'entrée, récupérons nos billets et je m'immobilise dans l'immense hall en pierres. De magnifiques escaliers desservent plusieurs ailes du musée, une balustrade nous surplombe, et un imposant squelette de baleine flotte au-dessus de nos têtes. Je suis reconnaissante à Alexz de m'avoir proposé cette sortie. Il avait raison, cela fait une éternité que nous n'avons rien fait de « normal ».

— Waouh... soufflé-je. J'avais oublié à quel point c'est beau.

Mon frère vient se poster à côté de moi. Tous deux les yeux levés vers le squelette de baleine, j'ai l'impression que nous redevenons deux enfants émerveillés devant les décorations de la Place Rouge lors des fêtes de Noël. L'espace d'un instant, nous retrouvons notre innocence.

— Je suis content que tu aies accepté de m'accompagner. Tu m'as manqué, ces dernières semaines.

Il garde les yeux rivés sur la carcasse suspendue au plafond. Je sens combien cela lui coûte de m'avouer ça. Un sourire s'affiche sur mes lèvres et j'oublie définitivement les tensions qui ont marqué mon début de journée. Nous nous avançons au milieu du hall et inspectons les panneaux informatifs.

— On commence par la paléontologie ? proposé-je.

— Carrément, les dinosaures ne déçoivent jamais.

Comme deux gosses, nous nous empressons de rejoindre l'aile destinée aux fossiles et squelettes de dinosaures. Alexz s'amuse à imiter le T-rex et je ris aux éclats, attirant l'attention de certains visiteurs. Au bout d'une quinzaine de minutes de visite seulement, un groupe d'adolescents s'approche pour nous demander des photos. Je suis frustrée de quitter notre bulle de normalité, mais je ne peux refuser quelques minutes d'attention à ceux qui m'ont construite. Je dois tout à mes fans. Lunettes de soleil sur la tête, je baisse mon écharpe pour dévoiler mon visage, et leur demande de ne pas poster les photos tout de suite, le temps que nous terminions notre visite en paix. Il suffit d'une publication localisée pour que l'effet boule de neige opère. Le gardien congédie le groupe après quelques minutes d'échange et Alexz lui adresse un signe de tête reconnaissant. Nous abrégeons l'exploration de certaines allées pour nous éloigner et gagner une salle où personne n'a assisté à notre séance photo improvisée. La foule attire la foule et nous préférons éviter d'éveiller l'intérêt des curieux.

— Je ne savais pas que tu aimais autant les dinosaures, me dit-il alors que je lis scrupuleusement une pancarte.

Je hausse les épaules.

— Je suis curieuse de ce qui a façonné le monde. Nous avons de la chance de savoir ce qu'il y a eu avant nous, je me demande souvent ce qu'il y aura après.

Mon frère s'accoude à un pupitre contenant des fascicules.

— Moi aussi, je me pose parfois ces questions. Le temps passe si vite… Je sais que tout a une fin, et je me demande si l'on court après des rêves futiles ou si tout cela a un sens.

Je porte mon attention sur une rangée de dents placées sous verre.

— J'imagine que c'est un chaos organisé.

— Sans doute.

En pleine réflexion, je me balance sur la pointe des pieds. Les dents ressemblent à de petits coquillages abîmés. Je me demande si les miennes finiront dans cet état, dans un million d'années.

— Je crois que c'est important de connaître son histoire. Ça nous enracine. Le sens, c'est comme ça qu'il naît, soufflé-je.

Je remarque que ses lèvres se pincent. Il détourne le visage, fait mine de s'intéresser à un diorama.

— Parfois, c'est mieux de ne pas savoir.

Le sous-entendu est clair. Je sais que c'est un fait dont il a toujours été convaincu, peu importe que j'adhère à sa logique ou non.

— Pour certaines personnes, peut-être. Mais on ne peut dénier ce droit à ceux qui en auraient besoin, pas vrai ?

Il conserve son attitude fuyante. Nous savons tous les deux qu'il n'est plus question de dinosaures. Mes ongles s'enfoncent dans la paume de mes mains, j'attends une réaction. Une confession, peut-être, même si cela fait longtemps que j'ai cessé de croire à l'impossible.

— Et si on passait dans la section botanique ? Il paraît qu'ils ont une collection de séquoias géants, ça a l'air cool, non ?

Un faux air enthousiaste sur le visage, il s'écarte du pupitre et amorce un pas dans une direction au hasard. Je soupire, comprenant que je n'obtiendrai rien de lui. Je n'ai pas envie d'insister et de prendre le risque de gâcher ce moment. M'assurant que mon écharpe dissimule bien le bas de mon visage, je lui emboîte le pas sans un mot.

Alors que nous franchissons un couloir nous conduisant vers la section botanique, le gardien se rapproche de nous.

— Excusez-moi, mais on vient de m'informer que votre présence a été signalée sur les réseaux sociaux. Si vous souhaitez replanifier votre visite, nous serons ravis de modifier la date de votre visite.

Alexz m'interroge du regard, je me penche pour inspecter les visiteurs autour de nous puis refuse d'un mouvement de tête.

— C'est gentil, mais ça a l'air calme. Ce serait dommage de partir si vite.

Le gardien acquiesce et reprend ses distances. Malgré tout, je le sens plus tendu. Nous nous enfonçons dans le couloir jusqu'à atteindre une serre magnifique. Toutes sortes de végétaux y poussent, créant une flore dense et hors du temps. Perdue dans ma contemplation, j'en oublie l'annonce qui vient de nous être faite. Jusqu'à ce qu'une famille s'approche, les yeux écarquillés.

— Mais oui, c'est bien vous, Alana ! Ça vous dérangerait de prendre une photo avec nos enfants ? demande la mère en dégainant son téléphone.

Alexz se crispe, il me dévisage, semblant demander silencieusement s'il doit intervenir. Le gardien se rapproche à son tour. Je grimace, partagée entre l'envie de demander un peu d'espace et celle de faire plaisir. Mais comment pourrais-je refuser une demande aussi basique ?

— Bien sûr, je vous demanderais juste d'attendre ce soir si vous voulez la partager. J'aimerais finir la visite sans paparazzi.

La femme rejette mes paroles d'un mouvement de main, comme si c'était une évidence, et invite ses deux enfants à me rejoindre. Une petite fille d'environ dix ans et un garçonnet qui doit être en maternelle viennent se placer devant moi, intimidés. Le mari, en retrait, semble gêné. La mère de famille place son téléphone devant elle, lève le nez vers le toit de la sphère pour inspecter la lumière, se repositionne, répète le manège.

— Merci de vous dépêcher, Madame, nous sommes pressés, lui indique le gardien.

— Évidemment, évidemment.

Elle presse le déclencheur, grimace.

— Oh Noah, tu as fermé les yeux. On peut la refaire ?

Les visiteurs alentour commencent à remarquer notre mise en scène et nous regardent plus attentivement.

— Oui, mais vite, s'il vous plaît, l'imploré-je.

— J'en ai pour une seconde. Noah, ouvre les yeux !

Je sens mon frère et le gardien qui se tendent autour de moi. J'essaie de rester sereine, souriante. Ces enfants n'y sont pour rien, cette mère de famille veut seulement un joli souvenir. On ne peut se plaindre de trouver cela intrusif quand on choisit un métier aussi public. Entre mes jambes, le garçonnet s'agite.

— Ce n'est pas cette chanteuse russe ? demande une voix sur ma gauche.

Alexz enroule un bras autour de mes épaules et m'éloigne.

— Tu es très jolie, me dit la petite fille alors que je me recule.

— C'est adorable, toi aussi. Comment tu t'appelles ?

— On doit y aller, décrète mon frère, sur la défensive.

— Lila, répond la petite.

Il m'entraîne à l'écart.

— Merci pour votre temps, bonne visite, salué-je la famille en m'éloignant.

— On file, me glisse mon frère à l'oreille. Maintenant.

Je le suis sans discuter. Nous pressons le pas. Plusieurs visiteurs se retournent sur notre passage. Des index se pointent vers nous. Le gardien nous talonne.

— T'étais obligée d'être aussi longue ?

— Ce sont des enfants, Alexz, que voulais-tu que je fasse ?

— Des paparazzi se sont postés à l'entrée du musée. Je peux vous proposer d'attendre un moment dans la salle de repos du personnel, ou vous faire sortir par-derrière, propose le gardien.

— Nous allons sortir par-derrière, décide Alexz.

Je suis déçue de devoir écourter la visite. C'était pourtant une si bonne idée… Est-ce que ce sont les jeunes qui m'ont demandé une photo en premier qui n'ont pu s'empêcher de la poster ? Je me sens toujours dépassée par cette attention fébrile qu'on m'accorde, par la voracité de certains à vouloir leur photo avec une célébrité. Je n'arrive pas à comprendre ce que je peux représenter pour eux. Mes chansons leur font-elles vraiment du bien, ou est-ce seulement car mon nom a fait la couverture de certains magazines qu'ils veulent leur accès à mes côtés ?

Nous sommes obligés de repasser par le hall. Un attroupement de paparazzi y siège, contenu par des gardiens. La foule se presse dans le centre de la salle, intriguée. Lorsque nous passons à toute vitesse, des exclamations retentissent. Des flashs m'aveuglent. J'ignore qui des visiteurs ou des photographes m'interpellent, mais mon nom résonne de tous les côtés. Celui d'Alexz aussi. Il semble parvenir à garder son sang-froid plus facilement que moi. Mon écharpe relevée sur le côté du visage, j'accélère encore le pas. Un deuxième gardien vient épauler celui qui nous accompagne depuis notre arrivée.

— Vous pouvez courir ? demande-t-il. Nous allons vous mettre en sécurité dans la réserve, le temps que l'agitation se calme.

Alexz me regarde. Sa main plaquée contre mes omoplates, il me pousse en avant, protecteur.

— Ouais, pas de souci.

Nous approchons des escaliers. Les gardiens ne parviennent à contenir la foule et se font repousser vers nous. Je me sens oppressée. Une centaine de personnes nous entoure. J'ai la tête qui tourne. J'aurais dû manger. Nate avait tout préparé, je n'avais qu'à me forcer. Pourquoi faut-il que je sois comme ça ? Tous ces cris. Je leur suis si reconnaissante, pourtant ils m'effraient. Suis-je un monstre de vouloir m'éclipser ? Ne devrais-je pas leur accorder quelques minutes, au moins quelques secondes, à chacun ?

— Dépêche-toi, les gardiens ne sont clairement pas formés pour gérer un délire pareil, me presse Alexz.

— Nous non plus ! protesté-je.

C'est la première fois que la tension est si forte. Qui a bien pu signaler notre présence ? Je ne me sens pas en sécurité. Les mouvements de foule ont tout d'un raz de marée. Et il fait chaud, si chaud. Nous grimpons les escaliers quatre à quatre, Alexz me pousse pour m'aider. Ma tête tourne. Alors que nous atteignons la passerelle, je sens que je ne peux plus avancer.

— Elle est en train de faire un malaise, il faut la porter ! s'écrie mon frère.

C'est la dernière chose que j'entends avant que le noir ne m'engloutisse.

Chapitre 39

Alexz

« *La popstar, connue pour sa proximité avec Nate Vance, s'est évanouie en plein cœur du Muséum d'Histoire Naturelle ce dimanche en début d'après-midi. On la dit très faible depuis la fin de sa tournée estivale. Des sources proches confient qu'elle a souffert de troubles alimentaires durant son adolescence et qu'elle connaît une rechute depuis plusieurs mois. Sa tournée internationale, qui débutera en décembre, est-elle menacée par son état de santé ? Ce n'est peut-être pas le meilleur moment pour prendre vos places, en tout cas...* »

Énervé, j'éteins la télévision sans laisser la présentatrice terminer son discours. Si MTV s'y met, on ne va pas s'en sortir. Le malaise d'Alana est sur toutes les chaînes, des vidéos circulent à tout va. Impossible d'allumer son téléphone sans être noyé sous une pluie de notifications.

— Connue pour sa proximité avec Nate Vance ? Comme si je n'écrivais pas mes propres chansons, et comme si je n'assurais pas mes propres concerts, grogne ma sœur en entrant dans le salon.

Je sursaute.

— Qu'est-ce que tu fais ici ? Tu devrais être en train de te reposer.

Elle se laisse tomber dans le canapé, ramène ses jambes contre sa poitrine.

— Je vais bien, j'ai juste paniqué à cause du mouvement de foule. Je pensais que ce genre de chose n'arrivait que dans les films.

— Alana...

Elle secoue la tête, bien décidée à me faire avaler ses couleuvres.

— J'étais fatiguée du concert de la veille, je n'avais pas pris de petit déjeuner. Tout va bien, maintenant.

Je m'apprête à répliquer mais on sonne à la porte. J'hésite à prétendre que nous sommes absents, mais je me dis que si des paparazzi ont réussi à franchir la conciergerie, il serait de bon ton d'appeler la police. D'un pas rageur, je me rue sur la porte pour inspecter le judas. La pression retombe quand je découvre Steve et Nate de l'autre côté de la porte. Je fais sauter le loquet et entrouvre le battant.

— Personne ne vous a suivis ?

— La police est postée devant, on a pu rentrer sans problème, me rassure Steve.

Ce n'est pas plus mal que nous n'ayons pas encore déménagé. Avec un service de sécurité assuré par Heaven's Gates, nous ne craignons rien.

Nate me salue d'un signe de tête puis, repérant Alana, entre sans se faire prier.

— Tu vas bien ? Tu ne t'es pas fait mal ?

Il m'agace, mais je ne peux qu'apprécier la sincérité avec laquelle il étudie ma sœur, cherchant le moindre signe de mal-être.

— Mais oui, je vais bien ! Le médecin m'a laissée repartir, alors arrêtez de vous inquiéter deux minutes.

Steve ôte son trench-coat et vient s'asseoir dans un fauteuil. Il a l'air soucieux.

— Tu es sûre de vouloir maintenir la tournée ? Si tu as besoin de vacances, c'est maintenant qu'il faut me le dire. Il est encore temps de reculer.

Alana passe une main dans ses ondulations châtain et grogne.

— Mais enfin, vous allez me croire quand je vous dis que ce n'était rien ? Bien sûr que je veux maintenir la tournée !

Steve se masse la barbe, songeur. Je viens me planter entre le canapé et le fauteuil, les bras croisés. Je ne suis pas certain que cette tournée soit une bonne idée. Pas après les évènements de cet après-midi. Elle ne fera qu'accélérer la cadence, qu'intensifier ce genre de folie.

Après un moment de réflexion, notre manager se racle la gorge, prêt à détailler son plan d'action.

— Nous avons trois semaines pour te remettre sur pied. J'ai demandé à ton médecin de passer en début de soirée, nous allons faire un bilan complet. Je veux que tu choisisses un psy sur la liste qu'il nous a transmise la dernière fois. Je me fiche que tu doives tous les consulter avant d'en choisir un. Tu ne tiendras pas le rythme si tu n'es pas suivie…

— N'importe quoi, je… tente de protester ma sœur.

Steve lève une main autoritaire, me devançant. Je me ravise, le laissant terminer. Pour une fois, c'est agréable de ne pas endosser le rôle du méchant.

— Tu seras accompagnée pendant la tournée également. Et maintenant, pour parler business, je vais devoir te demander de rassurer tes fans. Poste une publication, une *story*, je m'en fiche, mais je ne laisserai pas ces journalistes de pacotille prétendre que tu ne tiendras pas tes engagements.

— On pourrait peut-être la laisser se reposer avant de penser à sa stratégie de communication, intervient Nate, sur la défensive.

— Il a raison, cela ne fait pas deux heures qu'on est rentrés, le soutiens-je.

Alana se lève d'un bond, agacée.

— Vous pourriez arrêter de parler comme si je n'étais pas là ? Steve a raison, plus on attendra, plus les rumeurs se multiplieront. Je vais y couper court tout de suite.

Elle dégaine son téléphone, vérifie son apparence dans le retour de la caméra puis enregistre un message. Je bous intérieurement. Il est trop tôt. Elle ne devrait pas penser à tout cela, elle devrait être en train de se reposer et de reprendre des forces.

— Coucou, je poste cette vidéo pour vous rassurer et vous dire que je vais bien. J'ai été surprise par le mouvement de foule de cet après-midi, j'étais très fatiguée par le concert d'hier et j'ai fait un petit malaise avec l'agitation et la chaleur. Rassurez-vous, je vais très bien et la tournée aura bien lieu. Je vous remercie pour votre amour et votre soutien, mais je vous serais reconnaissante de ne pas reproduire de tels attroupements. Cela peut être dangereux, même pour vous et, si la sécurité est présente pour évacuer les victimes de malaise pendant un concert, les personnes qui assurent la sécurité dans des lieux publics plus tranquilles ne sont pas formées pour de tels cas de figure. Protégeons-nous et veillons les uns sur les autres, d'accord ? J'ai hâte de vous retrouver sur scène, je vous embrasse fort.

Sans ciller, elle termine son enregistrement et le poste sur son compte Instagram. Je suis surpris par son professionnalisme.

— Waouh, t'as passé ta vie à rédiger des communiqués de presse ou je rêve ? la taquine Nate.

— Je réfléchis à comment désamorcer la situation depuis que les gardiens nous ont mis dans un taxi.

Dépassé par l'agitation de cette journée, je vais me chercher une bière dans le frigo. Steve et Nate m'en demandent une également.

— Nous pourrions peut-être espacer certaines dates, passer quelques jours de plus à Moscou, suggéré-je en décapsulant les bouteilles que je leur tends.

— Je n'ai pas besoin de vacances, clame ma sœur.

— Nous en aurions tous besoin, la contré-je. Lev et Nikita me manquent, et nos parents seront contents de nous voir plus longtemps.

— J'imagine que c'est possible, il faut vérifier avec le tourneur, réfléchit Steve.

Alana se renfrogne. Je sais qu'elle pense que je la punis, que je l'éloigne de la scène, mais je pense que ça nous fera du bien de lever le pied. Je révise mentalement notre planning. Moscou, Berlin, plusieurs dates anglaises, Paris, Milan. Je marque un temps d'arrêt, mes doigts jouant avec le goulot de ma bière.

— Et tu penses qu'on pourrait prolonger notre séjour en France ? Là-bas, Alana n'est pas aussi connue qu'ici ou en Russie. On pourrait descendre dans le sud, passer quelques jours au bord de la mer.

Ma sœur fronce les sourcils, intriguée par mon envie soudaine de vacances. Nate souffle quelque chose à propos de nous accompagner et je prends sur moi pour ne pas l'envoyer sur les roses. Un problème à la fois.

— Tu vas te mettre le tourneur à dos, grogne Steve.

Il se pince l'arête du nez entre le pouce et l'index, les yeux fermés. Je ne renchéris pas, je sens qu'il va flancher.

— Je pense que c'est faisable, mais n'essaie pas de décaler quoi que ce soit d'autre ou nous allons nous faire tuer.

Un sourire triomphant s'inscrit sur mes lèvres.

— Cinq ou six jours suffiraient, le rassuré-je.

Un drôle de sentiment me parcourt le ventre. J'ai repoussé cette idée pendant si longtemps… Cette fois, l'occasion ne peut être ignorée. Nous serons en France. Il est temps de tout expliquer à Alana. De lui parler de nos racines, de notre passé. En février, une fois notre concert à Paris donné, nous descendrons dans le sud et j'emmènerai ma sœur sur la tombe de nos parents. J'ignore encore ce que je lui dirai, à quel point je parviendrai à remuer le passé, mais une chose est sûre : je gommerai les zones d'ombres qui la hantent. J'ai toujours pensé que se savoir indésirée serait pire que se construire sur des questionnements, mais je crois que les vides à combler laissent trop de place à l'imagination. J'ai besoin de temps pour préparer ce que je lui dirai, pour doser l'insoutenable, mais je refuse de laisser le vide se combler par des cauchemars.

Décembre 2018

Arrivée à Moscou

Chapitre 40

Alana

Tout en essuyant ma bouche d'un revers de main, je ferme le robinet puis relâche mes cheveux. Le reflet que me renvoie le miroir n'est pas flatteur. Je me demande ce que diront Sergueï et Svetlana lorsqu'ils me verront. Je me tamponne les joues de mes doigts humides puis referme le flacon de pilules coupe-faim qui trône sur le rebord de l'évier. Sur ma droite, la porte d'une cabine claque et une femme en survêtement vient se laver les mains près de moi. Je m'empresse de ranger la boîte dans mon sac, au cas où elle me reconnaîtrait. Je sens qu'elle me regarde, mais elle se contente d'un sourire avant de rajuster son sac à main sur son épaule et de quitter les toilettes de l'aéroport. La voix d'une hôtesse annonce l'arrivée d'un vol et je rejoins la salle d'embarquement. Nate et Alexz sont installés chacun dans un carré différent, conservant une distance de sécurité. Mon frère n'a pas apprécié que j'embarque le chanteur sur notre tournée, mais Steve et Roy ont adoré l'idée d'une apparition surprise lorsque j'interpréterai notre duo. C'est un bon prétexte. La vérité, c'est surtout que j'avais besoin de lui pour rester saine d'esprit. Lui seul comprend la spirale qui me détruit.

La navette censée nous conduire à l'avion arrive, les quelques passagers de marque qui attendent avec nous quittent la loge VIP pour la rejoindre. Nos billets et nos passeports sont vérifiés, puis nous atteignons rapidement l'avion. Nous montons à bord en priorité. Tous trois à la file indienne, nous gagnons nos sièges en silence.

— Merde, je ne suis pas avec vous, constate Alexz lorsqu'une hôtesse lui indique sa place.

— Tu veux qu'on demande un changement ? propose Nate, de bonne foi.

Mon frère le dévisage puis grogne.

— Non, c'est peut-être pas plus mal, on sera assez les uns sur les autres cette semaine.

Nous avons deux dates à Moscou. Nate a accepté de loger chez nous, ce qui n'a pas amélioré l'humeur d'Alexz. Svetlana, en revanche, est ravie.

— Laisse-le râler, il n'avait qu'à se faire ses propres amis à Londres.

Je lui tire la langue tandis qu'il avance dans l'allée pour atteindre sa rangée. Il enfonce ses écouteurs dans ses oreilles et m'ignore. Installés dans d'énormes fauteuils, qui ressemblent presque à de petites cabines individuelles, Nate et moi bouclons nos ceintures.

Je parcours le menu de l'écran devant moi, cherchant un film pour occuper le trajet. Je suis surexcitée à l'idée de commencer la tournée. Le premier concert aura lieu dans deux jours. Le soir de mon anniversaire. De mes dix-huit ans. Cette date qui fut jadis notre moteur, que nous pensions devoir attendre pour nous lancer à corps perdu dans notre rêve. Jamais je n'aurais cru avoir parcouru tant de chemin en dix mois.

Tandis que l'avion s'élance sur la piste, j'effleure le bracelet à mon poignet. Celui que mon frère m'a offert et qui ne me quitte jamais. Je me sens apaisée. Les dernières semaines ont été éprouvantes, entre mon malaise et la vague de rumeurs qui s'en est suivi, mais dans quelques heures, je serai à la maison. J'ai hâte de faire découvrir ma ville à Nate, de serrer mes parents dans mes bras. Une part de moi se demande si Luka assistera à l'un de nos concerts, puis je me dis que je ne dois plus me préoccuper de cela. De toute façon, avec trois mille personnes attendues, je n'aurai pas moyen de le savoir.

Nous gagnons de l'altitude, les panneaux lumineux nous indiquent que nous pouvons déboucler nos ceintures et Nate s'empresse de me rejoindre.

— Tu regardes quoi ? On lance le même film ?

— Je n'ai rien trouvé d'intéressant.

Il s'installe sur l'accoudoir de mon siège. Ses larges épaules touchent mes joues, je râle pour la forme.

— Alors, ça te fait quoi de rentrer jouer chez toi, joli cœur ? T'es pas trop nerveuse ?

Je grimace.

— Un peu, on ne va pas se mentir. Surtout après tous les articles qui sont sortis ces dernières semaines.

Nate enroule un bras autour de mes épaules, la position est bien plus confortable.

— Tu vas assurer. Le single que tu as sorti la semaine dernière est en train de battre tous les records sur les plateformes de streaming, ça devrait clouer le bec à ceux qui doutent de toi.

La berceuse revisitée. Ses paroles sont plus vraies que jamais. Je laisse aller ma tête contre le torse du chanteur. Ses doigts s'égarent naturellement dans mes cheveux. Son contact m'est de plus en plus vital. Je ne saurais l'expliquer. Le week-end dernier, après avoir trop fumé et dévalisé le frigo, dans un état second, il n'y a que lui qui a su me calmer. J'ai dormi blottie contre lui. Il ne m'a pas lâchée de toute la nuit. Parfois, je me surprends à souhaiter qu'il en aille de même pendant la journée.

— Viens par-là, j'ai envie d'immortaliser ce moment, poursuit-il en dégainant son téléphone.

Il capture plusieurs clichés puis les consulte, un sourire amusé aux lèvres. Il s'arrête sur l'un d'entre eux, où je l'embrasse sur la joue, et incline l'écran pour que je le voie clairement.

— Une fois mon apparition surprise faite, cette photo-là atterrira directement sur mon compte Instagram.

— Arrête, je vais encore me faire incendier par tes groupies.

Il bombe le torse ironiquement.

— Je te défendrai.

Je roule des yeux et me renfonce dans le siège, reposant ma tête contre ses cuisses.

— Pour l'instant, contente-toi de te montrer discret. Personne ne doit savoir que tu nous accompagnes avant deux jours.

— Est-ce une ruse pour m'enfermer dans ta chambre d'adolescente ?

— Et qu'est-ce que tu y ferais ? me moqué-je.

Il observe quelques secondes de silence, puis ses doigts viennent se poser contre ma nuque.

— Ça dépend, tu y serais avec moi ?

Je frissonne. Il me faut mobiliser une concentration intense pour ne pas laisser paraître mon trouble. Pourtant, l'image qui se dessine dans mon esprit est incroyablement tentante.

— Arrête tes bêtises et laisse-moi dormir.

Il soupire.

— Tu m'autorises à rester là ?

Je hoche la tête et la pulpe de ses doigts joue avec la racine de mes cheveux. Les frissons s'intensifient et je me mords discrètement les lèvres pour ne pas le supplier de déguerpir. Car s'il ne part pas, j'aurai envie de plus.

Je ne rouvre les yeux qu'au moment où les hôtesses nous prient de bien vouloir rattacher nos ceintures. Un peu dans les vapes, je m'exécute puis me lisse la peau du visage en essayant d'émerger. Nate est excité à l'idée de découvrir Moscou. Il n'y a encore jamais mis les pieds.

— Notre chauffeur nous attendra devant la porte 7, pense à mettre ta capuche et on se rejoint directement dans la voiture, lui rappelé-je. C'est une Bentley, tu la reconnaîtras facilement.

— Détends-toi, je sais ce que je dois faire, rit-il en tendant une main à travers l'allée pour me toucher.

Nous ne devons pas être vus en train de sortir de l'avion ensemble. Cela gâcherait toute la surprise du concert s'il était aperçu à Moscou.

Nous débarquons et Alexz me rejoint. Tous les deux, nous prenons la tête de file tandis que Nate se fond dans la foule. Quelques photographes nous attendent dans le hall d'arrivée, mais ils sont peu nombreux et le service de sécurité les empêche de nous approcher. En passant devant un bureau de presse, je remarque mon visage en couverture d'un magazine people. Le titre « Supernova » barrant mon buste m'interpelle.

— Donne-moi une minute, je reviens.

Alexz tente de me retenir mais je me faufile dans le magasin et achète l'intégralité des copies. J'ignore pourquoi, mais je sens que c'est un ramassis d'âneries. En sortant, je les abandonne dans une poubelle, ne gardant qu'un exemplaire. Nous gagnons la sortie et nous précipitons sur la banquette arrière. Yuri est au volant, fidèle au poste. Tandis qu'Alexz le salue poliment, je ne peux résister à l'envie de déposer un baiser sur sa joue. Il vire au rouge cramoisi.

— Je suis content de vous revoir également, mademoiselle.

Je lui demande des nouvelles avant de m'installer confortablement dans mon siège, le magazine ouvert sur mes genoux.

— Tu ne devrais pas lire ça, me gronde mon frère.

Je l'ignore, feuilletant les pages jusqu'à trouver celles qui me sont consacrées. Lire en russe me procure un bien fou, même si c'est pour lire des horreurs à mon sujet.

La portière s'ouvre et Nate entre dans l'habitacle. Sans attendre, Yuri démarre.

— Qu'est-ce que ça raconte ? demande le chanteur en soulevant la couverture pour inspecter mon portrait.

Il ôte sa veste tandis que je parcours les paragraphes en me décomposant.

— Rien d'intéressant, grogné-je.

« La jolie Moscovite, fille adoptive de l'oligarque Sergueï Latchkov et du mannequin Svetlana Latchkova, a connu un succès fulgurant dès sa signature avec le label Heaven's Gates. Sa participation à la tournée anglaise de la superstar Nate Vance n'est pas pour rien dans la renommée rapide qu'elle a gagnée, et la starlette peut se targuer de titres phares comme « Don't Cry for Me » son duo avec le chanteur, ou encore « Rocket soul », son single dévoilé la semaine dernière qui est pressenti pour devenir single de platine. Cependant, la vie personnelle de la jeune femme semble bien plus chaotique que sa carrière. Alors qu'Alana s'amaigrit à vue d'œil mois après mois, elle a été victime d'un malaise très inquiétant en plein National History Museum à Londres, où elle réside désormais avec son frère biologique, Alexzander Latchkov. Certaines sources déclarent que la chanteuse, qui ne sera majeure que le 19 décembre, consomme régulièrement de la drogue et est suivie psychologiquement pour remonter la pente.

Alors que tout semble lui sourire et que ses concerts affichent salles combles, Alana pourrait bien devenir la nouvelle supernova du monde de la musique. Malgré un succès éclatant, elle menace d'exploser en plein vol, au sommet de sa gloire. »

Le cœur battant à tout rompre, je roule le magazine en boule, bataillant avec les agrafes de la reliure pour le massacrer en bonne et due forme. Alexz s'impatiente et me l'arrache des mains.

— Rien d'intéressant, hein ? répète Nate en me sondant du regard.

À côté de moi, mon frère déplie le torchon pour comprendre les raisons de ma colère. Son visage se décompose à son tour.

— Ils ne savent vraiment plus quoi inventer, peste-t-il.

— Aucun de vous ne compte me traduire ce qu'il se passe ?

Nous l'ignorons. Alexz se penche pour passer le bras à travers la cabine qui nous sépare du chauffeur et poser le magazine sur le siège passager.

— Yuri, vous seriez bien aimable de jeter ce truc à la poubelle, une fois à la maison.

— Bien sûr, monsieur.

Je n'ose croiser le regard d'Alexz. Il pense que tout est inventé de toutes pièces alors que je me demande qui a pu trahir le secret des soirées organisées chez Nate. David ? Non, il ne ferait pas ça. Peut-être Molly. Oui, Molly et sa fichue jalousie, c'est possible. Et concernant mon psy, qui a bien pu parler ? Est-ce l'un de ceux que je n'ai pas voulu revoir, avant d'accepter de poursuivre les séances avec monsieur Walsh ? Même lui, je ne l'ai vu que deux fois. Il ne prendrait pas un tel risque, pas vrai ? Et puis, techniquement, la liste transmise par le médecin ne compte que les noms les plus réputés de Londres. Ce serait contraire à la déontologie de vendre ce genre d'information… Alors comment ces fichus journalistes ont-ils pu les dégoter ?

Heureusement, la voiture se gare devant notre résidence et nous nous retrouvons vite dans le cocon rassurant de notre penthouse. Quand les portes de l'ascenseur s'ouvrent, Svetlana trépigne sur place et se rue sur moi pour me serrer dans ses bras. Je décide d'oublier toutes ces rumeurs et de me concentrer sur l'essentiel. Je suis à la maison. Nate est avec moi. Dans deux jours, je donnerai le meilleur concert de ma vie. Dans deux jours, je prouverai au monde que je suis loin d'être prête à exploser.

Je suis une étoile montante, pas une supernova.

Chapitre 41

Alexz

— Alors, ça te plaît ?

Nikita observe attentivement mes réactions, un sourire immense accroché aux lèvres. Un bras tendu, il englobe l'espace de son salon pour me le présenter avec fierté.

— C'est grâce à toi, si j'ai tout ça. J'ai même pu faire déménager ma mère, elle est bien maintenant. Je lui ai pris un petit appartement près du Blue's Café.

Bouche bée, je m'avance au milieu de la pièce. C'est un appartement cosy, grand juste ce qu'il faut. Nikita vient de l'acheter à crédit. Il a ouvert son propre garage grâce à l'argent que je lui ai envoyé régulièrement. Il n'en voulait pas, mais c'était hors de question de contempler mon compte en banque déborder sans le rétribuer. « Sans toi, je n'aurais jamais eu ce job de serveur et Sergueï m'aurait obligé à tout arrêter. Sans toi, je n'aurais jamais vécu mes premières scènes. C'est un juste retour des choses pour le soutien que tu m'as toujours apporté » ai-je plaidé.

— Il y a deux chambres, m'explique-t-il en me conduisant dans le couloir. Celle du fond, c'est mon bureau pour l'instant. Mais un jour, si tu veux revenir à Moscou, elle sera à toi. C'est la moindre des choses.

— Tu veux bien arrêter de me mettre mal à l'aise ? le taquiné-je.

— Bon, si j'ai un enfant entre-temps, je la lui donnerai.

Je marque un temps d'arrêt.

— Un enfant ?

Il hausse les épaules, rougissant.

— Ouais, j'aimerais bien fonder ma famille. Je suis un honnête homme, maintenant. J'ai mon garage, ma maison, il ne me manque plus qu'à construire mon foyer.

Putain, il va me faire pleurer. Je comprends son envie. Si Kira faisait toujours partie de ma vie, je crois que je voudrais la voir porter mon bébé. Le succès, c'est loin d'être stable. Les gens défilent dans notre vie sans s'y arrêter, la plupart sont payés pour nous accompagner, ou paient pour nous regarder. Les rapports ne sont aucunement équilibrés.

Un peu ému, je lui donne une tape dans le dos.

— Je suis fier de toi. J'espère que j'aurai le plaisir de voir Marta avant de repartir.

Nikita m'invite à retourner au salon d'un signe du menton.

— Pourquoi vous ne donneriez pas un concert au Blue's ? Vassili serait ravi, ça ne pourrait qu'être bon pour les affaires. Maman serait contente de vous revoir aussi.

— Tu sais quoi ? C'est une excellente idée.

Nous nous installons autour de la table basse et une clef tourne dans la serrure. Lev apparaît, une bouteille de champagne dans les mains. Une pointe de jalousie – ou de nostalgie, ou peut-être les deux à la fois – s'éveille en moi. Si je vivais ici, moi aussi j'aurais les clefs de leurs appartements. Je ferais partie de leur vie sans intermittence.

— Bon retour au pays, frérot !

Je l'accueille d'une accolade sans lui laisser le temps de poser ses affaires. Son manteau mouillé par la neige me transmet le froid extérieur malgré mon pull en cachemire et je frissonne. Pendant ce temps, Nikita ne se fait pas prier pour sortir des verres.

— Désolé, j'ai pas de flûtes à champagne, s'excuse-t-il en disposant des pintes sur la table.

— Au moins on sait quoi t'offrir pour ta crémaillère.

Lev ôte son manteau et ses gants, s'empare de la bouteille et entreprend d'en faire sauter le bouchon. Un peu de mousse s'écoule autour du goulot et il s'empresse de remplir les verres à bière déposés par notre ami.

— Il paraît que t'as ramené Nate Vance dans tes bagages ? se moque-t-il en me tendant un verre.

— Plaisante pas, j'ai l'impression qu'il est partout. Je ne vais jamais m'en débarrasser.

— Moi, je l'aime bien, intervient Nikita en haussant les épaules.

Il ouvre un paquet de biscuits pour l'apéritif puis tire une chaise pour s'y installer. Lev le contemple en souriant, puis m'adresse un regard complice. Je suis plus proche de Nikita, mais Lev a un caractère plus similaire au mien. Sur certains sujets, lui seul peut comprendre les pensées qui me traversent.

Mes deux amis se lancent sur un débat au sujet du chanteur, et je les observe en piochant une poignée de biscuits. Je savoure le plaisir de les retrouver, la facilité de plaisanter en russe. C'est toujours étrange de revenir chez soi après un long moment d'absence, surtout quand tout ce qu'on a vécu semble transformer les mois en années. Mais, quelque part, rien n'a vraiment changé. Je crois que c'est pour ça que je n'ai pas cherché de nouveaux amis à Londres, que je ne me suis pas inscrit dans un club de boxe pour combler le vide. Il existe certaines constantes, dans la vie, qui ne peuvent être remplacées. Des phares qui nous guident, des rocs qui nous ancrent quand le tumulte nous avale. C'est ce que sont Lev et Nikita pour moi. Peut-être qu'il fallait que je parte pour admettre que Moscou est ma maison. Pas celle où je suis né, pas celle où je rêve de vieillir, mais celle qui m'a permis de grandir.

— Et les femmes, alors ? s'enquiert Nikita, un sourire taquin aux lèvres. Tu dois avoir des tas de groupies à tes pieds.

— Vous savez, c'est Alana la star. On ne me connaît pas tellement.

— À d'autres, on sait tous que les guitaristes ont la cote, renchérit Lev.

Je pense aux messages reçus sur mes réseaux sociaux, aux filles qui attendent à la sortie des salles. Il n'y en a pas pléthore, mais elles existent. Pourtant, je n'ai jamais réussi à m'y résoudre.

— Il y a bien eu cette fille, que j'ai rencontrée dans un pub le mois dernier. Poppy. On a passé la nuit ensemble, mais on ne s'est jamais revus.

Nikita fronce les sourcils, comme menant un calcul complexe.

— Attends… Tu veux dire que depuis que t'es revenu en juin et que t'as définitivement clos le chapitre Kira, il n'y a eu qu'une seule fille ? Et même pas une grande romance, juste un coup d'un soir ?

Je grimace.

— Ne dis pas 'coup d'un soir', c'est vulgaire. C'était…

— Pardon, une histoire d'une nuit, se moque Nikita en prenant un air théâtral.

— Pour une fois, je dois avouer que cet imbécile a raison. Qu'est-ce qu'il se passe, le drapeau ne se hisse plus depuis que Kira t'a brisé le cœur ?

OK, finalement, revenir à la maison n'est pas si agréable. Je lève une main autoritaire, cramoisi jusqu'aux oreilles, brûlant d'envie de creuser un trou dans le canapé pour m'y terrer.

— Vous allez arrêter, oui ? C'est personnel, c'est… Et puis de toute façon, j'ai eu d'autres préoccupations que les femmes, ces derniers temps.

À mon expression, ils comprennent que je ne parle pas seulement de musique. Leurs sourires s'estompent et leurs visages prennent un air plus grave.

— Ouais, on a un peu suivi, dit Lev en fixant ses phalanges. Alana semble avoir pas mal morflé.

Je m'empare de la pinte de champagne. Le grand brun n'a pas pris en considération qu'il ne servait pas de la bière et a rempli le contenant aux deux tiers. Pas étonnant que la bouteille soit vide... Je porte les bulles à mes lèvres puis joue avec le verre, ne sachant comment aborder le sujet.

— Enfin, on a vite arrêté de lire la presse. Au début, c'est vrai, on achetait tous les magazines. J'en ai une montagne au garage. Mais dernièrement... C'est de l'acharnement, commente Nikita.

— On peut faire quelque chose ?

Je secoue la tête.

— Elle est malade, c'est vrai. Mais ça va mieux, elle est suivie. Elle recommence à manger. Ce qui m'inquiète surtout, c'est notre train de vie. Avec un tel rythme, j'ai peur que son corps lâche.

— Qu'est-ce qui pourrait arriver ? Dans le pire des cas, elle aura droit à des sondes, mais elle ne peut pas... Enfin...

Lev cherche ses mots, semble perdu. Je le comprends. Moi aussi, je me suis longtemps posé ces questions. J'ai harcelé les médecins pour connaître les pires scénarios, pour me préparer à une rechute. Malheureusement, l'hospitalisation n'est pas l'éventualité la plus à craindre. Un arrêt cardiaque, en revanche... C'est une épée de Damoclès qui plane au-dessus de nos têtes.

— On pourrait parler d'autre chose ? Je sais que vous aimez Alana comme votre sœur mais, l'espace d'une soirée, j'aimerais laisser tout ça de côté.

Les garçons échangent un regard sombre. Nikita pince les lèvres puis se tape les cuisses en forçant un élan d'enthousiasme.

— Et si on parlait plutôt de la nouvelle copine de Liova ?

J'écarquille les yeux et manque de recracher la poignée de biscuits que je viens d'enfourner.

— J'imagine que je vais devoir rajouter un pass VIP à la liste pour demain ? me moqué-je.

Mon ami s'empourpre et jette un regard assassin à Nikita. La tension retombe.

Oui, il n'y a pas à dire. Rentrer à la maison, c'est tout ce dont j'avais besoin pour me ressourcer.

Chapitre 42

Alana

Installé au salon, Nate discute avec mes parents si jovialement qu'on pourrait croire qu'ils se connaissent depuis des années. Ils l'ont rapidement adopté, même si Sergueï continue de le jauger comme s'il pouvait commettre un faux pas à tout instant. Alexz est en train de se servir à boire, tout juste redescendu du toit-terrasse qui surplombe notre appartement. J'ai eu besoin de plus de temps. Le scintillement des lumières de la ville sur le lit de la Moskova m'avait manqué. Le froid, différent de Londres, plus mordant, plus sec, aussi. Je me poste près de la cheminée, jouant avec les manches de mon pull. Les paroles rassurantes qu'Alexz m'a dites un peu plus tôt résonnent encore dans mon esprit. « *Respire, et profite. Notre rêve est en train de se réaliser. Tu n'as plus à t'inquiéter de quoi que ce soit.* » Il est convaincu que *Rocket Soul* va devenir single de platine. Les écoutes en streaming sont excellentes. Il ne comprend pas que j'appréhende autant de jouer à domicile. J'ai essayé d'afficher un air confiant, mais je doute qu'il se soit laissé berner.

— On devrait y aller, suggéré-je. Toute l'équipe est déjà sur place.

Svetlana se lève d'un bond, impatiente à l'idée d'assister au concert depuis les coulisses. Elle encadre mon visage d'un geste doux, me couve d'un regard fier. Son index vient jouer avec la perle de ma boucle d'oreille. Je m'habillerai dans les loges, mais j'ai déjà enfilé mes bijoux. Je tenais à faire honneur au cadeau que Sergueï m'a remis lors de notre dernière visite.

— Ma chérie qui fête dix-huit ans… Et tu souffleras tes bougies devant trois mille personnes, tu te rends compte ?

Je détourne le visage.

— Non, pas vraiment.

J'ai joué devant des salles plus grandes. Principalement grâce à Nate, c'est vrai, mais jamais je n'ai été si nerveuse.

— Je monte récupérer mes affaires, vous pouvez prévenir Yuri qu'il est l'heure.

Je me dégage de la paume rassurante de ma mère et file à l'étage pour attraper mon sac. J'en profite pour ingurgiter une paire de pilules coupe-faim. C'est mon anniversaire, je sais qu'il y aura un buffet appétissant dans les loges. On attendra de moi que je mange une part de gâteau, on voudra partager un moment de convivialité. Après quoi je crèverai d'envie de me faire vomir. Mais ici, à la maison, c'est compliqué. J'aurais trop peur qu'on me surprenne. Ces pilules m'aident à tenir le coup. On peut les acheter comme des bonbons, au supermarché ou en pharmacie. On les vend même à la télé. C'est que ce n'est pas si mauvais. Se faire vomir, ça c'est délicat. Douloureux, même. Grâce à ce subterfuge, je garde bonne figure. En deux jours, j'ai réussi à maintenir l'illusion. À éviter les questions. J'assiste aux séances à distance avec monsieur Walsh, je mange avant de partir en répétition. Le coach Morrison me ménage, mais je suis déterminée à lui prouver que je vais assurer cette tournée comme une reine.

On toque à ma porte. J'imagine qu'Alexz tient à s'assurer que ça va, que notre discussion sur le toit a fait son petit effet. En culotte, je l'invite à entrer, dos à la porte, pendant que j'enfile un bas de survêtement.

— Oups, je pensais te trouver habillée.

C'est la voix de Nate. Je sursaute. Un sourire amusé étire ses lèvres.

— C'est quoi, cette cicatrice sur tes fesses ? On vous punit en vous faisant vous asseoir sur des piques, à l'école, ici ?

Je m'empresse de poser l'élastique du pantalon sur mes hanches. Je n'ai aucune envie de parler de ça maintenant.

— Je n'en sais rien, elle a toujours été là. Elle date sûrement... d'avant.

Il comprend et son sourire s'efface. Nous ne parlons jamais de mon adoption. Il n'y aurait pas grand-chose à dire, de toute façon. J'abandonne mon jean sur le lit, dissimule rapidement la boîte de pilules dans mon sac et dépasse Nate en direction de la sortie. Il m'immobilise d'un mouvement de main.

— Eh, tout va bien ?

J'acquiesce, pressée de gagner la voiture et de monter sur scène. Il n'y a qu'une fois sur les planches que je redeviendrai moi-même. L'attente est un supplice.

— Je voulais te dire que je n'ai pas oublié ton cadeau. Tu penses qu'on pourrait se retrouver seuls, une fois le concert terminé ? C'est idiot, mais j'aimerais que ça reste entre toi et moi...

J'arque un sourcil, intriguée. Mon humeur s'adoucit. Je n'ai pas le droit de lui en vouloir d'avoir parlé de ma cicatrice, il ne pouvait pas savoir.

— Bien sûr, Nate. Le temps, ça se trouve toujours pour les gens qu'on aime.

Je me hisse sur la pointe des pieds pour lui déposer un baiser sur la joue. Ses doigts se serrent contre mon épaule. Je sens qu'il s'attarde un instant le nez dans mes cheveux, et j'admets que je resterais bien ainsi pour le restant de la soirée. Mais trois mille personnes comptent sur moi pour les faire rêver.

Une fois dans les loges, les danseurs s'échauffent pendant que j'enfile ma tenue de scène. Une robe patineuse en simili cuir et de longues bottes à talons. Un coiffeur s'occupe de boucler mes cheveux et une maquilleuse s'affaire à me rendre présentable. Assise sur un fauteuil rembourré, je profite de ces préparatifs pour parcourir mes notifications. Mon téléphone est brûlant tellement il est sollicité. Le compteur de messages et de commentaires explose. L'un d'entre eux attire particulièrement mon attention et ravive ma nostalgie. Celui de Ninel. J'aurais aimé la revoir, mais elle est partie étudier au Canada pour le semestre.

— C'est incroyable, je ne me rendais pas compte que tu mobilisais une telle équipe, s'enthousiasme Svetlana en entrant me déposer une coupe de champagne.

— C'est vertigineux, n'est-ce pas ? renchérit Sergueï en se matérialisant derrière elle.

Vertigineux. Mes doigts se crispent sur le fauteuil et ma discussion avec Nate, le matin avant mon malaise, me revient en mémoire. *« Plus la foule à tes pieds est grande, plus le vertige de la solitude est violent. »* Je crois que c'est pour cela que je suis aussi nerveuse, ce soir. Des milliers de personnes me célèbrent, par message ou par leur présence dans cette salle, et pourtant je me sens plus seule que jamais. Comme si j'étais bloquée à l'intérieur de moi, incapable d'apprécier la présence de mes proches.

Ma préparation terminée, je passe un moment avec le reste de l'équipe avant de gagner la scène. J'entends la foule scander mon nom, réclamer le début du concert, et cette énergie m'apaise. Me revigore. Les danseurs me chantent bon anniversaire tandis que Nate filme la scène avec son téléphone. Il finit par tourner l'écran, enroule un bras autour de mon cou et nous place en premier plan de la vidéo. La légèreté me gagne enfin. Mon sourire est sincère.

— Tu me l'enverras ?

Je veux garder ce moment en mémoire pour toujours.

— Dès que le concert est fini.

— Allez, il est l'heure d'y aller, nous informe un *roadie*.

J'embrasse mes parents, accueille leurs encouragements pendant que les danseurs et les musiciens grimpent sur scène. Je retrouve l'effervescence de la tournée estivale. La production n'a rien à voir avec les concerts de cet automne, cette fois, c'est un vrai spectacle qui s'apprête à prendre vie.

Je me place au pied des marches menant à la scène pendant qu'Alexz lance les premiers riffs de guitare.

— Savoure, dans une heure je viens te voler la vedette, me taquine Nate, accoudé à la rampe.

— Dans tes rêves, Superstar !

Je lui ébouriffe les cheveux puis entre en courant sur les planches. Les cris doivent exploser le compteur de décibels. Je les laisse m'envoûter, me transporter dans cet état second qui rend la vie supportable. Pour la première fois depuis longtemps, je peux saluer mon public en russe. J'ignore pourquoi ce détail aussi simple, voire futile, m'émeut autant. À mes pieds, des banderoles me souhaitent un bon anniversaire et affichent des mots d'amour. Toutes mes craintes s'envolent. Je suis sur scène. Je suis vivante.

Je me donne comme jamais tout au long du concert. Je n'ai rien exagéré, c'est véritablement un état second qui m'anime. Je me nourris du chœur de spectateurs qui chante avec moi, des torches de téléphones qui flottent dans le noir, des mains qui m'encensent. Quand résonnent les premières notes de mon duo avec Nate, je sais que l'électricité dans la salle va exploser. J'entonne les premiers vers, le public s'attend à ce que je chante également la partie de Nate ou qu'un enregistrement s'en charge. Mais quand il apparaît et m'embrasse sur le haut du crâne, c'est un déferlement de sauts et de cris qui se livre à nos pieds.

— Bonsoir Moscou, merci de m'accueillir !

Nate m'adresse un clin d'œil et je manque d'oublier de chanter en remarquant qu'il a prononcé ces paroles en russe.

— Soyez indulgents avec moi, je ne sais rien dire d'autre.

Les musiciens répètent certaines phrases de la partition pour nous laisser le temps de chauffer la salle. Je m'agrippe à la veste de Nate, si heureuse de vivre ce moment à ses côtés. Après tout, c'est grâce à lui que tout a commencé.

— C'est l'anniversaire de notre popstar préférée, ce soir, alors on va réveiller tout Moscou, d'accord ?

Sans attendre, il entame sa partie de la chanson en prenant possession de la scène. J'ignore si c'est parce que c'est lui, ou parce que cette chanson est si importante à mes yeux, mais tout s'enchaîne avec une fluidité parfaite. La magie opère. Nate vient s'emparer de ma main et nous terminons le duo collé l'un à l'autre. Ses iris verts pétillent, semblent brûler de me révéler un secret. Durant le court laps de temps où je m'y plonge, j'en oublie les trois mille personnes à mes pieds.

— J'espère que tu as bien préparé ton cadeau, ça va être difficile de faire mieux que ce moment, lui dis-je à l'oreille, mon micro baissé.

Il se contente d'un clin d'œil, salue le public puis disparaît dans une salve d'applaudissements.

Alors que la batterie amorce le rythme de la chanson de clôture, je songe que Nate a peut-être eu tort. Peu importe la foule à mes pieds, quand il est là, je me sens moins seule.

Chapitre 43

Alexz

— Éteins-moi ce téléphone, il y a une vraie soirée qui t'attend, ordonné-je en plaçant ma main sur l'écran de ma sœur.

Elle grogne et se contorsionne pour échapper à ma prise. Plantés devant la Bentley familiale, attendant que Lev et Nikita nous rejoignent avec leur taxi pour entrer dans la boîte où nous avons privatisé un espace, nous attirons des regards curieux. Difficile de se la jouer incognito après le succès du concert de cette nuit.

— Arrête, je ne peux pas ignorer tous ces messages d'anniversaire ! Et puis le concert était fou, je veux voir les vidéos.

En tout cas, moi, il y a une notification que je n'ai pas manquée : c'est le selfie de Nate et de ma sœur, manifestement pris dans l'avion pour venir à Moscou. En légende, monsieur-sourires-en-coin s'est permis un *« happy birthday, luv »* qui va rajouter de l'huile sur le feu avec les médias. Je crois que cet idiot l'a posté la seconde où il est descendu de scène.

— Ton frère a raison, pour une fois qu'on sort, tu as intérêt à profiter du moment.

Quel lèche-bottes...

Alana soupire, pivote pour nous tourner le dos, ses doigts fusant à toute allure sur l'écran pour répondre au plus grand nombre de messages avant que nous ne finissions par lui confisquer son téléphone.

— C'est bon, j'arrête là, promet-elle en le plongeant d'elle-même dans la poche de sa doudoune.

Mes amis arrivent enfin, se ruent sur Alana et la soulèvent sans ménagement, l'un portant son torse sur ses épaules, l'autre les pieds.

— Bon anniversaire ! Bon anniversaire ! s'écrient-ils en chœur, prenant des voix de buffles.

Ils la secouent, lui arrachent des hurlements de rire entrecoupés d'ordres agacés. Je comprends qu'ils comptent la conduire ainsi jusqu'à la porte de l'établissement et je me mets en marche à leur suite. Si je me concentre droit devant moi, ignorant Nate à mes côtés, je pourrais me croire revenu un an en arrière. Je n'aurais jamais cru l'image capable de m'apaiser de la sorte.

Le videur nous laisse entrer sans discuter, une serveuse moulée dans une tenue argentée nous guide à notre carré VIP. Deux ballons dorés forment le chiffre 18 au plafond, des pétales de fleurs ont été dispersés sur le sol et les banquettes. Au milieu d'une table, un magnum de vodka trône dans un bac à glaçons. Ma sœur s'extasie en découvrant les attentions du personnel. L'une de ses chansons succède d'ailleurs au morceau de reggaeton qui passait à notre arrivée et je soupçonne le gérant d'en avoir formulé la demande pour nous accueillir.

— Mon Dieu, on va enfin voir notre bébé complètement saoul, plaisante Nikita.

Je fronce les sourcils.

— Du calme, elle n'est pas taillée dans la même bouteille que vous, les gars.

— Ce n'est pas toi qui voulais que je vive la soirée pour de vrai ? me nargue ma sœur.

— Si tu ne t'en souviens pas, autant ne pas la vivre du tout.

Lev ouvre la bouteille et remplit les verres sans attendre. La musique étant trop forte, nous abandonnons rapidement l'envie de discuter pour danser. Alana ne peut résister au besoin d'entraîner Nate sur la piste. Je suis rassuré à l'idée que cette boîte n'accueille que du beau monde, on ne devrait pas lui braquer de caméra sur le visage pour immortaliser sa présence. Comme à son habitude, Nikita part rapidement en quête d'une demoiselle à conquérir. Je me retrouve seul avec Lev, assis au milieu de pétales de roses sur une banquette. Lui non plus n'est pas un grand amateur de danse.

— Elle a l'air d'aller bien, me crie-t-il à l'oreille en désignant ma sœur sur la piste.

— Elle sort de scène, ça va toujours bien dans ces moments-là.

Il fait la moue.

— Tes parents, qu'est-ce qu'ils en disent ?

Je hausse les épaules.

— Elle les berne depuis notre arrivée. Elle sourit, elle parle à son psy. Ils pensent qu'elle remonte la pente.

— Et ce n'est pas le cas ?

Le regard plongé dans mon verre, je secoue la tête puis lui désigne le fumoir d'un geste du menton. Il sera plus simple de parler là-bas qu'au milieu de la foule et de la musique assourdissante. Il ne se fait pas prier pour me suivre.

À travers la vitre de la petite pièce, je remarque qu'une dizaine de personnes y sont réunies pour discuter entre deux bouffées de cigarette. La fumée me prend à la gorge dès que je pousse la porte, cependant je ne fais pas marche arrière. Il fait trop froid pour sortir sur le trottoir devant l'établissement, et je sens que j'ai besoin de confier mes intentions à Lev. J'en parlerai à Nikita aussi, mais plus tard. Lev est le plus raisonnable de nous trois. Il sait toujours ce qui est juste.

Je me poste tout au fond de la salle, à l'écart des fumeurs pour éviter que des oreilles indiscrètes ne s'immiscent dans notre discussion.

— Je vais l'emmener sur la tombe de nos parents, lâché-je sans détour.

La surprise qui marque ses traits montre que c'est la dernière nouvelle à laquelle il s'attendait.

— Sur… De vos… Vraiment ? Quand ?

Le choc semble avoir du mal à passer. Il s'adosse contre un mur, se masse la mâchoire en écarquillant les yeux. J'ai l'impression qu'il se répète mentalement mon annonce.

— En février, quand nous passerons en France pour la tournée.

Lev hoche la tête d'un air entendu. Il connaît mon histoire, peut-être un peu moins que Nikita, mais il sait ce que j'ai enduré pendant sept ans. Les coups, la peur, l'incertitude de ce qui m'attendait derrière la porte d'entrée.

— Tu as prévu de tout lui dire ?

Je pince les lèvres.

— Justement, je ne sais pas à quel point je dois me montrer honnête. Elle est fragile. Je crains qu'en dire trop n'achève de la détruire.

Mon ami grimace.

— D'un autre côté, elle a toujours posé des questions. Elle attend des réponses concrètes, souligne-t-il.

Je m'adosse à mon tour contre le mur, soupire.

— C'est bien le problème.

Nous observons quelques secondes de silence puis Lev le brise d'une voix grave.

— Dis-lui la vérité. Épargne-lui les détails les plus… enfin, tu sais. Mais sois honnête sur ce que tu as vécu. Sur l'accident de voiture.

Le souvenir du Monstre, contrôlant, toujours à pister ma génitrice, me glace. Mes doigts se resserrent autour de mon verre, je le vide cul sec pour me redonner du courage.

— Tu en as parlé à Sergueï et Svetlana ?

Je secoue la tête.

— Non. Ils ne doivent pas savoir. Ils ne me pardonneraient pas d'avoir brisé l'unité de notre famille.

Je pense aux photos sur le manteau de la cheminée, aux quinze années que nous avons passées à bâtir notre image de petite famille parfaite. L'illusion repose entièrement sur ces non-dits. Si je parle, Alana ne pourra plus prétendre avoir toujours vécu ici.

Si je parle, le joli portrait de carte de vœux s'envolera en fumée.

Chapitre 44

Alana

Les cheveux retenus en chignon par un stylo, je dépose une serviette propre sur le lit de Nate. Debout près de la commode, il se change, légèrement enivré par notre soirée. Je suis épuisée. Un peu saoule, moi aussi. Je n'ai pourtant bu que trois verres. J'imagine que j'ai une petite constitution.

— Tu n'as pas oublié que j'avais un cadeau pour toi ? demande le chanteur, un sourire charmeur aux lèvres.

Vêtue d'un short et d'un débardeur en satin, je lui vole un gilet jeté en boule au-dessus de sa valise pour m'emmitoufler. Je suis gelée. Ces derniers temps, j'ai tout le temps froid. J'ai beau cumuler les couches de vêtements, j'ai l'impression que rien ne parvient à me réchauffer.

— Bien sûr que je n'ai pas oublié. J'ai attendu ça toute la soirée.

Je doute qu'il puisse rivaliser avec notre duo sur scène. La photo qu'il a postée sur Instagram m'a également touchée. J'appréhende la vague de rumeurs qui déferlera demain, mais j'ai décidé de ne pas m'en préoccuper ce soir. Tant que je n'ai pas dormi, c'est encore mon anniversaire. Demain n'existe pas.

— Viens par là, dit-il en tapotant la couette.

Je m'exécute, il se penche pour ramasser sa guitare sèche au pied du lit puis s'installe à mes côtés.

— Tu es sûre qu'on est tranquilles, ici ? Je ne risque pas de réveiller toute la maison ?

— Tu crois qu'Alexz est devenu aussi bon en jouant sur des horaires de bureau ? Ne t'en fais pas, va.

Il roule une épaule, semblant rassembler son courage, puis lève un regard nerveux sur moi.

— OK, sois indulgente, j'ai imaginé ça dans l'avion.

Ses doigts s'activent sur le manche, sa concentration est manifeste. Une mélodie douce et agréable retentit. Il ferme les yeux. Je sens qu'il appréhende le moment de commencer à chanter. Les premiers vers, sa voix se révèle hésitante mais, très vite, il me happe. Ses paroles, elles, me transpercent.

« Enfant, je rêvais d'une grande histoire,
Je pensais que seuls les contes qu'on me lisait le soir,
Avaient le pouvoir d'en écrire,
Alors c'est seul que j'ai bâti mon empire.
Jusqu'au jour où la Lune est entrée dans ma vie,
Plus douce que le Soleil, plus jolie,
Plus magique, aussi,
Capable de façonner la nature, de dicter les marées.
En un sourire, elle a tout changé,
Le vide qui s'ouvrait sous mes pieds,
S'est transformé en champ de roses,
Mais face à sa beauté, jamais je n'ose
Lui avouer que pour elle, je pourrais
Tout abandonner si elle me le demandait. »

Il joue les derniers accords puis abandonne sa main droite sur l'éclisse de la guitare.

— Nate, c'était…

— Sincère, souffle-t-il.

J'écarquille les yeux, certaine de comprendre ce qu'il essaie de me dire.

— C'était très beau, conclus-je, intimidée.

Il se penche pour poser la guitare au sol. J'imagine que c'est le signal censé m'indiquer de partir, d'aller me mettre au lit. Pourtant, je ne bouge pas. Lorsqu'il ramène ses jambes sur le matelas, surpris de me trouver dans la même position, je décide de dormir ici, avec lui. Il comprend sans que je n'aie besoin de le lui dire. D'un pincement de lèvres entendu, il se glisse sous les couvertures et je l'imite. La chaleur se répand le long de mes jambes et je frissonne d'aise. Je devrais tendre le bras pour éteindre la lumière, mais je n'ai pas envie que demain arrive.

— Il y a un autre cadeau d'anniversaire que j'aimerais, soufflé-je, allongée sur le dos.

Je pivote de trois quarts pour l'observer. Ses mâchoires sont contractées, je perçois comme il est tendu.

— Dis-moi.

Sa réponse semble lui coûter. Pourquoi a-t-il du mal à parler ?

Ma main vient se poser sur son torse. Il ferme les yeux, les muscles de sa mâchoire saillent encore plus. J'observe un instant son nez busqué, ses pommettes hautes et ses lèvres charnues. J'ignore si ce que je m'apprête à faire est une bonne idée. Cela pourrait tout gâcher entre nous. Il rouvre les paupières, grogne quelque chose s'approchant d'un « eh puis merde » puis roule de sorte à se trouver perché au-dessus de moi. Appuyé sur un coude, sa main libre vient se poser sur ma taille. Mon débardeur est remonté au-dessus de mon nombril dans l'action, la chaleur de ses doigts sur ma peau m'est délicieuse. Il me dévore du regard quelques secondes, puis ses lèvres se plaquent contre les miennes.

Je n'ose admettre combien de fois j'ai fantasmé ce moment. Allongée là, son torse collé contre ma poitrine, nos bouches s'entremêlant avec fougue, je ne peux que constater combien mon imagination était en deçà de la réalité. Ce baiser n'a rien à voir avec ce que j'ai pu connaître autrefois, avec Luka. Il n'a rien de rassurant. Il est vorace. Explosif.

Et tandis que ses doigts s'enfoncent dans le creux de ma colonne vertébrale, cherchant la fusion, je me surprends à en redemander encore.

Janvier 2019

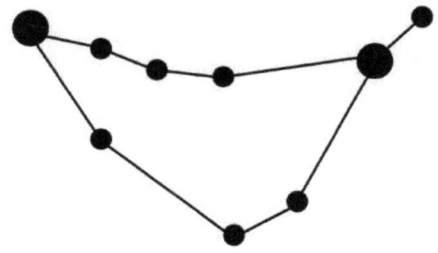

Chapitre 45

Alexz

— Je te dépose chez le psy, puis on va se balader quand ta séance est finie ?

Lovée dans un fauteuil, les yeux rivés sur son téléphone, Alana relève la tête en fronçant les sourcils.

— Pourquoi tu veux m'accompagner ?

— Parce que j'ai une course à faire dans le quartier.

Ma réponse ne semble pas la convaincre.

— Je ne vais pas t'attendre derrière la porte, promets-je en soupirant.

Elle hausse les épaules puis se replonge dans la lecture de ses messages. Chaque jour, c'est le même rituel. Quand elle n'est pas sur scène, elle cherche à retrouver son shoot d'adrénaline auprès de ses fans.

Je m'éclipse dans ma chambre pour récupérer mon manteau et mon portefeuille. Par la fenêtre, je remarque qu'il pleut. Une sorte de neige fondue plonge Londres dans un brouillard fin. J'enfile des chaussures montantes imperméables. Les trottoirs vont être glissants.

— On y va ? lancé-je en regagnant le salon, mes doigts se bataillant avec la fermeture éclair bloquée de mon caban.

Nous sommes rentrés de Moscou en début de semaine et j'ai décidé de remettre de l'ordre dans mes affaires. Si nous nous rendons sur la tombe de nos géniteurs le mois prochain, je tiens à avoir les idées claires. Ce ne sera pas évident de ramener Jules et Lucie à la surface, d'offrir un peu de place aux enfants que nous étions, à ces identités que nous nous sommes efforcés d'oublier. Alana, inconsciemment ; moi, par instinct de survie. Si je tiens à accompagner ma sœur en ville, ce n'est pas pour le seul plaisir de passer du temps en sa compagnie.

Elle grogne un semblant d'approbation puis me rejoint devant la porte d'entrée, les yeux toujours rivés sur son écran. Je soupire.

— Tu ne peux pas ignorer ces gens cinq minutes ?

Le regard qu'elle me lance est assassin.

— Si eux m'ignorent, nous n'avons plus rien, Alexz. Alors pourquoi me permettrais-je de le faire ?

— Ça s'appelle des limites personnelles, cinglé-je. Tu devrais peut-être demander à ton psy de t'apprendre à en poser, c'est sacrément efficace en termes de santé mentale.

Je perçois une lueur blessée dans ses yeux. OK, j'y suis allé un peu fort. Mais bon sang, je sais que j'ai raison !

Sans un mot, elle enfile son manteau, son préféré, le bleu à carreaux blancs, puis elle me bouscule d'un coup d'épaule pour franchir le seuil de la porte d'entrée.

Dans le taxi, l'ambiance est tendue. Le chauffeur la dépose devant le cabinet et, une fois la portière fermée, je lui demande d'attendre un instant pour être sûr qu'elle soit bien entrée. Heureusement, elle ne nous voit pas stationner au lieu de repartir. Elle aurait été capable de s'enfuir en courant juste pour se venger.

Il me reste une heure pour accomplir mon programme chargé. J'ai un rendez-vous dans vingt minutes à South Kensington. Le chauffeur me dépose à l'angle de Queen's Grace et de Harrington Road, je me dépêche de remonter Harrington pour avoir le temps de m'arrêter dans une librairie française que j'ai repérée sur Internet. Plus que dix minutes avant mon rendez-vous. Je demande conseil à une libraire pour un guide de voyage. Elle me présente sa collection de guides Routard, Michelin, et de livres dédiés à des régions particulières. Je lui achète un dictionnaire pratique, un guide dédié au sud de la France et un Routard à l'angle plus national. Je lui demande ensuite d'emballer le tout, prétendant avoir un cadeau à offrir. Ce n'est qu'une vérité en latence. Je veux les étudier d'abord, mais je les offrirai à Alana dans l'avion nous menant à Paris. Elle sera sans doute interpellée par le fait que je n'aie pas prévu de guide pour Berlin ou pour Milan, mais je doute qu'elle me pose des questions embarrassantes. En attendant, je sais qu'elle s'interrogera en remarquant mon sac floqué « Librairie La Page » et je refuse qu'elle aperçoive mes achats avant l'heure.

Plus que trois minutes. Je file à toute vitesse pour rejoindre le bureau de Barnes International sur Old Brompton Road. J'aurai quelques minutes de retard, mais vu ma demande, je doute que la personne qui m'attend m'en tienne rigueur. Je ralentis le pas dès l'élégant bâtiment de pierre en vue pour ne pas arriver essoufflé. Je rajuste mon caban, profite d'apercevoir mon reflet dans une vitrine pour me recoiffer, puis je parcours enfin les deux mètres qui me séparent de la grande porte vitrée de Barnes. Le hall d'accueil est lumineux, meublé soigneusement. Le parquet flottant semble presque vrai.

— Monsieur Latchkov ? devine la réceptionniste.

— En retard, mais présent, souris-je.

— Pas du tout, vous êtes à l'heure. Madame Thomas va vous recevoir. Puis-je vous offrir un thé en attendant ? Un café, peut-être ?

— Un thé, ce sera très bien.

— Je vous en prie, installez-vous dans un fauteuil, j'arrive tout de suite.

Elle me désigne les fauteuils club disposés face à son comptoir et se lève pour préparer ma boisson. Blonde, vêtue d'une robe crayon grise, un foulard autour du cou, son élégance ne laisse planer aucun doute sur le standing des lieux. J'ai beau avoir baigné dans ce monde de luxe depuis mon enfance, je me sens nerveux à l'idée d'amorcer le projet que j'ai en tête.

Une porte s'ouvre et une jolie femme en tailleur pantalon apparaît. Ses yeux en amande dégagent un sentiment chaleureux, mais tout dans son attitude montre un tempérament affirmé.

— Monsieur Latchkov ? C'est à nous.

Je m'avance et saisis sa paume tendue. Sa poigne est ferme, assurée. C'est idiot, mais ce détail me rassure. Il me donne l'impression d'être entre de bonnes mains.

La réceptionniste nous succède dans la petite pièce, elle dépose un plateau sur le bureau de madame Thomas puis se retire en refermant discrètement la porte. J'ôte mon manteau et prends place dans un fauteuil face à la petite brune. Sans attendre, elle entre dans le vif du sujet, posant un épais dossier devant moi puis tournant son écran d'ordinateur dans ma direction. La photo d'un appartement sublime y est affichée.

— Suite à votre appel, j'ai déniché quelques biens qui pourraient vous intéresser. J'ai surtout des appartements sur Chelsea, deux à Knightsbridge, sinon il faudra partir du côté du Notting Hill. Mais c'est plus cher, là-bas.

Je hoche la tête en parcourant les fiches descriptives du dossier devant moi. J'imagine qu'Alana voudra visiter l'appartement avant que je l'achète. Sans doute voudra-t-elle en payer la moitié. J'aimerais le lui offrir, mais je sais que cela la mettra mal à l'aise. Pour l'instant, je ne lui ai rien dit car je voulais être sûr d'être en mesure de me projeter. Quitter notre trois pièces sur Ashley Place sera une étape importante. C'est un cocon rassurant, notre repère principal à Londres, nous y avons tous nos premiers souvenirs londoniens. Mais cela reste une location qui nous lie à Heaven's Gates. Maintenant que notre place est gagnée dans le monde de la musique, il est plus que temps que nous ayons notre propre maison.

— J'ai cru comprendre que vous vouliez de l'espace, pour accueillir vos amis et votre famille, et pour que votre sœur et vous-même puissiez mener vos vies sans vous marcher dessus. J'ai un magnifique penthouse de six chambres en plein cœur de Chelsea. Bow-windows, terrasse, vue imprenable sur la Tamise. Sinon, pour des prestations similaires mais la moitié du prix, j'ai un appartement à Fulham. Un peu moins de cinq millions de livres, c'est une affaire.

J'examine les localisations. Je sélectionne en premier lieu les appartements en périphérie de Londres. Fulham, ça semble une bonne idée. Un havre de paix à deux pas de la capitale. La possibilité de créer notre nid loin des paparazzi et des scandales. Nous pourrions inviter Sergueï et Svetlana à passer les vacances chez nous, Lev et Nikita auraient chacun leur chambre pour nous rendre visite à leur guise. Peut-être qu'un jour, Nikita viendrait même avec la famille dont il rêve. Lev me présenterait sa copine – il n'a pas voulu l'inviter lors de nos concerts à Moscou, prétendant que c'était encore trop récent. J'ai eu bon espoir de l'apercevoir lors de notre représentation improvisée au Blue's Café, mais il est resté ferme sur ses positions. J'affiche un sourire satisfait. Oui, c'est un programme plaisant. Construire quelque chose de durable, recentrer nos projets autour des gens qui comptent pour nous. Je pense qu'Alana aimera l'idée.

— Nous avons une semaine chargée, mais serait-ce possible d'organiser quelques visites le week-end prochain ?

Je sélectionne cinq fiches que je présente à madame Thomas.

— Ceux-là me semblent parfaits.

L'agent immobilier les consulte, prend note de ma liste puis affiche un air entendu.

— Très bons choix, monsieur Latchkov. Vous devez être impatient, dans une semaine vous saurez quel est votre nouveau chez-vous.

Chapitre 46

Alana

Ce soir, nous jouons notre première date londonienne. Suite à un faux pas lors de notre deuxième concert moscovite, j'ai passé la semaine à répéter avec le coach Morrison. Je veux que tout soit parfait. Nate dit que je me prends trop la tête, moi je pense qu'il ne se la prend pas assez.

La tension monte. Je ne sais pas pourquoi je me sens de plus en plus nerveuse avant chaque concert. Ce devrait être le contraire, je commence à être rodée. J'ouvre mon téléphone pour me changer les idées, mais les notifications qui marbrent l'écran ne concernent que les spéculations sur ma relation avec Nate. Nous n'avons rien officialisé, seule la photo de nous dans l'avion et les photos volées quand je quitte son appartement alimentent les articles. Je suis fatiguée. J'aimerais qu'on me fiche la paix. Est-ce que Luka voit tout ça ? Est-ce qu'il me déteste parce qu'il avait raison et que je n'ai pas voulu l'admettre ?

Lors de notre concert au Blue's Café, il était là. Dans le fond de la salle. Je crois qu'il est venu avec deux amis, mais je ne les connaissais pas. Sans doute des rencontres de l'université. Nate n'a pas compris pourquoi je me montrais distante. Je n'ai pas osé lui dire que Luka était là. Je ne voulais blesser aucun d'eux, mais je n'étais pas préparée à une telle situation. Jamais je n'aurais cru que Luka voudrait revoir mon visage. Je pensais qu'il ne devait plus le supporter, à force de le voir placarder en Une des magazines.

J'ai mal au ventre. Je ne tiens plus, j'ai trop de choses dans la tête, trop envie d'étouffer le bruit. Je ne peux pas attendre qu'il soit l'heure de monter sur scène pour reprendre mes esprits. Je cours aux toilettes de ma loge, priant que mon frère ou Nate ne cherchent pas à me voir avant le cri de guerre de l'équipe. Fébrile, je me laisse tomber à genoux. La porcelaine est sale, pleine de tartre. La vision me dégoûte. Je me dégoûte. Et pourtant, c'est plus fort que moi : chaque fois, je me promets que c'est la dernière. Chaque fois, je recommence.

En fin de compte, ce n'est rien d'autre que de la masturbation. Je m'agenouille là, cheveux noués, et j'enfonce mes doigts dans mon gosier. Sans retenue. Crûment. J'entame des allées et venues à m'en arracher des larmes, je cherche les contractions de mes organes. Les spasmes m'arrachent des quintes de toux tandis qu'un filet de gerbe s'échappe. Ce n'est jamais satisfaisant. Il me faut faire couler des geysers. Je dois me vider. Je ne peux supporter l'idée de garder ce trop-plein en moi, cette tourbe qui m'encombre l'estomac. Je cherche l'anesthésie, le vide, le rien. C'est une urgence de sortir le mal de moi, une culpabilité qu'il faut apaiser sans tarder. Un besoin viscéral de ruiner mon humanité, de disparaître.

Je suis sale. Je suis dégueulasse. J'ai le visage maculé d'éclaboussures, des cicatrices sur les mains à cause des raclements de dents. Mes lèvres craquelées me brûlent. L'index et le majeur me triturant l'œsophage, je m'étouffe. Je peine à respirer, j'ai le cœur qui s'emballe. Parfois, j'ai l'impression que je vais crever. Là, la tête enfouie dans la cuvette, la mâchoire pleine de dégueulis. Moi qui suis une princesse. Moi qui ne tolère pas le moindre faux pas, la moindre imperfection. Mais je n'arrête pas. Je continue jusqu'à ce qu'il ne reste plus rien en moi. Jusqu'à ce que la bile soit si amère que je ne peux plus le supporter.

— Alana, tu es là ? Tu es prête ? Le concert débute dans cinq minutes, on te cherche partout, m'interpelle un technicien derrière la porte.

Je tousse, la gorge encore obstruée. Je vais finir par me bousiller la voix. C'est sans doute ce qui me peine le plus, et ce malgré mes os saillants.

— J'arrive, j'arrive !

— Tout va bien ? Tu devrais prendre des pastilles pour la gorge, on dirait que t'as pris froid.

— Oui, j'ai juste un chat dans la gorge. J'arrive.

Mon excuse semble le convaincre. Il déguerpit et je crache la salive amère qui s'amasse sur ma langue. Si seulement il savait quel monstre lui a répondu, de l'autre côté de la porte. Je ferme les yeux, ravalant les larmes qui menacent de ruiner mon mascara. Si elle remarque les traînées de noir sous mes yeux, la maquilleuse va me tuer.

C'est alors un nouveau rituel qui commence. Chancelante, je me relève et gagne le lavabo d'un bond. Je me savonne minutieusement les mains, les avant-bras, le visage. J'évite mon reflet dans le miroir, il ne me renvoie que l'image d'une pauvre fille aux yeux injectés de sang et aux joues cramoisies par l'effort. Une pauvre fille qui n'en est plus une, qui n'a même plus ses règles depuis bientôt un an. Je me brosse les dents avec fougue, j'en ai toujours une dans mon sac à main. Au cas où. Au cas où la honte de moi reprendrait le dessus, au cas où je perdrais la lutte face au monstre qui se tapit dans mes tripes. J'ôte mon pull sali pour enfiler ma tenue de scène. Une fois propre, je relâche mes cheveux, glisse mes doigts rougis par le lavage frénétique qu'ils viennent de subir dans mes boucles. Je redeviens une princesse. Je redeviens moi-même. Je quitte cette autre qui m'habite.

Je consacre les quelques minutes qu'il me reste avant de monter sur scène à faire des vocalises. Je bois de l'eau chaude. Je récupère ma voix pour offrir au public le show dont ils rêvent. La phalange au-dessus de mon index est rouge, l'empreinte de mon incisive y est incrustée. J'ai honte de voir cette marque à côté de mon bracelet croissant de lune. Elle me rappelle ce qu'il vient de se passer alors que toutes les autres preuves ont été effacées.

— Alana, c'est à toi !

Le *roadie* toque à nouveau à ma porte. Avant de sortir, je me relave les mains scrupuleusement, m'assurant d'effacer ce souvenir, prétendant que rien ne vient de se passer, puis je m'autorise un selfie. Personne ne peut soupçonner ce qu'il vient de se passer. Les premiers commentaires affluent dans la seconde. « *So perfect* » écrit Missie998X. Je soupire, imprégnant ces mots dans mon esprit, puis je délaisse le téléphone sur ma tablette de maquillage. J'ouvre la porte à la volée, sous le regard soulagé du *roadie*.

— Enfin, ils commencent à s'impatienter, là-bas.

Je file dans les coulisses. Les danseurs et les musiciens sont réunis en cercle au pied de l'escalier menant à la scène. Ils n'attendent que moi pour entamer notre cri de guerre. Je place une main aseptisée au milieu des leurs et profère mes encouragements. Nous levons nos bras en hurlant de joie, puis je grimpe sur scène au pas de course. Une nuée de voix s'élève pour m'accueillir comme il se doit. Le public crie, il m'applaudit avec ferveur. Un sourire renaît sur mon visage.

Je suis à ma place. Je suis Alana. Et sans eux, je ne suis rien.

Une fois le concert terminé, Nate me ramène chez lui. Comme souvent, ses amis sont déjà présents. J'envisage de rentrer à la maison, je n'ai pas envie de voir du monde. Le chanteur le sent, il enroule un bras autour de mes clavicules et me plaque contre son torse en m'embrassant le haut du crâne.

— Tu veux que je les mette dehors ?

Oui…

Je ne dis rien. Aussi profiteurs soient-ils, ils font partie de sa vie. La décision de les en sortir ne m'appartient pas. Même s'il ne m'a rien dit, Nate a déjà coupé les ponts avec Molly. Du moins, c'est ce que j'en déduis puisqu'elle n'est plus venue ici depuis des lustres. Je la soupçonne d'être celle qui a vendu des ragots à la presse, et je pense que Nate n'est pas dupe en ce qui la concerne.

— Je ne resterai pas longtemps, réponds-je.

— Ne rentre pas. Si tu veux dormir, je les vire. Tous autant qu'ils sont.

Il m'embrasse la joue, le cou. Je cède. Je suis épuisée. Mes jambes semblent prêtes à lâcher. Mais dans ses bras, rien de tout ça n'a d'importance.

Il me sert un verre, un rhum arrangé qu'il a laissé mariner sous le radiateur tout l'hiver. Il m'assure que c'est une mixture incroyable. Je la goûte pour lui faire plaisir, mais je dois me retenir de grimacer. C'est sacrément fort. Ma gorge me brûle encore de tout à l'heure et, à chaque gorgée, c'est un brasier qui prend vie. Je ne m'inquiète pas des sautes d'humeur, du froid gravé dans mes os, ni des douleurs musculaires chroniques. Non, ce qui m'angoisse, c'est d'abîmer ma voix. Je pourrais tout détruire sans que cela n'ait d'importance, mais elle, je ne me le pardonnerais jamais.

Le psy dit que je peux m'en sortir. Qu'une pause me ferait du bien, que je devrais me retirer des projecteurs un moment, une fois la tournée finie. L'autre jour, il m'a dit que je pouvais nommer ma maladie, peu importe que je l'appelle Jenny, Hitler ou Camembert. Que cela m'aiderait à comprendre que ce n'était pas moi, le problème. Que c'était une entité à part que je combattais. J'ai essayé pendant deux jours, puis j'ai eu l'impression de n'être qu'une pauvre folle. J'ai appelé Steve en lui hurlant dessus pour m'avoir envoyée chez un tel malade, mais mon manager a fini par me calmer et j'y suis retournée. J'ai dit à monsieur Walsh que je ne voulais pas de cette méthode. Que je ferais peut-être mieux de me mettre au yoga, puisque le fond du problème, c'était ma gestion de mes émotions. Mes angoisses permanentes. Il s'est contenté de sourire.

— Le yoga, c'est une très bonne idée, Alana. À condition que, là encore, vous n'en fassiez pas une compétition.

J'ai eu envie de le gifler. Sans doute parce qu'il avait raison. Alors en partant, j'ai donné un coup de pied dans l'un des fauteuils de la salle d'attente. Il n'en saura jamais rien, mais ça m'a fait du bien.

Peut-être que je deviens vraiment folle.

— Tu veux une latte ?

Mon verre à la main, je reviens dans l'instant présent. David est devant moi, il me présente un joint. Je m'apprête à refuser, consciente que ma gorge est suffisamment enflammée, mais je n'ai pas le temps d'articuler un mot que Nate apparaît.

— Pas ce soir, mon pote. La semaine a été longue, ce n'est pas une bonne idée.

— J'allais refuser, dis-je sur la défensive.

Nate m'adresse un regard perplexe, de ceux qu'on livre aux enfants qui clament « c'est pas moi » devant un pot de cookie renversé, quand le chat est à côté et pourrait aussi avoir accompli le méfait.

— Désolé. C'est juste ma façon de prendre soin de toi.

J'acquiesce. Je sais que je suis irritable. Parfois, je ne contrôle pas mes accès de colère, mais là, je peux la ravaler. Je me hisse sur la pointe des pieds pour l'embrasser. C'est toujours plus simple que parler. Ses lèvres piquantes à cause du rhum chassent mes pensées négatives. Ma main s'accroche à son sweat molletonné. Et dire que je me suis privée de ce plaisir pendant des mois. J'aimerais ne jamais arrêter.

Un bruit de verre brisé retentit et Nate se détache brusquement. Nous nous retournons, un cadre est éclaté au sol. Sa main pressant ma hanche, le chanteur grogne.

— Fait chier. Je vais tous les virer.

Il me dépose un bref dernier baiser puis file nettoyer les dégâts. Je me retrouve seule dans la cuisine, sans envie d'échanger des banalités avec ses amis. Puis mes yeux se portent sur David. David et ses pochons toujours remplis. Je fais la navette de lui à Nate, hésitante. Puis je me dis que je ne perds rien à lui poser une question. Je me faufile au milieu des invités, interromps sa discussion avec une fille en robe bleu nuit.

— Je peux te parler une minute ?

Il arque un sourcil surpris.

— Quand le chanteur n'est pas là, les souris fument ?

Je roule des yeux.

— Ça ne veut rien dire. Dépêche-toi, c'est important.

Je jette un coup d'œil par-dessus mon épaule. Nate est concentré sur les bris de verre qu'il nettoie à l'aide d'une balayette. Il ne remarque pas que je m'éloigne avec David. Nous nous isolons dans la salle de bains.

— Écoute, je mentirais en disant que je ne suis pas intéressé, mais si Nate apprend que j'ai touché à sa copine, il va…

— Quoi ? Non ! protesté-je en lui donnant une tape sur l'épaule pour l'obliger à se concentrer.

J'épie la porte, craignant qu'un invité ne cherche à entrer.

— Ôte-toi ce genre d'idées de la tête tout de suite, le grondé-je. C'est important, je voulais savoir si…

Argh, pourquoi est-ce si difficile de poser cette question ? Je ne fais rien de mal. C'est juste un petit service.

— T'aurais pas des trucs pour m'aider à me détendre ? Des pilules, rien qui se fume. Je n'ose pas demander à mon médecin, les infos circulent vite.

Je mens. C'est surtout car le médecin refuserait de m'en prescrire. Il estimerait que si la thérapie n'est pas suffisante, il est temps de m'hospitaliser. La tournée s'interromprait, ma réputation serait sabotée. Je deviendrais l'une de ces pauvres petites popstar dont le monde se moque à gorge déployée, l'une de ces filles qui avait tout pour être heureuse, mais qui a fini à l'asile après avoir craqué.

David se gratte l'occiput. Il hésite.

— Tu promets de pas me balancer ? Même si Nate trouve quoi que ce soit ?

Je pince les lèvres.

— Franchement, David, de nous deux je crois que c'est moi qui ai le plus à perdre.

Ma réponse semble le convaincre.

— Donne-moi cent livres, je glisserai un flacon dans ton sac. C'est bien le jaune moutarde ?

J'acquiesce et fouille ma poche pour lui donner des billets.

— En revanche, fais gaffe, c'est un peu fort. Mais pour l'instant, c'est tout ce que j'ai. Si tu veux juste te détendre, t'en prends une moitié. Si c'est pour dormir, tu peux en prendre une, une et demie. Et surtout, pas de mélange.

J'opine du chef puis quitte la salle de bains en vitesse pendant qu'il compte les billets. Je me sens encore plus sale que tout à l'heure, la tête dans la cuvette. Mais je me dis que ça m'aidera à gérer la pression. Que si je suis plus calme, je ne chercherai plus à me faire du mal.

Quand je rejoins la fête, Nate est en train de jeter les bris de verre dans la poubelle. Il abandonne la pelle et la balayette et je me glisse entre ses bras.

— Et si tu virais tout le monde ? J'aimerais t'avoir que pour moi.

Je ne supporterai pas de croiser le regard de David. Pas après ce que je viens de lui demander. Un sourire aguicheur s'inscrit sur les lèvres de Nate et, sans attendre, il place ses mains en porte-voix.

— Tout le monde dehors, allez, dégagez, il est temps d'aller dormir.

Il traverse l'appartement en tapant dans ses mains et répétant ses injonctions. Je me place à l'angle du salon et de la cuisine, observant les invités s'exécuter en râlant. Quand il franchit le seuil de la porte d'entrée, David place deux doigts à sa tempe et les lève, comme un salut militaire, et je comprends qu'il a placé ma commande dans mon sac à main.

— À nous deux, plaisante Nate une fois les lieux désertés.

Ses mains viennent se placer sous mes fesses et me soulèvent. Il m'embrasse avec passion.

— Monte, je te rejoins dans une minute, soufflé-je entre deux baisers.

Il me repose au sol, termine le fond de son verre qui l'attendait sur l'îlot de la cuisine, puis grimpe les escaliers menant aux chambres. Sur ses talons, je m'arrête en chemin pour inspecter l'intérieur de mon sac à main. Les pilules sont là. Je me sens à la fois nerveuse et soulagée.

Je secoue la tête. C'est juste une aide supplémentaire pour aller mieux. Je veux gagner le combat, mais on ne livre pas de bataille sans arme.

Chapitre 47

Alexz

Assis à l'arrière d'un taxi, je triture nerveusement mes doigts. La voiture ralentit, je reconnais madame Thomas devant les portes d'un immeuble cossu et moderne. Nerveux, je me tourne vers ma sœur pour lui livrer un brief rapide.

— Bon, je te préviens, c'est une grosse surprise. Si ça ne te plaît pas, pas de pression, tu me le dis et on abandonne l'idée.

Alana fronce les sourcils, cherchant à comprendre le sens de mes paroles. Je tends une liasse de billets au chauffeur, ouvre la portière et salue l'agent immobilier d'un signe de main. Ma sœur me suit, ses yeux papillonnant autour de nous sans cerner ce qui l'attend.

— Je te présente madame Thomas, notre agent immobilier.

D'une main molle, elle empoigne celle, déterminée, de notre prestataire. Je perçois qu'elle n'assemble pas les pièces du puzzle.

— Un agent immobilier, mais pour quoi ? Qu'est-ce que…

— Je me suis dit qu'il serait temps qu'on ait un chez-nous. Un endroit assez grand pour que nos parents viennent en vacances, pour que tu puisses accueillir Nate sans qu'il me tape sur les nerfs, et que Lev et Nikita nous rendent visite.

Cette fois, ses yeux s'arrondissent d'étonnement. Je ne lis pas d'enthousiasme sur ses traits, mais son intérêt semble piqué.

— C'est une belle surprise que vous a préparée votre frère, mademoiselle Latchkova. Nous allons passer l'après-midi ensemble, j'ai cinq biens magnifiques à vous faire visiter.

Je dois avouer que, parmi ma sélection, celui de Fulham est celui auquel je pense le plus souvent. J'espère qu'il plaira également à Alana.

— Mais… Tu veux acheter ?

— Oui, ce serait un bon investissement.

Elle contemple l'imposant immeuble tandis que madame Thomas appose un badge sur le digicode.

— Si on achète, ça veut dire qu'on va rester ici pour très longtemps.

Je suis étonné par sa remarque.

— Oui, enfin, c'est ce qui est prévu de toute façon, non ? Tu voudrais aller où ?

Elle hausse les épaules.

— Je n'en sais rien, je ne m'étais jamais posé la question.

Madame Thomas s'avance dans le hall et nous tient la porte. Elle ne dit rien, comprenant que nous avons besoin d'une minute. Je pose les mains sur les épaules de ma sœur et la rassure.

— Encore une fois, c'est un très bon investissement. Si dans six mois tu ne veux plus vivre à Londres, on pourra partir. Et si tu n'aimes aucun de ces appartements, on attendra.

Elle hoche la tête et se dégage de ma prise pour rejoindre l'agent immobilier. Nous gagnons le dernier étage avec l'ascenseur, puis les portes s'ouvrent dans un magnifique duplex. La décoration est moderne, les boiseries des sols et des placards apportent une chaleur immédiate aux pièces. Il n'y a pas à chipoter : je me verrais parfaitement vivre ici.

Tandis que madame Thomas nous présente les lieux, je remarque qu'Alana semble perdue. Je m'émerveille sur un billard et, quand je me retourne pour le lui montrer, je la vois en train de tirer un cachet de son sac à main.

— Qu'est-ce que c'est ? demandé-je, un peu plus agressivement que je ne l'aurais voulu.

Ma sœur brandit le flacon.

— De la levure de bière. Pour mes cheveux. J'ai oublié de prendre ma dose ce matin.

Je m'approche, constate qu'elle dit vrai. J'ignore pourquoi ce geste m'a interpellé. Je crois que j'ai toujours peur qu'elle trouve un nouveau moyen de s'abîmer.

Le regard fuyant, elle range le flacon dans son sac. Elle doit m'en vouloir d'avoir été si vif. J'essaie de changer de sujet.

— Alors, qu'est-ce que tu en penses ? On le garde sur la liste, ou on l'élimine ? Tu te verrais vivre ici ?

Trop de questions d'un coup. Je le vois à la manière dont ses yeux recommencent à papillonner.

— Oui, oui, j'imagine, souffle-t-elle. Tu as sans doute raison, il est temps de penser à l'avenir.

Pourtant, malgré ses mots qui vont dans mon sens, je sens que son cœur n'y est pas du tout. L'avenir semble tout à coup un concept très flou.

Chapitre 48

Alana

Cela fait vingt minutes que le silence règne. Assise dans un fauteuil d'inspiration nordique, les jambes croisées et la tête appuyée contre ma paume, j'attends que le temps passe. À chaque séance, c'est la même rengaine. Le psy m'observe avec un sourire paternaliste et tente de me faire parler. Il me lance des « Comment vous sentez-vous aujourd'hui ? » ou des « Il n'y a rien que vous souhaitiez me confier ? » et je lève les paumes vers le ciel, les lèvres pincées, pour lui signifier que non, je n'ai pas envie de lui parler. Pas aujourd'hui.

— Alana, il nous reste encore trente minutes à passer ensemble. Pourquoi n'en profiteriez-vous pas pour me parler un peu ?

Je replie une jambe contre ma poitrine et croise les bras sur mon genou.

— Je suis désolée, docteur, mais je n'ai vraiment rien à vous dire.

— Dans ce cas, pourquoi être venue ?

Je lève les yeux au ciel, poussant un soupir offusqué.

— Parce que si je ne viens pas, on continuera à me traiter comme un petit animal blessé qu'il faut interner au plus vite. Si je viens, c'est pour vous montrer que je vais mieux. Il ne se passe pas toujours des choses palpitantes dans ma vie, je n'ai rien à vous dire aujourd'hui.

— Vous pensez que c'est comme ça qu'on vous voit, comme un petit animal blessé ? Pourtant, moi, je crois qu'il faut beaucoup de force pour affronter ce que vous affrontez. D'ailleurs, n'est-ce pas pour cela que c'est si difficile de repousser votre trouble alimentaire ? Parce que tant que vous l'avez, vous avez quelque chose contre quoi lutter. Quelque chose pour prouver votre détermination.

Je serre les dents. Quand va-t-il finir par me lâcher ? Ce pauvre type raconte n'importe quoi. J'ai envie de crier. Je veux juste qu'il me fiche la paix.

Il s'enfonce dans son fauteuil. Sa veste de blazer est mal ajustée, elle bâille sur les côtés.

— Vous pouvez tout aussi bien me réciter une recette de quiche au thon, si vous préférez. Mais, voyez-vous, je suis persuadé qu'une part de vous a vraiment envie de me parler. Sinon, vous auriez trouvé un moyen de ne pas mettre les pieds ici.

Je ferme les yeux, les mains crispées sur ma jambe. Il ment. Si je pouvais guérir, si je pouvais cesser d'avoir mal aux muscles, si je pouvais retrouver mes règles, je le ferais. J'échangerais ma fortune en un claquement de doigts contre le retour de ma santé. Je ne suis pas un monstre de contrôle à ce point. Il ment. Il ment. Je le sais.

Des larmes me piquent la cornée. Je suis si fatiguée. L'émotion me submerge et le psy ne cille pas. Je peine à retrouver mon souffle et m'accroche un peu plus fort à la toile de mon jean.

— C'est juste que… Il y a quelques semaines, j'ai remarqué que je perdais mes cheveux.

Je m'interromps, le psy rondouillard plisse les lèvres et, voyant que je ne poursuis pas, me répond d'un ton léger.

— Tout le monde perd ses cheveux. Regardez-moi, je suis quasiment chauve. Alors pourquoi êtes-vous inquiète ?

Les larmes se transforment en sanglots et je m'effondre.

— Avant, j'avais des cheveux magnifiques. Aujourd'hui, ils s'affinent, tombent et se cassent. Je ne me reconnais plus dans la glace. J'ai beau me fixer pendant des heures, la forme de mon corps n'est jamais la même. Je me palpe, me scrute, mais rien n'y fait, je ne sais plus qui je suis. Il n'y a que sur scène que je me sens revivre. Mais maintenant, je perds mes cheveux, et j'ai peur que les fans ne m'aiment plus.

— Et pourquoi pensez-vous qu'ils ne vous aimeraient plus ? Qu'est-ce qui vous fait penser que vous avez changé ?

— Je ne sais pas, docteur. Mais toutes les nuits, je rêve que je perds mes dents, et je me réveille en larmes avec les gencives en feu. J'ai atteint un point où j'ai peur d'aller dormir.

Je renifle bruyamment, terrorisée d'entendre à voix haute ces pensées qui me rongent depuis si longtemps.

— Il y a quelque temps, je voulais disparaître. J'étais persuadée que si je me débarrassais de mon corps, je n'aurais plus besoin d'être parfaite, qu'il serait plus simple pour les gens de m'aimer s'ils n'avaient que ma voix pour me juger. Mais aujourd'hui, j'ai peur de ne plus pouvoir chanter. Je suis en train de couler, docteur, et je crains de finir noyée.

Son regard s'attarde sur moi quelques secondes, puis la pointe de son stylo vient griffonner des notes sur un papier. Je suis épuisée. Je voudrais dormir des semaines entières et me réveiller en ayant tout oublié de cet interminable cauchemar. Les pilules de David m'aident à lâcher prise, mais dès que les effets s'estompent, c'est pire qu'avant. Mes membres sont constamment engourdis, j'ai la bouche pâteuse et la tête qui tourne. Chaque matin, au réveil, j'ai l'impression d'avoir été percutée par un bus et que la garde royale m'a piétinée ensuite. La sensation de flottement, d'invincibilité, l'impression de pouvoir mettre le monde à mes pieds quand je suis sur scène, boostée par mes subterfuges, tout ça, c'est agréable pendant la soirée. Mais le lendemain, tout disparaît et je ne me sens plus que misérable.

La séance se termine et je me rue dans un taxi pour rejoindre Nate. Il passe ses journées enfermé dans son appartement, préparant son prochain album en attendant de reprendre les concerts. Il n'a pas joué depuis décembre. J'espère qu'il n'est pas avec ses musiciens, j'ai besoin de lui, besoin d'oublier le temps qui file au creux de ses bras.

Une fois au pied de son immeuble, j'appuie frénétiquement sur le bouton de l'ascenseur. Je ne lui ai pas dit que je venais. J'ai les clefs. J'ingurgite une demi-pilule de décontractant. L'ascenseur monte trop lentement. Je sais qu'il écrit souvent dans son bureau, une jolie pièce avec vue sur un parc. Je m'y rends directement, une fois à son étage. Il est là, sa guitare sur les genoux, des feuilles de papier étalées devant lui. Il sursaute en me découvrant.

— Qu'est-ce que tu fais ici à cette heure, joli cœur ?

Mes yeux s'humidifient. Il abandonne sa guitare, se lève pour me rejoindre.

— Ça ne va pas, tu as eu des soucis ?

Je suis fatiguée. Épuisée. Je veux échapper au temps. À la réalité. Je n'ai pas envie de parler. Son double des clefs dans les mains, je me hisse sur la pointe des pieds pour encadrer son visage et l'embrasser. Il est crispé, sans doute surpris, peut-être hésitant face à mon absence de réponse. Je tends mon bras pour jeter les clefs sur son bureau, ôte mon manteau sans cesser de l'embrasser. Il tente de récupérer ses lèvres, de me parler, mais je l'en empêche.

— S'il te plaît, chut.

Il s'écarte une seconde, me sonde du regard. Qu'est-ce que j'aime ses iris verts, les paillettes de jaune à l'intérieur, leur lueur toujours joueuse. À cet instant, elle semble plus sérieuse. Je me hisse à nouveau sur la pointe des pieds pour la chasser. Mes mains se glissent sous son pull à grosses mailles, il frissonne sous leur contact glacé. Je laisse courir la pulpe de mes doigts sur ses abdos musclés, je m'accroche à sa peau chaude comme une naufragée à une bouée de sauvetage. Je le sens qui cède. Ses mains s'agrippent à mes cheveux, il me repousse vers la porte. Sa chambre est juste à côté. Nous n'avons encore jamais couché ensemble. J'ignore pourquoi mais, là, tout de suite, je sais que c'est ce que je veux. Je le veux lui, tout entier. Il est une drogue plus fourbe que la scène, plus fourbe que celles que j'ai pu goûter dans son appartement. Peut-être la seule à même de me sauver.

Nous ne nous détachons que pour envoyer valser nos vêtements. Il me porte sur le lit, mes jambes s'enroulent autour de lui. Il n'agit pas comme s'il avait peur de me briser, il me serre fort contre lui. Une larme menace de s'échapper, mais je presse mes paupières pour l'en empêcher. J'ai trop peur qu'il le remarque, qu'il décide de tout arrêter.

— Tu es sûre ? demande-t-il, étudiant mes yeux tristes.

J'acquiesce sans un mot, me soulève sur mes coudes pour récupérer ses lèvres. Ses doigts sur ma peau sont un feu plus délicieux que celui des projecteurs. Il se penche pour ouvrir un tiroir dans sa table de chevet. Je l'observe, attentive. Il enfile une protection puis vient se placer sur moi. Je le laisse prendre les rênes. Il se contente de m'embrasser, encore et encore. Voracement, amoureusement. J'ignore si j'ai le droit d'employer ce mot. C'est ce que j'éprouve, allongée là, sous lui, ses lèvres dévorant ma peau. Mes doigts tirent doucement ses cheveux, tout en moi cherche à se fondre en lui. Puis sa main quitte ma hanche et descend. Je comprends que c'est le moment. Je me demande si cela m'aidera à me sentir à nouveau femme. Je doute qu'il puisse réparer tout ce qui est brisé, cependant je me raccroche à l'illusion. Une sensation étrange, diffuse, pas douloureuse mais inconfortable, s'insinue entre mes cuisses. Mes doigts s'enfoncent dans ses omoplates. Ses lèvres continuent à m'asséner de délicats baisers, puis elles viennent se poser à mon oreille.

— Ça va ?

Oui. Oui, je me sens vivante, aimée. Reconnue. Je sais que lui, il me voit. Moi. Sans masque. Sans artifices. Une larme s'échappe finalement de mes paupières. Il ralentit, je cherche son regard pour lui assurer qu'il peut continuer.

— Tu es ce qu'il y a de plus sûr dans ma vie, soufflé-je.

— Tu es ce qu'il y a de plus sûr dans la mienne, répond-il.

J'enfonce mon nez dans son cou tandis qu'il accélère légèrement.

Je voudrais que l'infini vienne voler ce moment. Éclipse tous ceux que nous pourrions encore avoir à vivre. Cela faisait terriblement longtemps que je ne m'étais pas sentie exister hors de scène.

Chapitre 49

Alexz

Ce matin, j'accompagne Alana chez le psy avant de gagner le studio. J'ai de nouvelles idées de morceaux, peut-être même l'envie d'enregistrer un album solo. Rien de trop ambitieux, juste de quoi avoir un projet à mon nom, quelque chose qui m'appartienne. Contrairement à tous les pronostics, je n'ai jamais souffert d'écoper du fond de la scène pendant que ma sœur était acclamée. Je repense souvent à notre visite du Musée d'Histoire Naturelle et jamais je ne voudrais connaître la même effervescence pour ma petite personne. J'ai décidé de marcher, j'attends quelques minutes avec elle dans la salle d'attente, le temps de terminer notre discussion à propos d'un arrangement qu'on voudrait modifier sur le deuxième album. Rocket Soul vient d'être déclaré single de platine et tout Heaven's Gates est en ébullition. On nous déroule le tapis rouge pour tous les projets qui pourraient nous passer par la tête. Un documentaire compte même parmi les propositions les plus intéressantes qu'on nous a livrées.

Face à toute cette pression, Alana a augmenté la fréquence de ses rendez-vous. Je crois qu'elle a eu le déclic, qu'elle veut vraiment s'en sortir. Malgré ses efforts, le médecin reste préoccupé. Il pense qu'un court séjour en centre de soins pourrait compléter le traitement. Il est d'accord pour attendre la fin de la tournée avant d'en parler à ma sœur, mais je prends la question très au sérieux. Svetlana a proposé de nous rejoindre à Londres si le cas de figure se concrétisait. Je n'ai toujours pas osé lui parler de mon projet d'emmener Alana sur la tombe de nos parents.

Monsieur Walsh ouvre la porte de son bureau et j'embrasse ma sœur sur la joue avant d'amorcer mon départ. Je remarque une pile de prospectus pour des centres spécialisés dans les thérapies contre les troubles alimentaires et, après un rapide coup d'œil par-dessus mon épaule pour m'assurer qu'Alana a disparu, j'en fourre un dans ma poche. Cela ne coûte rien d'effectuer quelques recherches.

D'abord, nous allons clôturer la tournée, effectuer ce pèlerinage qui pourrait tout chambouler, et ensuite nous verrons si ma sœur a encore une chance de s'en sortir sans prendre des mesures aussi radicales.

Chapitre 50

Alana

— Alexz, t'aurais trente livres pour payer le livreur ? J'ai oublié mon porte-monnaie chez Nate.
— Dans la poche de ma veste ! s'écrie-t-il depuis sa chambre.
Je tourne sur moi-même pour chercher son manteau tandis que le livreur attend sur le pas de la porte. Dans mon dos, une journaliste détaille la nouvelle demeure que vient de s'acheter une star de cinéma. Je songe qu'il faudra que je trouve aussi la télécommande pour éteindre ces inepties. J'attrape la veste d'Alexz, glisse une main dans une poche, en tire un ticket de caisse et un mouchoir usagé en grimaçant, puis inspecte l'autre. Jackpot. Je tire son portefeuille et fronce les sourcils en remarquant le coin d'un prospectus coincé dans une fente pour carte de crédit. Tout en me rapprochant du livreur de sushis pour le payer, je tique en remarquant qu'il s'agit d'une brochure pour un centre de soins. Je marque un temps d'arrêt, cherchant à comprendre ce que ça signifie, puis me rappelant que le jeune homme en tenue violette attend son paiement pour partir, je lui tends une liasse de billets. Alors que sa main cherche dans la banane accrochée à sa taille pour me rendre la monnaie, je me contente de récupérer le sac en papier kraft, toujours absorbée dans mon analyse du prospectus.
— Vous pouvez garder la monnaie, bonne soirée.
Et je referme la porte, à deux doigts d'exploser en larmes. Alexz envisage-t-il sérieusement de me faire interner ?
À la télévision, l'animatrice se désintéresse des scoops immobiliers et mon nom retentit à travers le haut-parleur.

— La chanteuse Alana Latchkova assurera encore trois représentations en Angleterre avant de poursuivre sa tournée en Europe. Les fans espèrent que le chanteur Nate Vance, avec qui elle entretient une relation amoureuse, sera présent sur scène avec elle. Tout ce que nous pouvons vous...

En colère, contre Alexz et contre le monde qui ne peut pas me laisser respirer une minute, je m'empare de la télécommande et j'éteins la télévision d'un geste rageur, coupant le journaliste dans sa litanie. Je suis fatiguée de voir mon image partout. J'en ai marre qu'on abîme ma relation avec Nate en la décortiquant dans tous les médias. Pourquoi les gens ne sont-ils pas capables de s'en tenir à ma musique ? Pourquoi faut-il qu'ils me plantent des coups de scalpel en permanence ?

J'abandonne le sac de sushis sur la table basse et fonce tout droit vers ma chambre.

— Bon sang, je meurs de faim, s'exclame mon frère en sortant de sa chambre.

Je manque de lui rentrer dedans à toute vitesse. Surpris, il s'écarte d'un bond puis essaie de m'attraper le bras pour m'inspecter. Je suis plus rapide.

— Qu'est-ce qui t'arrive, où tu vas ?

— Certainement pas dans un centre de soins ! beuglé-je.

Après l'avoir fusillé du regard, je claque la porte et m'enferme à double tour. Fébrile, je cherche le flacon de pilules décontractantes. Je repense aux consignes de David. « Si tu veux juste te détendre, t'en prends une moitié. Si c'est pour dormir, tu peux en prendre une, une et demie. » Cette fois, je veux dormir.

Je n'en peux plus. J'ai besoin de me déconnecter. Je rêve que tout s'arrête.

Chapitre 51

Alexz

Dans trois semaines, nous serons en France. Dans trois semaines, je dirai tout de notre histoire à Alana. Je commence à avoir peur, mais je me suis promis de ne pas faire machine arrière. Tout est réservé, cela complique l'idée de reculer.

Ce matin, nous sommes retournés visiter l'appartement de Fulham. Je crois que nous allons le prendre. J'ai trouvé un club de boxe pas trop loin. Voir Lev et Nikita poursuivre leur vie, mener à bien leurs propres projets, m'a donné envie de me créer de nouvelles habitudes ici. Londres est ma nouvelle maison, et il est temps que je m'y épanouisse.

Je n'ai toujours pas parlé de mes projets à Svetlana. Encore moins à Serguéï. Je pense que je les appellerai une fois que ce sera fait. Pour que nous repartions tous sur de bonnes bases. Peut-être que je pourrai enfin avoir ce dont j'ai toujours rêvé : une famille unie. Bancale, dysfonctionnelle, mais unie.

Je me suis toujours accroché à Alana en pensant que le lien du sang était plus fort que tout. Je voulais fuir les démons du passé, me construire par moi-même, mais nous ne sommes jamais que la somme de ceux qui nous entourent. Ceux qui nous élèvent, comme ceux qui nous défient. Serguéï et Svetlana ont eu leurs défauts, mais ils ont fait de leur mieux en fonction de ce qui leur semblait juste. J'imagine que ma sœur sera rassurée d'apprendre la filiation qui nous unit à Svetlana. Je crois qu'elle a toujours eu besoin de ça, de savoir que quelqu'un d'autre que moi, dans le monde, pouvait lui ressembler et l'aimer.

Je sais qu'il n'y a pas besoin d'avoir une enfance complètement chaotique pour souffrir de la peur de l'abandon, mais j'ai conscience que nous partions de loin. Cela fait des mois que j'accompagne ma sœur dans son combat, maintenant il est temps que je livre le mien. Que je fasse la paix avec le passé. Avec Jules, Lucie, mais aussi avec le Monstre. J'ai besoin de clôturer ce chapitre pour avancer.

Je suis à la fois impatient et terrifié d'aller réveiller les morts. De conduire ma sœur à cette tombe. Mais je crois que c'est la meilleure décision que je pouvais prendre. Pour nous deux.

Chapitre 52

Alana

J'entends la foule qui s'agite. Je n'ai plus que dix minutes pour me préparer et mes jambes sont cotonneuses. J'ai passé les deux derniers jours à dormir. Maintenant, j'en paie les frais. J'ai faim, mais je n'arrive pas à avaler quoi que ce soit. Je sors une boîte de pilules coupe-faim de mon sac et en avale une paire, puis je glisse un décontractant sur ma langue.

J'ai peur de ne pas être à la hauteur pour ce concert. C'est notre dernier à Londres avant de partir pour Berlin. Je me sens faible. À bout de forces. Quand Nate apparaît dans ma loge avec un verre de vin dans la main, je le lui dérobe et le vide d'un trait avant qu'il n'ait le temps de dire quoi que ce soit. J'en ai bien besoin pour me donner du courage avant d'affronter le public dans cet état.

— Eh, du calme ! T'es toute blanche, je ne suis pas sûr que boire soit une bonne idée avant d'aller sauter dans tous les sens sur scène.

Les mains sur le ventre, je coule un regard vers la porte de la loge, comme si je pouvais appréhender la foule qui m'attend à quelques mètres.

— J'ai peur, Nate. C'est la première fois que je sens que je ne vais pas y arriver.

Il attrape mon menton entre son pouce et son index, ses iris qui pétillent me sondent.

— Si t'es malade, on annule tout. Regarde dans quel état tu es, tu trembles.

Je secoue la tête.

— Non, non, c'est hors de question. C'est trop tard.

— Trop tard selon qui ? Les gens râleront pendant deux jours, et alors ?

Je reste ferme sur mes positions.

— Ça ira mieux sur scène. Ça va toujours mieux une fois que je suis dans l'arène.

Il fait claquer sa langue sur son palais.

— Il va falloir que tu apprennes à lâcher prise. Tu vas te bousiller.

Je ne réponds pas. Ses grandes épaules viennent m'envelopper, il me presse contre son torse. Mon rythme cardiaque ralentit.

— Ça va aller, je te le promets. Et ensuite, on se retrouvera tous les deux, et je ne quitterai plus tes bras.

— Tu es sûre que tu veux acheter cette maison avec ton frère ? J'aime pas quand t'es pas là. On pourrait en trouver une ensemble.

Je me recule sans quitter son étreinte pour savoir s'il est sérieux. Il a raison, je remarque que je tremble.

— Tu veux vivre avec moi ?

— T'es tout le temps chez moi, de toute façon.

Dans d'autres circonstances, j'aurais trouvé ça prématuré. Mais notre vie est différente. Tout va plus vite, dans notre monde. J'ai pris dix ans en dix mois.

— Je ne sais pas, il faut que j'en parle avec Alexz. Quoi qu'il en soit, chez toi ou chez moi, il est hors de question que je passe une nuit sans toi.

Il pose son menton sur mon crâne.

— Chez nous, je crois que ça sonnerait mieux.

Mes jambes sont un peu plus cotonneuses que tout à l'heure. J'imagine que c'est l'émotion.

— Alana, ça va être à toi, s'écrie une voix à travers la porte de la loge.

Je m'agrippe à son pull quelques secondes de plus.

— Tu as raison. Chez nous, ça sonne sacrément bien.

Nous nous embrassons passionnément, jusqu'à ce qu'un nouveau coup à la porte me rappelle à l'ordre.

— À tout à l'heure, joli cœur.

Je m'apprête à sortir puis reviens en arrière lui voler un dernier baiser rapide. Puis je me précipite vers l'entrée de la scène pour le cri de guerre avec mon équipe. J'ai la tête qui tourne. Je plisse les yeux pour rassembler mes forces avant de passer de l'autre côté. Le public semble déjà chaud, ses cris sont délirants.

Je rejoins les planches avec le sourire. J'ai pourtant l'impression que mes jambes vont me lâcher au moindre moment d'inattention. J'essaie de faire abstraction. Je suis sur scène, tout va forcément bien se passer. J'habite l'espace avec la même énergie que d'habitude, je donne tout pour transporter mon public. J'éprouve mes limites.

La foule scande mes paroles en chœur et je me surpasse pour lui offrir un spectacle digne de ce nom. Je dois donner aux fans autant que ce qu'ils me donnent. Leur enthousiasme me nourrit, leurs applaudissements me fournissent la rage d'enchaîner chanson après chanson. Hors de question de montrer le moindre signe de faiblesse.

J'en suis à la moitié du concert. Mes jambes recommencent à flageoler et ma tête ne cesse de tourner. Alors que je dois atteindre une note dans les aigus, le souffle me manque. Ma voix se brise, je ressens une violente douleur dans la poitrine. Le public se fige. Les chuchotements échangés dans les rangs deviennent une rumeur assourdissante. Pliée par la douleur, je suis obligée de m'interrompre. J'essaie de respirer profondément. Je me concentre sur des pensées positives. Ce doit être une crise d'angoisse. Je pense aux vacances en France dont Alexz n'arrête pas de parler. Je pense aux lèvres de Nate. À sa façon de prononcer « chez nous » une heure plus tôt. Je pense au fait que ce serait vraiment agréable, une vie avec lui. Mais rien n'y fait. Je vacille. Ma vision se trouble. Le micro m'échappe des mains. J'entends le public qui s'affole. J'ai l'impression que les secondes s'étirent, pourtant je crois que tout va très vite. Quoi que je tente, je ne parviens pas à reprendre contenance. J'ai terriblement mal. Je cherche ma respiration. J'ai l'impression de me noyer. J'aperçois Alexz qui jette sa guitare au sol. Le service de sécurité court pour faire barrage entre la scène et le public. Ma vision se trouble. Je me précipite hors de la scène et m'écroule dans les escaliers qui mènent en coulisses. Ma tête heurte violemment le sol. Je sens que je perds pied. Des mains me soulèvent. Nate encadre mon visage de ses paumes, la terreur se lit dans ses yeux. Je ne saisis pas ce qu'il dit, il m'allonge sur le sol et se met à crier sur l'équipe. « Une ambulance ! Appelez une ambulance, putain ! » Je voudrais qu'il m'embrasse, qu'il m'aide à me sentir forte. Vivante. Mais il se contente de me tenir la main en beuglant des ordres, la mine terrifiée.

Alexz apparaît, il empêche l'équipe de m'approcher. Il palpe mon cou, me secoue. Sa voix lointaine me parvient. « Me fais pas ça, reste avec moi ». Il pleure. Je suffoque. Mon ouïe se trouble. Mon corps pèse soudain très lourd. Je n'arrive pas à ouvrir les yeux. Il y a des cris. Loin. Très loin. Et un murmure au milieu du vacarme.

« Je t'en supplie, reste avec moi. »

Chapitre 53

Alexz

Alana, ma sœur, ma toute petite sœur, ma princesse.

J'aurais voulu venir te voir plus souvent, mais chaque visite rend le fait de te quitter plus difficile que la fois précédente. Tu es si loin de moi, maintenant ; je crois que je n'arriverai jamais à l'accepter.

Depuis le jour où tu es venue au monde, tu n'as cessé d'être ma raison de vivre. J'ai découvert ta voix d'ange et j'ai travaillé dur pour t'aider à devenir quelqu'un. Je voulais que nous existions par nous-mêmes, loin de notre enfance douloureuse et du monde doré de Sergueï et Svetlana. Aujourd'hui, je n'ai de cesse de penser que c'est à cause de moi si tu as sombré de la sorte. Peut-être que si je ne t'avais pas mis toutes ces idées dans la tête, tu aurais voulu autre chose. Peut-être que tu serais allée à l'université de Moscou, que tu aurais épousé Luka et que tu serais aujourd'hui une mère très heureuse. Je ne me pardonnerai jamais de t'avoir privée de tout cela.

Les années qui ont suivi ton départ ont été incroyablement éprouvantes. Combien de fois ai-je voulu te rejoindre ? Il a fallu que je te perde pour enfin te comprendre. Mais aujourd'hui, je sais combien il est difficile de lutter contre soi-même. D'imposer à son propre corps des contraintes extrêmes juste parce que cela nous semble la seule façon de survivre. Je sais enfin ce que tu as enduré et à quel point ce fut éprouvant.

Voilà neuf ans que j'essaie de me reconstruire dans un monde où tu n'es plus là. J'ai laissé tomber la musique et abandonné Londres. Je n'ai jamais pu acheter cette maison sans toi, ses pièces immenses semblaient terriblement oppressantes sans ta présence. Jouer sans toi m'était devenu intolérable. Vivre dans cette ville où tu es morte, impensable. Je ne retourne plus beaucoup en Russie et j'ai acheté un petit appartement à Oxford. Nos parents viennent parfois m'y rendre visite pendant les vacances d'hiver et je dois dire que nos relations s'améliorent d'année en année. Oxford est une jolie ville, je suis certain que tu t'y serais plu. La vie y est tranquille et les bâtiments chargés d'Histoire. Là-bas, je réapprends doucement à vivre. Jour après jour, je découvre qui est Alexzander Latchkov s'il n'est plus un grand frère.

Il faut dire que j'ai reçu un peu d'aide, et c'est la raison pour laquelle je te rends visite aujourd'hui. Il y a six ans, j'ai rencontré une Écossaise, Tess, et elle m'a redonné foi en l'avenir. Ensemble, nous avons eu une petite fille. Elle va avoir un an dans quelques semaines et elle a le même regard espiègle que toi. Tu l'aurais adorée. Elle, elle t'aime déjà. Je lui ai donné ton nom, celui que tu aurais dû retrouver lors de notre passage en France, ce nom qui te serait si bien allé si la vie avait été plus clémente. Lucie. Cela signifie Lumière – la vie crée-t-elle des coïncidences plus heureuses ?

Je lui parle de toi tous les jours. J'espère que tu ne m'en veux pas, mais je lui chante aussi notre berceuse. Lucie est celle qui a remis une guitare entre mes mains, et quand je lui parle des étoiles qui dansent, je lui dis que tu danses avec elles.

Je voulais également te dire que ne t'en ai jamais voulu d'avoir vécu dans les extrêmes et d'avoir dépassé tes limites sans prendre le temps de te reposer. Je ne peux pas t'en vouloir. Je sais que si tu n'avais pas vécu intensément chaque moment passé sur scène, tu aurais été terriblement malheureuse. J'aurais dû t'empêcher d'accélérer la cadence de la sorte, mais je savais que ton existence perdrait son sens si l'on te freinait. Tu étais née pour devenir une étoile, et c'est ce que tu es devenue.

Aujourd'hui tu es une étoile morte, mais ce qui est formidable avec les étoiles, c'est que même des milliers d'années après leur extinction, elles continuent de briller. Tout comme toi. Ton souvenir habite encore l'Angleterre, et même Moscou. Parfois, je tombe sur l'une de tes chansons en allumant la radio, et je pleure en silence car je sais que d'autres partagent le même manque que moi.

Je suis désolé de ne pas avoir pu te sauver, mais aussi de t'avoir menti toutes ces années. Tu étais peut-être celle qui était malade, mais j'étais bien le moins courageux. Je n'ai jamais trouvé la force de te parler de notre passé et aujourd'hui je m'en veux de t'avoir laissée partir dans l'ignorance. Pourtant, je te jure que j'étais sur le point de tout te dire. Si seulement ton corps t'avait donné quelques semaines de plus...

Un arrêt cardiaque. À dix-huit ans, c'est si difficile à avaler. On imagine toujours que ça n'arrive qu'aux vieilles personnes. On ne peut concevoir qu'une jeune femme qui déchaînait des foules de milliers de spectateurs ait pu s'écrouler. Même avec la maladie, à cet âge, on se croit invincible. J'essaie de ne pas y penser, car on ne peut changer le passé, mais souvent je me dis que ces trois semaines auraient pu tout changer. Peut-être que si tu avais connu notre histoire, tu aurais pu te reconstruire avec toutes les pièces du puzzle en main.

Bien, je vais rentrer chez moi, maintenant. Mais je reviendrai, je te le promets. En attendant, chaque soir, tu m'accompagnes au moment de coucher ma fille. Je n'ai peut-être pas de petite fusée pour te rejoindre mais, quand je lève les yeux vers le ciel et que là-haut dansent les étoiles, je sais que l'une d'entre elles danse avec plus de passion que les autres, et que son chant ne nous quittera jamais.

Note aux lecteurs

Pauline

Voici venu l'exercice laborieux de dire adieu à cette histoire. À ces personnages qui m'ont accompagnée, hantée, pendant plus de dix ans. Je n'étais qu'une adolescente très clichée, rêvassant à la fenêtre de sa chambre à propos de sphères si lointaines, si inaccessibles, quand j'ai écrit ce roman. J'avais 15 ans, j'étais un peu naïve, le propre de cet âge où l'on romantise le succès et la lumière. Malgré tout, je crois que j'avais déjà conscience des dérives du monde d'apparence que nous sommes devenus ; combien des idoles de mon enfance ont sombré, écrasées par la pression médiatique ? Depuis les prémices de cette histoire, je dois dire que l'envie de creuser ce sujet ne m'a jamais quittée.

En 2019, à 24 ans, alors que je venais de créer Cherry Publishing depuis moins d'un an, nous avons pris le pari un peu fou d'élargir notre ligne éditoriale. Nous voulions tester des couvertures plus artistiques et des histoires sortant des codes de la romance traditionnelle. Hors de question de prendre le risque d'envoyer le rêve d'une autre dans le mur, c'est dans mes tiroirs que j'ai fouillé pour dénicher un manuscrit capable de répondre à cette nouvelle envie. C'est ainsi que Là-Haut Dansent les Étoiles est revenu dans ma vie. Vaguement réécrit, n'osant prendre le temps de me vendre moi-même alors que mon métier était d'envoyer le projecteur sur les autres, nous l'avons paré d'une couverture sublime et lancé sans trop le pousser. Inutile de dire que ce ne fut pas un grand succès. Et bizarrement... Ces mille petits exemplaires me soulageaient. Je sentais au fond de moi que l'histoire n'était pas achevée. Qu'Alexz et Alana ne me laisseraient pas tranquille. J'avais beau avoir écrit d'autres choses, publié des histoires mieux structurées, c'était toujours celle-ci qui me revenait en tête. Alors, après un an de frustration, je me suis décidée. J'ai tout repris, tout réécrit. Et voilà enfin l'histoire que je brûlais de raconter depuis ma chambre d'adolescente. Cette histoire qui a exorcisé bien des démons, ce monstre de contrôle qui s'est longtemps tapi au fond de moi, comme chez tant de jeunes filles et de jeunes garçons. Ce fil dangereux sur lequel le monde semble avoir accepté de nous laisser marcher.

Si les troubles alimentaires peuvent commencer par une affaire de coquetterie, ils sont un gouffre bien plus sournois et dangereux. On y glisse sans s'en rendre compte, conforté par l'idée que, de toute façon, tout le monde s'inquiète de son image. Le poids, la taille de notre pantalon, le reflet dans le miroir… Tout cela n'est qu'un prétexte. C'est avant tout de contrôle et d'effacement de soi qu'il est question. Ce n'est qu'un processus d'autodestruction comme peuvent l'être la drogue, ou une course de voiture sur le périphérique, lancée à toute allure au milieu des autres automobilistes. On se grise d'un sentiment de puissance sur la vie et sur la mort, sur son corps, et ce contrôle devient impossible à lâcher. À l'heure où le body positive n'est devenu qu'un nouveau levier marketing, j'ai le sentiment que nous sommes loin d'avoir fini de considérer nos corps comme des produits. Comme des objets soumis à la mode et aux jugements permanents. Et voilà que nous n'avons plus d'excuse pour ne pas poster de selfie de nous, notre corps présenté dans un carré légendé, exposé sous toutes les coutures, dans l'attente de quelques likes pour valider notre existence.

Si vous ne deviez retenir qu'un message de ce livre, c'est d'embrasser votre corps pour ce qu'il est : un véhicule pour admirer le monde, une porte vers les sensations les plus agréables mais aussi votre sonnette d'alarme lorsque survient le danger. La santé est ce que nous possédons de plus précieux ; sans elle, le voyage ne peut être que de courte durée. Si le contrôle est difficile à doser, n'ayez jamais peur de demander de l'aide. Vous avez de belles choses à réaliser : cultivez vos passions, vos talents, et ne laissez pas votre enveloppe se mettre en travers de votre chemin. N'oubliez pas, cependant, que vous avez besoin d'elle pour le parcourir. Soignez-vous et détournez-vous de ces magazines qui ne prônent que des extrêmes en termes de modèles.

    Nous cherchons tous la singularité. Être spécial aux yeux des autres, n'est-ce pas merveilleux ? Mais de nos jours, nous sommes noyés sous les images. Instagram et Snapchat biaisent notre perception de nous avec des filtres à la pelle, Photoshop nous fait croire à des proportions physiques surréalistes, les « fitness girls » nous promettent monts et merveilles avec des produits dangereux pour la santé qu'elles n'ont probablement jamais consommés, mais qui les paient pour quelques publications sponsorisées. En France, près de 1% des femmes entre 14 et 20 ans développeraient une anorexie mentale sévère, et jusqu'à 3,5% des lycéennes et étudiantes seraient concernées. Les garçons ne sont pas exclus puisque 0,3% sont touchés (sources : ameli.fr et l'inserm.fr). L'engrenage peut nous happer très vite. Malheureusement, 5% des personnes anorexiques décèdent de leur maladie.

    Alors oubliez la fille de l'autre côté de l'écran, votre chanteuse préférée ou la superstar du lycée. Cessez de vous comparer. Vous êtes merveilleuses et merveilleux. Ce corps que vous méprisez parfois, il vous permet d'embrasser, de danser avec vos amis, de saluer un chien, de courir, de voyager à travers le monde, d'enlacer, de donner la vie, de sentir l'odeur de votre mère, de percevoir l'arôme du chocolat, de voir la beauté des feuilles en automne. Vous détruire n'est pas une manière de garder le contrôle. Car une fois que l'on plonge, on ne contrôle plus rien.

Peut-être qu'il est temps de mettre fin à ce culte de l'attention, au besoin de se traiter soi-même comme un produit, de s'analyser sous toutes les coutures – de se présenter au monde sous toutes les coutures. Peut-être qu'il est temps de se détourner des idoles, d'effacer ces légendes qui créent de nouvelles injonctions, celles de s'aimer quoi qu'il advienne. Peut-être qu'il est temps de ne plus accepter d'être pris pour des cons quand des marques nous présentent des corps malades pour « sains ». Ne cherchez plus à être unique, vous l'êtes déjà. Votre ADN est composé de 80 milliards de cellules dont la combinaison n'est identique à aucune autre. Laissez donc tomber ce filtre que tout le monde utilise et montrez-vous au naturel. Vous êtes irremplaçable.

Et car une note aux lecteurs ne peut se conclure sans remercier les personnes qui m'ont soutenue dans cette aventure, j'aimerais mettre en lumière l'incroyable équipe de Cherry Publishing, ces passionnés (et acharnés) qui sont venus compléter nos rangs, qui m'ont suivie dans mon sud natal et qui font que nous publions aujourd'hui en 5 langues et pouvons travailler dans un bureau magnifique. Merci à Mélanie, qui a assisté à ces 3 mois de réécriture, qui n'a pas posé de questions les soirs où je m'étalais sur le canapé, le cerveau en steak haché après avoir repris 30 pages, qui a respecté mes rituels plus que bizarres et grondé Pixel (mon chat sous prozac) les soirs où je n'avais plus aucune force pour le faire. Merci à mes amis de toujours, ceux qui n'ont que mes livres dans leur bibliothèque, Déborah, Coralie, Loris, Jérémy. Merci à Camille pour les brunchs du dimanche : ce n'est toujours pas un livre qui se finit bien mais, promis, j'en écrirai un.

Merci à ma marraine qui soutient chacun de mes projets et qui a lu le tout premier jet de ce roman, dix ans plus tôt.

Et, enfin, merci à vous. À tous ceux qui ont parlé de ce roman, qui ont posté à son sujet sur les réseaux sociaux, qui m'ont mis les larmes aux yeux avec leurs chroniques. C'est grâce à vos encouragements que j'ai eu la motivation de tout reprendre à zéro, et d'enfin donner vie à l'histoire qui n'a jamais cessé de m'habiter.

À bientôt,
Pauline

Vous avez aimé Là-Haut Dansent les Étoiles ?

♥

Laissez 5 étoiles et un joli commentaire pour motiver d'autres lecteurs !

Vous n'avez pas aimé ?

♠

Écrivez-nous pour nous proposer le scénario que vous rêveriez de lire !

https://cherry-publishing.com/contact

Pour recevoir une nouvelle gratuite et toutes nos parutions, inscrivez-vous à notre Newsletter !

https://mailchi.mp/cherry-publishing/newsletter